U0635123

长城砖

BROTHEL LITERATURE

the Intersection of Eros and Ink in Chinese Culture

青楼文学与中国文化

陶慕宁——

著

天津出版传媒集团

天津人民出版社

图书在版编目（CIP）数据

青楼文学与中国文化/陶慕宁著. -- 天津：天津
人民出版社，2024.5
（长城砖）
ISBN 978-7-201-19970-2

Ⅰ.①青… Ⅱ.①陶… Ⅲ.①古典文学—文学研究—
中国②中华文化 Ⅳ.①I206.2②K203

中国国家版本馆CIP数据核字(2023)第233271号

青楼文学与中国文化
QINGLOU WENXUE YU ZHONGGUO WENHUA

出　　版　天津人民出版社
出 版 人　刘锦泉
地　　址　天津市和平区西康路35号康岳大厦
邮政编码　300051
邮购电话　(022)23332469
电子信箱　reader@tjrmcbs.com

总 策 划　沈海涛
策　　划　金晓芸　燕文青
责任编辑　金晓芸
特约编辑　郭聪颖
装帧设计　图文游击工作室
　　　　　汤　磊

印　　刷　河北鹏润印刷有限公司
经　　销　新华书店
开　　本　880毫米×1230毫米　1/32
印　　张　14.25
字　　数　272千字
版次印次　2024年5月第1版　2024年5月第1次印刷
定　　价　88.00元

版权所有　侵权必究
图书如出现印装质量问题,请致电联系调换(022—23332469)

序

　　从多种视角对罪恶的卖淫制度进行深刻的揭露，对被侮辱与被损害的妓女的精心塑造以及对她们特异生活的生动描述，在中外文学中可以说"史不绝书"，且有众多传世名作存焉。然而，我们还没有看到哪一个国家像中国这样绵延不断而又如此鲜明地提出乐籍制度的种种问题和透视这一阶层妇女的别一种精神境界。

　　在中国文学史里，特别是说部与戏曲中，不少严肃的作家和民间艺人在面向严酷的生活时，总是怀着一种神圣的道德感，深情地关心着被侮辱与被损害者的命运。从众多的作品中，我们看到了他们从不同方位考察妓女悲剧性的生活和心灵轨迹。他们对这一阶层女性的强烈关注被分成若干触发点，分别呈现在不同的文学艺术作品中。因此，在我们对中国文学发展史进行整体性考察和审美观照时，我们几乎可以看到中国的杰出作家们面对妓女生活进行沉思的结晶体系列。

　　文艺史证明，妓女生活和妓女形象，是很多文艺巨擘美学发现的新大陆。比如那读后令人心碎的传奇《霍小玉传》，至今还让我看到作者几乎是含着深情的泪花凝视着自己主人公的生活历程。它让人看到一个聪明、敏感、感情纤细、富于幻想的妓女，如何被命运抛到那样一种环境。千百种的不公平，让她敏感的神经尤其不能容忍。霍小玉临终前迸发出的郁愤有如暴风雨，令人动容，而她的幻想又恰恰凝结为人间难得一见的形态和色彩。中国戏曲的奠基人关汉卿，在其仅存的十八个杂剧中，以妓女为主角的旦本戏就有三个。在《救风尘》中，我们发现赵盼儿在失去人的尊严的表象下，却有着对非人生活的强烈抗议，在救援宋引章的过程中，我们也看到了赵盼儿如何呈现出一颗亲姐姐似的圣洁的灵魂。在《金线池》中，关汉卿仍然发现了这"可怜的动物"身上的人的精神价值。他在"社会的渣滓"中挖出了闪光的东西，赵盼儿、杜蕊娘都是把凌厉的锋芒指向她们命运的嘲弄者。至于别具一格的《谢天香》，则是关汉卿以低吟浅唱的沉缓调子宣叙着多少岁月中，多少个天香们麻木循环着的悲剧。这在当时是一个更加切近现实的思考，因为，从中国的青楼文学的整体审美意识来说，我们也许会发现，有更多作家是对现实中这些处于底层的妇女们的麻木灵魂的更加沉郁的忧虑。

其实，要把握一些青楼文学作者塑造形象和展开生活场面的美学真谛，不能迷失其创作意旨。比如相当数量的说部和戏曲中，大多只写了一些身陷风尘的妓女想跳出火坑的急切心理和愿望。他们也许压根儿就没想把她们写成在内心燃烧着不息的生命烈火、酷爱自由和敢于冲破一切桎梏做困兽犹斗的战士。他们一部分人也许压根儿没想把这些人物写成由于爱情理想的驱使，从而点燃了热烈的情欲之火，酿成一段火烫灼人而凄惨哀婉的情史。有些作品也许只是围绕一个主轴转动，这就是跳出娼门，跳出这以出卖色艺为生涯的火坑！因此，人们在观照中国青楼文学与中国文化之关系时，一个值得注意的现象是：众多的妓女形象往往缺乏一种反抗的主体意识的武装，对自己所追求的理想缺乏一种自觉的意识，因而也就没有足够的精神力量。在众多的妓女中并非个个是主动的、自觉的叛逆者，相当数量的人则是在一个精神起点很低的位置上被动地被推到改变现实命运的舞台上去的。正是由于在精神境界上没有真正的超越，所以在相当程度上，她们也许仍然是依靠传统中所凝聚的妓女层的群体意识而生活。对于这一点窃以为未可否定，正在于这是对妓女中某一类人的灵魂达到了前所未有的新的文学透视。

是不是还有如下的一种特殊的文艺现象？即在中国文学史上，竟然在才艺双绝的妓女中冒出了一批数量可观的称得上是才女的文学家。这里人们也可以排列一大串著名和不十分著名的作家。是的，她们中间不乏才华横溢的诗人、说唱文艺家和戏曲表演艺术家：薛涛、鱼玄机、严蕊、琴操、朱帘秀、天然秀、马湘兰、陈圆圆、柳如是……，她们在中国文艺史上无疑占有重要的一席之地，在世界文艺史上，这倒也是我们中国的一大特异贡献。而更值得重视的是，她们的作品在一定意义上是她们的"心史"。事实上，在中国文学研究中，要真正了解文学作品，就要深入到创作主体丰富而又活跃的内心世界。青楼女子写自己的生活，写自己的心绪，写自己的灵魂私语，或者说，这个灵魂世界的得到开启，将会大大开拓古典文学乃至整个中国文学发展史的研究领域。

但是，令人十分遗憾，面对这庞大的特异世界和弥足珍贵的文化遗产，缺乏的是那被过分冷落的对青楼文学的认真严肃的研究。是的，近年我们看到了越来越多的妓女生活史、娼妓史之类的书纷纷面世，也不乏几部有分量的透视小说戏曲中妓女形象的著作的出版；然而，我们可以却也仍然发现，妓女系列的作品常常被我们有意或无意地置于思想法庭和道德法庭上，而且给予了并非都是公正的判决，这也许是更深一层的遗憾。令人欣慰的是，近期我终于看到了陶君慕宁的《青楼文学与中国文化》的手稿。我用了几天的时间认真阅读了他的大作。我首先发现这部论著比他三年前为我们主编之《金瓶梅小百科丛书》所写的《金瓶梅中的青楼与妓女》更加成熟，更加具有学术性，也更加具有可读性。它不仅材料翔实、立论严谨，且全书处处闪烁着他的灵智、学养，体现着他的多层面的分析方法。在整个行文的风度上，表现出深厚的理论素养，从而构成了一种严肃的学术追求。这说明慕宁经过这数年的朝夕研磨，铢积寸累，成就可观。

治学之道，当然不外学识与方法，然学与识实系两种功夫。不博学当然无识力，而无识力则常常能废博学之功。识力与博学，是互相促进、相辅相成的。慕宁的《青楼文学与中国文化》，体现了他的博学与识力兼而有之的特点。毋庸置疑，研究青楼文学需要诸多文化门类间的联系，不仅要了解某一时代青楼文学与文化之间的联系，且需了解整个古代和近代文化进程中这种联系的多种样式和繁复形态，这需要更加切实和持久的努力。

慕宁出身蒙古族书香世家，我早就知道慕宁是著名的京剧史家陶君起先生的二公子。他幼年学习，以及后来的治学，都是很刻苦的。他的文字，他的为人，据我所知，皆有其远祖及父亲之遗风。他为人处世谨慎而又从容，含蓄而不失开朗，朴拙又时出机巧。文思敏捷，其才足以副之；论证深到，其学足以成之。书中时有哲思，发人深省，亦富娓娓，读之不倦。如书中对于唐代青楼文化格局的论述，对《游仙窟》的美学探索，对宋人性心理的发掘，对明代乐籍制度的考据，以及对明末江南人文声妓之盛的评价，都令人有耳目一新之感。

书中的不足之处是写晚清的一章有些简略，与前面各章在形式上略显不平衡。慕宁曾对我说，要写到清末赛金花和小凤仙，但由于研究的火候不到而出版日期又很迫促，所以宁付阙如，也不肯去祖述成说以凑足字数。这不足，恰也可见他的为人之一斑。

慕宁经历了上山下乡的艰难之途，积累了较为丰富的人生经验，虽新登学坛，但已呈现才力之宏富。他的学术潜力是很大的，他的论著，我已拜读不少，常常为他的精辟之论击节叫好。我深知，慕宁的这部书稿，清晰地显示了他个人，以及他所属的一代人的认识的优长。我赞赏与我们的思维方式鲜明地区别开来的青年一代。但我也同样知道，也许只有慕宁他们所属的这一代人，才能以科学的当代意识看取文学史和艺术史，以这样的方式描述文化史的过程。这种眼光和方式不仅出于学术性格，而更多的是由于特殊的人生道路。我们那一代只能在不可克服的局限中思考，慕宁这一代比我们有幸，他们可以更开放地思考一切问题。我也深信，每一代人都不可避免地有他们各自的局限。然而，历史恰恰是被有着巨大局限的无数个人创造出来的。

慕宁写这部书稿，是他对于中国文化与青楼文学进行总体研究的一次尝试，这是他从元、明戏剧研究中拓展开来的一个新的对象。研究作为青楼人的精神产品的中国青楼文化，研究历代妓女的灵魂的历史，这无疑是有重要贡献的。要而言之，慕宁终于用他辛勤的汗水填补了文化史与文学史研究中的这一空白，不能不说他是青楼文学研究者行列的开路先锋之一。

书行将付梓问世，又承丽华小姐谬荐，力促我为此书写一序言，这真是我意想不到也愧不敢当的事。暑假有间，反复诵习杜牧为李贺诗集所写的序，好像有所领会：古人对于为人写序，是看得很重的，是非常负责的。杜牧是谦让再三才命笔的。这篇序文写得极有情致，极有分寸。我辈才疏学浅，无法与杜牧等大家相比，但看到慕宁近年的研究成果，特别是他的这第二本青楼文学专著出版，欣慰之余，我才大胆把平日的一点感想写出，与慕宁君共勉。

宁宗一

写于南开大学

东方艺术系

1992年8月21日

本书初版于1993年，其时我曾受邀勉就一篇序文。如今三十载倏忽而过，欣闻慕宁这部论著受到广大读者的欢迎，将于天津人民出版社修订出版，编辑希望我就前后两个版本谈谈看法，便再添上两句赘言。

本次修订主要着力于学术规范的完善与学术观点的更新，这是很有必要的，不仅便于读者按图索骥，也可使得论述血肉丰满，有理有据。此外，慕宁对最后两章的调整也弥补了前稿略显头重脚轻之微瑕。

时间倏逝，无论是古典文学还是青楼文学，其研究情况与学术境遇均已与慕宁成书之时大不相同。但时至今日，"青楼"这一文学母题的探讨意义不但没有衰减，反而随新视角和新材料的纳入而光彩弥彰。我在前序中也曾提及，《青楼文学与中国文化》在诸青楼文学研究有"开路先锋"之意义，不应埋没，在之今日，更是如此。初版已逾三十载，此时将这部旧书拾掇清楚，重新付梓，是很有必要的。

　　匆匆数语，是为补充。

宁宗一

写于南开大学西南村

2023 年 11 月 23 日

目　录

"本文有流畅、简洁、隽永的文字，读来令人愉悦。"

"在一定的文化环境中考察青楼文学，牵涉到极广泛的层面，如其时之士风、民俗，其时之妇女地位与士人的妇女观，其时之社会好尚与此种好尚之经济的、政治的原因。所有这些，常常纠结在一起，不容易了解问题的真正所在。陶慕宁同志能够全面的考察、清理，一下子把握到问题的真正所在，加以极简洁的描述，使各个时期青楼文学的特点和形成此种特点的文化的原因一一呈现，这是非常不容易的。"

"这是一本严肃的著作。与时下一些空言满纸、欺世盗名的著作不同，它建立在史料的坚实的基础上，言必有据。"

——中国古代文学著名学者 罗宗强先生

引　言

　　顾名思义，本书为涉及妓女以及因妓女而产生的文学与中国文化之间的关系的研究。所以不称"妓女文学"而曰"青楼文学"，盖因前者很容易被解释为"妓女创作的文学"，那就与笔者的初衷相去甚远了。

　　用"青楼文学"命名有一个好处，这使它从题目上就已经把家妓——这一应另设专题研究的特殊社会阶层排除在外。前此的一切有关著作几乎都是把官妓、私娼同家妓混为一谈的。官、私妓女固然可以被买去充当家妓或媵妾，家妓也可以被卖到行院乃至"私窠子"去送往迎来，也就是说二者之间并非毫无干碍。但我仍然坚持家妓与青楼妓（官、私妓女）无论在社会地位、经济关系还是文化渊源上，都应分属两个截然不同的范畴。一个女人，也许她曾经是艳帜高张的青楼名妓，也许她的思维方式、行为方式还保持着青楼的特点，但只要她一朝成了家妓，就会身不由主地被纳入另一种道德伦理规范之中，居于妾媵奴婢之间，接受家庭秩序的洗礼。

所以我们也就不能按照通常对风尘女子的理解去研究家妓。

然而"青楼文学"也还不是科学的概念。因为"青楼"一词起初与妓女丝毫无涉，只是一种阀阅之家的代称。曹植《美女篇》有"青楼临大路，高门结重关"句。《文选》李善注引《列子》"虞氏，梁之富人，高楼临大路"。徐陵《玉台新咏》注引《南史》"齐武帝兴光楼上施青漆，世人谓之青楼"。又《太平御览》卷一七六"居处"部四释"青楼"：

> 《齐书》曰：东昏侯后宫起仙华、神仙、玉寿诸殿，穷尽雕彩，以麝香杂香涂壁。时世祖于楼上施青漆，世谓之青楼。帝曰："武帝不巧，何不纯用瑠璃。"①

又《晋书·麹允传》载：

> 麹允，金城人也。与游氏世为豪族。西州为之语曰："麹与游，牛羊不数头，南开朱门，北望青楼。"②

由此可见，"青楼"在六朝以前，实指金张门第。揆之傅玄的《艳歌行》"青楼临大巷，幽门结重枢"、江淹的《西洲

---

① ［宋］李昉辑：《太平御览》卷一七六"居处"部四"楼"条，四部丛刊三编景宋刻配补日本聚珍本。
② ［唐］房玄龄等撰：《晋书》列传第五十九，中华书局1974年，第1539—1540页。

曲》"鸿飞满西洲，望郎上青楼"①、江总的《闺怨诗》"寂寂青楼大道边"中的青楼，皆无非此意②。

但似乎亦有例外。南朝梁刘邈《万山见采桑人》诗首句云"倡妾不胜愁，结束下青楼"③。玩其辞意，此"青楼"殆即呼妓馆之始。

至唐代，"青楼"才渐渐比较广泛地用来指代妓女的居所，但两种意义仍参杂重出，如骆宾王《帝京篇》"小堂绮帐三千户，大道青楼十二重"、王昌龄《青楼曲》"驰道杨花满御沟，红妆缦绾上青楼"；崔国辅《古意》"悔不盛年时，嫁与青楼家"、邵谒《寒女行》"青楼富家女，才生便有主"、孟浩然《赋得盈盈楼上女》"夫婿久离别，青楼空望归"，便都是沿用古意。而像李白《楼船观妓》"对舞青楼妓，双鬟白玉童"；杜牧的"十年一觉扬州梦，赢得青楼薄幸名"及李商隐"黄叶仍风雨，青楼自管弦"中的青楼，则显然已专指妓女丛萃的烟花境界了。

《全唐诗》中还可以找到一人之作而两意兼用的例子。如韦庄《贵公子》"大道青楼御苑东，玉栏仙杏压枝红"，用古

---

① 《玉台新咏》卷五属江淹作，《乐府诗集》卷七二同诗不属撰人，作"古辞"。

② ［清］翟灏：《通俗编》卷二四"居处"部"青楼"条释文："（古乐府）大路起青楼。注引齐书武帝兴光楼，上施青漆，谓之青楼。"（笔者按，标点悉依原文）以下引曹植"青楼临大路，高门结重关"及骆宾王、上官仪有关诗句。宋人蔡梦弼《杜工部草堂诗笺·清明》曰："古乐府刘生诗'座惊称字孟，豪雄道姓刘。广借适朱邸，大路起青楼'。"

③ 此据《玉台新咏》。《乐府诗集》卷二八作"採桑"。

意；而《捣练篇》"月华吐艳明烛烛，青楼妇唱捣衣曲"，则指妓院。

宋元以降，"青楼"越来越多地以它的晚出义行世，乃成与平康、北里、行院、章台①平列的词汇。元人夏庭芝便径直把他为妓女立传的著作取名《青楼集》，明人朱元亮将其辑注之《嫖经》易名为《青楼韵语》，清人俞达则名其狭邪小说为《青楼梦》。于是，"青楼"的本义反而湮没不彰，直至今日，人们所认同的仍是它的第二种义训。

狎妓冶游，选艳征歌，是士人生活的重要组成部分。南宫高捷，仕路亨通，要向妓女们炫耀；宦途偃蹇，怫郁不舒，也要到妓女们那里排遣。其间那种浅斟低唱、莺语间关的氛围确有荡涤利禄、排愁遣闷的审美功能，而那些风尘"尤物"的目挑心许、娇容冶态，较之自家"糟糠"的板滞端敛当然也更饶风情，更富于刺激，因而也更易引起回味。于是记载妓女们的色艺性情，缅怀这类风流韵事的诗文笔记便应运而生，再往后，更出现了专事描写青楼生活的小说戏曲。这一切，就构成了我所说的"青楼文学"。应当说，凡以烟花女子为描写对象或反映男子与她们流连奉酬时的心理感受的文学作品都属青楼文学之列，青楼妓女自身的创作当然亦不能排除在外。

---

① "平康"为唐代长安里名，亦称平康坊，平康里入北门东回三曲为妓院聚集的地方，后泛指妓院，因此里近北门，又称"北里"。"行院"原写作"衖衕"，与"章台"俱为妓院代称。

　　青楼文学自唐代而大盛，围绕着同样的内容，涌现出大量的歌诗、曲词、小说、笔记。不同的体裁从不同的侧面来观照其所描写的对象。从长篇歌行所表达的缱绻柔情到短章律句所记录的瞬间感受；从文人笔记中的疏淡雅致到传奇小说中的委裔情文，唐人为我们描绘了一幅多姿多彩的青楼生活的画卷。如果我们把唐代文人的才思比喻为汩汩的泉水，那么妓女的色艺便如酿制美酒的曲糵，没有曲糵的作用，再好的甘泉也不可能成为美酒。

　　有了寻芳觅柳的男人，有了妓女，还并不一定就能产生青楼文学。事实上，妓院的产生恐怕要远远地早于青楼文学的问世。倘若把春秋时期管仲在齐国所设的"女闾"视为妓院的滥觞，则其距唐代长安的"平康里"已有一千三百余年了。①

　　那么，青楼文学究竟始于何时？这恐怕是个很难考定的问题。《古诗十九首·其二》：

　　　　青青河畔草，郁郁园中柳。盈盈楼上女，皎皎当窗牖。
　　　　蛾蛾红粉妆，纤纤出素手。昔为倡家女，今为荡子妇。荡

---

①　［西汉］刘向辑录：《战国策·东周策》，上海古籍出版社1978年，第15页。"齐桓公宫中七市，女闾七百，国人非之。"褚人获《坚瓠补集》卷一"女闾"条："《齐记》载管子治齐，置女闾七百，征其夜合之资，以充国用。此即教坊花粉钱之始也。"见［清］褚人获《坚瓠集·坚瓠补集》，浙江人民出版社1986年，第7页。但对于"女闾"的解释，甚多歧义，故将"女闾"视为妓院的滥觞，似乎还缺乏足够的证据。

子行不归，空床难独守。①

《文选》李善注："《说文》：'倡，乐也'。谓作妓者。"这样一首纯粹是刻画妓女的诗，似乎没有理由把它置于青楼文学之外。

再如南齐谢朓的两首"听妓"诗：

其一：

> 琼闺钏响闻，瑶席芳尘满。
>
> 要取洛阳人，共命江南管。
>
> 情多舞态迟，意倾歌弄缓。
>
> 知君密见亲，寸心传玉踠。

其二：

> 上客光四座，佳丽直千金。
>
> 挂钗报缨绝，堕珥答琴心。
>
> 蛾眉已共笑，清香复入衿。
>
> 欢乐夜方静，翠帐垂沉沉。②

其传神写照，与唐人众多的"咏妓"诗如出一辙。唐代

---

① ［西汉］枚乘：《枚叔集》，见［清］丁晏辑：《汉魏六朝名家集》，《古诗十九首·其二》。
② 引自《玉台新咏》卷四，《四部备要》本。

以前的这类作品在《文选》《玉台新咏》和《乐府诗集》中还可以举出很多，但笔者仍不拟将它们纳入本书讨论的范围，原因就在于魏晋南北朝的三百余年，乃是家妓、家乐独擅胜场的时代，作为商品市场的青楼尚不发达。譬如前引谢朓诗所写的妓女，亦当属家妓，不然，"挂钗""绝缨""堕珥"的典故①便无所依托了。

又南齐的苏小小可称是脍炙人口的青楼名妓了，然而她的声名得以传世，以至享誉千年，实际上还是靠了唐人的歌咏。《乐府诗集》卷八五录《苏小小歌》一首，诗序引《乐府广题》"苏小小，钱塘名倡也，盖南齐时人"。诗曰：

> 我乘油壁车，郎乘青骢马。
>
> 何处结同心？西陵松柏下。②

在唐代以前，有关这位名妓身世的材料仅此而已，雪泥鸿爪，可贵亦可怜。然而《全唐诗》中凭吊、追忆其人的歌

---

① "挂钗"，宋玉《讽赋》："主人之女，以翡翠之钗挂臣冠缨。"女子把钗挂在男子冠缨上以示爱慕。"绝缨"，刘向《说苑·复恩》篇云：楚庄王大宴群臣，日暮酒酣，灯烛灭。有人偷拽一美女衣裙，美女遂悄悄折断其冠缨。告楚庄王点灯搜寻绝缨者。而楚王命所有人折去冠缨，不予追究。后人用以形容男女聚会，不拘行迹。"堕珥"，《史记·滑稽列传》："若乃州闾之会，男女杂坐，行酒稽留，六博投壶，相引为曹，握手无罚，目眙不禁，前有堕珥，后有遗簪，髡窃乐此，饮可八斗而醉二参。""珥"指女子佩戴的珠玉耳饰，堕珥，指女子在交际游玩时轻狂忘情的样子。

② ［南北朝］无名氏：《苏小小歌》，见［宋］郭茂倩编《乐府诗集》卷八五，中华书局1979年，第1203页。《玉台新咏》作"妾乘油壁车，郎骑青骢马"。

诗却不下百篇，李贺、刘禹锡、白居易、张祜、温庭筠诸家均有题咏。五代以下，稗官词曲，敷衍其事的更不胜枚举。据此断言这位名妓生前索寞，身后荣显无疑会唐突古人，但这个有趣的现象却又显然包容着丰富的文化底蕴。

鉴于以上原因，我们有理由把青楼文学研究的触角首先指向唐代。

第一章
"维士与女"：唐代青楼的男女文化底蕴

第一节　唐代青楼文化总述

　　唐代青楼文化与唐代文学之间有无关联？倘有，是怎样的关系？能否说平康妓女曾大大地激发了唐人的诗思，起到了一种"触媒"的作用？应当怎样看待唐代士人与妓女的感情瓜葛？这些问题似乎一向不为治唐代文学者所正视，大约事涉狭邪，关乎风化，且又猥杂琐屑、媸妍并陈，殊难统驭。然而囊括唐诗四万九千四百零三首的《全唐诗》中，有关妓女的篇章就有两千余首；《全唐诗》还收录妓女作者二十一人的诗篇共一百三十六首。唐人小说取材于平康北里的亦不下数十篇；至于笔记中有关唐代青楼韵事、妓女才情的记载更是随处可见。这些数字实际已足构成唐代文学中一个不容忽视的专门领域。

　　要解决上述问题，有必要对唐代的社会习俗、士林风气、科举制度先做一番考察。

李唐王朝，经过"贞观之治"，迄开元年间，进入了一个如日中天的时期。疆域既广，政通人和，经济繁荣，百姓乐业。史载：

> 至（开元）十三年。封泰山。米斗至十三文，青、齐谷斗至五文，自后天下无贵物。两京米斗不至二十文，面三十二文，绢一疋二百一十文。东至宋汴，西至岐州，夹路列店肆待客，酒馔丰溢。每店皆有驴赁客乘，倏忽数十里，谓之"驿驴"。南诣荆襄，北至太原、范阳，西至蜀川凉府，皆有店肆，以供商旅，远适数千里，不持寸刃。①

然而国家的强盛富足，却也助长了自上而下的奢靡之风，特别是自天宝四载（公元745年），杨玉环进册贵妃以后，玄宗日益沉湎声色，怠忽朝政。杨氏一门，恃宠专权，炙手可热。《旧唐书·杨贵妃传》说：

> 玄宗每年十月幸华清宫，国忠姊妹五家扈从。每家为一队，著一色衣，五家合队，照映如百花之焕发。而遗钿坠舄，瑟瑟珠翠，灿烂芳馥于路。②

----

① 见《通典》卷七"食货"七。
② ［五代］刘昫等撰：《旧唐书》卷五一《后妃·上·玄宗杨贵妃》，中华书局1975年，第2179页。

《开元天宝遗事》也说：

> 杨国忠子弟恃后族之贵，极于奢侈。每游春之际，以大车结彩帛为楼，载女乐数十人，自私第声乐前引，出游园苑中，长安豪民贵族皆效之。[①]

当时的长安是世界上最为发达的大都市，坊巷纵横，宫观栉比，人烟辐辏，物阜民丰。自玄宗大力提倡道教，崇尚自然虚静无为，政令亦因而宽简。中唐以后，迷信道教者益众，上至君相，下至百姓，竞相服食丹饵，以求长生久视。民风耽于逸乐，盛于游赏，每逢春和景明，游人杂沓，比肩接踵，至于"园林树木无闲地。故学士苏颋《应制》云'飞埃结红雾，游盖飘青云'"[②]。游春士女更是艳装盛服，夸富炫美。《开元天宝遗事》说"长安士女游春野步，遇名花则设席藉草，以红裙递相插挂，以为宴幄，其奢逸如此也"。而据《朝野佥载》所记，先天二年的上元节，在京师安福门外制作高二十丈的灯轮，以金玉锦绮装饰，周围点燃五万盏灯，"簇之如花树。宫女千数，衣罗绮、曳锦绣、耀珠翠、施香粉。一花冠、一巾帔皆万钱，装束一妓女皆至三百贯"[③]。

这种豪侈宏丽的场面固然体现了万众归心、器抱雄伟的

---

① [五代]王仁裕：《开元天宝遗事》卷下"楼车载乐"条，中华书局2006年，第53页。
② 《开元天宝遗事》卷下"游盖飘青云"条，第44页。
③ [唐]张鷟：《朝野佥载》卷三，中华书局1979年，第69页。

盛唐气象之一斑，但却也种下了日后盛极而衰的因子。

唐世重科举，经过科甲晋身的士子在社会上享有殊荣，具体而言，凡名登科第者，可免差徭赋役；再者，唐代官场上的清要之职，多从进士中选拔，名望既高，前程又未可限量，故"缙绅虽位极人臣，不由进士者，终不为美，以至岁贡常不减八九百人。其推重谓之'白衣公卿'，又曰'一品白衫'"①。高宗朝官至中书令的薛元超就曾将"始不以进士擢第，不得娶五姓女，不得修国史"引为自己的终生憾事。②所谓"五姓女"，包括太原王、范阳卢、荥阳郑、清河崔、博陵崔、陇西李、赵郡李七族，皆勋贵世家，起初是不肯降格与他姓通婚的，后来朝廷禁止七家自行姻娶，才不得不放宽了择婿的门第标准。这也就等于为新及第的进士另外开通了一条跻身显宦的捷径。一旦得到这些贵胄豪门的青睐，被招为乘龙快婿，便意味着从此可以领受各种特权的荫庇，仕途上飞黄腾达。

除此以外，进士及第，还要"列书其姓名于慈恩寺塔，谓之'题名会'；大宴于曲江亭子，谓之'曲江会'"③。种种荣誉，不一而足，据说曲江之宴原来是为了安慰下第举人而设，铺陈甚是简单，后来却改作新科进士的宴集，而且声势越来越大，必有乐人演奏、妓女侑觞，甚至还出现了专门

---

① ［五代］王定保：《唐摭言》卷一"散序进士"条，见车吉心主编：《中华野史·唐朝卷》，泰山出版社2000年，第208页。
② 参见［唐］刘悚：《隋唐嘉话》卷中，中华书局1979年，第28页。
③ ［唐］李肇：《唐国史补》卷下，见《中华野史·唐朝卷》，第595页。

筹备宴席的民间组织——进士团，其四处网罗水陆珍品，烹制佳肴，引得皇帝也要驾临观赏。唐末进士王定保所著《唐摭言》卷三引李肇《唐国史补》说：

> 曲江之宴，行市罗列，长安几于半空。公卿家率以其日拣选东床，车马阗塞，莫可殚述。①

万人空巷，毕集于斯，为的是一睹这些新科进士的风采，而公卿贵族之家也要在这一天为自己的女儿物色东床。正是因为这许多荣耀和更多的实际利益的吸引，导致四海之内的读书人莫不殚精竭虑，以博一第，甚至有老死文场的，亦无所恨。当时流传"五十少进士"的说法，意思是五十岁中进士，还算是年轻的，可见竞争之激烈，折桂之艰难。

寒门庶族的士子焚膏继晷，请托钻营，鏖战于科场是为了改换门庭，参与统治阶级权力与财富的再分配；豪族世家的子弟投谒权臣，以求援引，是为了巩固和延续家族的特权。所以王定保《唐摭言》说：

> 三百年来，科第之设，草泽望之起家，簪绂望之继世。孤寒失之，其族馁矣；世禄失之，其族绝矣。②

---

① 《唐摭言》卷三"散序"，见《中华野史·唐朝卷》，第212页。此条今本《唐国史补》不载。
② 《唐摭言》卷九"好及第恶登科"条，见《中华野史·唐朝卷》，第229页。

以上算是对唐代的社会风气、科举制度做了极为简略的介绍，限于篇幅，不可能全面涉及，只是选择了一些与本章有关的材料为后文预做铺垫而已。现在要谈一谈唐代举子与青楼妓女的关系了。

据傅璇琮先生考定，唐代每年到长安应试的举子有二三千人之多。①这二三千人中，容有少数麻衣敝冠的寒士，但也只是少数。因为所谓的庶族寒门，实则仍属于地主阶级，田产物业一般并不匮乏，所缺的只是权势。对于地主阶级的任何一个家庭来说，参与科场的征逐都是关乎家道兴衰的头等大事，故即使是衰门下户也要罄其所有来助其子弟的囊橐，以备到京后的各种投托请谒，中产以上之家就更不必说了。唐末的翰林学士孙棨在他所著的《北里志》中说这些应试举人"率多膏粱子弟……仆马豪华，宴游崇侈……鼓扇轻浮，仍岁滋甚"②。孙棨所记录的固然是晚唐宣宗以后的景象，但士子们奢纵放恣，流连声色的风气至迟在盛唐的开元、天宝年间就已经形成了。《开元天宝遗事》载：

> 长安有平康坊，妓女所居之地，京都侠少萃集于此，兼每年新进士以红笺名纸游谒其中，时人谓此坊为风流薮泽。
>
> 长安进士郑愚、刘参、郭宝衡、王冲、张道隐等十数

----

① 傅璇琮：《唐代科举与文学》第三章"乡贡"，陕西人民出版社1986年，第49页。
② ［唐］孙棨：《北里志》，见《中华野史·唐朝卷》，第533页。

辈，不拘礼节，旁若无人。每春时，选妖妓三五人，乘小
犊车，指名园曲沼，藉草裸形，去其巾帽，叫笑喧呼，自
谓之颠饮。①

《唐摭言》亦载：

咸通中，进士及第过堂后，便以骡从，车服侈靡之极，
稍不中式，则重加罚金。②

这种风气的形成首先应归因于全社会对于举子的尊崇，
而金榜题名的进士自然就更成了万人仰慕的社会精英，这样
的社会氛围适足以使一大批涉世未深的青年士人飘飘然忘乎
所以，于是，纵酒狎妓，一掷千金就成了他们竞相夸尚的生
活方式。

其次，从心理学的角度而言，这些莘莘学子在浸淫科目，
奔走投托的日日夜夜中，势必要将各种本能的以及精神上的
需求压抑到最低限度，压抑的时间愈长，心理的负担愈重，
宣泄的欲望也就愈膨胀，一旦捷报飞来，狂喜之下，精神上
那根绷紧的弦便会戛然中断，各种渴望——视觉的、听觉
的、口腹的、性的……必然纷至沓来，而满足这些欲望的最
适宜的场所，当然无过于青楼。

① 《开元天宝遗事》卷上，第25、27页。
② 《唐摭言》卷三，见《中华野史·唐朝卷》，第214页。

再次，唐代士大夫婚姻沿袭六朝余风，看重门第，上引"娶五姓女"的事例已见一斑。这种婚姻主要是家族间财产和权势的结合，考虑当事人情感的成分则微乎其微，结果制造了无数貌合神离、同床异梦的夫妻。唐代笔记多有述及士大夫婚姻琴瑟不谐者，如房玄龄、白居易、任瓌等，夫妻关系都不和睦。明人沈德符《万历野获编》说："士大夫自中古以后，多惧内者。盖名宦已成，虑中冓有违言，损其誉望也，乃若君相亦有之。"[①]这是看得很准确的，因为无论是从社会、家族，还是道德、伦理的角度上，都要求家庭关系的稳固，都在有形无形地维系着这种婚姻的形式。

于是，青楼就成了士大夫阶层摆脱家庭、伦理负担，获得心理上的松弛与平衡的"绝妙"场所。西方妓院自古希腊罗马迄今，主要解决性欲问题，中国的青楼则不然，性交易不是其主要内容。正如荷兰汉学家高罗佩在他的《中国古代房内考》一书中所指出的那样：原因其实在于他们渴望与女人建立一种无拘无束、朋友般的关系，而不一定非得发生性行为。一个男人可以与艺妓日益亲昵，但不一定非导致性交不可。[②]青楼的这种格局，正是在唐代开始定型。

试以唐代长安的青楼聚集地——平康里为例，据清人徐松《唐两京城坊考》所附"西京外郭城图"，平康坊傍皇城

---

① [明]沈德符：《万历野获编》卷五"惧内"条，中华书局1959年，第138页。
② 参见[荷兰]高罗佩：《中国古代房内考》，李零、郭晓惠、李晓晨等译，上海人民出版社1990年，第239页。亦可参看美国学者Reay Tannahill所著《历史中的性》(*Sex in History*)一书所论。

东南角，出皇城景风门经崇仁坊南向即是。《北里志》开篇即云：

> 平康里，入北门，东回三曲，即诸妓所居之聚也。妓中有铮铮者，多在南曲、中曲。其循墙一曲，卑屑妓所居，颇为二曲轻斥之。其南曲、中曲门前通十字街，初登馆阁者，多于此窃游焉。二曲中居者，皆堂宇宽静，各有三数厅事，前后植花卉，或有怪石盆池，左右对设，小堂垂帘，茵榻帷幌之类称是。①

这一记载较之《开元天宝遗事》"风流薮泽"条所云要详细得多。首先，它澄清了《开元天宝遗事》语焉不详的青楼聚集之处，是在平康里东面的三曲之中，而并非遍布于全坊。"曲"盖指幽僻之所，但绝不像东郭先生刘师古所云："是政治上给他们以卑贱的处境与乐户同属'贱民'（那时长安一般的坊里，都是平直方正的东西或南北大道，只有妓家被指定住在狭邪的曲巷之区）。"②《唐两京城坊考》说得再清楚不过："城中一百八坊"，"每坊皆开四门，有十字街四出趣门"。平康坊与朱雀门街东西第三街各坊的建制完全一样，看不出有任何分别贵贱的用心。而且当时公卿贵胄，多有寓居于平康里的。如银青光禄大夫、国子祭酒孔颖达，侍中裴光庭，

---

① 《北里志》"海论三曲中事"，见《中华野史·唐朝卷》，第533页。
② 东郭先生：《妓家风月》，北岳文艺出版社1990年，第191页。

如太宗第十九女兰陵长公主，霍国夫人王氏，甚至宰相李林甫均曾卜居于此，可见东郭先生的议论失之武断。

再以前引《北里志》所述南、中二曲的居停陈设而论，其典雅精致，似已足能与一般士大夫之家一较高下，如果真是被社会歧视的"贱民"，恐怕没有资格在这样的环境中栖身。而能够以审美的眼光来布置自己居处的女性当然要具备一定的文化修养。《北里志》说：

> 其中诸妓，多能谈吐，颇有知书言话者，自公卿以降，皆以表德呼之。其分别品流，衡尺人物，应对非次，良不可及。信可辍叔孙之朝，致杨秉之惑。比常闻蜀妓薛涛之才辩，必谓人过言，及睹北里二三子之徒，则薛涛远有惭德矣。[1]

风流隽爽的举止，博洽犀利的谈锋，穿云裂帛的歌喉，轻柔曼妙的舞姿，还有时世动人的妆束，顾盼多情的眼波，这一切，使得长安的平康里迸发出一种不可抗拒的魅力。公卿士夫、文人举子狎游其中，不仅可以饱尝这些浪漫旖旎的情趣，而且丝毫无碍于家庭的稳固，因为唐代没有禁止职官狎妓的律令，而不禁实则无异于鼓励。且朝廷专设教坊，教授妓女俗乐，以备节会筵宴之需。官吏的一切社交活动，几乎都离不开妓乐歌舞、红裙侑觞。青楼在理论上和制度上服务于整个男性社会，而并不专注于某一个人。因此，它实际上不但不会干扰丈夫对

---

[1] 《北里志》，见《中华野史·唐朝卷》，第533页。

家庭所应承担的义务，反而有利于家族乃至社会的安定。当然，这是就当时社会的男女亲属关系而言。

至于青楼妓女们的才艺修养，则显然来自社会风气的熏陶和青楼业彼此间的竞争。前面曾述及唐代社会对举子进士的尊崇，青楼自更是靡然向风，对这些人给予特别的优待。《北里志》载："京中饮妓，籍属教坊，凡朝士宴聚，须假诸曹署行牒，然后能致于他处。惟新进士设筵顾吏，故便可行牒，追其所赠之资，则倍于常数。"①

从妓女的立场来考虑，她们之愿意接纳士人举子，也有几方面的原因。一则这类顾客大多风流倜傥、吐属隽雅，出手豪阔，首先能引起直观的愉悦。二则，举子的身份往往能够使人产生一种深浅莫测的敬畏之感。一旦南宫高捷，仕路亨通，为卿为相也并非没有可能。这种弹性身份对于身操卖笑生涯的风尘女子来说，显然具有相当的吸引力。

再则，唐代妓女声名地位的黜陟升沉，几乎全要取决于名士举子的品题月旦，这种臧否甚至直接影响着妓女的衣食来源和青楼的营业收入。晚唐人范摅的《云溪友议》载：

> 崔涯者，吴楚之狂生也，与张祜齐名。每题一诗于倡肆，无不诵之于衢路。誉之，则车马继来；毁之，则杯盘失错。②

---

① 《北里志》，见《中华野史·唐朝卷》，第533页。
①② ［唐］范摅：《云溪友议》卷五，《稗海》本。

该书还记有崔曾题诗嘲笑妓女李端端貌寝，以致"端端得此诗，忧心如病"，拜伏道旁乞求垂怜，结果崔"又重赠一绝句粉饰之。于是大贾居豪，竞臻其户"的逸事。①

《北里志》亦载平康里北曲内一妓名刘泰娘，因居处卑屑，素不为人所知。后作者偶与邂逅，题诗其门誉之，诗曰："寻常凡木最轻樗，今日寻樗桂不如。汉高新破咸阳后，英俊奔波遂吃虚。"结果"同游人闻知，诘朝诣之者，结驷于门矣"。②

这种"誉之则车马继来，毁之则杯盘失错"的处境，迫使妓女们不断提高各方面的修养，尽可能地揣摩举子士人的好尚，通过心灵的沟通以牢笼自己的主顾，求得在弱肉强食的同业竞争中立于不败之地。

然而，妓女与士人的关系也并不完全是这种单向攀附的性质。士人举子们除了从青楼中获得充分的娱乐以外，也还存在着一个借助妓女为自己扬名的需要。唐世重诗歌，不仅士大夫长于遣词布韵，市井细民亦多能吟诵。自开元间科场加试诗赋，一个举子诗名文名的高下就与他能否得到权臣的援引剪拂乃至最终能否中第，构成了一定的因果关系。即使不从科举的角度考虑，作为诗人也总是希望自己的作品能够被于管弦，广为传诵，而诗歌的最好的传播媒介则无过于青

---

② 《北里志》"刘泰娘"条，见《中华野史·唐朝卷》，第536页。

楼，此中是公卿士夫聚邑谈谑的场所，歌诗奏乐又是妓女们的职业专长，故文人也好、士人也好，他们都不会放弃这一播扬自己声名的机会。

于是，士子文人与青楼妓女之间自然而然地形成了一种彼此依倚、互相推毂的互补关系。这对于唐诗的繁荣，客观上也起到了促进的作用。"旗亭画壁"的故事就是很典型的一例。

晚唐人薛用弱所著《集异记》载：

开元中诗人王昌龄、高适、王涣之齐名，时风尘未偶，而游处略同。一日，天寒微雪，三诗人共诣旗亭，贳酒小饮。忽有梨园伶官十数人，登楼会谑。三诗人因避席隈映，拥炉火以观焉。俄有妙妓四辈，寻续而至，奢华艳曳，都冶颇极。旋则奏乐，皆当时之名部也。昌龄等私相约曰："我辈各擅诗名，每不自定其甲乙。今者可以密观诸伶所讴，若诗入歌词之多者，则为优矣。"俄而一伶，拊节而唱曰："寒雨连江夜入吴，平明送客楚山孤。洛阳亲友如相问，一片冰心在玉壶。"昌龄则引手画壁曰："一绝句。"寻又一伶讴之曰："开箧泪沾臆，见君前日书。夜台何寂寞，犹是子云居。"适则引手画壁曰："一绝句。"寻又一伶讴曰："奉帚平明金殿开，强将团扇共徘徊。玉颜不及寒鸦色，犹带昭阳日影来。"昌龄则又引手画壁曰："二绝句。"涣之自以得名已久，因谓诸人曰："此辈皆潦倒伶官，所唱皆巴人下里之词耳，岂阳春白雪之曲俗物敢近哉？"因指诸妓之中最佳者曰："待此子所唱，如非我诗，吾即终身不敢与子争衡矣。脱是吾诗，子等当须拜床下，奉吾为师。"因欢笑而俟之。须臾次至双鬟发声，则曰："黄河远上白云间，一片孤城万仞山。羌笛何须怨杨柳，春风不度玉门关。"涣之即戱歔二子，曰："田舍奴，我岂妄哉！"因大谐笑。……①

这段逸事论诗者历来喜欢征引，亦有人指摘其事诬妄不实。但还罕有人从妓女与名士的联系来考察其中的文化含蕴。

深入发掘上则引文的深层含蕴，可以发现妓女与士人的酬酢往还，有其各取所需的功利的一面，还有其脱略形迹的审美的一面。这现象看似矛盾，实际却合乎逻辑。

妓女身处商品市场的青楼，以出卖色艺为生，职业本身就带有很浓厚的赢利色彩。同时，妓女又是天然地被摒弃于礼教伦常之外的特殊阶层，社会对于"正派"妇女所制定的一套扼杀人性的伦理规范——所谓妇道，无需妓女来遵守。因此，从人类自我实现的角度来衡量，妓女既是可悲的，又是相对优越的。可悲之处在于她们虽然避免了沦为某一个男人延续宗嗣的工具这样一种旧社会妇女共同的命运，却不能改变自身作为整个男性社会玩物的本质，其遭际较之良家妇女往往更凄凉落寞。《北里志》"海论三曲中事"一条已透露了一些妓女受鸨母虐待的苦况："初教之歌

---

① 此据《顾氏文房小说》本，涣之当作之涣。

令而责之，其赋甚急，微涉退怠，则鞭扑备至。"这大约是初入妓籍者必经的一关。及至其声誉鹊起，艳帜高张，又难免为镇将权豪、封疆大吏所夺，以玩物蓄之而不敢言。孟棨《本事诗》载：

> 韩晋公镇浙西，戎昱为部内刺史（失州名）。郡有酒妓，善歌，色亦媚妙，昱情属甚厚，浙西乐将闻其能，白晋公，召置籍中，昱不敢留，饯于湖上，为歌词以赠之。①

又《太平广记》卷二七三"李逢吉"条载：

> 李丞相逢吉性强愎而沉猜多忌，好危人，略无怍色。既为居守，刘禹锡有妓甚丽，为众所知，李恃风望，恣行威福，分务朝官，取容不暇。一旦阴以计夺之。约曰："某日皇城中堂前致宴，应朝贤宠嬖，并请早赴境会。"稍可观瞩者，如期云集。敕阍吏，先放刘家妓从门入。倾都惊异，无敢言者。刘计无所出，惶惑吞声。又翌日，与相善数人谒之，但相见如常，从容久之，并不言境会之所以然者。座中默然，相目而已。既罢，一揖而退。刘叹咤而归，无可奈何。②

---

① ［唐］孟棨等撰：《本事诗》"情感第一"，上海古籍出版社1991年，第9页。
② ［宋］李昉等编：《太平广记》卷二七三"李逢吉"，中华书局1961年，第2153页。

这都是妓女慑于淫威，不得不随世俯仰的例子。待到年长色衰，门前冷落，就不免飘零坎壈、委顿市尘的命运了。《全唐诗》卷三五六刘禹锡《泰娘歌并引》云：

> 泰娘本韦尚书家主讴者。初尚书为吴郡，得之。命乐工诲之琵琶，使之歌且舞。无几何，尽得其术。居一二岁，携之以归京师。京师多新声善工，于是又捐去故技，以新声度曲，而泰娘名字，往往见称于贵游之间。元和初，尚书薨于东京，泰娘出居民间，久之，为蕲州刺史张愻所得。其后愻坐事，谪居武陵郡。愻卒，泰娘无所归，地荒且远，无有能知其容与艺者，故日抱乐器而哭，其音焦杀以悲。[①]

刘泰娘的下场在妓女中具有相当的典型性。很多妓女鉴于美人迟暮的可悲境遇，纷纷急流勇退，选择为人作妾的归宿，其实也只是迂回了一转之后，又投入夫权婚姻的怪圈，而这种从良的妾较之良家女儿出身的妾，无疑又卑贱得多。或者不循此途，而退为"房老"，靠盘剥妓女为生，如《北里志》中的杨妙儿、王团儿，职业特点注定她们终将堕落为唯利是图的恶鸨。这是娼妓制度给妓女带来的不幸。

妓女另有值得庆幸的一面，作为礼教的弃儿，她们在服饰、言语、举止、行为等方面较良家妇女，有许多自由，职

---

① 《全唐诗》卷三五六，中华书局 1960 年，第 3996 页。本书所引《全唐诗》皆依此版本。

业本身又要求她们具备相当的艺术素养。特别是自开元二年（公元714年），"玄宗以太常礼乐之司不应典优倡杂乐，乃更置左右教坊以教俗乐"①，而"右多善歌，左多工舞"②。平康里中的妓女一般都隶籍教坊，这就从制度上保障了妓女同音乐舞蹈的密切关系。不仅长安如此，东都洛阳乃至全国各地的青楼几乎都沿用这一体制。安史之乱后，更有不少宫中乐伎、梨园弟子流落民间，这类人大多身怀绝技，具有极高的艺术造诣。她（他）们遭逢不偶，沦落烟花，固然是个人的不幸，而对于青楼的歌舞艺术生命，却不啻注入了新的血液。《明皇杂录·补遗》云：

> 唐玄宗自蜀回，夜阑登勤政楼，凭栏南望，烟云满目，上因自歌曰……歌歇，上问："有旧人乎？逮明为我访来。"翌日，力士潜求于里中，因召与同至，则果梨园子弟也。其夜，上复与乘月登楼，唯力士及贵妃侍者红桃在焉。遂命歌《凉州词》，贵妃所制，上亲御玉笛为之倚曲。曲罢相睹，无不掩泣。上因广其曲，今《凉州》传于人间者，益加怨切焉。至德中，明皇复幸华清宫，父老奉迎，壶浆塞路。时上春秋已高……新丰市有女伶曰谢阿蛮，善舞凌波

---

① ［宋］程大昌：《演繁录》"乐营将弟子"条，见［明］陶宗仪：《说郛》卷五七，中国书店1986年，第12页。
② ［唐］崔令钦：《教坊记》，见中国戏曲研究院编：《中国古典戏曲论著集成》一，中国戏剧出版社1959年，第11页。

曲，常出入宫中，杨贵妃遇之甚厚，亦游于国忠及诸姨宅。上至华清宫，复令召焉。①

又《乐府杂录》载：

> 开元中，内人许子和，吉州永新县乐家女也，入宫因名永新，能变新声。高秋朗月，喉啭一声，响传九陌。一日大酺于勤政楼，万众喧哗，莫得闻鱼龙百戏之音。永新乃撩鬓举袂，直奏慢声。广场寂寂，若无一人。渔阳之乱，六宫星散。永新为一士人所得，后士人卒，遂落风尘。②

两则引文均可作为宫廷艺术家流入青楼的佐证。

青楼妓女既具备了一定的艺术造诣，而且夕接触的又多是文章俊彦、风流士子。他们是高峰时期雅文化的载体，同时又是推动这种文化向前发展的社会精英。他们的人生态度、价值观念、主体意识乃至文采风度、浪漫情趣或多或少地要在妓女身上产生潜移默化的作用，促使她们省视自己的人生，思考生存的意义，追求浪漫的爱情。具有艺术气质的人本就易于与具有文学气质的人相互沟通，产生共鸣，妓女终日斡旋于士人之间，分别品流，衡尺人物，饮博调侃，奉和酬答，广博的见闻开阔了她们的胸襟，文学艺术气氛的陶冶使她们

---

① ［唐］郑处海：《明皇杂录·补遗》，王宏治整理，见《中华野史·唐朝卷》，第546页。
② ［唐］段安节：《乐府杂录》，见《说郛》卷三，第5页。据《谈垒》本。

有可能倾向于以一种审美的态度甄量人物，发抒情感，品味生活。而这样的人生境界对于千千万万的闺中女子来说，显然是无法企及的。

正因为双方都不承担道德、伦理、家族的责任，没有门第、宗法、贞节观念的束缚，所以妓女与恩客的关系较之封建家庭中丈夫与妻子、姜侍的契约，反而往往更纯洁、更真挚，因而也就有可能更具理想的色彩。

霍小玉之纳李十郎，"不邀财货，但慕风流"；欧阳詹与太原妓双双殉情，誓不独生；薛涛与元稹、白居易、王建、刘禹锡、杜牧等一代诗学宗匠的唱酬往还、心交神会，其风标品第实际都远非那些法定婚姻中的夫妻所能模拟。中国文学史上以情爱为题材的作品汗牛充栋，但最有感染力，最具思想价值和审美价值的，总是那些表现超越礼教、追求平等的篇章，青楼文学恰在其中占有很大比重。

第二节　《全唐诗》所展现的妓女与士人之关系

《全唐诗》中涉及妓女的篇章数量颇多，有一部分是描写家妓的，但不易甄别；还有一些内容涉及婚外恋，意象隐晦难明，亦不一定是与妓女。本节着重论述那些题旨明朗，一望而知是写青楼妓的篇章。

从整体的风格与情感寄托的方式而言，这一类诗歌在初、盛、中、晚四个时期的表现不尽相同。概括言之，中唐以前多观妓诗，诗人一般处在节会筵宴的场合，取旁观的角度欣赏妓女的歌乐舞蹈，情绪较为平淡，遣词炼句也以直观的描述为主。如卢照邻《益州城西张超亭观妓》（一作王绩诗）：

> 落日明歌席，行云逐舞人。
>
> 江南飞暮雨，梁上下轻尘。
>
> 冶服看疑画，妆台望似春。
>
> 高车勿遽返，长袖欲相亲。①

又如卢照邻《辛司法宅观妓》（一作王绩诗）：

> 南国佳人至，北堂罗荐开。
>
> 长裙随凤管，促柱送鸾杯。
>
> 云光身后荡，雪态掌中回。
>
> 到愁金谷晚，不怪玉山颓。②

陈子良《赋得妓》：

> 金谷多欢宴，佳丽正芳菲。
>
> 流霞席上满，回雪掌中飞。
>
> 明月临歌扇，行云接舞衣。
>
> 何必桃将李，别有待春晖。③

---

① 《全唐诗》卷三七，第486页。
② 《全唐诗》卷三七，第486页。
③ 《全唐诗》卷三九，第497页。

张说《温泉冯、刘二监客舍观妓》：

> 温谷寒林薄，群游乐事多。
>
> 佳人蹀骏马，乘月夜相过。
>
> 秀色然红黛，娇香发绮罗。
>
> 镜前鸾对舞，琴里凤传歌。
>
> 妒宠倾新意，衔恩奈老何。
>
> 为君留上客，欢笑敛双蛾。[1]

储光羲《夜观妓》：

> 白雪宜新舞，清宵召楚妃。
>
> 娇童携锦荐，侍女整罗衣。
>
> 花映垂鬟转，香迎步履飞。
>
> 徐徐敛长袖，双烛送将归。[2]

储光羲《长安道》：

> 鸣鞭过酒肆，袨服游倡门。百万一时尽，含情无
>
> 片言。
>
> 西行一千里，暝色生寒树。暗闻歌吹声，知是长
>
> 安路。[3]

---

[1] 《全唐诗》卷八八，第971页。

[2] 《全唐诗》卷一三九，第1413页。

[3] 《全唐诗》卷一三九，第1418页。

孟浩然《美人分香》：

> 艳色本倾城，分香更有情。
>
> 髻鬟垂欲解，眉黛拂能轻。
>
> 舞学平阳态，歌翻子夜声。
>
> 春风狭斜道，含笑待逢迎。①

孟浩然《宴崔明府宅夜观妓》：

> 画堂观妙妓，长夜正留宾。
>
> 烛吐莲花艳，妆成桃李春。
>
> 髻鬟低舞席，衫袖掩歌唇。
>
> 汗湿偏宜粉，罗轻讵著身。
>
> 调移筝柱促，欢会酒杯频。
>
> 倘使曹王见，应嫌洛浦神。②

李白《邯郸南亭观妓》：

> 歌妓燕赵儿，魏姝弄鸣丝。
>
> 粉色艳日彩，舞袖拂花枝。

---

① 《全唐诗》卷一六〇，第1656页。
② 《全唐诗》卷一六〇，第1661—1662页。

把酒顾美人，请歌邯郸词。

清筝何缭绕，度曲绿云垂。

……①

这类诗多是把舞席歌筵上的瞬间感受形诸笔墨，有些是根据事后的追忆，有些便是当场即兴之作，所谓"刻烛限诗成"②者。共同的特点是平铺直叙，缺少兴寄。就连诗中的意象也颇多相似或雷同，如"舞袖""绿云""红黛""歌唇""云光""雪态""流霞""行云""回雪""鸾舞""凤歌""娇弦""玉指"等，显然都是得自表层的印象，诗人对妓女色艺的欣赏尚处于一种"间离"的状态。妓女只是作为渲染气氛的必要点缀，妓女的歌喉、舞姿，包括妓女本身在诗人的眼中固然是美的，但这种美在诗人心理上所激起的反应与观赏一帧丹青佳品或面对一片湖山胜景的感受似乎也并无太大的区别，原因就在于其间缺乏交流、缺乏沟通。

从这种现象也可觇见中唐以前的士林风气。致君尧舜、干政树勋，是当时士人的主要追求，迫切的事功愿望、强烈的入世精神，主宰着整个士林的行为方式，使他们没有余裕去冶游狎妓。妓女与士人的交往主要局限于社交酬酢的官场，歌歇舞罢，酒阑灯炧，便如过眼烟云。妓女作为娱人的工具，给诗人们留下了美好瞬间的回忆，但作为有血有肉有感情的

---

① 《全唐诗》卷一七九，第1825页。
② ［唐］孟浩然：《寒夜张明府宅宴》，见《全唐诗》卷一六〇，第1644页。

人，却还远远没有进入诗人的心灵世界。

这一时期另有一些诗人借咏妓以抒写个人的怀抱，如李白的歌行即每每流露出对东晋谢安的追慕之情。"美酒尊中置千斛，载妓随波任去留。"（《江上吟》）"携妓东土山，怅然悲谢安。我妓今朝如花月，他妓古坟荒草寒。"（《东山吟》）"谢公自有东山妓，金屏笑坐如花人。"（《携妓登梁王栖霞山孟氏桃园中》）"谢公正要东山妓，携手林泉处处行。"（《示金陵子》）"安石东山三十春，傲然携妓出风尘。楼中见我金陵子，何似阳台云雨人。"（《出妓金陵子呈卢六四首·其一》）诗句的表层意义固然是写诗人与妓女流连的放浪不羁之态，而其深层的心理蕴含却苍凉沉郁。诗人少具不世之才，志气宏放，抱负雄伟，但一生坎壈侘傺，不能少申其怀抱，一腔愤怨横逸不可制缚，乃驰骛于诗酒声歌、山川名胜之中，借放浪行迹，以掩其内心的苦闷。其实诗人真正神往的并非纵情丘壑、携妓隐居的谢安，而恰恰是运筹帷幄、谈笑却敌的谢安。他在《送裴十八图南归嵩山二首·其二》中所写下的"谢公终一起，相与济苍生"，才是其真正渴望的。

正是在这种心情的驱动下，诗人写下了许多表面上浓艳纵恣，实际却寄托遥深的诗篇：

> 月寒江清夜沉沉，美人一笑千黄金。垂罗舞縠扬哀音，郢中白雪且莫吟，子夜吴歌动君心。动君心，冀君赏。愿作天池双鸳鸯，一朝飞去青云上。①

---

① ［唐］李白：《白纻词三首·其二》，见《全唐诗》卷二二，第287页。

> 葡萄酒、金叵罗,吴姬十五细马驮。青黛画眉红锦靴,
> 道字不正娇唱歌。玳瑁筵中怀里醉,芙蓉帐底奈君何! ①

不独李白如此,盛唐时期的许多诗人都曾流露过这种心理,像前文论及的储光羲的《长安道》云:"鸣鞭过酒肆,袨服游倡门。百万一时尽,含情无片言。"即使如严谨执着的杜甫,也时有"细推物理须行乐,何用浮名绊此身"②的感慨。有"谁能载酒开金盏,唤取佳人舞绣筵"③的放纵。

唐人郑处晦的《明皇杂录补遗》云:

> 天宝中,刘希夷、王昌龄、祖咏、张若虚、孟浩然、
> 常建、李白、杜甫,虽有文名,俱流落不偶,恃才浮诞而
> 然也。④

可说道中了诗人的处境遭遇与诗风性格的联系。

安史乱后,国本动摇,内帑空虚,藩镇势成,中官擅政,盛唐景象已不复存在。《新唐书》卷二〇七《宦者列传》云:

---

① 〔唐〕李白:《对酒》,见《全唐诗》卷一八四,第1881页。
② 〔唐〕杜甫:《曲江二首》之一,见《全唐诗》卷二二五,第2410页。
③ 〔唐〕杜甫:《江畔独步寻花七绝句》之四,见《全唐诗》卷二二七,第2452页。
④ 按:此据《说郛》本,刘希夷、王昌龄、张若虚、孟浩然皆非天宝中人,疑当作"开元中"。

开元、天宝中，宫嫔大率至四万，宦官黄衣以上三千
员，衣朱紫千余人。其称旨者，辄拜三品将军，列戟于门。
其在殿头供奉，委任华重，持节传命，光焰殷殷动四方。
所至郡县奔走，献遗至万计……监军持权，节度返出其下，
于是甲舍名园，上腴之田，为中人所名者，半京畿矣。肃、
代庸弱，倚为扞卫。……德宗惩艾泚贼，故以左右神策、
天威等军，委宦者主之，置护军中尉、中护军，分提禁兵，
是以威柄下迁，政在宦人，举手伸缩，便有轻重。至慓士
奇材，则养以为子；巨镇强籓，则争出我门。……又日夕
侍天子，狎则无威，习则不疑，故昏君蔽于所昵，英主祸
生所忽。……祸始开元，极于天祐。①

这种现状反映在诗人的创作中，则是关注现实、感时伤
事、干预社会生活的作品增多，而流派纷呈，各臻其善。

中唐时期的青楼诗也以其内容的丰富、情感的细腻，判
然区别于前期的风格。仅从诗题来看，就出现了相当数量的
"送妓""赠妓""别妓""怀妓""伤妓""悼妓"的名目，如
果不是经历过较为深挚的情感交流，恐怕是不会选用这些带
有强烈感情色彩的动词的。这种现象与初、盛唐时期单纯的
"观妓"局面形成鲜明对照。

一些诗人关注市井民情，留心风俗的淳浇，用乐府古题

---

① ［宋］欧阳修、［宋］宋祁撰：《新唐书》，中华书局1975年，第5856页。

记录他们游历各地的见闻感受。初、盛唐诗人中已曾有人尝试此法，但多写风俗，鲜及妓女。至中唐以降，涉及风尘女子的乐府古题始渐渐增多。如《襄阳乐》《大堤曲》，本南朝刘宋时的乐曲名称。《乐府诗集》卷四八引《古今乐录》曰：

> 襄阳乐者，宋随王诞之所作也。诞始为襄阳郡，元嘉二十六年仍为雍州刺史，夜闻诸女歌谣，因而作之。所以歌和中有"襄阳来夜乐"之语也。旧舞十六人，梁八人。又有"大堤曲"，亦出于此。①

可见其在当时为舞曲，而在中唐诗人杨巨源的笔下，曲词已是当地侍酒女郎的传神写照了：

> 二八婵娟大堤女，开垆相对依江渚。待客登楼向水看，邀郎卷幔临花语。细雨濛濛湿芰荷，巴东商侣挂帆多。自传芳酒浣红袖，谁调妍妆回翠娥。珍簟华灯夕阳后，当垆理瑟矜纤手。月落星微五鼓声，春风摇荡窗前柳。岁岁逢迎沙岸间，北人多识绿云鬟。无端嫁与五陵少，离别烟波伤玉颜。②

---

① ［南北朝］无名氏：《襄阳乐·序》，见《乐府诗集》卷四八，第703页。
② ［唐］杨巨源：《大堤曲》，见《乐府诗集》卷四八，第705页。

以"襄阳乐"或"大堤曲"的形式谱写当地妓女的生活风貌，成为一时的风气。或褒或贬，或赞美或惩戒，则因人而异。如施肩吾的《襄阳曲》：

> 大堤女儿郎莫寻，三三五五结同心。清晨对镜冶容色，意欲取郎千万金。①

又如张潮的《襄阳行》：

> ……襄阳传近大堤北，君到襄阳莫回惑。大堤诸女儿，怜钱不怜德。②

另有不少诗篇道及"胡姬"，反映出唐代胡妓、胡酒、胡乐传入中土的文化交流盛况。较早涉及这一题材的是神龙中诗人贺朝的《赠酒店胡姬》：

> 胡姬春酒店，弦管夜锵锵。
>
> 红氍铺新月，貂裘坐薄霜。
>
> 玉盘初鲙鲤，金鼎正烹羊。
>
> 上客无劳散，听歌乐世娘。③

---

① ［唐］施肩吾：《襄阳曲》，见《乐府诗集》卷四八，第704页。
② ［唐］张潮：《襄阳行》，见《全唐诗》卷一一四，第1160页。
③ ［唐］贺朝：《赠酒店胡姬》，见《全唐诗》卷一一七，第1181页。

貂裘铺地，金鼎烹羊，胡乐铿锵，胡妓侑觞，诗人展现了一幅西北游牧民族的风情画卷。"细雨春风花落时，挥鞭直就胡姬饮"①。这较之长安的平康里，又别是一番气象了。

中唐以后，这类诗章渐多，王建有《观蛮妓》，杨巨源有《胡姬词》，元稹有《胡旋女》《骠国乐》《西凉伎》。李唐王室曾长期受西北少数民族的文化沐浴，立国以后，仍兼尚胡风，民间争相仿效。以服饰而论，"天宝初时士庶好为胡服，貂皮帽；妇人则步摇钗，窄小襟袖。"②此风至中唐不减，白居易《时世妆》诗云："元和妆梳君记取，髻椎面赭非华风。"刘禹锡《观柘枝舞二首·其一》亦描述了妓女着胡服而舞的场面：

> 胡服何葳蕤，仙仙登绮墀。
>
> 神飚猎红蕖，龙烛映金枝。
>
> 垂带覆纤腰，安钿当妩眉。
>
> 翘袖中繁鼓，倾眸溯华榱。
>
> 燕秦有旧曲，淮南多冶词。
>
> 欲见倾城处，君看赴节时。③

中唐诗人中与妓女过从最密，唱酬最繁的无过于元、白。

① ［唐］李白：《白鼻騧》，见《全唐诗》卷一六五，第1709页。

② ［唐］郑处诲：《明皇杂录》，见［宋］曾慥辑：《类说》卷一六，书目文献出版社1988年，第278页。

③ 《全唐诗》卷三五四，第3972页。

二人于贞元十九年（公元803年）同登书判拔萃科，同授秘书省校书郎，交情弥笃，有金兰之契，且俱以诗风平易见称于世，时号"元和体"。两人的婚姻有幸与不幸，而共同的是他们都有声妓之好，都对众多的妓女倾注过深挚的感情。有些妓女，如秋娘、商玲珑、杨琼、薛涛等，还是他们两人共同的风尘密友。

元稹与白居易从青年登科始，即有偕游曲巷的经历：

> ……
>
> 征伶皆绝艺，选妓悉名姬。
>
> 粉黛凝春态，金钿耀水嬉。
>
> 风流夸堕髻，时世斗啼眉。
>
> 密坐随欢促，华尊逐胜移。
>
> 香飘歌袂动，翠落舞钗遗。
>
> 筹插红螺椀，觥飞白玉卮。
>
> 打嫌调笑易，饮讶卷波迟。
>
> ……①

步入中年以后，这种经历还时时引起诗人浪漫的回忆：

> 见君新赠吕君诗，忆得同年行乐时。
>
> 争入杏园齐马首，潜过柳曲斗蛾眉。

---

① ［唐］白居易：《代书诗一百韵寄微之》，见《全唐诗》卷四三六，第4824页。

八人云散俱游宦，七度花开尽别离。

闻道秋娘犹且在，至今时复问微之。①

诗中提到的秋娘，即是两人初入仕时共同眷恋的烟花女子。又宋人张君房《缙绅脞说》载：

商玲珑，余杭歌妓。白公守郡日，与歌曰："罢胡琴、掩瑶琴（笔者按，《全唐诗》作"掩秦瑟"），玲珑再拜当歌立（《全唐诗》作"歌初毕"）。莫为使君不解歌（《全唐诗》作"莫道"），听唱黄鸡与白日。黄鸡催晓丑前鸣（"前"，《全唐诗》作"时"），白日催人酉后没（"人"《全唐诗》作"年"，"后"《全唐诗》作"前"）。腰间红绶系未稳，镜里朱颜看已失。玲珑玲珑奈老何，使君歌了汝更歌。"时元微之在越州，厚币邀至。月余，使尽歌所唱之曲，作诗送行，兼寄乐天曰"休遣玲珑唱我词（"词"《全唐诗》作"诗"），我词多是寄君诗。却向江边整回棹（《全唐诗》作"明朝又向江头别"），月落潮平是去时。"②

观此，则歌妓商玲珑不仅与元、白相知，且俨然是两人的诗媒信使了。

在与这些风尘女子诗酒流连的过程中，两位诗人的表现

---

① ［唐］白居易：《和元九与吕二同宿话旧感赠》，见《全唐诗》卷四三七，第4851页。

② ［宋］张君房：《缙绅脞说》，见《类说》卷五〇"玲珑奈老何"条，第845页。

又因各自性情的差异而有所不同。概括地说，较之白居易，元稹显得轻佻矫情。读《会真记》，其薄幸自私、文过饰非已可见一斑。他与蜀妓薛涛的一段因缘尽管为人艳称，但最后的结局却因元稹的见异思迁而暴露了其人虚伪佻薄的性格本质。《说郛》卷六一载陶穀《清异录》云：

> 蜀多文妇，亦风土所致。元微之素闻薛涛名，因奉使见焉。微之矜持笔砚，涛请走笔作《四友赞》。其略曰："磨润色先生之腹（按明本《薛涛诗》作"磨扪虱先生之腹"），濡藏锋都尉之头。引书媒而黯黯，入文亩以休休。"微之惊服。……①

又范摅《云溪友议》卷下"鹦鹉词"条载：

> 安人元相国应制科之选，历天禄畿尉，则闻西蜀乐藉有薛涛者，能篇咏、饶词辩，常悄恡于怀抱也。及为监察，求使剑门，以御史推鞫，难得见焉。及就除拾遗，府公严司空绶，知微之之欲，每遣薛氏往焉。临途诀别，不敢挈行。洎登翰林，以诗寄曰："锦江滑腻蛾眉秀，化出文君及薛涛。（"化"《全唐诗》作"幻"）言语巧偷鹦鹉舌，文章分得凤凰毛。纷纷词客皆停笔（"皆"《全唐诗》作"多"），个个君侯欲梦刀（"君侯"《全唐诗》作"公

---

① ［宋］陶穀：《清异录》"文用"门，见《说郛》卷六一，第53页。

卿")。别后相思隔烟水，菖蒲花发五云高。"元公既在中书，论与裴晋公度子弟撰及第，议出同州。乃廉问淛东，别涛已逾十载，方拟驰使往蜀取涛，乃有俳优周季南、季崇及妻刘采春，自淮甸而来，善弄陆参军，歌声彻云。篇韵虽不及涛，容华莫之比也，元公似忘薛涛，而赠采春诗曰："新妆巧样画双蛾，慢裹恒州透额罗。正面偷轮光滑笏，缓行轻踏皱皮靴。言辞雅措风流足，举止低回秀媚多。更有恼人肠断处，选词能唱望夫歌。"……①

元稹初识薛涛，是在元和四年（公元809年）三月为东川监察御史时，这位青楼名妓的才华风韵，使元稹一见即为之倾倒。于是月下花前，酒席歌筵，便时时留下他们赠答唱酬、互吐情愫的踪迹。这段经历对元稹来说，虽然是妻子韦丛逝世的同一年里发生的，但实无可厚非。盖因狎妓冶游，本是唐代士大夫的生活方式之一，为道德法律所允许；而且两人的感情纠葛，又是基于才华的相互吸引，可以说是相对比较纯洁自然的婚外恋。所以后来"寄赠薛涛"的诗句，也还是寄寓了很深的缅怀之情的。

然而一旦邂逅名优刘采春，元稹便即溺于刘的美色，将薛涛置诸脑后。《类说》卷五六引《古今诗话》云：

----

① 《云溪友议》卷九，《稗海》本。

元稹廉察浙东，喜官妓刘采春。稹尝有诗云："因循归未得，不是恋鲈鱼。"人注之曰："恋镜湖春色耳。"谓刘采春也。①

如果不是采春槁砧②尚在，元稹直欲纳之为妾。当时士林颇推许元稹与韦丛和继室裴淑伉俪相得，琴瑟谐美，而观察元氏在外到处留情的人品，不能不让人怀疑他在婚姻关系中也使用了欺骗手段。

诗人白居易的一生，几乎是与妓女声色相终始的。他不仅蓄有众多家妓，而且随着他游宦处所的更变，结识了数以百计的各地的青楼女子。较之元稹，白居易在这个问题上要坦诚率真得多，这恐与白氏中年崇佛，醉心禅理，追求随缘适意的心境有关。在黜陟无常、险巇污浊的宦海风波里，诗人感到前途叵测，禨祥难卜，只有在与那些"北地胭脂""南国金粉"诗酒流连的时候，诗人才感到心境恬然、俗虑全销。因此，他始终把这些烟花女子视为自己的风尘知己，饱含热情地赞美她们的歌态舞姿，满怀同情地体味她们的悲欢欣戚。清人褚人获《坚瓠集·辛集》卷四云："陈鸿《长恨传序》云：'乐天深于诗，多于情者也。'故所遇必寄之吟咏，非有意于渔色。"③这是很中肯的见解。

---

① ［宋］李颀编：《古今诗话》"恋镜湖春色"条，见《类说》卷五六，第947页。
② 代指丈夫，典出自徐陵《玉台新咏·古绝句四首》之一的"槁砧今何在"。
③ ［清］褚人获：《坚瓠集·辛集》卷四，浙江人民出版社1986年，第5页。

在游宦生涯的各个驻足点，诗人都用诗句摄下了与青楼妓女盘桓燕乐的忘情场景。在长安，他写道：

忆昔娭游伴，多陪欢宴场。

寓居同永乐，幽会共平康。

师子寻前曲，声儿出内坊。

花深态奴宅，竹错得怜堂。

庭晚开红药，门闲荫绿杨。

经过悉同巷，居处尽连墙。

时世高梳髻，风流澹作妆。

戴花红石竹，帔晕紫槟榔。

鬓动悬蝉翼，钗垂小凤行。

拂胸轻粉絮，暖手小香囊。

选胜移银烛，邀欢举玉觞。

炉烟凝麝气，酒色注鹅黄。

急管停还奏，繁弦慢更张。

雪飞回舞袖，尘起绕歌梁。

旧曲翻调笑，新声打义扬。

名情推阿轨，巧语许秋娘。

风暖春将暮，星回夜未央。

宴余添粉黛，坐久换衣裳。

结伴归深院，分头入洞房。

彩帷开翡翠，罗荐拂鸳鸯。

留宿争牵袖，贪眠各占床。

绿窗笼水影，红壁背灯光。

索镜收花钿，邀人解袷裆。

暗娇妆靥笑，私语口脂香。

怕听钟声坐，羞明映缦藏。

眉残蛾翠浅，鬓解绿云长。

聚散知无定，忧欢事不常。

离筵开夕宴，别骑促晨装。

去住青门外，留连浐水旁。

车行遥寄语，马驻共相望。

云雨分何处，山川共异方。

……①

诗歌写的是初登省台时候的经历，因为青年得志，所以
回忆起来，也充满了顽艳旖旎的秾丽色彩。在杭州，诗人把
他对湖光山色的迷恋和对南国佳人的激赏一同融入作品之中：

望海楼明照曙霞，护江堤白蹋晴纱。

涛声夜入伍员庙，柳色春藏苏小家。

红袖织绫夸柿蒂，青旗沽酒趁梨花。

谁开湖寺西南路，草绿裙腰一道斜。②

---

① ［唐］白居易：《江南喜逢萧九彻因话长安旧游戏赠五十韵》，见《全唐
诗》卷四六二，第5253页。
② ［唐］白居易：《杭州春望》，见《全唐诗》卷四四三，第4959页。

鞍马夜纷纷，香街起暗尘。

回鞭招饮妓，分火送归人。

风月应堪惜，杯觞莫厌频。

明朝三月尽，忍不送残春。①

在苏州任上，他勤于政事，却也不忘征歌逐舞，陶情风月。他的《郡斋旬假始命宴呈座客示郡寮》诗云：

……

萍醅箬溪醹，水鲙松江鳞。

侑食乐悬动，佐欢妓席陈。

风流吴中客，佳丽江南人。

歌节点随袂，舞香遗在茵。

清奏凝未阕，酡颜气已春。

众宾勿遽起，群寮且逡巡。

无轻一日醉，用犒九日勤。

微彼九日勤，何以治吾民？

微此一日醉，何以乐吾身？②

在任太子宾客分司东洛时，诗人已届花甲之年，仍然时

---

① ［唐］白居易：《饮散夜归赠诸客》，见《全唐诗》卷四四三，第4959页。

② 《全唐诗》卷四四四，第4967页。

与笙歌妓乐为伴，其《杨柳枝二十韵》写道：

> 小妓携桃叶，新声蹋柳枝。
>
> 妆成剪烛后，醉起拂衫时。
>
> 绣履娇行缓，花筵笑上迟。
>
> 身轻委回雪，罗薄透凝脂。
>
> 笙引簧频暖，筝催柱数移。
>
> 乐童翻怨调，才子与妍词。
>
> 便想人如树，先将发比丝。
>
> 风条摇两带，烟叶贴双眉。
>
> 口动樱桃破，鬟低翡翠垂。
>
> 枝柔腰袅娜，薤嫩手葳蕤。
>
> 唤鹤晴呼侣，哀猿夜叫儿。
>
> 玉敲音历历，珠贯字累累。
>
> 袖为收声点，钗因赴节遗。
>
> 重重遍头别，一一拍心知。
>
> 塞北愁攀折，江南苦别离。
>
> 黄遮金谷岸，绿映杏园池。
>
> 春惜芳华好，秋怜颜色衰。
>
> 取来歌里唱，胜向笛中吹。
>
> 曲罢那能别，情多不自持。
>
> 缠头无别物，一首断肠诗。①

---

① 《全唐诗》卷四五五，第5156页。

诗前有小序曰："杨柳枝，洛下新声也。洛之小妓，有善歌之者，词章音韵，听可动人，故赋之。"这首诗把歌妓的妖娆体态与柳枝的柔嫩丝条互相比附，写来情随意转，亲切细腻。篇末又流露出一丝闲适中的淡淡哀愁。这种感伤生命不永、会少离多的悲观意绪几乎贯穿于诗人中年以后的整个创作过程。有时诗人为外物所触，也仍然会焕发当年创作《新乐府》的精神，关心民瘼，指陈时事。他的《代卖薪女赠诸妓》便是上承《卖炭翁》与《秦中吟·买花》的思想，对登山负薪的贫女寄予了深切的同情：

> 乱蓬为鬓布为巾，晓踏寒山自负薪。
> 一种钱塘江畔女，著红骑马是何人？①

然而，在这类诗作中，成就最高的，还是《琵琶行》，诗前引文说：

> 元和十年，予左迁九江郡司马。明年秋，送客溢浦口，闻船中夜弹琵琶者。听其音，铮铮然有京都声。问其人，本长安倡女，尝学琵琶于穆、曹二善才。年长色衰，委身为贾人妇。遂命酒，使快弹数曲，曲罢，悯默。自叙少小时欢乐事，今漂沦憔悴，转徙于江湖间。予出官二年，恬

---

① ［唐］白居易：《代卖薪女赠诸妓》，见《全唐诗》卷四四三，第4962页。

然自安，感斯人言，是夕始觉有迁谪意。因为长句歌以赠
之，凡六百一十二言，命曰《琵琶行》。①

这首诗的内容可分三个层次，由江边邂逅弹琵琶妓女到
曲终收拨，四野岑寂为第一层。主要描摹乐声的疾徐高下、
低昂舛节。用"急雨""私语""珠落玉盘""花间莺语""流
泉幽咽""银屏乍破""铁骑刀枪""裂帛"等可以兼而诉诸
视、听二官的通感以状声象，暗示出弹者指法的夭矫变化之
妙。这种对乐声的无微不至的刻画和细腻真挚的情感体验使
诗句本身显示出不同寻常的美。

第二层写琵琶妓自叙身世：

自言本是京城女，家在虾蟆陵下住。十三学得琵琶成，
名属教坊第一部。曲罢曾教善才伏，妆成每被秋娘妒。五
陵年少争缠头，一曲红绡不知数。钿头云篦击节碎，血色
罗裙翻酒污。今年欢笑复明年，秋月春风等闲度。弟走从
军阿姨死，暮去朝来颜色故。门前冷落鞍马稀，老大嫁作
商人妇。商人重利轻别离，前月浮梁买茶去。去来江口守
空船，绕船月明江水寒。夜深忽梦少年事，梦啼妆泪红
阑干。

---

① ［唐］白居易：《琵琶行》，见《全唐诗》卷四三五，第4821页。以下《琵琶
行》引文均出于此，不再出注。

这已不啻是一部妓女生涯的荣枯史，具有高度的典型意义。《全唐诗》中像这样生动凝练地概括妓女一生始末的篇章仅此而已。短短的一百五十四个字，把这位名妓昔日的光华荣耀与今夕的凄凉落寞渲染得淋漓尽致。"钿头云篦击节碎，血色罗裙翻酒污"与"门前冷落鞍马稀，老大嫁作商人妇"对照鲜明，笔力遒劲。转承之间，了无痕迹，不言同情而同情自在其中。

单单这两层内容，命意已自不俗，但诗歌最深沉的情绪蕴含，还不在此，而在最后一层，在这一层里，诗人把自己的迁客孤独之感同这位琵琶妓女的抚今追昔之痛联系起来，互相生发，冶为一炉，并从而提炼出"同是天涯沦落人，相逢何必曾相识"的人生哲理。多少年来，数不清的逐臣孤子、薄命红颜就是在人类这种伟大同情心的感悟中，得到慰藉，汲取勉励，进而重新鼓起生命之舟的风帆。

也正是由于诗中所展示的妓女坎坷命运的典型性和诗人自己的迁谪之感的普遍性，才使《琵琶行》产生了超越那些泛泛的"咏妓""观妓"诗的意境，获得了永恒的魅力。

青楼题材的诗歌至晚唐流于冶艳，盖因国运将殂，士习浇漓所致。《北里志》说：

> 自大中皇帝好儒术，特重科举。故其爱婿郑詹事再掌春闱，上往往微服长安中，逢举子则狎而与之语。时以所闻，质于内庭。学士及都尉皆耸然莫知所自，故进士自此

> 尤盛，旷古无俦。然率多膏粱子弟，平进岁不及三数人，
> 由是仆马豪华，宴游崇侈，以同年俊少者为两街探花使，
> 鼓扇轻浮，仍岁滋甚。①

这种情况已与盛唐士人的狂放不羁形同而质异，它更多
地带有末世文人及时行乐，自寻麻醉的病态心理，比较有代
表性的是杜牧的《遣怀》：

> 落魄江南载酒行，楚腰肠断掌中轻。
> 十年一觉扬州梦，赢得青楼薄幸名。②

这首诗声韵节奏的美与内容的颓唐都给人以深刻的印象。
它虽然不能涵盖杜牧诗作的整体风格，但诗中所流露的自嘲、
自悔、自叹和无可奈何的心情却是那一时代的士人所共有的。
等而下之，一些无行士子以科名相炫耀，以酒色相标榜，"寻
芳逐胜，结友定交，竞车服之鲜华，骋杯盘之意气，沽激价
誉，比周行藏。"③

如"裴思谦状元，及第后作红笺名纸十数，诣平康里，
因宿于里中，诘旦，赋诗曰：'银釭斜背解鸣珰，小语低声贺

---

① 《北里志》序，见《中华野史·唐朝卷》，第533页。
② ［唐］杜牧：《遣怀》，见《全唐诗》卷五二四，第5998页。
③ 《唐摭言》卷三，见《中华野史·唐朝卷》，第217页。

玉郎。从此不知兰麝贵，夜来新惹桂枝香。'"①再如"郑合敬先辈及第后，宿平康里。诗曰：'春来无处不闲行，楚润相看别有情。好是五更残酒醒，时时闻唤状元声。'（注：楚娘字润卿，妓之尤者）"②

上文之裴思谦，乃是依仗中官仇士良的势力，买通关节，攫取状元的无行文人，他的诗也充满了一种小人得志，佻薄无赖的气息。至于郑合敬的诗，除了渲染一种左拥右抱，醉生梦死的气氛以外，就再无别的兴象可资玩味了。

又如《北里志》所载：

> 王团儿，前曲自西第一家也。已为假母，有女数人。长曰小润，字子美，少时颇籍籍者。小天崔垂休变化年溺惑之，所费甚广。尝题记于小润髀上，为山所见，赠诗曰："慈恩塔下亲泥壁，滑腻光华玉不如。何事博陵崔四十，金陵腿上逞欧书。"③

题记题到妓女的大腿上，实在是狂荡到了无以复加的地步，而同侪还要引为美谈，大加称赏。

这种以妓女身体为歌咏对象的艳诗在晚唐并不少见。像崔珏的《有赠》，方干的《赠美人》，韩偓的《席上有赠》《咏

---

① 《北里志》"裴思谦状元"条，见《中华野史·唐朝卷》，第537页。亦见《唐摭言》。
② 《北里志》"郑合敬先辈"，见《中华野史·唐朝卷》，第537页。
③ 《北里志》"王团儿"条，见《中华野史·唐朝卷》，第535页。

手》《昼寝》《偶见背面是夕兼梦》，赵光远的《咏手二首》等
都是。从形式上看，此类诗作词句浮艳、意象娇软，似可视
为齐梁宫体诗的一股回潮。从思想内容方面看，此类诗作体
气纤秾，柔若无骨，反映出没落时代文人的颓废情调。

《全唐诗》中还有另一组引人注目的诗篇——妓女的作
品，包括二十一人的一百三十六首诗。这个数字比之当时妓
女们实际创作数量的总和，不过十之一二。盖因妓女生涯迍
邅多难，一旦年齿稍增，便如残荷衰柳，身既为人所轻，诗
亦无人过问，岁月剥蚀，遂致散佚。如江淮间妓徐月英，本
有诗集行世，而今仅存二首，所以这些历经沙汰，留传至今
的作品，也就弥足珍贵了。

这一百三十六首诗中，有相当一部分是写给自己"恩客"
的情诗，大多如泣如诉，哀婉动人。也有自伤沦落，倾诉从
良愿望的，如徐月英的《叙怀》：

> 为失三从泣泪频，此身何用处人伦。
> 虽然日逐笙歌乐。常羡荆钗与布裙。①

又《全唐诗》卷八〇二，载《酥乳》一首，题"赵鸾鸾"
作，小传云"平康名妓也，诗五首"。其诗云："粉香汗湿瑶
琴轸，春逗酥融绵雨膏。浴罢檀郎扪弄处，灵华凉沁紫葡
萄。"此诗始见于明人曹学佺的《石仓历代诗选》，玩其词意，

---

① ［唐］徐月英：《叙怀》，见《全唐诗》卷八〇二，第9033页。

实不似出自女性口吻，应是男性揣摩女子之感觉，寄予诸多色情想象而作。

妓女的创作，大都篇什短小，旨意浅近，就中值得专门讨论的是薛涛的《洪度集》。《全唐诗·薛涛小传》说：

> 薛涛，字洪度，本长安良家女，随父宦，流落蜀中，遂入乐籍，辩慧工诗，有林下风致。韦皋镇蜀，召令侍酒赋诗，称为女校书。出入幕府，历事十一镇，皆以诗受知。暮年屏居浣花溪，著女冠服，好制松花小笺，时号薛涛笺。①

今人张蓬舟《薛涛诗笺》辑其诗达九十一首。当时诗坛巨擘如元稹、白居易、刘禹锡、张籍、李德裕、裴度、张祜、王建、杜牧等均与之唱和，后世妓女之有"校书"的雅号，便始自薛涛。其人不仅能诗，且能书，又自制彩笺，风靡一世，可见是有相当修养的。观其诗，虽不能说洗尽铅华、一尘不染，却也别有一种清静绝俗的标格逸气氤氲其间。其《风》诗云：

> 猎蕙微风远，飘弦唤一声。
> 林梢鸣淅沥，松径夜凄清。②

---

① 《全唐诗》卷八〇三，第9035页。
② ［唐］薛涛：《风》，见《全唐诗》卷八〇三，第9036页。

《月》诗云：

> 魄依钩样小，扇逐汉机团。
>
> 细影将圆质，人间几处看？①

其《酬人雨后玩竹》云：

> 南天春雨时，那鉴雪霜姿。
>
> 众类亦云茂，虚心能自持。
>
> 多留晋贤醉，早伴舜妃悲。
>
> 晚岁君能赏，苍苍劲节奇。②

诗中所披露的操守抱负，已与当时的知识阶层相仿佛，只是对物象的感受更多些女性的细致。然而唯其如此，其命运的悲剧意味才愈浓厚。身为女子，而且是妓女，却才华丰赡，禀赋奇高，具有本不该属于这个阶层女性的个性意识，这种个性意识又不可能不被主宰社会的士大夫文化所裹挟。于是便酿成了理想与现实、意识与存在的深刻矛盾。按照薛涛的标准，只有与元稹这样的名士结合，才能实现她琴瑟和鸣的婚姻憧憬，但现实是元稹即使未娶，也

---

① ［唐］薛涛：《月》，见《全唐诗》卷八〇三，第9036页。
② ［唐］薛涛：《酬人雨后玩竹》，见《全唐诗》卷八〇三，第9035页。

绝不可能选择她这样的隶名乐籍的女人为妻。今日看来，薛涛一生茕居独处，终老碧鸡坊，未肯事人的原因，恐怕一来在于自矜才识，不愿降格以求；二来也在以此对社会做一种无声的抗议吧！

第三节　唐传奇中妓女与士人的爱情

描写发生在婚姻之外的爱情（包括人神之恋、人妖之恋、人鬼之恋）的篇章在唐人传奇中为数最多，品质也最高。它们共同表现出一种冲破门阀婚姻的藩篱，追求自由爱情的美好愿望。这中间包含了不少以青楼妓女为主人公的佳作。

首先是《游仙窟》。

过去论者多认为这篇小说描写的是人神恋爱，大约因为篇名既题"游仙"，而作者又于开始的部分故弄玄虚，障人眼目。如游国恩等主编的《中国文学史》便以为"作品自叙奉使河源，途中投宿仙窟，与神女邂逅交接的故事"[①]。台湾的祝秀侠先生亦以为："这篇作品的内容，便是以神仙和人相恋，来作色情的描写。"[②]得出这种结论可能都是由于对"仙"字的义训未做深入的推敲，而又惑于小说人物所处环境的扑朔迷离。

对此，何满子先生曾指出："'仙'这个字，在唐代文人

---

① 游国恩等主编：《中国文学史》第十一章第二节，人民文学出版社1963年，第528页。
② 祝秀侠：《唐代传奇研究》，台北"中国文化大学"出版部1982年。

中是美女、艳姬的代称；《游仙窟》翻译成现代汉语，就是《美人窝的经历》。"①

这个解释诚然得当，但我以为仍可做些补充。"仙"字在唐代，实际还有指称妓女的意义，司空图《游仙》诗：

> 蛾眉新画觉婵娟，斗走将花阿母边。
> 仙曲教成慵不理，玉阶相簇打金钱。②

韩偓《妒媒》诗句有：

> ……
> 已嫌刻蜡春宵短，最恨鸣珂晓鼓催。
> 应笑楚襄仙分薄，日中长是独徘徊。③

又，韩偓《偶见背面是夕兼梦》句：

> ……
> 眼波向我无端艳，心火因君特地燃。
> 莫道人生难际会，秦楼鸾凤有神仙。④

----

① 何满子：《中国古代小说发轫的代表作家——张鷟》，《文学遗产》1988年第3期。
② ［唐］司空图：《游仙》，见《全唐诗》卷六三四，第7274页。
③ ［唐］韩偓：《妒媒》，见《全唐诗》卷六三四，第7836页。
④ ［唐］韩偓：《偶见背面是夕兼梦》，见《全唐诗》卷六三四，第7841页。

孙棨《戏李文远》诗:

　　引君来访洞中仙,新月如眉拂户前。

　　领取嫦娥攀取桂,便从陵谷一时迁。①

又《北里志》载进士李标题妓女王苏苏窗诗云:

　　春暮花株绕户飞,王孙寻胜引尘衣。

　　洞中仙子多情态,留住刘郎不放归。②

是为明证。陈寅恪先生亦曾在《读莺莺传》一文中指出:

　　会真即遇仙或游仙之谓也。又六朝人已侈谈仙女杜兰
香萼绿华之世缘,流传至于唐代,仙(女性)之一名,遂
多用作妖艳妇人,或风流放诞之女道士之代称,亦竟有以
目娼妓者。其例证不遑悉举,即就《全唐诗》一八所收施
肩吾诗言之,如《及第后夜访月仙子》云:自喜寻幽夜,
新当及第年。还将天上桂,来访月中仙。及《赠仙子》云:
欲令雪貌带红芳,更取金瓶泻玉浆。凤管鹤声来未足,懒
眠秋月忆萧郎。即是一例。③

---

① [唐]孙棨:《戏李文远》,见《全唐诗》卷七二七,第8329页。
② 《北里志》"王苏苏"条,见《中华野史·唐朝卷》,第536页。
③ 陈寅恪:《元白诗笺证稿》第四章附《读莺莺传》,生活·读书·新知三联
书店2001年,第110—111页。

再从小说女主人公崔琼英的行动举止来看，作者虽然在她身上贴了一张出身望族的标签，但观其与男主人公的酬答雅谑之词，目挑心许之状，则活脱是平康里南曲中名妓的做派，并无丝毫名门孀妇应有的矜重自持。而那位号称太原公第三女的五嫂，其风流骀荡，左右逢源，更俨然一名烟花宿将。

由此可见，无论是篇名抑或小说内容，《游仙窟》实际都与神仙没什么牵连，它只是唐代青年士人冶游经历的艺术写照。试看男主人公的一段夫子自道：

> 余以少娱声色，早慕佳期，历访风流，遍游天下。弹鹤琴于蜀郡，饱见文君；吹凤管于秦楼，熟看弄玉。虽复赠兰解珮，未甚关怀；合卺横陈，何曾惬意。昔日双眠，恒嫌夜短；今宵独卧，实怨更长。①

这段话其实不妨理解为作者的自况。据《新唐书》《旧唐书》，作者张鷟本人即是"八举甲科"，誉满天下的"青钱学士"，而其风流佻达，不持士行，颇为当时恪守礼法的士大夫所讥弹。《游仙窟》开始说"仆从汧陇，奉使河源。"地点正与作者释褐以后就任襄阳尉的途程相符，所以认为这篇小说

---

① ［唐］张鷟:《游仙窟》，见李剑国辑校:《唐五代传奇集》第一册卷六，中华书局2015年，第172页。

有真实背景亦无大谬。

《游仙窟》用大量的笔墨铺衍男主人公与十娘（崔琼英）、五嫂调情的过程，文字韵散相兼，举凡比兴、双关、暗喻、俳偶的修辞手段无不驱遣自如，特别是穿插其中的波俏慧黠的市语巧谑，更使小说文本充满了盎然的情趣。试举下文为例：

> 其时，绿竹弹筝。五嫂咏筝曰："天生素面能留客，发意关情并在渠。莫怪向者频声战，良由得伴乍心虚。"……少时，桂心将下酒物来……仆答曰："下官不能赌酒，共娘子赌宿。"十娘问曰："若为赌宿？"余答曰："十娘输筹，则共下官卧一宿；下官输筹，则共十娘卧一宿。"十娘笑曰："汉骑驴则胡步行，胡步行则汉骑驴，总悉输他便，黠儿递换作，少府公太能生。"五嫂曰："新妇报娘子，不须赌来赌去，今夜定知娘子不免。"十娘曰："五嫂时时漫语，浪与少府作消息。"……下官因咏局曰："眼似星初转，眉如月欲消。先须捼后脚，然始勒前腰。"十娘则咏曰："勒腰须巧快，捼脚更风流。但令细眼合，人自分输筹。"①

以下咏刀、咏鞘、咏笔、咏砚、咏杓、咏盏、咏弓、咏箭，所喻无一不与具体的性行为有关，而又不着一字，尽得风流。这种机锋辩慧，正是唐代青楼的风范。只要翻检一下

① ［唐］张鷟：《游仙窟》，见《唐五代传奇集》第一册卷六，第178—179页。

《北里志》，便随处可见这样的记录：

　　天水仙哥……善谈谑，能歌令。

　　楚儿字润娘，素为三曲之尤，而辩慧，往往有诗句可称。

　　郑举举者……亦善令章……但负流品，巧谈谐。

　　莱儿……但利口巧言，诙谐臻妙。……进士天水（光远）……未应举时，已相昵狎矣。及应举，自以俊才，期于一战而取，莱儿亦谓之万全。是岁冬，大夸于宾客，指光远为一鸣先辈。及光远下第，京师小子弟……马上念诗以谑之曰："尽道莱儿口可凭，一冬夸婿好声名。适来安远门前见，光远何曾解一鸣？"莱儿尚未信，应声嘲答曰："黄口小儿口没凭，逡巡看取第三名。孝廉持水添瓶子，莫向街头乱碗鸣。"其敏捷皆此类也。

　　俞洛真有风貌，且辩慧。

　　王苏苏……女昆仲数人，亦颇善谐谑。有进士李标者……饮次，标题窗曰："春暮花株绕户飞，王孙寻胜引尘衣。洞中仙子多情态，留住阮郎不放归。"苏苏先未识，不甘其题……遂取笔继之曰："怪得犬惊鸡乱飞，赢童瘦马老麻衣。阿谁乱引闲人到，留住青蚨热赶归。"①

---

① 　以上六条引自《北里志》"天水仙哥""楚儿""郑举举""杨妙儿""俞洛真""王苏苏"条，见《中华野史·唐朝卷》，第533—536页。

> 西蜀官妓曰薛涛者，辩慧知诗。尝有黎州刺史作《千字文令》，带禽鱼鸟兽。乃曰："有虞陶唐。"坐客忍笑不罚。至薛涛云："佐时阿衡。"其人谓语中无鱼鸟，请罚。薛笑曰："'衡'字尚有小鱼字，使君'有虞陶唐'，都无一鱼。"宾客大笑。①

这类驾驭语言的狡智显然与魏晋以来的人物品评风气有一定的承袭关系，正像葛洪在《抱朴子·外篇》"崇教"一文中所说的："其所讲说，非道德也；其所贡进，非忠益也。唯在于新声艳色，轻体妙手。评歌讴之清浊，理管弦之长短，相狗马之剿驽，议遨游之处所，比错途之好恶，方雕琢之精粗，校弹棋樗蒲之巧拙，计渔猎相揢之胜负，品藻妓妾之妍媸，指摘衣服之鄙野，争骑乘之善否，论弓剑之疏密。招奇合异，至于无限；盈溢之过，日增月甚。"②其流风余韵，波及唐代士人，并渐次输入青楼，成为风月场中的时尚，构成唐代青楼文化的又一个重要特点。

从性心理学的立场来看，《游仙窟》不过是描写了一对男女性积欲的全过程。在此以前，中国文学史上还没有出现过这样细腻、这样大胆地描写性爱的作品。《国风》的"桑间濮上"之音偏重抒情，汉乐府与"吴声西曲"又失之直露简率，

---

① ［宋］王谠:《唐语林》卷六，见《中华野史·唐朝卷》，第422页。
② ［晋］葛洪:《抱朴子·外篇》"崇教"卷第四，见《诸子集成》第八册，上海书店1986年，第113页。

而齐、梁宫体诗则着力于对女子人体服饰的赞美，都远不能与《游仙窟》同日而语。

然而人类的性行为本身却又没有多少美的成分可资欣赏，它只是爱恋的双方各自为从对方身上获取性冲动的满足所采取的方式而已。在一个注重礼治伦常的社会，选择这样的题材演为小说，而且毫无顾忌地铺彩摛文，大肆渲染，宜乎被指斥为离经叛道，"诋消芜猥"①。

但另一个事实却是这篇作品问世以后，立即风行一时，"晚进莫不传记"，乃至"新罗、日本东夷诸蕃，尤重其文，每遣使入朝，必重出金贝以购其文"②。

应当怎样解释这种臧否两歧的现象呢？

我以为，首先是生命本能中最活跃的因素——情欲，在作品中得到了充分地表现，这种表现，又具有超越男女主人公个人感受的普遍意义。当人性还禁锢于各种虚伪的道德伦理的桎梏之中不能自拔的时候，倡扬这种基于互相愉悦的性爱就不啻是要求解放的呐喊。综观世界文化史，人性的复苏几乎总是以最敏感的情欲为先导，而在文学艺术中得到表现的。正由于此，社会传统势力必然对它大张挞伐，而新兴的士人阶层又必然对之青目。

其次，从作品的欣赏角度来看，《游仙窟》也具有独特的审美价值。这种美是在作者对男女主人公性欲求的渐进过程

---

① 《新唐书》卷一六一《张荐传》附，第4980页。
② 《旧唐书》卷一四九《张荐传》附，第4024页。

进行了浪漫的艺术升华之后才焕发的，大量的象征隐喻，谑而不虐、艳而不媟的骈句俪语的妙用使本能层次的性挑逗呈现出一种低回婉约的朦胧之美，即便露骨的地方也绝不使人一览无余，而是在其赤裸的意象表面罩上一袭用语言编织的薄纱，使欣赏主体与象征意蕴之间始终保持着一段审美的"空缺"，从而引起读者联翩的浮想。

波特莱尔说过："我的美的定义，那是一种热烈痛苦的东西，又是多少有些朦胧，可以自由猜想的东西。"①

罗素也说："在浪漫的爱中，爱的对象往往不能看得很准，而不过是象在迷雾中观望一般。"②

《游仙窟》的美学追求正与上面两位哲人的意见符契若合。作者有意制造的那种亦真亦幻的环境气氛，使源于现实青楼中嫖客与妓女关系的小说人物产生了非现实的模糊性，这也可以说是一种"间离"的手段，因为审美是需要有一定距离的。

当浓重的离情别绪盖过了片刻的肉体欢娱时，这场"难逢难见，可贵可重"的性爱也就变幻出一种痛苦的悲剧的美感，这种美仍然构建于永恒与短暂交替的时间距离上。"所恨别易会难，去留乖隔，王事有限，不敢稽停，每一寻思，痛深骨髓。""邂逅新交，未尽欢娱。忽嗟别离，人生聚散，知

---

① ［德］H.R.姚斯、［美］R.C.霍拉伯：《接受美学与接受理论》，周宁、金元浦译，辽宁人民出版社1987年，第201页。
② ［英］罗素：《婚姻革命》，靳建国译，东方出版社1988年，第53页。

复如何。"抒发的是对人世错迕、好景难再的怅触，已经是生命本身悲剧意识的体现。所有这些超越男女主人公个人肉欲的因素，都淡化了背景的狭邪色彩，而转生出迷离惝恍、如诗如梦的艺术效果。

"霍小玉"与"李娃"二传一悲一喜，俱以情致委婉、摹写传神而享誉不衰，有关其情节结构的曲折严谨、人物性格的丰满动人，已多有专著和文章论及，本书不拟重复，只想就小说所反映的文化意象略抒己见。

根据作品所提供的消息，霍小玉与李娃都是长安的市妓，即不在教坊隶籍的妓女，故她们的行动居处与营业方式，均有较大的自主性。她们可以同一个客人盘桓数载而志不旁骛，也可以随意变更税居。如李娃由平康坊鸣珂曲迁至安邑坊。这种自由的获得固然靠的是她们超卓的色艺，而维持这种自由却需要大量的金钱。对此，《李娃传》中的荥阳生友人曾有所透露："李氏颇赡，前与通之者多贵戚豪族，所得甚广。非累百万，不能动其志也。"①

贵戚豪族为了声色之好不惜一掷千金，青楼名妓则借此享受贵族的生活方式。正因为这种经济上的依附关系，决定了妓女不能有真正的爱情，只要嫖客囊中金尽，妓女就应该与之了断，别抱琵琶。但这种朝秦暮楚的生活显然又是违背人性的，特别是对于霍小玉、李娃这样天真未泯、青春韶年的妓女。于是，她们双双与恩客坠入爱河。受当时社会风气

———————————

① 〔唐〕白行简：《李娃传》，见《唐五代传奇集》第二册卷一五，第898页。

的影响，她们看中的都是倜傥风流的青年士人、贵家子弟
（一为陇西李，一为荥阳郑）。这样，她们的命运就不期然而
然地同科举、同士人的穷达休咎联系起来，两人结局的幸与
不幸，实则也都是这种关系作用的结果。

《霍小玉传》中的李益虽然族望清华，实则财力甚薄，尽
管他本人"自矜风调"，按照自己的标准选中了烟花之地的霍
小玉，并欲与之偕老，但李氏家族却必须要通过他与范阳甲
族卢氏的联姻来挽回自家的颓势，所以，李益这个形象从一
开始便处在个人意愿与家族利益的矛盾之中。应当承认，他
与霍小玉起初的"婉娈相得"，嗣后的盟山誓海，乃至小玉死
后他的"哭泣甚哀""伤情感物，郁郁不乐"，均非虚情假意。
在那个时代，要求他冒着不孝的罪名，义无反顾地投向霍小
玉，似乎也不太现实。笔者无意开脱李益负心薄幸的罪责，
只想借此说明李、霍的爱情悲剧主要不是性格的缺陷造成的，
而是有其深刻的社会原因。

霍小玉不愧是中国文学史女性人物画廊中最具光彩的形
象之一。她的美，在于纯情与执着。她的出身、容貌与修养，
都决定了她不会甘心于送往迎来的风月生涯，而必然要从士
林中物色一位才子以托终身。生长于王府而又是庶出的特殊
经历，使她对世态人情并不盲目地乐观，因此在李益除官，
执手临歧之际，她巧妙地对李进行试探：

> 以君才地名声，人多景慕。愿结婚媾，固亦众矣。况
> 堂有严亲，室无冢妇，君之此去，必就佳姻。盟约之言，

徒虚语耳。……妾年始十八，君才二十有二。迨君壮室之秋，犹有八岁。一生欢爱，愿毕此期。然后妙选高门，以谐秦晋，亦未为晚。妾便舍弃人事，剪发披缁。夙昔之愿，于此足矣。①

这段话想必斟酌已久，但似不宜理解为真实的打算，她只是希望用自己献身的热忱来打动对方，从而使李益不作他图。所以当李听罢此言，表现得信誓旦旦、矢志不渝的时候，她也就认为终身有寄，可以无憾了。

前面曾讲过，娼妓的职业排斥爱情，但恋爱又是生命价值得以实现的重要标志。霍小玉企图逾越青楼的社会门槛，和命运作一场赌博，结果彻底失败了。把她的悲剧结局仅仅归因于失恋被遗弃，无疑是简单化的，也是违背作者初衷的，霍小玉之死的更深层的原因应是森严的门阀等级婚姻制度。

至于《李娃传》的喜剧结局，则似乎是一种偶然性的产物，不过从小说中一连串的偶然性中亦可觇见科举制度、士族兴衰对它的影响。

小说中的荥阳生，一出场就肩负着继承家业，光大门楣的重任。而要实现此项重任，舍科第一道别无捷径，因此他到了长安。设想他如果也像大多数举子那样作例行的狭邪游，

① ［唐］蒋防：《霍小玉传》，见《唐五代传奇集》第二册卷一八，第1009—1010页。

不以全身心投入青楼,以他的才具,或者不致影响文战的结果,当然也就不致有后来的许多困踬。但他竟惑于美色、乐不思蜀,以致囊橐罄尽,流落街头,以乞食为事,为乃父所不齿。

语云:君子之泽,五世而斩。北朝以来的五姓七族,尽管声望甚崇,到中唐时期,毕竟已是强弩之末了。荥阳生的堕落,客观上也反映了大族陵替的某种历史必然规律。也就在这个关键时刻,曾经与他欢好一载,旋又欺骗了他的李娃忽然挺身而出,挽狂澜于既倒。通过她的曲意扶持,荥阳生终于恢复了本来面目,并一举登第,步入仕途。

李娃这种与前并不统一的行为根据或者是怜悯,或者是出于某种"情结",又或者是如她自己所说:"此良家子也,当昔驱高车,持金装,至某之室,不逾期而荡尽,且互设诡计,舍而逐之,殆非人行。令其失志,不得齿于人伦。父子之道,天性也,使其情绝,杀而弃之,又困踬若此,天下之人尽知为某也。生亲戚满朝,一旦当权者熟察其本末,祸将及矣。况欺天负人,鬼神不佑,无自贻其殃也。"[1]但不管是出于什么样的动机,结果却是李娃做成了郑氏家族殷殷瞩望而又无能为力的事。这样,李娃也就于郑氏一门有了莫大之恩。应当说,荥阳公毕竟比其子深谋远虑得多,他深知其子的丑闻已遍播长安,倘若纵李娃重操旧业,现身说法,必将不利于家声和其子的前程,所以他遣媒纳聘,迎娶李娃入门。

---

① [唐]白行简:《李娃传》,见《唐五代传奇集》第二册卷一五,第903—904页。

既化丑闻为美谈，又避免了日后可能会纠缠其子的感情牵系，这才是李娃得以从娼门一步登天的内在逻辑。

娼妓与士人的结合，在唐代并非没有先例，但大抵是充作姬妾外室，尚未见有娶作正妻的记载。所以白行简要极力标榜李娃的"节行瑰奇"，以弥补男女双方门第倾斜的缺憾，并借此为娼妓描绘出一条无上光明的出路。"嗟乎，倡荡之姬，节行如是。虽古先烈女，不能逾也！"①这种说教的意味实启宋代传奇大倡礼义贞淑的先河。

士人与妓女间亦有笃于情爱，死生不相负者，如欧阳詹与太原妓。

欧阳詹，《新唐书》有传，言其贞元八年（公元792年）与韩愈、李观同举进士，为国子监四门助教，有《欧阳行周文集》行世。据《太平广记》卷二四七所录《闽川名士传》载：

> 欧阳詹，字行周，泉州晋江人。弱冠能属文，天纵浩汗。贞元八年登进士第，毕关试，薄游太原，于乐籍中因有所悦，情甚相得。及归，乃与之盟曰："至都当相迎耳。"即洒泣而别，仍赠之诗曰："驱马渐觉远，回头长路尘。高城已不见，况复城中人。去意既未甘，居情谅多辛（笔者注：'多'《全唐诗》作'犹'）。五原东北晋，千里西南秦。一屦不出门，一车无停轮。流萍与系匏，早晚期相

---

① ［唐］白行简：《李娃传》，见《唐五代传奇集》第二册卷一五，第905页。

亲。"寻除国子四门助教,住京。籍中者思之不已,经年得疾且甚,乃危妆引鬓,刃而匣之。顾谓女弟曰:"吾且死矣,苟欧阳生使至,可以是为信。"又遗之诗曰:"自从别后减容光,半是思郎半恨郎。欲识旧时云鬓样,为奴开取缕金箱。"绝笔而逝。及詹使至,女弟如言,径持归京,具白其事。詹启函阅之,又见其诗,一恸而卒。①

事之有无,殊难指实。作传奇观,亦足以感人泣下。时人孟简《咏欧阳行周事序》云:"钟爱于男女,索其效死,是亦一蔽也。大凡以时断割,不为丽色所泪,岂若是乎?"②叹惋之中,又流露出对欧阳詹殉情于妓女的不以为然。所谓"心专勤俭,不识声色。及兹筮仕,未知洞房纤腰之为蛊惑","以为燕婉之乐,尽在是矣"。③言外之意是说欧阳詹处世愚拙,太不懂玩弄妓女,逢场作戏的技巧,死得毫无价值,纯然是一副嫖客的口吻。

后八百年,汤显祖作《牡丹亭》传奇,其"题词"云:"情不知所起,一往而深。生者可以死,死可以生。生而不可与死,死而不可复生者,皆非情之至也。"④这才是真正理解欧阳詹与太原妓之死的知音之论。

① [唐]黄璞:《欧阳詹》,见《唐五代传奇集》第五册卷七,第2698页。
② 《欧阳詹》,见《唐五代传奇集》第五册卷七,第2699—2700页。
③ 《欧阳詹》,见《唐五代传奇集》第五册卷七,第2699页。
④ [明]汤显祖:《牡丹亭》,徐朔方、杨笑梅校注,人民文学出版社1963年,第1页。

钟情若欧阳詹，在男子已属不易，况所恋系烟花中人，乃能置仕途经济、孝悌身家于度外，以死殉之，则尤难能。

这种为情而死的悲剧，在今日已不足多，但在当时，实有对抗门第婚姻，伸张个人主体意识的伟大意义，其价值自不容低估。

妓女与士人，每每因才色的互相慕悦而产生感情的投契。对于妓女来说，选择一位士人以托终身，当然是最好的归宿。但这种愿望往往因社会舆论、世俗成见的扞格而难于兑现。孙棨《北里志》写妓女福娘：

> 字宜之，甚明白，丰约合度，谈论风雅，且有体裁。……每宴洽之际，常惨然悲郁，如不胜任，合坐为之改容，久而不已。静询之，答曰："此踪迹安可迷而不返耶？又何计以返？每思之，不能不悲也。"遂呜咽久之。他日忽以红笺授予（笔者按：予指作者），泣且拜。视之，诗曰："日日悲伤未有图，懒将心事话凡夫。非同覆水应收得，只问仙郎有意无？"余因谢之曰："甚识幽旨，但非举子所宜，何如？"又泣曰："某幸未系教坊籍，君子倘有意，一二百金之费尔。"未及答，因授予笔，请和其诗。予题其笺后曰："韶妙如何有远图，未能相为信非夫。泥中莲子虽无染，移入家园未得无。"览之，因泣不复言，自是情意顿薄。其夏，予东之洛，或酿饮于家，酒酣，数相嘱曰："此欢不知可继否？"因泣下。洎冬初还京，果为豪者主之，不复可见。至春上巳日，因与亲知禊于曲水，闻邻棚丝竹，

因而视之，西座一紫衣，东座一缞麻，北座者遍逼麻衣，对米盂为纠，其南二妓，乃宜之与母也。因于棚后候其女佣以询之。曰："宣阳彩缬铺张言为街使郎官置宴，张即宜之所主也。"时街使令坤为敬瑄，二缞盖在外艰耳。及下棚，复见女佣。曰："来日可到曲中否？"诘旦诣其里，见能之（按：宜之妹也）在门，因邀下马，予辞以他事，立乘与语。能之团红巾掷予曰："宜之诗也。"舒而题诗曰："久赋恩情欲托身，已将心事再三陈。泥莲既没移栽分，今日分离莫恨人。"予览之，怅然驰回，且不复及其门。①

此事系作者亲历，当非小说家言，然叙述委婉，不减传奇韵味。作者对这位宜之姑娘，情意也可谓不薄，但真正到了定盟的时刻，却不能不因考虑这种结合对自己仕途的妨碍而婉言谢绝，从兹也可觇知大多数妓女下场的可悲了。

结　语　方枘圆凿的爱情观

唐代科举制度要求举子们在礼部试前将所作诗文投献主司及权臣以为参考，谓之"省卷""行卷"。宋人赵彦卫《云麓漫钞》卷八云：

---

① 《北里志》"王团儿"条，见《中华野史·唐朝卷》，第535—536页。

> 唐之举人，先藉当世显人以姓名达之主司，然后以所
> 业投献，逾数日又投，谓之温卷。如《幽怪录》《传奇》等
> 皆是也。盖此等文备众体，可以见史才、诗笔、议论。①

这类文章必须写得情文并茂方能赢得当道的好评，也才
有可能被推荐到主司手中。唐人的"始有意为小说"②，未尝
不与这种制度有关。

考察唐人小说所用的素材，大半是个人亲历或得自耳闻
的男女私情。或许是素材本身就具有相当的可塑性，易于加
工改造为哀感顽艳、曲折动人的篇章，但客观上却揭示出唐
代社会在男女关系上的相对开放。一方面是北朝以来的门阀
世家联姻制度遗响不绝；另一方面是起自寒门庶族的士人阶
层要冲破这种门第婚姻的束缚，追求自由浃洽的爱情生活。
这两种倾向往往并不和谐地统一于同一篇作品中，如《莺莺
传》《柳毅传书》；甚至明明写的是平康北里中的风流男女，
也要赋予他（她）们"五姓"的族谱出身，如《游仙窟》。这
反映了"娶五姓女"的风气即使对新兴士人也仍有很大的吸
引力。

同时，这些传奇作品在具体的细节描写中，不约而同地

---

① ［宋］赵彦卫：《云麓漫钞》卷八，见王云五主编：《丛书集成·初编》，商务
印书馆1935年，第222页。
② "小说亦如诗，至唐代而一变，虽尚不离搜奇记逸，然叙述宛转，文辞华
艳，与六朝之粗陈梗概者较，演进之迹甚明，而尤显者乃在是时始有意为小
说。"鲁迅：《中国小说史略》，天津人民出版社2016年，第49页。

流露出对那种基于互相悦慕的男女之爱的神往之情。当然这种互相悦慕是有条件的，并不完全等同于西方的骑士之爱，尤其在女主人公是青楼妓女的时候。

在整个社会观念、社会意识还被男性主宰的历史阶段，侈谈女性的恋爱自由本身就是滑稽的。但唐代妓女与士人的交往有时确会表现出一种超越理性的自由。作为类的含义，妓女在士人心目中具有其他女性永远无法取代的地位，她们那绰约的风姿，隽爽的谈吐，过人的才艺尽管都是迎合社会趋尚的牟利手段，却与士人浪漫理想中的异性伴侣标准暗合。正是由于这个原因，几乎所有青楼题材的传奇作品，都对妓女倾注了爱慕与怜惜的情感。霍小玉虽然饮恨而终，却赢得了整个士林的同情，在精神上成了胜利者；太原妓虽以相思病殁，其事迹却成为佳话，传唱不衰。

然而士人与妓女的爱情关系所表现出的自由因素又异于现代意义的两性之爱的性质。原因有两方面。一则，士人对妓女的爱一般都发轫于审美的动机，而妓女对士人的感情却很难排除功利的目的，赚取缠头尚不是主要的，许多名妓在这方面已无所求，最感兴趣的倒是借之脱籍，寄托终身，如上文的宜之、霍小玉，这就使得士人与妓女两者之间情感的天平一开始就出现了敧侧。

二则，发生在青楼中的两性之爱，从原则上说，双方都不必承担任何责任，但鉴于整个社会对女性的压抑，事实上真正不负责任的只能是男性。他们到青楼中去，更多的是为了寻求解脱，寻求感官的愉悦，因此，青楼中的爱情即使表现得很热烈、很优美，其基础也必是脆弱的、经不起外力摇撼的。

要而言之，唐代青楼题材的传奇集中表现了士大夫的欣赏趣味，客观上也反映出妓女与士人间爱情观方枘圆凿的本质。

第二章

情理之争：两宋青楼文学中的伦理色彩

第一节　两宋青楼文化总述

宋代青楼，大抵沿袭唐制，有官妓、营妓、市妓之设。京师官妓隶籍教坊，地方市妓属州郡管辖，名为"乐户"。南渡以后，体制稍变。吴自牧《梦粱录》云：

> 绍兴年间，废教坊职名，如遇大朝会、圣节，御前排当及驾前导引奏乐，并拨临安府衙前乐人，属修内司教乐所集定姓名，以奉御前供应。①

营妓，据说始创自汉武帝，"以待军士之无妻室者"②。唐五代均有营妓，至宋代，营妓服务的对象已扩展到军营以

---

①　［宋］吴自牧：《梦粱录》卷二〇"妓乐"条，浙江人民出版社1980年，第191页。

②　［清］梁章钜：《称谓录》卷三〇"娼"条，中华书局1996年，第479页。

外，宋人笔记有关地方官吏狎戏营妓的记载历历可见。

宋代城市经济发达，除都城汴京、临安外，东南沿海地区的广州、泉州、杭州、温州等均是贸易繁荣的良港商埠。内地的扬州、真州、楚州、江陵等城市则是内河航运的要冲，皆市肆罗列，人烟辐辏，舞榭歌台，遍布街衢。北宋都城开封"处四达之会，故建为都，政教所出，五方杂居"①。它的建构不同于唐代长安的城坊制，长安全城共有一百零八坊，坊间有门相通，夜晚关闭，遂相隔绝。汴京则自宋太祖时，即诏令开封府三鼓以后夜市不禁，以后又废除了坊厢制，使商业活动得以在更长久的时间、更广阔的空间中进行。这些措施无疑大大促进了商品经济的发展。

孟元老《东京梦华录》记载开封街市货卖之盛，上至"金银彩帛交易之所"，下至"粥饭点心"，"卖洗面水，煎点汤茶药者"，靡不具备。而"夜市直至三更尽，才五更又复开张。如耍闹去处，通晓不绝"。②

城中商贾工匠，各有专司，分行列市，有条不紊。如潘楼街南之"界身巷"，"并是金银彩帛交易之所，屋宇雄壮，门面广阔，望之森然。每一交易，动即千万"③。至于娱乐全城官僚士庶的燕馆歌楼，勾栏瓦舍，更是人烟浩穰，箫鼓喧空，把东京城的繁华推到了顶峰。

---

① ［元］脱脱等撰：《宋史》卷八五"地理一"，中华书局 1977 年，第 2172 页。
② ［宋］孟元老：《东京梦华录注》卷三"马行街铺席"条，邓之诚注，中华书局 1982 年，第 112 页。
③ 《东京梦华录注》卷二"东角楼街巷"条，第 66 页。

《东京梦华录》全书共有十九处提及城内外娼楼妓馆（这还不包括宫廷教坊，杂戏女乐），如曲院街，"向西去皆妓女馆舍，都人谓之院街"；如朱雀门外"东去大街、麦秸巷、状元楼，余皆妓馆""西通新门瓦子以南杀猪巷，亦妓馆"；又如旧曹门外"下桥，南斜街，北斜街……两街有妓馆"。他如牛行街、鸡儿巷、相国寺北小甜水巷，景德寺前桃花洞、金明池西道者院前，皆有妓馆。

又"凡京师酒店，门首皆缚彩楼欢门，唯任店入其门……向晚灯烛荧煌，上下相照，浓妆妓女数百，聚于主廊槏面上，以待酒客呼唤，望之宛若神仙"①。"又有下等妓女，不呼自来，筵前歌唱，临时以些小钱物赠之而去，谓之劄客。"②妓院的规模、数量、分布情况，较之唐代长安，显然有了长足的发展。

南宋都城临安，占东南地利之盛，"山水明秀，民物康阜"，繁华"视京师（按指汴京）其过十倍矣"。③

隋唐之际，南北经济就已出现倒转之势，韩愈曾说过："当今赋出天下，江南居十九。"宋室南渡，更使中国的政治文化中心，由北方的汴、洛流域移于东南沿海，当日柳永所赞叹的钱塘"参差十万人家"至南宋时已激增十倍。④临安城

---

① 《东京梦华录注》卷二"酒楼"条，第71页。
② 《东京梦华录注》卷二"饮食果子"条，第73页。
③ ［宋］耐得翁：《都城纪胜》序，中国商业出版社1982年，第1页。（楝亭藏书本）
④ 参见《梦粱录》"塌房"条。又见《马可波罗游记》。

内沟浍纵横，街衢栉比，名园曲池，琳宫梵宇，夹湖斗胜，相映生辉。酒楼市肆，瓦舍勾栏之盛，远非北宋的汴京可比。《东京梦华录》提及汴京城内外的瓦子共有八座，而周密《武林旧事》所记杭城已有二十三座之多，最大的北瓦，内有勾栏十三座，各种杂剧、散乐、说唱、角抵萃聚其中，演出往往通宵不辍。至于妓院娼楼，更是遍布全城，不仅规模数量超过了汴京，而且连经营也形成了固定的程式。《武林旧事》"歌馆"条云：

> 平康诸坊，如上下抱剑营、漆器墙、沙皮巷、清河坊、融和坊、新街、太平坊、巾子巷、狮子巷、后市街、荐桥，皆群花所聚之地。外此诸处茶肆、清乐茶坊、八仙茶坊、珠子茶坊、潘家茶坊、连三茶坊、连二茶坊，及金波桥等两河以至瓦市，各有等差，莫不靓妆迎门，争妍卖笑，朝歌暮弦，摇荡心目。凡初登门，则有提瓶献茗者，虽杯茶亦犒数千，谓之"点花茶"。登楼甫饮一杯，则先与数贯，谓之"支酒"，然后呼唤提卖，随意置宴。赶趁、祗应、扑卖者亦皆纷至，浮费颇多。或欲更招他妓，则虽对街，亦呼肩舆而至，谓之"过街轿"。前辈如赛观音、孟家蝉、吴怜儿等甚多，皆以色艺冠一时，家甚华侈。近世目击者，惟唐安安最号富盛，凡酒器、沙锣、冰盆、火箱、妆合之类，悉以金银为之。帐幔茵褥，多用锦绮。器玩珍奇，他物称是。下此虽力不逮者，亦竞鲜华，盖自酒器、首饰、

被卧、衣服之属，各有赁者。故凡佳客之至，则供具为之一新，非习于游者不察也。①

青楼的奢华排场当然是针对全社会的侈靡享乐之风而设，而这种风气的形成，实肇端于北宋。宋太祖感于唐末、五代藩镇擅权，朝纲倾圮的殷鉴，秉政之初，即削夺武臣兵权，劝他们"不如多积金、市田宅以遗子孙；歌儿舞女以终天年"②。而且优礼文臣，广开科举，宋季士大夫秩禄之厚及科目取士之多，均非唐人所敢望。结果是从中央到地方，形成了一个庞大臃肿的官僚网络，为适应这一网络中人的不时之需，当然就需要有一个更为庞大的官私妓女队伍，这也就是宋代青楼较唐代发达的原因之一。

在原则上，宋代政府对官吏冶游狎娼是有限制的。张舜民《画墁录》载：

嘉祐以前，惟提点刑狱不得赴妓乐。熙宁以后，监司率禁至，属官亦同。惟圣节一日许赴。州郡大排筵，于便寝别设留倡徒，用小乐，号呼达旦。③

① ［宋］四水潜夫辑：《武林旧事》卷六"歌馆"条，西湖书社1981年，第95页。"四水潜夫"即周密。
② 《宋史·石守信传》，第8810页。
③ ［宋］张舜民：《画墁录》，见车吉心主编：《中华野史·宋朝卷》一，泰山出版社2000年，第838页。亦见《说郛》一百二十卷本。

《宋刑统》卷六"名例律杂条"二十二，亦列有"法官冶游罪"，并且确有很多人因此而受处罚。

然而事实上宋代官吏在这方面的荡检逾闲远较唐人为甚，其例证不遑悉举，仅从清人徐士銮辑自宋人笔记的《宋艳》一书，即可窥其涯略。揆其原因，当可举出如下几条：

宋立国之初，版图即小于唐代，而终宋之世，边患不息。北敝于辽，西困于夏，而后屡败于金，卒灭于蒙古。宋士大夫处此外侮频仍，国势积弱的境地，已不复唐人激扬蹈厉的精神，不再有那种"黄沙百战穿金甲，不破楼兰终不还"的慷慨沉雄的气概。尤其是在庆历新政和熙宁变法失败以后，一代士人改革图强的愿望彻底归于幻灭，面对酷烈的党争和风波险恶的宦海，士大夫们感到无力把握自身的命运，于是转而寄情声色，在青楼的粉白黛绿、雾鬓风鬟之间寻找心灵的麻醉，这是主观方面的原因。

宋代民风耽于逸乐，尤以汴京、临安为甚。对奢侈生活的过分追求刺激了城市商品经济和娱乐设施的膨胀，而丰富多彩的商品市场又反过来助长了消费的欲望。宋人王栐《燕翼诒谋录》卷二云：

> 咸平、景德以后，粉饰太平，服用浸侈，不惟士大夫之家崇尚不已，市井闾里以华靡相胜，议者病之。①

---

① ［宋］王栐：《燕翼诒谋录》卷二，韩文红整理，见《中华野史·宋朝卷》一，第297页。

　　这还是在宋、辽之间相安无事的一段时期中的情况，逮至南渡以后，这种享乐趋尚更有增无已。朝廷只图苟安，不思进取，满朝文武则或以因循委顿而醉生梦死，或因失意无聊而放浪形骸。临安在地理风物方面较之汴京自有其先天的优越性：越女吴娃与湖光山色争妍，香莲雪藕共紫蟹莼羹竞美。"荷艳桂香，妆点湖山之清丽，使士夫流连于歌舞嬉游之乐，遂忘中原。"①这似乎可以说是外在的原因。

　　观宋人小说笔记，有言君臣共狎一妓而拈酸吃醋者，张端义《贵耳集》卷下载：

　　　　道君幸李师师家，偶周邦彦先在焉，知道君至，遂匿于床下。道君自携新橙一颗云："江南初进来。"遂与师师谑语，邦彦悉闻之，隐栝成《少年游》云："并刀如水，吴盐胜雪，纤手破新橙。"后云："严城上，已三更，马滑霜浓。不如休去，直是少人行。"李师师因歌此词。道君问谁作，李师师奏云："周邦彦词。"道君大怒，坐朝宣谕蔡京云："开封府有监税周邦彦者，闻课额不登，如何京尹不按发来？"蔡京罔知所以，奏云："容臣退朝，呼京尹叩问，续得复奏。"京尹至，蔡以御前圣旨谕之。京尹云："惟周邦彦课额增羡。"蔡云："上意如此，只得迁就。"将上得旨："周邦彦职事废弛，可日下押出国门。"隔一二日，道

―――――――――――――――

① [宋]罗大经：《鹤林玉露·丙编》卷一，中华书局1983年，第241—242页。

君复幸李师师家，不见李师师，问其家，知送周监税。道
君方以邦彦出国门为喜，既至不遇。坐久，至更初，李始
归，愁眉泪睫，憔悴可掬。道君大怒云："尔去那里去？"
李奏："臣妾万死，知周邦彦得罪，押出国门，略致一杯相
别，不知官家来。"道君问："曾有词否？"李奏云："有
《兰陵王》词。"今《柳阴直》者是也。道君云："唱一遍
看。"李奏云："容臣妾奉一杯，歌此词为官家寿。"曲终，
道君大喜，复召为大晟乐正。①

按：文中道君，即是那位诗、书、画俱佳的风流才
子——宋徽宗。而李师师，乃是名重一时的青楼名妓。崇宁、
大观以来，即以"小唱"享誉汴京瓦肆。②张邦基《墨庄漫
录》卷八说她在政和至宣和的十余年间"声名溢于中国"，靖
康以后，流落浙中，而"憔悴无复向来之态矣"。至于周邦
彦，则是有宋一代的词坛宗匠，"二百年来，以乐府独步，贵
人学士，市儇妓女，知美成词为可爱"③。据《贵耳集》所
云，其开罪于道君皇帝，固因《少年游》一词漏泄隐私；而
骤得升迁，亦未尝不是因新词之美，打动龙颜。然则一败一
成，一啄一饮，实皆李师师之力。故张端义于文末颇系感

---

① ［宋］张端义：《贵耳集》卷下，见《丛书集成·初编》，第46页。参见李剑
国辑校：《宋代传奇集》，中华书局2018年，第1526页。
② 《东京梦华录》卷五"京瓦伎艺"条，第132页。
③ ［宋］陈郁撰：《藏一话腴》，刘加夫整理，见《中华野史·宋朝卷》三，第
2704页。

慨：“吁，君臣遇合于倡优下贱之家，国之安危治乱，可想而知矣！”

宋人笔记还记有因冶游无度致染恶疾者。清人俞正燮《癸巳类稿》引《苕溪渔隐丛话》云：“刘贡父晚年得恶疾，须眉堕落，鼻梁断坏，怆感惭愧，转加困剧而毙。”①此条不见于今版《渔隐丛话》，但《东坡志林》卷七确有关于苏轼友人因纵欲而患风疾的记载，可见其事不虚。所谓“恶疾”“风疾”，当即后世所谓“梅毒”“淋症”之属。

又吴曾《能改斋漫录》卷一一亦载：“原父在永兴，惑官妓，得惊瘖病。”②吴曾生世去其时不远，所说当可信。原父名敞，贡父名攽，二人实乃兄弟，而俱陷溺青楼，俱染风流病症，造物之巧，竟至于斯，亦可叹矣。

至于那位才雄当世的苏东坡，居然能够将妓女带到佛门，与禅师互相调侃。《苕溪渔隐丛话》卷五七引释惠洪《冷斋夜话》云：

> 东坡镇钱塘，无日不在西湖。尝携妓谒大通禅师，愠形于色。东坡作长短句，令妓歌之，曰：“师唱谁家曲，宗风嗣阿谁？借君拍板与门槌，我也逢场作戏莫相疑。　溪女方偷眼，山僧莫皱眉。却嫌弥勒下生迟，不见阿婆三五

---

① ［清］俞正燮：《癸巳类稿》卷六“持素证篇”第三，辽宁教育出版社2001年，第174—175页。
② ［宋］吴曾：《能改斋漫录》卷一一“刘原父惑官妓得病”条，中华书局1979年，第322页。

少年时。"时有僧仲殊在苏州，闻而和之，曰："解舞清平乐，如今说向谁？红炉片雪上钳槌，打就金毛狮子也堪疑。　　木女明开眼，泥人暗皱眉。蟠桃已是着花迟，不向春风一笑待何时？"①

仁宗朝以"小宋"名世的翰林学士宋祁因为上元夜纵酒狎妓，为其兄宋郊所诮让，责备他"穷极奢侈，不知记得某年上元同在某州州学内吃齑煮饭时否？"而宋祁反诘其兄："不知某年同在某处吃齑煮饭是为甚底？"②

话虽简单直露，它所反映的心理内涵在宋代士大夫中却很有代表性。宋代特重科举，对于唐代豪门贵族在科考之前流行的夤缘请托之风有所抑制，如废除行卷、省卷，试后封卷糊名，这些措施使朝廷能够从寒门庶族的知识分子中擢拔大量的人才充实政府，往往一第取士便达四五百人之多。这大批的幸运者中本就鱼龙混杂、志趣不一，有相当一部分人萤窗雪案、苦求一第，为的就是获得享乐挥霍的特权，宋祁的话可以说是道出了他们的心声。即使是那些胸怀大志，渴望济世安邦的杰出人物在面对日益衰敝的国势，党同伐异的政局时，也很难有所作为。像欧阳修、苏轼和南宋陆游、辛弃疾等人的纵情声妓就是政治抱负不能实现，心理失去平衡而采取的自我调节、自我宣泄的手段。

---

① ［宋］释惠洪：《冷斋夜话》，见［宋］胡仔：《苕溪渔隐丛话》前集卷五七，海山仙馆丛书本。
② ［宋］钱世昭：《钱氏私志》，见《说郛》卷四五，第7页。

同时，宋代新儒学的崛起，不仅在思维方式上给予士人以巨大的影响，而且在行为方式上也为士人树立了一种新的框范。注重名节，不肯阿世媚俗，可以说是理学兴起以后的正面效应，宋之士大夫死节、死战、死国难者甚众，理学与有力焉。但其负面的效应也很突出，那就是矜诩名节以致矫激沽誉，议论纵横而不切事情，所以后人说：宋人议论未定而兵已渡河。

《宋史·杨邦乂传》载："邦乂少处郡学，目不视非礼，同舍欲隳其守，拉之出，托言故旧家，实倡馆也。邦乂初不疑，酒数行，娼女出，邦乂愕然，疾趋还舍，解其衣冠焚之，流涕自责。"[①]这种虚伪矫饰的行为在宋儒中并不鲜见。

受理学的影响，宋人的言论文章亦讲究理性思辨的色彩，追求一种形而上的体悟，甚至对日常生活的细枝末节也要作出哲理的阐发。《人谱类记》有一段逸事可为谈助：

> 二程先生一日同赴士夫家会饮，座中有二红裙侑觞。伊川见妓，即拂衣而去。明道同他客尽欢而罢。次早，明道至伊川斋头，语及昨事，伊川尤有怒色。明道笑曰："某当时在彼与饮，座中有妓，心中原无妓；吾弟今日处斋头，斋中本无妓，心中却还有妓。"伊川不觉愧服。[②]

① 《宋史·杨邦乂传》，第13196页。
② ［明］刘宗周：《人谱类记》，见《四库全书·子部》卷下。

这是两位理学大师对待妓女的不同态度，故事本身要说明的是二人修养的境界，而"座中有妓，心中无妓"的高论倒是颇为后世的登徒子所引用，这恐怕是程颢先生始料不及的。

所谓濂、洛、关、闽之学，尽管其说不同，但根本的宗旨却都是要恢复上古儒家关于"仁义""家国"的伦理思想，重建"君臣、父子、夫妇、昆弟、师友"尊卑有序的人伦"道统"。起初，虽然都是以"私学"的形式传承，但其上穷宇宙，下究人心，融汇佛老，体大精深的思辨力量却愈来愈为士人所瞩目，故至南宋初期，乃成泱郁之势，周密《齐东野语》卷一一"道学"条云："伊洛之学行于世，至乾道、淳熙间盛矣。……其上极于性命天下之妙，而下至于训诂名数之末，未尝举一而废一。盖孔孟之道，至伊洛而始得其传。"①罗大经《鹤林玉露》卷二亦云当时"人传其训，家有其书"②。所以到了理宗朝，终于把它作为国家哲学，施之于贡举学校。

理学的本意并不是禁欲主义，而是要把人所固有的本能欲望纳入一种合乎封建伦理道德的规范中，从而使君臣父子的等级社会得以长治久安。二程就曾认为"饮食男女之欲，喜怒哀乐之变，皆其性之自然"③。但不管是早期的理学奠基

---

① [宋]周密撰：《齐东野语》卷一一"道学"，中华书局1983年，第202页。
② 《鹤林玉露》丙编卷二，第272页。
③ [宋]杨时：《二程粹言》，见《四库全书·子部·儒家类》卷上。

人周敦颐，还是后来的集大成者朱熹，他们在具体的论述中，都把天理与人欲截然对立起来，如周敦颐所强调的"君子乾乾不息于诚，然必惩忿窒欲，迁善改过而后至"①。又如朱熹的"人心""道心"之判，"天命之性"与"气质之性"之分，以及"人之一心，天理存则人欲亡，人欲胜则天理灭，未有天理人欲夹杂者"的说法都是把二者绝对地分裂开来看的。

基于这种认识，宋儒自然要在提倡个人道德修养的同时，极力抨击不利于巩固伦理纲常的人欲。程颐说："人之为不善，欲诱之也。诱之而不知，则至于天理灭而不知反。"②林逋说："人性如水，一倾则不可复；性一纵则不可返。制水者必以隄防，制性者必以礼法。"③朱熹诗亦云："世上无如人欲险，几人到此误平生。"④

这个问题在宋以前并不很受重视，个人的私欲与君臣社稷、修齐治平的理想之间并不存在根本性的矛盾，即使有，也大多表现为个人的内心冲突。韩愈提出恢复道统，但在当时却未引起很大反响，这恐与道家顺适自然的思想广为唐人取法不无关系。然而在宋儒的心目中，私欲与天理却成了水火不容的两个哲学范畴，而且直接关系着道统的兴衰存亡。

---

① ［宋］周敦颐：《濂溪集》卷三"元公遗书"，明万历四十二年刻本。
② ［宋］程颢、程颐撰，朱熹辑：《程氏遗书》卷二五"伊川先生语"，西京清麓丛书本。
③ ［宋］林逋撰：《省心诠要》，见《说郛》卷三五，第13—14页。
④ ［清］褚人获：《坚瓠丙集》卷四"胡澹庵"条，浙江人民出版社1986年，第15页。

二程的"存天理，灭人欲"是最为概括的表述。①

不能否认，这种理论在某种程度上具有抑制统治者穷奢极侈欲望的作用，因此也就有利于缓和阶级矛盾，巩固社会秩序。但由于它过分看重那种通过理性的绳矩达到的道德自我完善，而极力贬低人性中最为活跃，最为蓬勃，最为社会进步所需的情欲、物欲，结果势必造就出大批表面上恂恂儒雅，而内心私欲膨胀，因过度压抑而畸形变态的两重性格。上文所举杨邦乂的表现已不很正常，但其人尚能持节如一，抗金而死。"世又有一种浅陋之士，自视无堪以为进取之地，辄亦自附于道学之名，衰衣博带，危坐阔步，或抄节语录以资高谈；或闭眉合眼号为默识。而扣击其所学，则于古今无所闻知；考验其所行，则于义利无所分别。"②这是理学的反动，也是其泛滥的结果。

对于狎妓放检③，理学家的态度比较暧昧，按前面引文中程颢的意见，似乎只要"心中无妓"则不妨逢场作戏，也去嫖上一嫖。这种不置可否的态度可能植根于对娼妓社会职能的洞察，纵观世界文明史，自古希腊以来，娼妓制度就被认为是保证家庭关系牢固并因而有助于社会稳定的重要因素。英国思想家伯特兰·罗素曾指出："娼妓有好的一面，她不但

---

① ［清］黄宗羲辑，全祖望订补：《宋元学案》卷四八《晦翁学案》上，清道光二十六年刻本。
② 《齐东野语》卷一一"道学"条，第203页。
③ "放检"同"荡检逾闲"，指放浪不受拘束。如北宋文同《再和》："问子瞻、何江湖，乃心魏阙君岂无。胡为放浪检束外，日与隐者相招呼。"

可以召之即来，而且极易掩饰自己，因为除了这门职业，她并没有别的生活，而且那些曾和她在一起的男人仍可不失尊严地回到妻子、家庭和教会中去。"①较之西方的哲人，中国的儒家更注重家庭与社会的联系，家庭对社会的影响，所谓"治国必先齐其家"②，"国之所以事君、事长、使众之道，不外乎此。此所以家齐于上，而教成于下也"③，强调的都是这一点。

娼妓制度既然有利于夫权家庭血脉的纯洁和社会秩序的稳定，理学家自然不会对它大张挞伐，但肆行无忌地放纵情欲又与理学孜孜以求的道德修养大相龃龉，所以也就不能指望理学家们对狎妓冶游表示明确的赞许。

随着理学的传播推广，过去文人赋予娼妓的那一袭浪漫神秘的外衣也被褫剥殆尽。在宋儒所营造的强大的伦理纲常面前，妓女们不再能够掩饰自己卑贱的地位，她们只能充当取悦男子的工具而难以再赢来人格上的尊重了。

比较唐宋两代的有关文献，可以看出宋代官妓、营妓的地位都低于前朝，这主要表现在两个方面。首先是士大夫阶层对她们的歧视，职官吏员狎妓，受惩罚的却往往是妓女。

《能改斋漫录》卷一二载"曾鲁公尹天府，前政以不辨善恶而去。公至未三日，有倡妓讼官吏宿其家，公得牒，审其

---

① 《婚姻革命》第十一章，第99页。
② ［东汉］郑玄注，［唐］孔颖达疏：《礼记注疏》卷六〇《大学》卷四二，重刊宋本《十三经注疏》。
③ ［宋］朱熹：《四书集注·大学》第九章，商务印书馆2016年。

意在哗毁，公殊不形声色，唯命检阅有无胎孕。既得验状无有，始责以故欲秽污衣冠，重刑而械之。都下善良翕然称颂，小人畏缩。旋即执政焉"①。朱熹与唐仲友结怨，交相劾奏，但因此而"系狱月余"的却是同唐仲友曾经相好的天台营妓严蕊。就因为士大夫间的这种倾轧，严蕊竟"一再受杖，委顿几死"②。

这位妓女获罪的根本原因就在她是妓女。卑贱的妓女竟然敢于告讼高贵的统治者，身为统治集团一员的曾公亮当然不能容忍，要起而捍卫本阶级的利益，将之处以重刑，为效尤者诫。

又蒋子正《山房随笔》云："湘人陈诜登第，授岳阳教官，夜逾墙与妓江柳狎，颇为人所知。时孟之经守岳，闻其故，一日公宴，江柳不侍，呼至杖之，文其眉鬓间以陈诜二字，乃押隶辰州伏法。"嫖妓的得到开脱，妓女却备受荼毒，这种处置在后人看来，必以为不近情理，而在宋代，则普遍认为得体。

其次，从名士对待妓女的态度，也可觇见宋代妓女地位的低落。宋代名士中如欧阳修、苏轼、石延年、黄庭坚、周邦彦等狂放不羁的人物，虽然也驰骛于风月场中，但对待妓女，却往往持一种居高临下的调侃讥谑的姿态，而少有像唐

---

① 《能改斋漫录》卷一二"曾鲁公责妓讼官吏"条，第357—358页。
② 《齐东野语》卷一七"朱唐交奏本末"条及卷二○"台妓严蕊"条，中华书局1983年，第323、375页。

人那样视同知己的交往了。

要想用三言两语归纳出宋代青楼文化的总体特征，殊非易事。但如同这个朝代在政治、经济、法律、军事、哲学等方面展示出许多异于前朝的时代精神一样，宋代的青楼景观也具有一种不同于唐代的文化含蕴。这含蕴或揭橥为此时青楼内部的颓靡情调，或寄寓于相关作品的思想风格，或流露于狎妓者的尊卑意识，又或表现为妓女本身的自惭形秽。也许宋人自己的创作最能说明这一切。

第二节　宋代青楼小说的理性说教与心理背景

世所公认，宋人传奇成就平平，未能踵事增华，发扬唐人小说叙事委婉、刻画入微之美。揆其缘由，当与宋人创作侧重理性说教有关，这种倾向反映在青楼题材的传奇作品中尤其显著。

《谭意歌传》《王幼玉记》《甘棠遗事》《义娼传》《李师师外传》都是其中的佼佼者，但只要与唐人的同类作品稍加比较，立刻能感受到两者泾渭攸判的审美取向。唐人的《霍小玉传》《李娃传》《柳氏传》等俱以情致真切、个性鲜明动人，宋人作品则以伦理贞节观念的阐发诉诸读者，上述五种除《李师师外传》别有寄托，其余几种的题旨几乎可以"贞节"二字统驭。

《谭意歌传》写良家女谭意歌幼丧双亲，沦落烟花，风尘中结识潭州茶官张正宇，情好甚笃，被娶为外室。后张调官，迫于严亲，别有所娶。意歌虽被弃，然坚意守节，治家清肃，亲课其子。后三年，张妻谢世，张乃复来见意歌，乞修旧好。意歌使其通媒妁、行吉礼，否则不纳。张无奈，卒以礼聘之归。

此传情节大半剽袭蒋防《霍小玉传》及元稹《会真记》，鲁迅曾在《唐宋传奇集》"稗边小缀"中予以指出。但仍可从三部小说的文本窥见作者立意之不同。盖《霍小玉传》旨在突出女主人公的纯情刚烈，而《谭意歌传》着力标榜的却是"妇节"，是"聘则为妻"的妇道。这一点突出表现在张正宇再至意歌之门，求续旧情时，谭意歌的一段告白中："我向慕君，忽遽入君之门，则弃之也容易。君若不弃焉，君当通媒妁，为行吉礼，然后妾敢闻命。不然，无相见之期。"①

作者精心构造的正是小说对象主体的这种"觉悟"。为此，他设置了前后对比的故事格局，始则私合，终于礼聘。因私合所以被弃但尚能守节，履行妇道，是过而能改，故卒成大礼，"终身为命妇"。

与谭意歌类似，《王幼玉记》中的衡阳名妓王幼玉梦寐以求的也是一个"良人妻"的名分。她说："今之或工或商、或农或贾、或道或僧，皆足以自养。惟我傅涂脂抹粉，巧言令色，以取其财，我思之愧赧无限。逼于父母子弟莫得脱此。倘从良人，留事舅姑，主祭祀，俾人回指曰：'彼人妇也。'

---

① ［宋］秦醇：《谭意歌传》，见［宋］刘斧：《青琐高议》别集卷二，上海古籍出版社1983年，第217页。

死有埋骨之地。"①

妓女从良的题目，并非宋人始创，唐人小说中已多有表现，如《李娃传》《杨娟传》《北里志·王团儿》。两相比较，可以看出唐人注重性格的塑造、情节的曲折、环境的真实，而宋人笔下的人物则大抵充当了图解作者理念的工具，故而形象苍白板滞，缺乏感人的魅力。这种说教的气息在《甘棠遗事》中已经弥漫全篇，彻底淹没了女主人公作为生命的一切生动可感的天性。

《甘棠遗事》一名《温婉》，见于北宋刘斧的文言小说集《青琐高议》后集卷七，题下属"陈留清虚子作传"。略云：甘棠温婉幼年丧父，寄养凤翔姨父家中，黾勉好学，姨氏甚喜，待如己出。十四岁时，欲择人字之。而其母先已流为娼，至是来召婉归，欲使同操卖笑生涯。婉至孝，知不可免，由是亦流为娼。然不乐笙竽，不苟言笑，举措皆合于礼度。"遇士夫缙绅，则书《孟子》以寄其志，人人爱之。"②声名日著，至于宰相司马光亦慕名来见。婉之母平日所接多商贾伧俗之辈，陷溺颇深，婉不能堪，私行至凤翔，复被太守移文摄回，后转徙京师，深居简出数年，终得脱籍。

《甘棠遗事》刻画了这样一位妓女的形象：其沦落为娼，是出于孝义；及入烟花，更能端谨自持，未尝有悖于妇德。"遇士夫缙绅，则书《孟子》以寄其志。"且"于《孟子》，不

① ［宋］柳师尹：《王幼玉记》，见《宋代传奇集》第三册卷一，第318页。
② ［宋］清虚子：《温婉》，见《青琐高议》后集卷七，第168页。

独能造其义理，至于暗诵不失一字"。俨然一位女道学家。

如果说谭意歌、王幼玉、义娟①这一类人物的不甘堕落，笃志从良尚能反映现实生活中妓女的普遍意向的话，那么，温婉形象的产生就似乎有较为复杂的心理背景了。也许，我们通过对这一形象的具体分析，可以"触摸"到宋代青楼文化的深层脉络。

毫无疑义，温婉这样的妓女不可能出现于隋、唐、五代，她只能是理学初具影响的北宋中叶以后的产物，其时正当二程的性理之说大行其道，并得到神宗的赏识。"洛学"②的传播实有一个循序渐进的过程，其最能振聋发聩的乃是它的宇宙论、理气观等思辨严谨、逻辑缜密的范畴，至于"正心诚意""格物""制欲"的个人道德修养论尚有待人们的含茹体味，身体力行。但其所强调的男女尊卑之义，夫妇人伦之道对于处在封闭状态的妇女阶层的影响力和感召力却不容低估。宋儒在这方面的贡献在于他们把先秦儒家语焉不详的三纲五常、男女尊卑观念纳入整个宗法道统之中，使之成为具有相当说服力和诱惑力的精神法则。程颐说："女不能自处，必从男；阴不能独立，必从阳。""阴阳尊卑之义，男女长少之序，天地之大经也。……男在女上，乃理之常。"③任何一个女性，从她出生之日起，就开始接受这样的思想化育。日侵月蚀，

---

① 义娟，见洪迈《夷坚志补》卷二，梅鼎祚《青泥莲花记》卷五，明人《艳异编》卷三〇"妓女部"五。
② 指以北宋二程（程颢、程颐）为首的学派，因二程是洛阳人，故名。
③ ［宋］程颐：《伊川易传》，见《四库全书·经部·易类》卷二。

诸如"三从四德""饿死事极小、失节事极大"等一整套思想行为规范便成功地限制了女性人格的自由发展，渐渐成为一种集体无意识左右着女性的日常生活，使她们习惯于按照贞妇淑女的标准去克服各种正当的欲望，以获取男性社会的认可。那赖以维持心理平衡的精神支柱就是"贞节"二字。

妓女虽然被排除在正常的家庭秩序之外，但她们既处于伦理观念空前强化的社会氛围之中，就不可能不受这种思潮的裹挟，而亟于摆脱那种朝秦暮楚、送往迎来的生涯，求得社会的重新"承认"。

由此，我们也可觇见唐、宋传奇中妓女形象的一个显著差异：唐妓从良，出于情的成分居多，一旦情有所钟，便以终身相许，追求的是男女之间的情意和谐。宋代妓女看重的则是伦纪、名分。谭意歌苦志守节，要换取的无非是明媒正娶的结局；王幼玉的全部理想也只是"从良人、留事舅姑、主祭祀，俾人回指曰：'彼人妇也'"的荣誉，至于"正名"以后的个人幸福、实际地位则不在考虑之列。这种盲目跻身于"君臣、父子、夫妇"伦理序列中的冲动如非来自理学的教化，又能得自何处呢？

温婉则已不仅仅是希图一个良人妻的位置，而是亲自担负起捍卫、补充道学的义务，成为克制私欲，敦笃修养的典范人物。

但这同时也就带来了疑问：士大夫们到青楼中去，就为了赏鉴这些一心皈依妇道的妓女的端庄容止吗？慕温婉之名而来的嫖客就真的是为了听她大谈《孟子》吗？

《甘棠遗事后序》有一段借他人之口所发的议论，也许有助于解释这个问题。兹录于下：

> 娼者固冗艺之妓也，有不得已而流为此辈，所以藉赖金钱，活其生养其亲而已矣。既有所藉，则不可以无取；取之有道，得之有义，是故君子之所贵焉。今天下之娼则不然，举性乎淫而志乎利者也。但求能少识夫义理者实鲜。且夫平居里巷相慕悦，酒食游戏相追逐，诩诩强笑语以相取乐，握手出肺肠相示，指天日泣涕，誓死生不相负背，真若可信。一旦计锥刀之利，稍不如意，则弃旧从新，曾不之顾。间有莅官君子，承学之士，深惜名节者，亦甘心焉，折身下首，割财损家，极其所欲而后已。此虽夷狄禽兽之所不忍为，其人乃自视以为得意。……闻温婉之风者可无愧死焉！①

这段话的表层意义，无非是要娼妓既安于卖笑的处境，又深通礼义人伦之道，也即一面做妓女，一面竖起贞节牌坊。其中的逻辑尽管荒唐，实则正暴露出宋代读书人被理学扭曲的深层心理。

宋代士大夫狎妓放检的现实当与家庭婚姻生活的乏味有潜在的联系，这方面虽缺乏切实可征的社会学资料，但从许

---

① ［宋］蔡子醇述：《甘棠遗事后序》，见《青琐高议》后集卷八，第180页。

多侧面可以得到印证。上文述及宋代妇女在理学感召之下的自我压抑状态，这种压抑甚至表现于外在的服饰，唐代女服以袒露、宽松、飘逸为美，体现出开放自然的审美意趣；宋代仕女服装则以紧束、偪窄、含蓄相尚，反映封闭内敛的文化意识。宋代上流社会中的妇女在婚姻性生活中的角色可能与十九世纪维多利亚时代西方上层家庭的女性有相似之处。"维多利亚时代温婉而柔顺的妻子被认为'性不足'是一点也不足为奇的，她那受压抑的教养方式，强加在她身上的优雅与'灵性'，以及对自己生理的无知等，都在助长这种趋势。即使她没有对性交产生肉体的厌恶，要想享受性行为的乐趣也需要非常高妙的技巧……因为丈夫们也有他们自己的问题，自己的压抑，在自己知道妻子是在温和地隐瞒其对性的厌恶的心理下，要想和'家中的天使'做爱，很难令人有满意的演出。"①

隋唐以前的房中术、容成术典籍至宋大量亡佚，而有宋一代迄无新作问世，亦可见理学禁锢之严，而这还仅仅是一个方面。

理学所描绘的家庭秩序的理想图式是建筑在对女性的极力贬损之上的。这种观念固然渊源甚远，如孔子就说过"惟女子与小人为难养也，近之则不逊，远之则怨"②，魏文帝曹

---

① ［美］蕾伊·唐娜希尔：《人类性爱史话》"绅士与堕落的女人"，李意马译，中国文联出版公司1988年，第209页。
② ［三国］何晏集解，［宋］邢昺疏：《论语·阳货》，《十三经注疏》卷一七，中华书局1980年，第2526页。

丕亦曾讲"三代之亡，由乎妇人。故《诗》刺艳妻，《书》诫哲妇……一世豪士，而术以之失，绍以之灭，斯有国者所宜慎矣"①。宋儒则把上述"女人祸水"的思想熔铸于家庭内部的夫妻关系中，用极端的不平等来维护表面的"和谐"。所谓"家齐"，实即男性对妻子、长对幼的绝对控制。为此，竟不惜把妻子比之为宾客、敌国、盗贼，大谈防闲驾驭之术。《清异录》云：

> 有妻固所不免，当待之如宾客，防之如盗贼。以德易色，修己率下。妻既正，子孙敢不正乎？②

周敦颐《太极图说》云：

> 家难而天下易，家亲而天下疏。……家人离必起于妇人，故睽次家人。③

黄光大亦云：

> 大抵妇人女子情性多淫邪而少正，易喜怒而多乖。率御之以严，则事有不测，其情不知，其内有怨，盖未有久

---

① ［清］严可均辑：《全三国文》卷八"内诫"，见［清］严可均辑：《全上古三代秦汉三国六朝文》第三册，河北教育出版社1997年，第86页。
② ［宋］陶毅：《清异录》，见《说郛》卷六一，第9页。
③ ［宋］周敦颐：《太极图说》"家人睽复无妄"第二十三，见［宋］周敦颐：《周敦颐集》。

而不为害者;御之以宽,则动必违礼,其事多苟,其心无惮,盖未有久而不乱者,二者皆非君子所以处家人之道,其失均也。……勿听其言,勿受其制,而徒其役,任以可责之事,使以不怨之劳;有能不可太宠,有过不可穷治;举动不为彼所识,指画不为彼所料。如是则彼之平昔所可逞者,皆在吾术中。①

很难设想,在这样的两性文化氛围中会有夫妻间平等和谐的性爱。即使有,也势必要受到来自宗族尊长方面的非难戕贼,陆游与唐婉的婚姻悲剧就是典型的例证。

明乎此,也就不难理解宋季士大夫为什么要甘冒贬黜谪徙的罪名而追逐于秦楼楚馆了。事实上,《甘棠遗事》的作者以及传中所提到的作者的友人西河陈希言,都是风月场中久经历练的老手。那位陈希言于传中自供曰:"家世居京师,京师之娼最繁盛于天下,仆无不登其门而观之者。又尝侍亲游四方,四方之妓,一一审较其优劣,视其所得,察其所操,如仲圭者(笔者按,指温婉),实未之有焉。"②

试想温婉倘若处身良家,抑或作传者只是初尝风月的少年,那么这样一个女性的形象无论如何也不会激起人们的审美兴趣。所以问题的关键还在于温婉的特殊身份以及由这种身份引起的双重心理反应。对一个"跌宕不检,不治生事,

---

① [宋]黄光大:《积善录》,见《说郛》卷六四,第4—5页。
② 《温婉》,见《青琐高议》后集卷七,第171页。

落魄寄傲于酒色间"①的风月惯家来说，一般的酗红腻绿、冶叶倡条已屡见不鲜，难以引发审美的快感了。一名妖艳媚俗的妓女给他心理上带来的乏味也许同他面对自己规行矩步的妻子时的感受相差无几，而像温婉这样举措娴雅、风范闺秀的妓女却能引起他双重的兴趣。明明隶身色界，却"举动则有礼度，语言则合诗书"②，表面上大谈《诗》《书》《孟子》，内里却终究要为男子提供淫乐以谋生。不管她是出于标新立异的目的还是真诚地笃信孔孟，她一身兼具的两重面目恰恰满足了清虚子、陈希言之流搜奇猎异的偏嗜，所以文末对"今天下之娼则不然，举性乎淫而志乎利者也，但求能少识夫义理者实鲜"的慨叹，也只有从这种深隐意识中去寻求解释了。

要之，理学的兴盛对宋代士人的心灵产生了潜移默化的影响，其"移"和"化"的力度竟使士大夫们在眠花宿柳、倚翠偎红之际亦不能全然忘记礼义伦常，所以宋代写妓女的传奇几乎无一不充斥说教，而女主人公亦几乎都成了贞洁烈妇，似乎只要赋予娼妓以良家懿范，则嫖娼者的行为便成了卫道之举。流风所及，迄于明、清。明代前期的很多青楼题材的小说、戏曲及清代的《续板桥杂记》《吴门画舫录》《秦淮闻见录》《白门新柳记》《竹西花事小录》诸笔记，都莫不以那些言语矜庄，意态典雅，有闺阁风韵的妓女为上上之选，极力推许，其心理根源当亦可溯至宋代。

---

①② 《温婉》，见《青琐高议》后集卷七，第166页。

第三节　变泰离异与贫贱不移型的传奇作品

由于宋代政府广开科举，大量从中下层读书人中擢拔人才以充实官僚统治机构，遂使一批落魄江湖、风尘侘傺的士子有机会登龙释褐，骤然发迹。但这同时也就带来了一个社会问题，即这些侥幸跻身"治人者"行列的新官僚同他们身处微贱时的结发妻子或定盟情人在身份、地位、礼仪教养等诸多方面产生的不平衡，以及由此不平衡引发的弃掷离异。

当男女双方的结合起始就并非出于本人的意愿因而毫无爱情可言的时候，男子一方通过改变自己的社会角色为摆脱家庭或某种契约的羁绊而遗弃女方，似乎自有其合理性。但当双方情好甚笃，有啮臂之盟的时候（这种关系多发生在青楼中），男子一方只是由于女方地位卑贱而改弦易辙，就是品质的瑕疵了。宋代传奇戏曲从多方面反映了这个令人瞩目的社会问题。

洪迈《夷坚志补》卷一一的《满少卿》、刘斧《青琐高议·后集》卷四的《李云娘》《陈叔文》、罗烨《醉翁谈录》辛集卷二的《王魁传》以及南戏《张协状元》都是较为典型的篇章。而《王魁传》《李云娘》《陈叔文》中的女主人公均系风尘女子。

这三篇故事具有大致相同的结构框架，写的都是男子负心，终遭鬼报。尤以"王魁"故事的影响最为广远。其本事见于张邦基《侍儿小名录拾遗》引《摭遗》：

　　王魁遇桂英于莱州北市深巷，桂英酌酒求诗于魁。魁时下第，桂英曰："君但为学，四时所须，吾为办之。"由是魁朝去暮来。逾年，有诏求贤，桂为办西游之用。将行，往州北望海神庙盟曰："吾与桂英，誓不相负，老生离异，神当殛之！"魁后唱第为天下第一，魁父约崔氏为亲，授徐州金判，桂英不之知，乃喜曰："徐去此不远，当使人迎我矣。"遣仆持书，魁方坐厅决事，大怒，叱书不受。桂英曰："魁负我如此，当以死报之。"挥刀自刎。魁在南都试院，有人自烛下出，乃桂英也。魁曰："汝固无恙乎？"桂英曰："君轻恩薄义，负誓渝盟，使我至此。"魁曰："我之罪也，为汝饭僧诵佛书，多焚纸钱，舍我可乎？"桂英曰："得君之命即止，不知其他。"后魁竟死。①

　　还有更早的记载，见于宋仁宗时人张师正的《括异志》卷三"王廷评"条。其略云莱州士人王俊民，于嘉祐六年（公元1061年）进士状元登第，授徐州金判。翌年，充南京考试官，患失心疯。尝梦一女子至，自言为王所害，故来索命。王病卒不治，死年二十七岁。有人说王未第时，曾因发怒推一蠢婢堕井；也有人说："王向在乡闱与一娼妓切密，私约俟登第娶焉。既登第为状元，遂就婚他族。妓闻之，忿恚

---

① ［宋］刘斧：《摭遗》，见［宋］张邦基：《侍儿小名录拾遗》，《香艳丛书》卷三，人民文学出版社1992年，第156页。

自杀，故为女厉所困，夭阏而终。"①

周密《齐东野语》卷六"王魁传"条极辩传闻之诬。谓："康侯（笔者按，俊民字）既死，有妾托夏噩姓名作《王魁传》，实欲市利于少年狭邪辈，其事皆不然。"盖王魁本非人名，宋时习称状元为魁，王魁即王状元之意。

故事虽不必凿实系王俊民所为，但根据有关笔记所述及当时话本、南戏广为敷演的情况②，可知这一类富贵易妻、辜恩忘义的现象正是社会注目的焦点。

传奇中的桂英于风尘中慧眼识人，谂知偃蹇落第的王魁必不至久居人下，于是倾心相待，供其衣食笔墨之用，又厚赠川资，勉励其赴京博取功名。一心以为从良可待，终身有托。临歧之际，尤恐魁意不诚，乃与之偕赴海神庙歃血为盟，心机之缜密，亦足可见其青楼阅历之深。及捷报传来，以为再无窒障，遂全然堕入富贵荣华的白日梦境。以桂英的身份地位而言，尽管她阅人颇多，但思维方式毕竟难脱市井里巷的狭隘迷信，对盟誓的过分依赖妨碍了她正确估计王魁骤然变泰的内在含义。一个落拓的名士同一名青楼艳妓才色相当，尚无所谓高下贵贱之分，何况还有"倒贴"之谊，但一位新科状元与一个烟花女子却绝不可同日而语，尤其在特重礼法的宋代。因此，从失意无聊的秀才到南宫折桂的魁首，虽然

---

① ［宋］张师正：《括异志》卷三"王廷评"条，李开军整理，见《中华野史·宋朝卷》，第436页。
② 夏噩有《王魁传》，李献民有《王魁歌》，戏文有《王魁》《王魁负桂英》《王俊民休书记》。

情事都发生在同一人的身上，其间却有了质的变化。

《王魁传》之不同于笔记的地方在于它写出了王魁由于自己身价的飞腾所发生的相应的心理变异过程。其"初领高荐"，尚未意识到地位改变的实际意义，狂喜之下，犹修书向桂英报捷。"及宸廷唱第，为天下第一，魁乃私念曰：'吾科名若此，即登显要，今被一娼玷辱，况家有严君，必不能容。'遂背其盟。"①

把王魁的负心想象得很轻松恐怕并不符合实际情况，至少在他决定背盟的时候，还仍然深爱着桂英，只是在爱情与权势二者不可兼得的选择中，他无法抗拒仕宦前程的诱惑，不得不忍痛抛弃爱情而拥抱禄位。夏噩把王魁此际的内心痛苦表现得很有层次：

> 桂探闻魁擢第为龙首，大喜，乃遣人驰书贺之……复书一绝，再寄良人……诗曰："上都梳洗逐时宜，料得良人见即思。早晚归来幽阁内，须教张敞画新眉。"魁得书，阅毕，涕下交颐，曰："吾与桂英，事不谐矣！"乃竟无答书。桂亦不知其中变，惟闭门以俟。及闻琼林宴罢，乃复附书，又有一绝。……魁得书涕泣，隐忍未决。会其父已约崔家女，与之作亲，魁不敢拒……②

---

① ［宋］金盈之撰，［宋］罗烨编：《新编醉翁谈录》辛集卷二《王魁负心桂英死报》，辽宁教育出版社1998年，第68页。
② 《新编醉翁谈录》辛集卷二，第68—69页。

明万历末年《小说传奇合刊》本中的《王魁》话本,却是这样写的:

> 魁见连次寄书至,竟生厌常之心,自忖道:"我今身既贵显,岂可将烟花下贱为妻,料想五花官诰,他也没法受用。倘亲友闻知,岂不玷辱,我今只绝他便了。"竟不答回书。①

两相比较,显然夏噩所作《王魁传》描写更为细腻,更切近生活的真实,也更符合人物的心理逻辑。两文对观,还可领略文人阶层的传奇作者与市井书会的话本作家在思想感情上的某些差异。

"王魁"故事在情节上与《霍小玉传》很相似。都是始于一见倾心,既而互订盟约,中道移情负义、弃之如遗,以致女主人公饮恨而亡,卒以鬼报了结。通过鬼报,使创作主体和接受主体都能满足于一种道德感情的平衡,这其实是一种文化中庸意识的体现。

然而《王魁传》绝不等于《霍小玉传》的翻版,它更多地渗透了宋代特有的道德惩戒色彩。即使表现虚幻的鬼报,它与《霍小玉传》也是大相径庭。霍小玉死后的形象依然哀婉动人,保持了她性格的一贯性。因而与其说李益婚后的种种不谐和系出自小玉的报复,倒毋宁认作是他自己由于良心

---

① [明]佚名:《小说传奇合刊·王魁》,明万历本。

的谴责而染上了精神抑郁症，以致疑神疑鬼、不得安宁。这样处理并非要表现霍小玉性格的软弱，而恰恰是突出了她的美善。《王魁传》中桂英死后的形象却是"满身鲜血""披发仗剑"，俨然一个可怖的厉鬼。联系上述的《李云娘》《陈叔文》等同类故事中惨烈的报仇之举，可以说是反映了一种重视道德教化而忽略性格塑造的文学创作倾向。这正是鲁迅曾指出的"唐人小说少教训，而宋则极多教训……以为小说非含有教训，便不足道"①。

崇尚道德说教的宋代传奇作家在抨击那些负情背义的反面形象的同时，还树立起一批钟情笃义、贫贱不移的道德楷模。如著名的单飞英与邢春娘的故事，见宋人王明清的《摭青杂说》；苏卿、双渐的故事，见《永乐大典》卷二四〇五，系罗烨《醉翁谈录》的佚文。

苏卿、双渐的名字在当时已家喻户晓。明隆庆间所修《庐州志》载双渐为北宋庆历二年（公元1042年）进士，知同州。《永乐大典》卷二四〇五引《醉翁谈录》云："小卿为阊江知县女，与书生双渐私恋，后以父亡回扬州，流落为娼，为商人娶去。在江上遇双渐，私奔过船，同上京都，终成夫妇。"

梅鼎祚《青泥莲花记》卷七所记稍详：

---

① 鲁迅：《中国小说的历史的变迁》第四讲"宋人之'说话'及其影响"，《鲁迅全集》9，人民文学出版社2005年。

苏小卿，庐州娼也，与书生双渐交昵，情好甚笃。渐出外，久之不还，小卿守志待之，不与他狎。其母私与江右茶商冯魁定计，卖与之。小卿在茶船，月夜弹琵琶甚怨。过金山寺，题诗于壁，以示渐云："忆昔当年拆凤凰，至今消息两茫茫。盖棺不作横金妇，入地当寻折桂郎。彭泽晓烟迷宿梦，潇湘夜雨断愁肠。新诗写记金山寺，高挂云帆上豫章。"渐后成名，经官论之，复还为夫妇。①

检王明清《摭青杂说》，知单飞英亦确有其人，曾历全州令丞，南宋绍兴二十五年（公元1155年）"自爨罢倅，奉祠寄居武陵"，犹常对人言及其与邢春娘之悲欢离合，"无有隐讳，人皆义之"。这当然也有可能是小说家故弄谲诈以取信于人。而实际上两则传奇问世以后都产生了轰动效应。

单、邢故事的梗概为：北宋末期，东京孝感坊有邢、单二家，邢有女名春娘，单有子符郎，两家比门而居，因有婚姻之约。后邢举家赴邓州任顺阳知县，单亦挈家往扬州待推官缺。金兵南侵，邢夫妻遇害，春娘辗转被卖在全州（今广西全州）娼家，易名杨玉，因色艺俱佳，有良人风度，艳名甚著。南宋初，单符郎受父荫为全州司户参军，得见杨玉，两皆有情。玉乘间告符郎己之身世籍贯，符郎始知为未婚妻，因试探其心意，察其从良志诚，乃四处请托，州之司理、通判皆

---

① ［明］梅鼎祚纂辑：《青泥莲花记》卷七"苏小卿"，陆林校点，黄山书社1998年，第174页。

为玉成，终得为之脱籍。玉之姊妹行有李英者，素与杨玉交好，亦坚意从良，愿终身随玉。经太守允准，俱为符郎娶归。

郑振铎先生认为《古今小说》卷一七的《单符郎全州佳偶》系宋人话本，虽未见各家著录，但这类悲欢离合的逸事极易为当时的书会才人采撷，却是事实。

苏卿、双渐的名字在宋元之际脍炙人口，《水浒传》（百回本）第五十一回《插翅虎枷打白秀英，美髯公误失小衙内》即有东京乐人白秀英来郓城县勾栏演唱《豫章城双渐赶苏卿》的关目。南宋时又有敷演其事的唱赚、诸宫调和戏文。[①]元、明两代据此改编的戏曲尤多。

要之，苏卿、双渐，飞英、春娘这两对情人都是先有婚姻之盟，旋以女方遭遇变故、家道中衰，沦落娼门。男子一方则能于仕路通达之后，忠于旧情，不以烟花为贱，虽多历周折，终于结成夫妇。

在爱情问题上，面对贫富尊卑的悬殊地位，能够始终如一，已属难能可贵。尤其是在得知女方失贞，而且坠入青楼以后，仍能不改初衷，这就多多少少含有向"饿死事极小，失节事极大"的理学贞操观念挑战的意味，因而也就更为接近市井小人物的价值取向。

---

① 参见胡士莹：《话本小说概论》，中华书局1980年，355页。

第四节 宋词与妓女

一、词的属性

词起于晚唐,激扬于五代,至宋蔚为大国,有"一代文学"之称。

词的长短顿挫的句式、四声分明的格调,还有同音乐的密切关系,都使它特别宜于抒情——尤其是抒男女风月之情。宋词家张炎说得好:"簸弄风月,陶写性情,词婉于诗。盖声出莺吭燕舌间,稍近乎情可也。"①

儒家素来讲究诗教,所谓"乐而不淫、哀而不伤",要求作诗要本着淳风俗、敦礼乐的宗旨。宋代理学兴盛以后,更注重诗的理念教化功能。"宋代五七言诗讲'性理'或'道学'的多得惹厌,而写爱情的少得可怜。宋人在恋爱生活里的悲欢离合,不反映在他们的诗里,而常常出现在他们的词里。"②这原因就在于词之体卑,不为文人士夫所尊重。如果把诗比拟为华妆袨服、举止矜庄的闺阁命妇,则词便犹如随俗雅化、冶荡轻佻的小家碧玉,所有不能在诗文当中流露的狭邪放诞之情、暧昧缠绵之意,尽可寄寓于词,而不必稍存顾忌。应当说,正是词的不登大雅的品位成全了宋代的骚人韵士,使他们得以借助这种特殊的形式无拘无束地倾吐自己

---

① 〔宋〕张炎:《词源》卷下"赋情",《守山阁丛书》本。
② 钱锺书:《宋诗选注》序,人民文学出版社1958年,第9—10页。

的真性情。

北宋崇宁间担任过大晟乐府制撰的词人万俟咏曾把自己的词集厘为两类：一雅词，一侧艳。后来认为"侧艳体无赖太甚"，削去再编，分成五体：曰应制，曰风月脂粉，曰雪月风花，曰脂粉才情，曰杂类。①

万俟氏的分类，实际已很能说明词这一新兴的文学样式对表现内容有特殊的规定性。他分了又分，除了少部分奉酬祝颂、点缀升平的作品以外，剩下的大多数仍然是香奁侧绝的内容。其实，万俟氏词作内容的比重，与宋词的整体情况也大致相符。"十七八女郎，执红牙板，歌'杨柳岸晓风残月'"②不啻为对北宋词坛面貌的精练写照。

青楼是引发文人墨客绮思丽情的渊薮，多少在婚姻家庭中体验不到的浪漫温存都可以在歌姬舞伎的袖角唇边得到补偿，而后再揭橥于词；青楼又是谱唱演播新词的最理想场所，有谁不想让自己的奇句妙语被于管弦、出诸丽人之口，遐迩皆闻呢？又有哪一位歌妓不愿率先唱出名士的新作，从而使自己身价倍增呢？

《能改斋漫录》卷一六录庆历年间的翰林学士聂冠卿一首《多丽词》：

> 想人生，美景良辰堪惜。问其间赏心乐事，就中难是并得。况东城凤台沁苑，泛晴波浅照金碧，露洗华桐，烟

---

① ［宋］王灼：《碧鸡漫志》卷二，《知不足斋丛书》本。
② ［清］冯金伯辑：《词苑萃编》卷一一"纪事"二，清嘉庆刻本。

霏丝柳，绿荫摇曳，荡春一色。画堂回，玉簪琼佩，高会尽词客。清欢久，重燃绛蜡，别就瑶席。　　有翩若惊鸿体态，暮为行雨标格。逞朱唇，缓歌妖丽，似听流莺乱花隔。慢舞萦回，娇鬟低亸，腰肢纤细困无力。忍分散，彩云归后，何处更寻觅。休辞醉，明月好花，莫漫轻掷。①

　　这首词的格调颓唐顽艳，并不足多，但它却有利于了解词与词人及妓女的关系。上片述宴游之乐，美景良辰，词客高会，酒泛金波，堂飘香霭。多愁善感的词人面对如许春光，不禁惋惜人生的短暂，只好对酒当歌，及时行乐。下片全写妓女，由身段、风情而及于歌态舞姿。香柔醉软，婉媚秾妍，结语照应起句感时伤怀的主旨。通览全篇，不过是文人的一种无聊情绪，借赖词的短长错落的格式绵绵絮絮地化为形象的过程。妓女既作为可感的意象成为歌咏的材料，又使词人的情绪得到延伸。试想当筵若无妓女侑觞，或虽有而词人未予描摹，恐怕他的下片就难免重复了。

　　醇酒妇人，加上些羁旅客况、淡淡哀愁，就几乎可以囊括豪放词派羽翼丰满以前的宋词内容模式了。

二、与妓女交往密切的词人

　　与妓女交往最为密切的北宋词人无过柳永。永字耆卿，初名三变，景祐元年（公元1034年）进士，官至屯田员外郎，

---

① 《能改斋漫录》卷一六"乐府"，第470页。

故后世又称柳屯田，有《乐章集》行世。《全宋词》收其长短句二百一十二首，十之九为慢调。

据宋人笔记，柳永未第时，尝作《鹤冲天》词，云：

> 黄金榜上，偶失龙头望。明代暂遗贤，如何向。未遂风云变，争不恣狂荡，何须论得丧。才子词人，自是白衣卿相。　烟花巷陌，依约丹青屏障。幸有意中人，堪寻访。且恁偎红翠，风流事，平生畅。青春都一饷。忍把浮名，换了浅斟低唱。①

后来仁宗谂知其人无行，"临轩放榜"之时，黜落其名，说："且去浅斟低唱，何要浮名？"②柳永"由是不得志，日与猥薄子纵游娼馆酒楼间，无复检约，自称云：'奉旨填词柳三变'"③。据说他身后凄凉，还是京西的妓女们凑钱为他营葬的。④

这样一个失志潦倒的文人竟会得到整个烟花界的青睐，原因就在于词。

柳永的词长于白描，浅近如话，又因精于音律，所作极

---

① ［宋］柳永:《鹤冲天》词，见唐圭璋编:《全宋词》第一册，中华书局1965年，第51页。本书所引《全宋词》皆据此版本。
② 《能改斋漫录》卷一六"乐府"，第480页。
③ 《苕溪渔隐丛话·后集》卷三九，《海山仙馆丛书》本。
④ ［宋］杨湜:《古今词话》"柳永"条，见唐圭璋编:《词话丛编》，中华书局1986年。

易上口，故"凡有井水饮处，即能歌柳词"①。长期混迹青楼的经历使他能够比较深入地了解妓女们的心理好恶，比较同情她们的遭际处境。他的《乐章集》中大部分词作与妓女有关，或沉迷陶醉于她们的轻歌曼舞，或满怀怜爱地抒写她们的忧虑追求，或缠绵悱恻地倾诉与她们的离情别绪，兹举数例以见一斑：

柳腰轻

英英妙舞腰肢软，章台柳、昭阳燕。锦衣冠盖，绮堂筵会，是处千金争选。顾香砌，丝管初调，倚轻风，佩环微颤。　　乍入霓裳促遍，逞盈盈，渐催檀板。慢垂霞袖，急趋莲步，进退奇容千遍。算何止，倾国倾城，暂回眸，万人肠断。②

迷仙引

才过笄年，初绾云鬟，便学歌舞。席上尊前，王孙随分相许。算等闲，酬一笑，便千金慵觑。常只恐，容易舜华偷换，光阴虚度。　　已受君恩顾，好与花为主。万里丹霄，何妨携手同归去。永弃却，烟花伴侣。免教人见妾，朝云暮雨。③

---

① ［宋］叶梦得：《避暑录话》，见《中华野史·宋朝卷》二，第1772页。
② ［宋］柳永：《柳腰轻》，见《全宋词》第一册，第15—16页。
③ ［宋］柳永：《迷仙引》，见《全宋词》第一册，第22页。

满江红·其二

访雨寻云，无非是，奇容艳色。就中有，天真妖丽，自然标格。恶发姿颜欢喜面，细追想处皆堪惜。自别后，幽怨与闲愁，成堆积。　　鳞鸿阻，无信息。梦魂断，难寻觅。尽思量，休又怎生休得。谁恁多情凭向道，纵来相见且相忆。便不成，常遣似如今，轻抛掷。①

柳永的为人连同他的词在当日颇遭士大夫訾议，认为其人既儇薄无行，其词亦鄙俚俗浅，斥之为"野狐涎"②独风尘女子与引车负贩者流喜爱他的"俗"。他因此成了廊庙科场的逐臣，却也因此成了市井青楼的宠儿。宋人罗烨的《醉翁谈录》卷二丙集记录了一则"三妓挟耆卿作词"的逸事，很能说明柳永在青楼姊妹中的人缘与人气：

耆卿居京华，暇日遍游妓馆。所至，妓者爱其有词名，能移宫换羽；一经品题，声价十倍。妓者多以金物资给之。惜其为人出入所寓不常。耆卿一日经由丰条（疑应作"乐"）楼前。是楼在城中繁华之地，设法卖酒，群妓分番。忽闻楼上有呼"柳七官人"之声，仰视之，乃甲（疑应作"角"）妓张师师。师师耍峭而聪敏，酷喜填词和曲，与师师（师师疑应作"柳"）密。及柳登楼，师师责之曰：

---

① ［宋］柳永：《满江红·其二》，见《全宋词》第一册，第41页。
② ［宋］王灼：《碧鸡漫志》卷二，《知不足斋丛书》本。

"数时何往? 略不过奴行。君之费用,吾家恣君所需,妾之房卧,因君馨矣! 岂意今日得见君面,不成恶人情去,且为填一词去。"柳曰:"往事休论。"师师乃令量酒,具花笺,供笔毕。柳方拭花笺,忽闻有人登楼声。柳藏纸于怀,乃见刘香香至前,言曰:"柳官人,也有相见。为丈夫岂得有此负心! 当时费用,今忍复言。怀中所藏,吾知花笺矣。若为词,妾之贱名,幸收置其中。"柳笑出笺,方凝思间,又有人登楼之声。柳视之,乃故人钱安安。安安叙别,顾问柳曰:"得非填词?"柳曰:"正被你两姐姐所苦,令我作词。"安笑曰:"幸不我弃。"柳乃举笔,一挥乃止。三妓私喜:"仰官人有我,先书我名矣。"乃书就一句。(乃云):

师师生得艳冶,

香香、安安皆不乐,欲掣其纸。柳再书(第二句)云:

香香于我情多,

安安又嗔柳曰:"先我矣!"授其纸,怂然而去。柳遂笑而复书(第三句)云:

安安那更久比和,四个打成一个。(过片)幸自苍皇未款,新词写处多磨,几回扯了又重接,奸字中心着我。(曲名西江月)

三妓乃同开宴款柳。师师即席借柳韵和一词:

西江月

一种何其轻薄,三眠情意偏多,飞花舞絮弄春和,全没些儿定个。 踪迹岂容收拾,风流无处消磨,依依接取手亲按，永结同心向我。

　　柳见词，大喜，令各尽量而饮。香香谓安安曰："师师姐既有高词，吾已醉，可相同和一词。"

西江月

　　谁道词高和寡，须知会少离多，三家本作一家和，更莫容它别个。　　且恁眼前同条（疑应作"乐"），休将饮里相磨，酒肠不奈苦揉按，我醉无多酌我。

　　和词既罢，柳言别，同祝之曰："暇日望相顾，毋似前时一去不复见面也。"柳笑而下楼去也。①

　　张先，字子野，仁宗天圣八年（公元1030年）进士。因填词善用"影"字，故有"三影郎中""云破月来花弄影郎中"雅号。②陈师道《后山诗话》谓："杭妓胡楚、靓靓皆有诗名，张子野老于杭，多为官妓作词，而不及靓靓。"③清人《本事词》卷上亦云："张子野风流潇洒，尤擅歌词，灯筵舞席，赠妓之作绝多。"④

　　杨湜《古今词话》载："张子野往玉仙观，中路逢谢媚卿，初未相识，但两相闻名。子野才韵既高，谢亦秀色出世，

---

① 《新编醉翁谈录》丙集卷二"三妓挟耆卿作词"，第23—24页。
② ［宋］范正敏：《遁斋闲览》，见［宋］曾慥：《类说》卷四七，书目文献出版社1988年，第804页。
③ ［宋］陈师道：《后山诗话》，见《苕溪渔隐丛话》前集卷六〇，《海山仙馆丛书》本。
④ ［清］叶申芗：《本事词》卷上，上海古籍出版社1991年，第412页。

一见慕悦，目色相授。张领其意，缓辔久之而去，因作《谢池春慢》以叙一时之遇。"词云：

> 缭绕重院，静闻有、啼莺到。绣被掩余寒，画幕明新晓。朱槛连空阔，飞絮知多少。径莎平，池水渺。日长风静，花影闲相照。　　尘香拂马，逢谢女，城南道。秀艳过施粉，多媚生轻笑。斗色鲜衣薄，碾玉双蝉小。欢难偶，春过了。琵琶流韵，都入相思调。①

张先的词秀丽婉约，追步花间派的气格风韵，以描写女性的娟妍意态见长。除此首之外，还有《南乡子·听二玉鼓胡琴》《望江南·赠龙靓》《醉垂鞭·赠年十二琵琶娘》《定西番·听九人鼓胡琴》《剪牡丹·舟中闻双琵琶》等，都是赠妓、咏妓之作。

号称"苏门四学士"的黄庭坚、秦观、晁补之、张耒都曾饮誉词坛，也都酷好声妓，浪迹青楼。四人因入元祐党籍，屡遭斥逐，仕途蹭蹬，乃将一腔块垒，尽倾于翠袖红裙，舞台歌榭。王灼《碧鸡漫志》说黄庭坚"晚年闲放于狭邪，故有少蹉荡处"。李昌龄《乐善录》亦云"黄鲁直好作艳语，诗词一出，人争传之"。

其《满庭芳·妓女》云：

---

① ［宋］张先：《谢池春慢·玉仙观道中逢谢媚卿》，见《全宋词》第一册，第60页。

初绾云鬟，才胜罗绮，便嫌柳陌花街。占春才子，容易托行媒。其奈风情债负，烟花部、不免差排。刘郎恨，桃花片片，随水染尘埃。　　风流、贤太守，能笼翠羽，宜醉金钗。且留取垂杨，掩映厅阶。直待朱轓去后，从伊便、窄袜弓鞋。知恩否，朝云暮雨，还向梦中来。①

这是站在士大夫的立场上对妓女的描画，它把一个初识风情的妓女的娇憨稚嫩与"风流太守"的怜香惜玉的心情表现得含蓄蕴藉，很有层次。

宋代地方官吏每到一地，例有官妓或营妓承应侍宴，如其人为名士、擅诗词，则备受妓女的欢迎，若再有诗词题赠，该妓女便能陡增令誉。周煇《清波杂志》谓："东坡在黄冈，每用官妓侑觞，群姬持纸乞歌词，不违其意而予之。有李琦者，独未蒙赐，一日有请，坡乘醉书……奖饰乃出诸人右，其人自此声价增重。"②

苏门四学士既名噪一时，类似其师在黄冈的际会自然时有发生。有时并因诗词的酬和而与妓女结下很深的友谊。

山谷南迁经过衡阳，遇营妓陈湘，喜其善歌舞、知学书，因赠以《阮郎归》小词：

---

① [宋]黄庭坚：《满庭芳·妓女》，见《全宋词》第一册，第386页。
② [宋]周煇：《清波杂志》卷五"海棠诗"条，见《中华野史·宋朝卷》二，第1130页。

> 盈盈娇女似罗敷,湘江明月珠。起来绾髻又重梳,弄
> 妆仍学书。　　歌调态,舞功夫,湖南都不如。它年未厌
> 白髭须,同舟归五湖。①

山谷借范蠡、西施偕隐的故事寄托了与陈湘终老江湖的愿望。临歧之际,山谷再赠《蓦山溪》一阕,述流连难舍之意。及至宜州,又有前调寄赠。曰:"江上一帆愁,梦犹寻,歌梁舞地。如今对酒,不似那回时,漫书写,梦来空,只有相思是。"寤寐思服之状,毕现于词。②

萍水相逢,由对才色的欣赏引起感情的投注。随着时间的推移、空间的阻隔,情意愈形缠绻深沉,这是不同于那些逢场作戏、随处留情而又随处忘之的轻薄行径的。

四学士中最受妓女爱慕的当推淮海居士秦少游。少游名观,文名甚著,而受党祸牵连,谪官四方。其词以情婉俊逸、融汇景物见长,极跌宕回旋之致,故青楼闺阃皆争传其作。每一词出,不胫而走。

方勺《泊宅编》(三卷本)卷上云少游:"尝眷蔡州一妓陶心者,作《浣沙溪》,词中二句'缺月向人舒窈窕,三星当户照绸缪。'缺月三星,盖心字。"条下原有注文云:"此乃误记东坡词耳。少游词云:'一钩残月带三星'也。"③

---

① [宋]黄庭坚:《阮郎归·曾勇文既昤陈湘,歌舞便出其类,学书亦进。来求小楷,作阮郎归词付之》,见《全宋词》第一册,第402页。
② 参见《全宋词》《本事词》《潕南诗话》。
③ [宋]方勺:《泊宅编》(三卷本)卷上,中华书局1983年,第68页。

检《全宋词》秦观名下《南歌子》三首之一云："玉漏迢迢尽，银潢淡淡横。梦回宿酒未全醒，已被邻鸡催起、怕天明。 臂上妆犹在，襟间泪尚盈。水边灯火渐人行，天外一钩残月、带三星。"末句一语双关，既点染出拂晓恋人去后的寂寥空落，又隐栝出妓女陶心儿的芳名，巧思丽藻，堪称匠意。

其《水龙吟》云：

> 小楼连远横空，下窥绣毂雕鞍骤。朱帘半卷，单衣初试，清明时候。破暖轻风，弄晴微雨，欲无还有。卖花声过尽，斜阳院落，红成阵，飞鸳甃。　　玉佩丁东别后，怅佳期，参差难又。名缰利锁，天还知道，和天也瘦。花下重门，柳边深巷，不堪回首。念多情但有，当时皓月，向人依旧。①

此系赠蔡州营妓娄婉之作。婉字东玉，词中起句及"玉佩丁东别后"隐含"楼东玉"三字。 盖当时题赠妓女之词，多暗嵌妓女姓字为证，防他妓赖为己物。亦一时风尚所致。②

少游的词，善于捕捉能够发意关情的物象，风烟草树、孤雁啼鸦，都被惬当地摄入他笔下，成为怅惘心绪的外化手段，境由心生，情景交融，正是少游词的最大优点。试看他著名的《满庭芳》之一：

---

① ［宋］秦观：《水龙吟》，见《全宋词》第一册，第455页。
② 参见曾慥《高斋诗话》，杨慎《词品》卷三，《词苑萃编》卷一二。

山抹微云，天连衰草，画角声断谯门。暂停征棹，聊
共引离尊。多少蓬莱旧事，空回首、烟霭纷纷。斜阳外，
寒鸦万点，流水绕孤村。　　销魂。当此际，香囊暗解，
罗带轻分。谩赢得、青楼薄幸名存。此去何时见也，襟袖
上、空惹啼痕。伤情处，高城望断，灯火已黄昏。①

《能改斋漫录》引晁补之评当时诸词家语，有"近世以
来，作者皆不及秦少游，如'斜阳外，寒鸦数点，流水绕孤
村。'虽不识字人，亦知是天生好言语"②之论。

正由于少游词有此魅力，所以他死后的逸闻也颇多。清
人赵翼《陔余丛考》谓："秦少游南迁至长沙，有妓生平酷爱
秦学士词，至是知其为少游，请于母，愿托以终身。少游赠
词，所谓'郴江幸自绕郴山，为谁流下潇湘去'者也。念时
事严切，不敢偕往贬所。及少游卒于藤，丧还，将至长沙，
妓前一夕得诸梦，即逆于途，祭毕，归而自缢以殉。"③这就
是《夷坚志补》中《义娼传》的故事梗概。有趣的是，洪迈
在详细地记述了少游与义娼的这段生死姻缘以后，又在自己
的《容斋四笔》中否定了故事的真实性。

其实，事之有无，并不很重要。作为小说来读，它的文

---

① ［宋］秦观:《满庭芳》,见《全宋词》第一册,第458页。
② 《能改斋漫录》卷一六,第469页。
③ ［清］赵翼:《陔余丛考》卷四一"苏东坡秦少游才遇"条,河北人民出版
社1990年,第869页。

化意向也很值得玩味。妓女因慕名士之词而推爱及其人，终于以身相殉。这究竟是词的魔力、名士的效应还是道学的成果，抑或三者兼而有之呢？红颜薄命，自古而然，少游的词可能有许多方面契合妓女的心理，拨动了她们的心弦，爱屋及乌，亦人之常情，至于因此而轻生，就未免让人疑心有节妇烈女的盲目意味。

又《本事词》卷上载：

> 潭守宴客合江亭，张才叔在座，令群妓悉歌《临江仙》。一妓独唱两句云："微波浑不动，冷侵一天星。"才叔称赏，索其全篇。妓云："妾居近商舟中，值月色清朗，即见邻舟一男子倚樯歌此词，音极悽怨，但苦乏性灵，不能尽记，愿助以同列共往记之。"太守许焉。次夕，乃与同列饮酒而待。至夜阑月静，果闻邻舟有男子三叹而歌是词。有赵琼者，倾听而堕泪，曰："此秦七声度也。"赵善讴，秦南迁时闻赵歌而甚赏之。乃遣人问讯，即少游灵舟也。[1]

这也是很动人的故事。未见其人，闻歌先泣，能有这样的红颜知己，少游大概也可瞑目了。

周邦彦与名妓李师师的艳事已见前述。邦彦字美成，精于音律，屡创新调。徽宗时提举大晟府，"每制一词，名流

---

① ［清］叶申芗：《本事词》卷上，上海古籍出版社1991年，第424页。

辄为赓和"①。

《夷坚三志》载："周美成顷在姑苏，其营妓岳七楚云者，追游甚久。后从京师归，过苏省访之，则已从人数年矣。明日，饮于太守蔡峦子高坐上，因见其妹，作《点绛唇》词寄之云'辽鹤西归，故人多少伤心事。短书不寄，鱼浪空千里。　凭仗桃根，说与相思意。愁何际，旧时衣袂，犹有东风泪。'楚云览之，为之累日感泣。"②

《宋史·周邦彦传》云美成"疏隽少检，不为州里推重"③，张炎《词源》卷下云"美成词只能看他浑成处，于软媚中有气魄，采唐诗融化如自己者，乃其所长。惜乎意趣却不高远"。这确是很中肯的评价。周邦彦最擅长的是铺叙闺思离恨，尤以表现青楼中的艳情为能事。其《片玉集》中，有极浓艳佻薄的作品，兹录二首，以见一斑：

青玉案

　　良夜灯光簇如豆。占好事，今宵有。酒罢歌阑人散后，琵琶轻放，语声低颤，灭烛来相就。　玉体偎人情何厚，轻惜轻怜转唧嗂。雨散云收眉儿皱。只愁彰露，那人知后，把我来僝僽。④

---

① ［清］沈雄：《古今词话·词评》引《柳堂词话》。
② ［宋］洪迈：《夷坚三志》壬卷第七，中华书局1981年，第1521页。
③ 《宋史·周邦彦传》，第13126页。
④ ［宋］周邦彦：《青玉案》，见《全宋词》第二册，第622—623页。

花心动　双调

　　帘卷青楼，东风暖，杨花乱飘晴昼。兰袂褪香，罗帐
褰红，绣枕旋移相就。海棠花谢春融暖，偎人恁、娇波频
溜。象床稳，鸳衾谩展，浪翻红绉。　　一夜情浓似酒。
香汗渍鲛绡，几番微透。鸾困凤慵，娅姹双眉，画也画应
难就。问伊可煞于人厚。梅萼露、臙脂檀口。从此后、纤
腰为郎管瘦。①

　　这种色情的描写在男女关系相对开放的唐代并不多见，
而在宋人的长短句中却数量可观。这或许正是在理学显文化
压抑之下的一种士阶层心理表征吧。

　　宋室南迁，中原板荡，壮怀义愤之士，发为慷慨悲凉之
歌，词风因之一变。辛弃疾、陆游、张孝祥等虽也多有借红
巾翠袖以消愁的词章，但因为此时"愁"的内涵已非柳永、
秦观式的个人怅触，而是寄寓着整个民族的危亡之感，故无
碍于词坛雄浑悲壮的主流。

　　逮至偏安势成，英雄老去，词风复又归于绮靡，而且愈
益雕琢，更趋纤巧，就中尤以姜夔、吴文英、张炎为翘楚。

　　宋人黄叔旸云："姜夔字尧章，号白石道人，南渡诗家名
流，词极精妙，不减清真乐府。其间高处有周美成不能及者。
善吹箫，自制曲，初则率意为长短句，然后协以音律云。"②

---

① 〔宋〕周邦彦：《花心动·双调》，见《全宋词》第二册，第623页。
② 〔清〕舒梦兰辑，谢朝征笺：《白香词谱》卷三，半厂丛书初编本。

白石在南宋词坛声望甚崇，他的词工于表现羁旅客况、别怨离愁，刻意于字句声律的锤炼，正如范成大所言"白石有裁云缝月之妙手，敲金戛玉之奇声"①。他有不少作品是写同青楼女子的恋情，但形诸笔墨，却纡曲隐晦、欲吐还茹，流露出浓郁的感伤情调，与周邦彦的绮艳儇薄迥然相异。如《解连环》：

> 玉鞯重倚，却沉吟未上，又萦离思。为大乔、能拨春风，小乔妙移筝，雁啼秋水。柳怯云松，更何必、十分梳洗。道郎携羽扇，那日隔帘，半面曾记。　　西窗夜凉雨霁。叹幽欢未足，何事轻弃。问后约，空指蔷薇，算如此溪山，甚时重至。水驿灯昏，又见在、曲屏近底。念唯有，夜来皓月，照伊自睡。②

白石词佳处在含蓄，而失亦在此。盖因其胸中丘壑本自狭小，缺乏吞吐万千的气概，只好靠斲镂词语，翻新兴象以文饰其内容的单弱，故"未免有生硬处"。

至吴文英，更一味考究形式，引商刻羽，天真自然之趣一变而为晦涩奥佶，宋人沈义父说"其失在用事下语太晦处，人不可晓"③。其咏妓小令，间亦有清新明快者，如《玉楼春·京市舞女》：

---

① ［清］沈雄：《古今词话·词评》上卷引范石湖语。
② ［宋］姜夔：《解连环》，见《全宋词》第三册，第2180页。
③ ［宋］周密编，［清］查为仁、厉鹗笺：《绝妙好词》卷四，清乾隆十五年刻本。

　　茸茸狸帽遮梅额，金蝉罗剪胡衫窄。乘肩争看小腰身，
倦态强随闲鼓笛。　　问称家住城东陌，欲买千金应不惜。
归来困顿躘春眠，犹梦婆娑斜趁拍。①

　　张炎字叔夏，号玉田。生当宋之季世，入元不仕，有
《山中白云词》。江藩跋张炎所著《词源》说："玉田生词与白
石齐名，词之有姜张，如诗之有李杜也。"②

　　叔夏身经丧乱亡国之痛，故常将禾黍铜驼之怨倾诉于舞
衫歌扇、象板红牙之间，极尽抑郁忧幽之旨。

　　《意难忘》小序云："中吴车氏，号秀卿，乐部中之翘楚
者，歌美成曲得其音旨。余每听，辄爱叹不能已，因赋此以
赠。余谓有善歌而无善听，虽抑扬高下，声字相宣，倾耳者
指不多屈。曾不若春蚓秋蚕，争声响于月篱烟砌间，绝无仅
有。余深感于斯，为之赏音，岂亦善听者耶？"词云：

　　风月吴娃。柳荫中认得，第二香车。春深妆减艳，波
转影流花。莺语滑，透纹纱，有低唱人夸。怕误却、周郎
醉眼，倚扇伴遮。　　底须拍碎红牙。听曲终奏雅，可是
堪嗟。无人知此意，明月又谁家？尘滚滚，老年华，付情
在琵琶。更叹我，黄芦苦竹，万里天涯。③

---

① ［宋］吴文英：《玉楼春·京市舞女》，见《全宋词》第四册，第2894页。
② ［宋］张炎：《词源·跋》，《守山阁丛书》本。
③ ［宋］张炎：《意难忘》，见《全宋词》第五册，第3489页。

又其《国香》词云:"沈梅娇,杭妓也。忽于京都见之,把酒相劳苦,犹能歌周清真《意难忘》《台城路》二曲,因嘱余记其事。词成,以罗帕书之。"词曰:

> 莺柳烟堤。记未吟青子,曾比红儿。娴娇弄春微透,鬓翠双垂。不道留仙不住,便无梦,吹到南枝。相看两流落,掩面凝羞,怕说当时。　凄凉歌楚调,嫋余音不放,一朵云飞。丁香枝上,几度款语深期。拜了花梢淡月,最难忘、弄影牵衣。无端动人处,过了黄昏,犹道休归。①

张炎有大量寄赠歌妓舞女的词章,如《声声慢·和韩竹闲韵,赠歌者关关,在两水居》《甘州　其一·为小玉梅赋,并柬韩竹闲》《甘州·赵文升索赋散乐妓桂卿》《恋绣衾·代题武桂卿扇》《蝶恋花　其一·赠杨柔卿》《惜红衣·赠伎双波》《淡黄柳·赠苏氏柳儿》《长相思·赠别笑倩》《好事近·赠笑倩》《霜叶飞·毗陵客中闻老妓歌》等,有些已是入元后的作品,大都寄托了深沉的故国之思。

借长短句这一"诗余",表现风花雪月、倚翠偎红的内容,在两宋是一个极普遍的现象。几乎每一个文人都有这样的愿望,几乎每一部词集都以这类作品为主。像王荆公那样不涉狭邪领域的作家可谓凤毛麟角,却又被指斥为"诡诈不

---

① ［宋］张炎:《国香》,见《全宋词》第五册,第3465页。

通外除……方营妓列庭下，介甫作色，不肯就座"①。从兹也可领略宋代的士林风气了。

研究宋代士人的心态，单看诗文小说是难以窥见其真相的。必须结合他们的词，了解他们同妓女的关系，庶几可以触摸到其深层的律动。

三、妓女之能词者

宋代官妓、营妓斡旋于词客骚人左右，用弦索笙簧演奏他们的歌词，在浅斟低唱之余，也时时陶醉于那种低昂错落、纤徐婉媚的韵味之中。一些聪明颖悟的妓女，渐渐悟出了个中三昧，学得了填词的技法，于是乃将自己心中的恩恩怨怨谱入乐章，传之坊曲，成为词苑中令人瞩目的一支新军。清人叶申芗《本事词·自序》中云："且有红楼少妇，紫曲名娃，才擅涛笺，慧工浪语。改山抹微云之韵，灵出犀心；吟花啼红雨之篇，巧偷莺舌。折来官柳，真蜀艳之可人；插满山花，羡严卿之侠气。"②

这一段话实涉及四位宋代名妓，都以擅词著名。第一位名琴操，隶杭州乐籍。一日，州副史闲唱秦少游的《满庭芳》（见上节所引），错吟成"画角声断斜阳"，琴操在旁纠正说："画角声断谯门，非斜阳也。"副守感到惊奇，便笑着问她能否将全首词改韵而歌。琴操不假思索，当即吟出："山抹微

---

① ［宋］赵令畤：《侯鲭录》卷三，中华书局 2002 年，第 93 页。
② ［清］叶申芗：《本事词·自序》，上海古籍出版社 1991 年，第 404 页。

云，天连衰草，画角声断斜阳。暂停征辔，聊共引离觞。多少蓬莱旧侣，频回首，烟霭茫茫。孤村里，寒鸦万点，流水绕低墙。　　魂伤，当此际，轻分罗带，暗解香囊。漫赢得青楼薄幸名狂。此去何时见也，襟袖上空有余香。伤心处，长城望断，灯火已昏黄。"①

这虽然只是一种文字游戏，但琴操能于片刻之间，巧易新韵，而且仍熨帖原意，流转自如，足见其灵心慧性。据说她后来受了苏轼的点拨，彻悟禅机，削发为尼。②

第二名陈凤仪，隶成都乐籍，尝为太守张方平所眷。③ "成都守将蒋龙图内召，郡饯。时乐藉陈凤仪侍宴，辄歌自制《洛阳春》（笔者按，《全宋词》作《一络索》）以侑觞，云：'蜀江春色浓如雾，拥双旌归去。海棠也似别君难，一点点、啼红雨。此去马蹄何处？向沙堤新路，琼林赐宴赏花时，还忆著、西楼否？'蒋大赞赏，仍厚赐焉。"④

第三位也是蜀地的歌妓，姓名已无可考。她曾在钱别府官的宴席上赋送行词一首，以遣词命意的诙谐洒脱为人称道。词云："欲寄意，浑无所有，折尽市桥官柳。看君着上征衫，又相将放船楚江口。后会不知何日又。是男儿休要镇长相守。苟富贵无相忘，若相忘有如此酒。"⑤词调盖出此妓自创，后定名为《市桥柳》。

---

①② 《能改斋漫录》卷一六"杭妓琴操"，第483页。

③ ［宋］张邦基撰：《墨庄漫录》卷一，中华书局2002年，第31页。

④ ［清］叶申芗：《本事词》卷上，上海古籍出版社1991年，第439页。

⑤ 《齐东野语》卷一一，第195页。

最后一名为天台营妓严蕊，本章第一节曾述及。蕊字幼芳，"善琴弈歌舞、丝竹书画，色艺冠一时。间作诗词有新语，颇通古今。善逢迎，四方闻其名，有不远千里而登门者"①。

严蕊因赋《如梦令》小词深得天台郡守唐仲友赏识，后来朱熹挟私怨罗织仲友罪名，指其与严蕊为滥污，因之坐蕊于狱，拷鞠供状。蕊抵死不肯攀诬仲友。不久，朱熹改除，新任巡按岳霖怜其病瘁，命作词自陈。严蕊略不构思，即口占《卜算子》一词云：

> 不是爱风尘，似被前缘误。花落花开自有时，总赖东君主。　　去也终须去，住也如何住。若得山花插满头，莫问奴归处。②

于是判令从良。

妓女的词多为小令，罕有长调。词旨明朗浅易，别有一种清新率直的野味，绝不像清真、白石、梦窗词那样的隐讳迂曲。这一方面固然与妓女在文化修养上的局限有关；另一方面也在于她们的词作多有如骨鲠在喉、不吐不快的真情实感，与那些无病而呻、饾饤章句的文人作品大不相同。

从内容上看，妓女的词不外缅怀相思、自伤沦落两类，

---

① 《齐东野语》卷二〇，第374—375页。
② 《齐东野语》卷二〇，第375—376页。王国维《人间词话删稿》谓此词乃唐仲友戚高宣教作，使严蕊歌以侑觞者。

大抵以士大夫的审美意趣为圭臬，处于士大夫文学附庸的地位，这是宋代特有的社会文化氛围所造成的。一名妓女能否作词，能否为地方守倅幕僚赏识，不仅关系到她的声名地位、经济收入，甚至会影响到她的终身归宿。杨湜《古今词话》载：

> 李公之问仪曹解长安幕，诣京师改秩。都下聂胜琼，名娼也，质性慧黠，公见而喜之。李将行，胜琼送别，饯饮于莲花楼，唱一词，末句曰："无计留春住，奈何无计随君去。"李复留经月，为细君督归甚切，遂饮别。不旬日，聂作一词以寄李云：
>
> 玉惨花愁出凤城，莲花楼下柳青青。尊前一唱阳关后，别个人人第五程。寻好梦，梦难成。况谁知我此时情？枕前泪共芭蕉雨，隔个窗儿滴到明。
>
> 盖寓调《鹧鸪天》也。之问在中路得之，藏于箧间。抵家，为其妻所得，因问之，具以实告。妻喜其语句清健，遂出妆奁，资夫娶归。①

一曲《鹧鸪天》，不仅打动了李之问，而且还倾倒了他的妻子，聂胜琼亦因此从良为人妾。又明人陈耀文《花草粹编》载：

---

① 《青泥莲花记》卷八，第185页。

　　　　成都妓尹温仪，本良家女，后以零替，失身妓籍。蔡
　　相帅成都，酷爱之。尹告蔡乞除乐籍，蔡戏曰："若樽前成
　　一小阕，便可除免。"尹曰："乞腔调。"蔡答以《西江月》。
　　尹又乞严韵，蔡曰："汝排行十九，用九字。"即便应声云：
　　"韩愈文章盖世，谢安才貌风流。良辰开宴在西楼，敢劝一
　　杯芳酒。记得南宫高过，弟兄争占鳌头。一门玉殿御香浮，
　　名在甲科第九。"①

　　或认为此词乃姑苏官妓苏琼为蔡京赋②，究竟属谁，已难
确考。词的内容也不过是奉承谀赞，绝无兴寄可言。令人感
兴趣的是事件本身所囊括的文化意蕴。词在宋代，犹如诗在唐
代，成为士人与妓女交际的特殊语言，社会在剥夺了多数女
性求知的权力、迫她们严守"妻纲""女德"的同时，却要求
少数女性掌握上流社会男性的语言文字知识和技巧，以备士
大夫们的特殊需要，这是中国士大夫雅文化独有的现象。

---

① 《青泥莲花记》卷八，第266页。
② 《能改斋漫录》卷一六"苏琼善词"条，第476页。

第三章
雅俗融合：宋元俗文学中的青楼人物

第一节　青楼俗文学中的社会心态

一、雅俗融合的趋势

这里所说的"俗文学"，主要指宋元之际流行于市井民间的话本、戏曲作品，其中以青楼为背景的数量甚多，本章不可能一一论及，只能就其主要倾向做些笼统的陈述，以期勾勒出这类作品演进发展的基本轨迹。

宋元两代，由于城市商品经济的长足发展和市民队伍的空前壮大，相应的文化娱乐需求也随之产生。发轫于乡间里巷的各种杂戏伎艺如百川汇海，纷纷流向都市的瓦舍勾栏，经过不断的互相切磋、互相借鉴，兼有叙事、表演之长的"说话"艺术和戏曲艺术终于脱颖而出，以其新奇曲折的题材内容和声情并茂、绘影传神的形式赢得了大量的观众，成为其时最受欢迎的艺术商品。所谓"说收拾寻常有百万套，谈话头动辄是数千回"①，讲的就是说话人博闻强记的本领；而"斜阳古柳赵家庄，负鼓盲翁正作场。身后是非谁管得，满村听唱蔡中郎"②，则渲染了一幅乡村演唱诸宫调的盛况图。

要想把"说话"同戏曲截然分开，孤立地进行研究几乎是不可能的，因为它们从一开始就如同孪生姊妹一样同时孕育、同时降临，而又同步成长，不仅在艺术形式上互相补益，而且在题材采择上也一向互通有无。

记载南宋"说话家数"的诸种笔记：《醉翁谈灵》《都城纪胜》《梦粱录》《武林旧事》等几乎都将"小说"一类列于四家之首。

小说所敷演的内容包括"烟粉""灵怪""传奇""公案"，对此，诸书也几无异议。所谓"烟粉"，系指烟花粉黛、人鬼幽期的故事，从它在小说中首当其冲的位置，可以看出这类故事在当时的听众中大有市场。

明初宁献王朱权著《太和正音谱》，列"杂剧十二科"，也有"烟花粉黛"一科。这种题材的小说戏曲虽然不尽是表现青楼中的男男女女，但我们有理由认为其中的大多数与妓女、嫖客有关。原因一则在于名妓的生活对于市民阶层来说，具有一定的浪漫神秘色彩，容易刺激观众的欣赏兴趣。二则由于青楼中的爱情在现实中往往是悲剧的结局，要经受许多的痛苦磨折，其间的曲折变异最容易为通俗文学的作家所取资提炼，推陈出新，试将见于著录的宋元两代戏文、杂剧、话本中有关青楼

---

① ［宋］罗烨：《醉翁谈录·小说开辟》，辽宁教育出版社1998年，第3页。
② ［宋］陆游：《小舟游近村舍舟步归》，《宋诗别裁》本。

题材的名目列表于下：

表1　宋元两代青楼故事经眼名目

本事	话本（拟话本）	戏　文	宋杂剧	金院本（诸宫调）	元杂剧
"王魁负心"事	《王魁负心》（《醉》本）	《负心王魁》（《宦》本）《王魁负桂英》（《南》本）《王俊民休书记》（《永》本）	《王魁三乡题》（《官》本）	—	尚仲贤：《海神庙王魁负桂英》（《录》本）
"陈叔文负心"事	—	《陈叔文三负心》（《南》本）《负心陈叔文》（《永》本）	—	—	关汉卿：《风月状元三负心》（《录》本）
"柳耆卿诗酒玩江楼"事	《柳耆卿诗酒玩江楼记》（《宝》本）《柳耆卿诗酒玩江楼》（《清》本）《柳耆卿记》（《醉》本）	《柳耆卿诗酒玩江楼》（《永》本）	—	《变柳七爨》（《辍》本）	戴善甫：《柳耆卿诗酒玩江楼》（《录》本）杨景言：《柳耆卿诗酒玩江楼》（《录续》本）《花花柳柳清明祭柳七记》（《寒山堂曲谱》本）
"刘盼盼"事	—	《刘盼盼》（《南》本）	—	《刘盼盼》（《辍》本）	《刘盼盼闹衡州》（《录》本）

本事	话本 （拟话本）	戏　文	宋杂剧	金院本 （诸宫调）	元杂剧
"双渐、苏卿"事	《豫章城双渐赶苏卿》（《水浒》本）	《苏小卿月夜贩茶船》（《永》本）	—	《调双渐》（《辍》本） 《双渐豫章城》（《董西厢》本）	王德信：《苏小卿月夜贩茶船》（《录》本） 杨景贤：《豫章城人月两团圆》（《录续》本） 纪君祥：《信安王断复贩茶船》（《录》本） 庚天锡：《苏小卿丽春园》（《录》本）
"韩翃章台柳"事	《失记章台柳》（《宝》本） 《章台柳》（《醉》本） 《苏长公章台柳传》（《熊龙峰刊行小说四种》本）	《章台柳》（《九》本）	—	《杨柳枝》（《辍》本）	钟嗣成：《寄情韩翃章台柳》（《录续》本）
"王焕贺怜怜"事	《洛京王焕》（《宝》本）	《风流王焕贺怜怜》（《永》本） 《贺怜怜烟花怨》（《南》本）	—	—	《逞风流王焕百花亭》（《脉》本）

本事	话本 （拟话本）	戏　文	宋杂剧	金院本 （诸宫调）	元杂剧
"诗杀关盼盼"事	《燕子楼》（《醉》本） 《钱舍人题诗燕子楼》（《警》本）	《燕子楼》（《录》本） 《许盼盼》（《九》本）	—	—	侯克中:《关盼盼春风燕子楼》(《录》本)
"李亚仙"事	《李亚仙》（《醉》本） 《李亚仙》（《宝》本）	《李亚仙》（《九》本）	—	—	石君宝:《李亚仙花酒曲江池》(《录》本) 高文秀:《郑元和风雪打瓦罐》(《录》本)
"韩金奴"事	《三梦僧记》（《宝》本） 《新桥市韩五卖春情》（《古今》本）	—	—	—	—

按：上表所列名目后括号中字系该目出处，其中《醉》指罗烨《醉翁谈录》，《宝》指晁瑮《宝文堂书目》，《永》指《永乐大典》，《南》指徐渭《南词叙录》，《九》指《汇纂元谱南曲九宫正始》，《官》指周密《武林旧事》卷一〇"官本杂剧段数"，《辍》指陶宗仪《辍耕录》卷二五"院本名目"，《录》指钟嗣成《录鬼簿》，《录续》指明初佚名的《录鬼簿续编》，《清》指洪楩刊《清平山堂话本》，《警》指冯梦龙《警世通言》，《古今》指冯梦龙《古今小说》，《宦》指南戏《宦门子弟错立身》）。

表中所列各目不必尽属"烟粉"，有当入"传奇"类者。由上表可以归纳出三个特点：

其一，同一题材的故事几乎总是为话本、戏剧作家同时采撷，如前面论及的王魁，双渐、苏卿，柳永逸事，以及未论及的李亚仙、关盼盼、王焕故事。

其二，作家摭拾前朝故实者多，而自出机杼、独创成篇者少。若李亚仙、关盼盼、韩翃皆见唐人传奇，王魁，双渐、苏卿，柳永虽皆宋人，但其逸事，亦先有文人笔记或通俗传奇文流传，话本、戏曲只是进一步加工敷衍而已。所谓"烟粉传奇，素蕴胸次之间；风月须知，只在唇吻之上"①，说的正是书会中人据以编撰故事的题材来源。

其三，无论话本还是戏文、杂剧、院本、诸宫调，这类狭邪故事中的男主人公几乎全都是士大夫，罕有市井男子被作家用为主角。而且，有相当一部分作品，只是在渲染文人雅士买笑追欢的生活方式。像话本《柳耆卿诗酒玩江楼记》，写柳永为余杭县宰时喜官妓周月仙，而月仙别有所恋，屡沮其意。柳乃设计命舟人乘夜拦路行奸。事后月仙作歌自道惭恨之意。歌曰："自恨身为妓，遭淫不敢言。羞归明月渡，懒上载花船。"翌日，柳召月仙侍宴于玩江楼，歌其词以辱之。月仙被迫妥协，转依柳永。②

又如《苏长公章台柳传》，叙苏轼为临安太守时，与妓名"章台柳"者诗词酬和，喜其才思敏捷，一时兴之所至，答允

① 《新编醉翁谈录》，第3页。
② ［明］洪楩：《清平山堂话本·柳耆卿诗酒玩江楼记》，文学古籍刊行社1955年，第15—16页。

娶其为妾，事后即置诸脑后。章台柳则信以为真，杜绝游蜂浪蝶，闭门以俟，而苏轼竟杳如黄鹤。一年后章台柳只得从良委身于画家李从善。翌年，苏轼偶因柳叶落入酒杯忆及前约，乃寄诗探询，知柳已他属，遂同佛印、秦观等笑谑置之。郑振铎先生认为此篇"风格极为幼稚，当是宋元之物"①。

按：《苏长公章台柳传》乃剽袭唐代许尧佐《柳氏传》前半部分情节，而易韩翃为苏轼。②这也可见话本系出自文化修养较低的民间艺人之手。

还有上表中不曾涉及的元杂剧《杜蕊娘智赏金线池》，敷演洛阳名士韩辅臣与济南官妓杜蕊娘倾心相爱，而鸨母因辅臣金尽，从中挑拨，致使蕊娘误会辅臣用情不专，因而绝之。韩乞其好友济南府尹石好问以刑律要挟，迫蕊娘委身就范，使用的也是《柳耆卿诗酒玩江楼记》中柳永式的由谑而虐的伎俩。

这一类作品固然可以视为宋元文人冶游生活的真实反映。其间主人公放浪不检的品行、玩世不恭的处世哲学和对现世享乐的孜孜追求，确实体现了那一时代的士林风尚。但他们在作品中的所作所为，又不完全是文人雅士的标格气度，而是掺杂了许多市井的积习，反映出下层市民对精神贵族的文人生活方式的倾慕，对他们凭借自己的风流蕴藉赢得的左拥

---

① 谭正璧著，谭寻补正：《话本与古剧》上卷"话本之部"，上海古籍出版社1985年，第27页。
② 《柳氏传》见《太平广记》卷四八五"杂记类"。亦见[唐]孟棨撰：《本事诗·情感第一》。

右抱的际遇的妒羡，以及按照市民阶层的价值观念、思维逻辑对其所作出的解释和评价。试看《柳耆卿诗酒玩江楼记》开场的一段表述：

> ……柳七官人，年方二十五岁，生得丰姿洒落，人才出众。吟诗作赋、琴棋书画、品竹调丝，无所不通。专爱在花街柳巷，多少名妓欢喜他，在京师与三个出名上行首打暖：一个唤作李师师，一个唤作赵香香，一个唤作徐冬冬，这三个顶老陪钱争养着那柳七官人。[①]

其出自前引《醉翁谈录》"三妓挟耆卿作词"条，可毋庸赘言。这分明是由仰视的角度在为"柳七官人"画像，它所流露的思想感情全然是市民的。

宋元之际，市民阶层虽然已在城市经济生活的各个环节上发挥着重要作用，但在政治舞台上，却充其量不过是个"龙套"的角色。传统的重农抑商的思想以及严格的社会等级观念还主宰着人们的行为方式。这种等级观念同样也表现在青楼妓女的送客留髡中，但凡妓女（除了那些为生计所迫卖淫求活的下等娼妓），总是宁愿接纳风流倜傥的寒士，也不愿招揽腰缠万贯的伧夫。她们对于商贾之流，似乎怀着一种先天性的鄙夷心理，尽管在事实上她们的社会地位更为低下。

"商人重利轻别离"，不懂得附庸风雅、妙语解颐，便难

---

① 《清平山堂话本·柳耆卿诗酒玩江楼记》，第11页。

以赢得妓女的欢心。但更重要的还是社会文化对他们的拒斥，青楼自唐代始便是专为士大夫阶级提供服务的，至宋元，商人手工业者的势力虽然大大增强，但却还不足以改变长期积淀而成的青楼文化传统格局。

南宋人洪巽所著《旸谷漫录》云：

> 京都中下之户，不重生男，每生女则爱护如捧璧擎珠。甫长成，则随其姿质教以艺业，用备士大夫採拾娱侍，名目不一。①

《武林旧事》卷六"酒楼"条亦云：

> 每库设官妓数十人，各有金银酒器千两，以供饮客之用……饮客登楼，则以名牌点唤侑樽，谓之"点花牌"。……然名娼皆深藏邃阁，未易招呼。……往往皆学舍士夫所据，外人未易登也。②

市民不肯把自己的女儿嫁与门户相当的人家，而宁愿她们去侍奉士大夫。名妓也绝不肯降格去招待市井之辈，通俗文学的作家们在编撰故事的同时不可能不受这种社会心态的左右。所以"双渐苏卿"事中的苏卿虽为鸨母逼勒，嫁与茶

---

① ［宋］洪巽：《旸谷漫录》，见《说郛》卷七三，第6页。
② 《武林旧事》卷六"酒楼"，第93—94页。

商冯魁，却要甘冒私奔之险，千方百计去寻找意中的才子——双渐。《钱舍人题诗燕子楼》中的名妓关盼盼因白居易一诗暗讽，便欲坠楼以殉张建封。这种相沿成俗的心理定式以及由此酿成的妓女、名士与龟鸨之间的矛盾，几乎是青楼文学永远写不尽的主题。

但"话本""戏文""杂剧"既是生长于市井中的文学艺术，那么其中属于市民的价值标准、审美趣味和道德评价就势必要顽强地表现出来。王魁、陈叔文一类负心型的故事虽有文人记述在先，但话本、戏文、杂剧仍然纷纷搬演，恐怕还是因为桂英、兰英的"鬼报"最能迎合市民中素朴的惩恶扬善的道德意识。同样，单符郎、双渐、李亚仙的逸事传闻之所以被瓦舍文艺争相取材，也在于他（她）们始终如一忠于爱情，不以富贵易心的美德具有净化心灵、满足市民审美需求的功用。至于《柳耆卿诗酒玩江楼记》中柳永对妓女周月仙先奸后占的行径，则显然渗透了市井的狡黠猥媟、幸灾乐祸的气味。同一故事经过后世拟话本作家冯梦龙的修正，成为《众名姬春风吊柳七》的时候，这一有损名士形象的"恶作剧"的导演便由原来的柳永悄悄地换成了刘二员外。

种种迹象表明，世俗观念在宋元之世还刚刚步入青楼文学的领域。尽管是娱乐下层民众的文学艺术，却仍要搬出名士才子来充当主角，而在这些主角的身上，又寄寓着若干世俗的性爱意识和占有欲，所以篇中的文人雅士虽大抵于史有征，其神情意态、所作所为却往往与事实相左，而是多多少少熔铸了市民阶层的审美意向。至于作品中的妓女形象，则大都充当了风雅的附庸，缺少鲜明的个性，却多了些那一时代特有的贞淑节烈。

二、俗世的两重判断

在早期的话本小说中，有一篇不太引人注目的《新桥市韩五卖春情》。讲的是宋朝临安府新桥市上开丝绵铺的富户吴防御之子吴山与私娼韩赛金邂逅，惑于色欲，恣情放纵，致患脱阳之症，沉疴不起。梦中经水月寺僧人点破世情，幡然悔悟，病亦见瘳，"从此改过前非，再不在金奴家"去。

这则话本虽然只见于明人冯梦龙纂辑的《古今小说》，但有很多迹象表明它的产生年代要早于明季。首先"防御"一词乃唐代武官之名，位在团练使下，至宋已成虚衔，可兼指医生。陆游《老学庵笔记》卷三云："曹孝忠者，以医得幸。政和、宣和间，其子以翰林医官换武官，俄又换文，遂除馆职。"[①]则防御一词意义之变或源于此。逮至南宋，又可兼指具有一技之长之艺人。如《武林旧事》卷六"诸色伎艺人"条即列有"鼓板艺人段防御、唱耍令赵防御"[②]，又明李日华《恬志堂诗话》云："宋有王防御，以说书供奉得官。"按：《武林旧事》所列诸色伎艺人多至数百，而称"防御"者仅段、赵二人，且赵防御名下注"双目无御前"，当是此人双目

---

① ［宋］陆游撰：《老学庵笔记》，中华书局1979年，第39页。
② 《武林旧事》卷六，第108、110页。

俱瞽而尝供奉御前，遂赐防御之衔。然则又非伎艺人之通称。至于话本中之吴防御，疑系市井中沿袭旧俗对财主富户的一种尊称，如"官人""员外"者然。

话本中还叙及金奴家人与邻舍口角事，云"婆子（金奴外祖母）听了，果然就起身走到门前叫骂道：'那个多嘴贼鸭黄儿，在这里学放屁！'"[①]"鸭黄儿"乃宋元间浙江方言之詈语，亦作"鸭儿"。庄绰《鸡肋编》卷中载："浙人以鸭儿为大讳，北人但知鸭作羹虽甚热亦无气。后至南方，乃知鸭若止一雄，则虽合而无卵，须二三始有子，其以为讳者，盖为是耳。"[②]此外篇中所用宋元俗语尚多。[③]

又话本中所列地名，如湖墅、新桥、灰桥、横桥、归锦桥、艮山门、游奕营、水月寺等皆与《梦粱录》《武林旧事》及有关方志所记暗合，如非熟悉当时临安城建制者，不会叙述得如此贴切。[④]

这段关于一个丝绵铺少东家的风月因果本没有什么特别值得称道之处，但它却是现存话本中最早的表现市民狎妓的篇章。它的风格、情趣、思想内涵都迥然不同于前述各篇。在这里，狎妓的吴山既不是才调风流的骚人韵士，"卖春情"的韩金奴也已不是艳帜高张的"女校书""女录事"。按照话

---

① ［明］冯梦龙编：《喻世明言》卷三《新桥市韩五卖春情》，许政扬校注，人民文学出版社1958年，第68页。
② ［宋］庄绰：《鸡肋编》卷中，见《丛书集成·初编》，第58页。
③ 如"八老""阄挫""麋糟""花哄"等。
④ 《宝文堂书目》著录宋元话本有《三梦僧记》一目，吴晓玲先生疑即此篇。

本的交代，"原来这人家是隐名的娼妓，又叫作'私窠子'，是不当官吃衣饭的，家中别无生意，只靠这一本帐"。

金奴一家的谋生方式，实际上反映了宋代江浙一带的浇薄风气。《鸡肋编》卷中载："两浙妇人皆事服饰、口腹，而耻为营生。故小民之家不能供其费者，皆纵其私通，谓之贴夫。公然出入，不以为怪。"①陈郁《藏一话腴》亦云："吴下风俗尚侈，细民有女必教之乐艺，以待设宴者之呼。使令莫逆，奉承惟恭，盖觊利赡家，一切不顾，名为私妓，实与公妓无异也。"②

这一类不向有司注册的妓女一般不掌握歌舞吹弹的伎艺，不具备与士人酬酢的文化素质，而全凭出卖色身维持生计，她们服务的对象主要是市井中人。因为双方都缺乏吟风弄月、品竹调丝的诗情雅兴，所以两者的关系也就显露出较多的功利色彩而罕有名士角妓间的绮思丽情。"新桥市"中韩金奴与吴山的因缘就纯粹是肉帛交易的性质。

对于吴山初见金奴后的不能自持，话本作者插入了一段评析：

> 你说吴山平生鲠直，不好花哄。因何见了这个妇人，回嗔作喜，又替他搬家伙？你不知道：吴山在家时，被父母拘管得紧；不容他闲走。他是个聪明俊俏的人，干事活

---

① ［宋］庄绰：《鸡肋编》卷中，见《丛书集成·初编》，第58页。
② 《藏一话腴》，见《说郛》卷六〇，第13页。

> 动，又不是一个木头的老实；况且青春年少，正是他的时
> 节，父母又不在面前，浮铺中见了这个美貌的妇人，如何
> 不动心？①

这种出自人类本能的情欲正是作者铺衍故事的出发点。所谓"正是他的时节""如何不动心"，都说明话本的作者对于人的这种自然属性抱有很通达的见解。倘若撇开后半部分那些报应劝诫的成分，则认为全篇的主题是在阐扬情欲不可抗拒亦无不妥。

启人疑窦的是作者一面浓墨重彩地渲染着偷情的美好，不时用欣赏的笔调煽动着读者的欲念。篇中多次提及吴山与赛金"如鱼得水，似漆投胶""深情密意""情兴如火""交欢之际，无限恩情"，俨然一双色授魂与的情侣，而且全然是世俗化的、热烈而毫无掩饰的性爱。一面却又似乎在强迫着自己端出礼教心防、佛家戒律对之大张挞伐。从"入话"始，即举周幽王、陈灵公、陈后主、隋炀帝、唐明皇为例，概括说："这几个官家，都只为贪爱女色，致于亡国捐躯；如今愚民小子，怎生不把色欲警戒！"

正文展开以后，尤时时跳出事外，发表评论，如二人初欢之后，即云："这个妇人，但贪他的，便着他的手，不止陷了一个汉子。"甚至不顾情节、形象自身的发展逻辑，强作解人，危言耸听，来打断读者（或听众）的欣赏连贯。如

① ［明］冯梦龙编：《喻世明言》卷三《新桥市韩五卖春情》，第63—64页。

"只因吴山要进城,有分教金奴险送他性命。正是: 二八佳
人体似酥,腰间仗剑斩愚夫。虽然不见人头落,暗里教君骨
髓枯"①。

这首诗常见于当时及后世的小说戏曲中,其实只不过是
"三代之亡,由乎妇人"②"天之所命尤物也,不妖其身,必
妖于人"③这一类古已有之的祸水论之通俗化的翻版而已。

作者对情欲的既欣赏又批判的态度使篇中的叙述文字与
评论部分呈现出对立的倾向,并从而导致整个故事审美取向、
道德观念的二元冲突。无独有偶,与《新桥市韩五卖春情》
时代相近的"烟粉""传奇"类话本《蒋淑真刎颈鸳鸯会》
《闹樊楼多情周胜仙》《金明池吴清逢爱爱》等也都或多或少
地存在着价值尺度的矛盾。笔者以为想要发掘这种矛盾的根
源,仍需从市民的社会地位及所由形成的审美趣味和性文化
心理的分析入手。

宋初以降,土地兼并的剧烈和赋税租庸的繁重迫使农民
大量流入城市,或经商负贩、牟利维生;或担当杂役,供人
驱遣;或跻身手工业、匠作糊口;等而下之者,则为娼为丐,
卖笑乞食,这就是所谓市民阶层。由于成分复杂、贫富悬殊,
作为一股新兴的社会势力,中国的市民从来没有形成过属于
自己阶级的独立意识,没有如欧洲中产阶级那样共同的经济

---

① 《喻世明言》卷三《新桥市韩五卖春情》,第74页。
② [三国]曹丕:《内诫》,见[清]严可均纂:《全三国文》卷八,河北教育出
版社1997年,第86页。
③ [唐]元稹:《莺莺传》,见《唐五代传奇集》第二册卷一〇,第729页。

利益和政治野心。因而也就总是在传统的小农意识和宗法的纲常伦理之间徜徉。

不过，对于男女两性的问题，民间的理解却并不认同统治者所倡导的原则。如果说士大夫阶级是通过纳妾狎娼来弥补婚姻生活的缺陷的话，那么在下层社会则是用私通来解决同一问题。市井间的男女所追求的是那种比较形而下的，侧重本能快感的两性之爱。也许是工作的劬劳和文化生活的贫困助长人的本能欲望，又或是礼教的禁锢在下层社会相对宽松，总之，只要浏览一下自《国风》的桑间濮上之音，楚国沅、湘一带的民歌，到乐府歌词中的"吴声西曲"，再到冯梦龙所辑的《山歌》《挂枝儿》，直至清代的地方小戏和道光间刊行的《白雪遗音》这支文学"偏师"的发展轨迹，也就不难发现下层社会在男女文化方面的审美取向。

话本的作者在编织故事的时候不能不考虑听众的欣赏趣味，也不能不去体验对象主体的思想感情。当他从市井的角度观照金奴与吴山的关系时，便不由自主地陶醉于那种私相授受、荡魄销魂的快感之中。但依循瓦舍文艺的惯例，他又必须对自己的故事作出理性的评判，他用以衡量小说人物的绳矩无非是传统的道德伦理，而不可能有任何超越时代、阶级的远见卓识，这样，他便陷入了一种双重价值判断的两难境地。他如实地叙述了色界的美好，揭示了情欲的不可扼制；同时，他又指出吴山的放荡行为有悖于民间历来信守的敛财聚富、乐衍持家的生活信条，更与统治哲学所倡导的伦理原则扞格不入。最终，他还不得不把这一切罪责转嫁到韩金奴的身上，用祸水论来完成了自己的道德仲裁。

第二节 元代读书人的沉落及其与妓女的关系

元朝是中国历史上第一个由少数民族建立的中央集权制统一王朝，蒙古族在进据大都以后，才刚刚从草原游牧氏族步入中原王朝帝制的圉阓，因此，它的统治便不可避免地带有落后民族对较先进民族武力征服的野蛮特色。具体而言，如蒙古统治者所推行的人分四等的民族歧视、分化政策，将汉人、南人置于被压迫的三、四等地位。又如朝廷废止科举八十年，阻断了读书人的晋身之阶，后来虽于仁宗延祐元年（公元1314年）恢复科目，仍然在制度上限制和压抑汉人、南人。而这种政策的思想基础是对统治了中国已达千年之久的儒家纲常伦理的蔑视。

在马上得天下的元初统治者看来，"儒家之说，急于所缓，高而迂，滞而疏……不能成事"①，这种贬斥固然带有征服者的蛮横桀骜的味道，却也刺中了宋儒侈言道统，墨守师说的弊端。元人陆文圭云：

> 国朝深鉴前代之弊，斥去浮华，废科场不用，一切以格例从事，官吏日用资品，累次而升。上有定制，下无觊

————————

① ［元］袁桷：《清容居士集》卷二三《赠孟九夫南台掾序》，见《四库全书·集部·别集类》。

心，此所以为善也。……俗儒之无用，今可弃也；俗吏之不堪用，今不可缺也。以可弃之儒而视不可缺之吏，儒固不胜吏也。①

陆文圭是由宋入元的举人，对元蒙统治者曾持不合作的态度，固其对"国朝"的揄扬之词，恐非由衷之言。但文中谈到的重吏轻儒的用人路线，却是元代的社会现实。

作为一个特殊的社会阶层，儒生（或云古代知识分子）并不具有独立的阶级意识，它只能依附于王权，参与统治者对国家的管理，所谓"学成文武艺，货与帝王家"即是儒生自我价值的最完美的体现，而实现这一理想的最堂而皇之的途径就是科举。在朝廷的进退取弃之间，往往就决定了一个读书人终生的出处行藏，因此自隋炀帝置进士科始，历代读书人莫不孜孜矻矻于此道。焚膏继晷，以求一第。

然而元统治者只是在窝阔台任大汗的元太宗十年（公元1238年）一度尝试科举取士，随即便釜底抽薪，废置不行，彻底毁灭了一代儒生修齐治平、入世干政的生存信念。不宁唯是，在民族歧视、阶级压迫的淫威之下，儒生的社会地位也降到了从所未有的可悲境地。陶宗仪说："国朝儒者，自戊戌选试后，所在不务存恤，往往混为编氓。"②

---

① ［元］陆文圭：《墙东类稿》卷六《送冯伯亨序》，见《四库全书·集部·别集类》。
② ［明］陶宗仪：《辍耕录》卷二"高学士"条，见《丛书集成·初编》，第40页。

陆文圭亦云："科场既罢，士各散去。经师老宿，槁死山林；后生晚进，靡所矜式……以故儒道益轻。至元有诏，蠲免身役，州县奉行弗虔，差徭如故。逮大德中，有司奉准：投下户计与民一体当差。杂然喜曰：儒人在内，吾一网尽矣。"①

这种对儒生的凌虐在元代后期虽因统治艺术的改进而有所收敛，但它带给读书人心灵上的创伤却难以平复。南宋遗民谢枋得在他的《叠山集》卷二《送方伯载归三山序》中借滑稽人之口说道：

> 我大元制典，人有十等；一官二吏，先之者，贵之也；贵之者，为之有益于国也。七匠八娼九儒十丐，后之者，贱之也；贱之者，谓无益于国也。嗟乎，卑哉!介乎娼之下丐之上者，今之儒也。②

考元代典制，并无人分十等的记录，可见其说只是一时的讽喻，不过这句戏言却不幸道中了儒生在元代的实际处境。

从最受尊崇的社会品级跌落到被奴役驱使的底层，强烈的失重感取代了以往的荣誉感和使命感。中国的读书人原有外儒内道的一面，即使是出入于玉堂金马的显宦，也喜欢做

---

① ［元］陆文圭：《墙东类稿》卷一二《中大夫江东肃政廉访史孙公墓志铭》，见《四库全书·集部·别集类》。
② ［宋］谢枋得：《叠山集》卷二《送方伯载归三山序》，见《四库全书·集部·别集类》。

出追慕山林的姿态。然而对于元代的一般读书人来说，他们的林泉丘壑之想、玩世不恭之状，却没有丝毫奢侈做作的成分，而全然是精神危机的产物。儒道的神圣外衣一旦被褫剥下来，作为其载体的读书人实际也就丧失了任何可以炫耀于人的资本。元人程雪楼云："宋之亡，诸无赖往往以小睚眦构陷衣冠之士。"①而元代统治者在至元三年（公元1337年）一次就"籍近畿儒户三百八十四人为乐工"②，由此可见，当时读书人的社会地位的确并不比娼妓、乞丐优越，所谓"小夫贱吏，亦以儒为嗤诋"③绝不是愤激夸大之言。

黑暗如磐的政治高压导致一代读书人的精神支柱坍塌，并随之引发了他们对传统价值观念的深刻怀疑。"父子君臣，天下之定理"既已随陵谷迁移而无所附丽，则比干、屈原、杜甫一类的济世精神和悲剧人格也就成了元代知识分子嘲弄和揶揄的对象，而范蠡、陶渊明、陈抟等逸民隐士反受到了空前的推崇，这是元代散曲和神仙道化剧中随处可见的思想上的原因。

然而在强权暴政之下，要想做到超然物外的隐逸亦非易事，多数儒生出于生计，仍然不得不沉抑下僚或辍学经商，在扰攘红尘中觅食。《墙东类稿》卷五《送李良甫同知北上序》便有这样的记载："山东兵难，衣冠转徙。士族子弟失其

---

① ［元］程钜夫：《雪楼集》卷二〇《故同知处州路总管府事袁府君神道碑铭》，《湖北先正遗书》本。
② ［明］宋濂等撰：《元史·礼乐志》二，中华书局1976年，第1695页。
③ ［元］余阙：《青阳集》卷二《贡泰父文集序》，见《四库全书·集部·别集类》。

故业，流为吏商，降为农吏者多矣。"也正是这样的遭遇，破除了读书人同市井中倡夫乐妓、引车卖浆者流的情感隔膜，使他们得以共同面对多难的人生，品味下层社会的悲欢忧乐。

在此以前，还没有任何一种文学样式像元曲那样真实、自然、细腻地描写过烟花女子的心灵世界。唐代传奇着眼于故事情节的委婉曲折，宋人话本则弥漫着伦理道德的说教气息，即使像柳七那些专写狭邪的慢词，也不过浪子风流的写照，它们都缺乏一种相濡以沫的心灵感应，而这种感应首先需要有互相平视的角度。

元代读书人既已丧失了任何的特权，他们之出入于勾栏妓馆，当然也就没有了唐、宋文人那种居高临下的优越感，这对于他们个人来讲，也许是很大的不幸，而这不幸，也恰恰使他们能够与沦落风尘的妓女产生情感上的共鸣，并从而敲开她们深藏密闭的心扉。

马克思在《不列颠在印度统治的未来结果》一文中曾指出："野蛮的征服者，按照一条永恒的历史规律，本身被他们所征服的臣民的较高文明所征服。"①这一规律也可从蒙古统治集团的表现得到印证。从最初的"来不揖，去不辞……辫发囚首，地坐无别"到朝会宴飨之礼的粗备、台省百官的委任。②便是草原贵族对中原帝制文明的吸收消化过程的体现。

---

① ［德］马克思：《不列颠在印度统治的未来结果》，《马克思恩格斯选集》第一卷，人民出版社2012年，第857页。
② ［宋］郑所南：《心史·大义略序》，明崇祯十三年刻本。

由于外交使节和政府酬酢的不时之需，元蒙统治者对内地高度发达的声歌妓乐也表现出浓厚的兴趣。朝廷不但从民间多次拘刷乐工艺妓充实大乐署、教坊司、仪凤司，而且对地方妓业采取放任纵容的政策，以满足地方官吏和商人的娱乐需要。《马可波罗游记》载：

> 新都城和旧都近郊公开卖淫为生的娼妓达二万五千余人。每一百个和每一千个妓女，各有一个特别指派的宦官监督，而这些官员又受总管管辖。管理娼妓的用意是这样的：每当外国专使来到京都，并负有关系大汗利益的使命，照例由皇家招待。为了对外客表示盛情的款待，特别命令总管给使节团的每一个人，每夜送去一个高等妓女，每夜换一个人。①

京师如此，各路、府、州、县亦不甘落后，除祗应地方官吏筵会排场的入籍妓女，还有专事歌舞表演的勾栏艺妓，夏庭芝《青楼集志》谓："内而京师，外而郡邑，皆有所谓勾栏者。辟优萃而隶乐，观者挥金与之。……天下歌舞之妓，何啻亿万，而色艺表表在人耳目者，固不多也。"②

元代妓女的社会地位较之唐、宋更为低下。一旦隶身乐

---

① ［意］马可·波罗：《马可波罗游记》第二卷第十章，陈开俊、戴树英等合译，福建科学技术出版社1981年，第97页。
② ［元］夏庭芝著，孙崇涛、徐宏图笺注：《青楼集笺注》，中国戏剧出版社1990年，第43—44页。

籍，便难脱缧绁，即使如期纳税，也难免被强征到宫内当番承应。散曲【般涉调·耍孩儿】《拘刷行院》套数便形象地描写了市井妓女被教坊司吏拘拿搅扰的情景。此曲先叙几名官人作狭邪游，邀妓侑酒：

> 入席来把不到三巡酒，索怯薛①侧脚安排趄，要赏钱连声不住口。没一盏茶时候，道有教坊散乐，拘刷烟月班头。
>
> 提控有小朱，权司是老刘，更有那些随从村禽兽，諕得烟迷了苏小小夜月莺花市，惊得云锁了许盼盼春风燕子楼。慌煞俺曹娥秀，抬乐器眩了眼脑，觑幅子叫破咽喉。
>
> 上瓦里封了门，下瓦里觅了舟，他道眼睁睁见死无人救。比怕阎罗王罪恶多些人气，似征李志甫巡军少箇犯由。恰便以遭遗漏，小王抗着氈缕，小李不放泥头。
>
> 老卜儿藉不得板一味地赸，狠撅丁夹着锣则顾得走。也不是沿村串疃钻山兽，则是暗气吞声丧家狗。②

妓女的姿色才艺一旦为权豪势要看中，便难免被强行占有，元代朝廷虽颁布了禁娶乐人为姬妾的法令，但并不能遏止豪门贵胄极度膨胀的私欲。《通制条格》卷三"乐人婚姻"条便载有"宣徽院呈：官豪富势之家，强将成名、善歌舞妆

---

① 怯薛：蒙古语 kešig 的音译，义为元朝禁卫军，此处似指躬腰讨赏之状。
② 隋树森编：《全元散曲》，中华书局 1964 年，第 1822 页。

扮，堪以应承乐人妇女，暗地捏合媒证，娶为妻妾"①的案例。乔吉散曲【双调·折桂令】亦有"上巳游嘉禾南湖歌者为豪夺扣舷自歌邻舟皆笑"的题目。《青楼集》为百余名元代艺妓留下了文字剪影，其中也记录了她们被达官显宦随意占有，以玩物蓄之的遭遇。如喜春景被张子友平章"以侧室置之"，王金带为邓州王同知所娶，樊事真为周仲宏参政"嬖之"，金兽头为贯之哥平章"纳之"，王奔儿、李芝秀皆被金玉府张总管"置于侧室"，张玉莲为爱林经历"以侧室置之"，翠荷秀为石万户"置之别馆"，汪怜怜为涅古伯经历"纳之"，顾山山为华亭县县长哈剌不花"置于侧室"，李真童为"诸暨州同知达天山所娶"，刘婆惜为赣州监郡全普菴拨里"纳为侧室"，等等。②

妓女得到权要人物的宠嬖，并不就意味着有了较好的归宿，一旦色衰爱弛或使主物故，便要重落风尘，仍操就业，甚至会落到飘荡江湖、不知所终的下场。上文提到的顾山山、张玉莲、李芝秀、王奔儿、金兽头诸名妓都是这样的结局。

元代妓女地位低下更直接反映于国家的法律，元代法律视娼妓如"驱口"③，杀死娼妓可以像杀死他人奴婢一样免于死刑。《元典章》卷四二即有"尚书刑部为太原路申智真杀死

---

① 不著撰稿人：方龄贵校注：《通制条格校注》卷三"乐人婚姻"条，方龄贵校注，中华书局 2001 年，第 155 页。

② 以上《青楼集》引文皆见孙崇涛、徐宏图笺注的《青楼集笺注》。

③ 驱口：原意为战俘，后通指奴婢。见顾学颉、王学奇：《元曲释词》三，中国社会科学出版社 1988 年，第 172 页。

元作伴倡女海棠罪犯，本部照拟：杀他人奴婢徒五年，拟决杖一百七下，呈省准断讫"①的判决。同书同卷"刑部诸杀"条下还有"杀奴婢倡佃"一目，皆视倡为奴之证。

一批失意潦倒的知识分子为生计所迫，混迹于市井书会，为勾栏艺人编写各种形式的脚本，甚至"躬践排场，面傅粉墨，以为我家生活，偶倡优而不辞"②。相同的处境，共同的切磋使作家与演员之间逐渐产生了惺惺相惜的感情，作家的才华得到了艺妓优人的承认，下层人民的美德也给了作家以不尽的创作灵感。于是，他们把愤怒的激情、不平的呐喊、反抗的精神灌注于杂剧，通过生旦的离合、忠奸的搏斗，暴露黑暗、呼唤抗争，奏响了时代的主旋律。

第三节　元曲中的妓女形象

被王国维先生称为"一代之文学，而后世莫能继焉者也"③的元曲，实际包含了散曲和杂剧两个分支。如果说散曲主要是骚人隐士抒情自娱的诗之变体，那么，杂剧则是下层知识分子与倡优乐人共同创造的全新综合艺术。就青楼题材的作品而言，如果说散曲主要表现了流连风月、佻薄无情的浪子情趣，那么，杂剧则不啻是元代妓女痛苦生活的真实

---

① ［元］佚名：《元典章》卷四二，《诵芬室丛刻》本。
② ［明］臧晋叔：《元曲选·序二》，中华书局1958年，第3页。
③ 王国维：《宋元戏曲考》序，《王国维戏曲论文集》，中国戏剧出版社1984年，第3页。

写照。

仅就今日所能见到的十余个表现妓女生活的杂剧作品而言，可以说其已经多方位、多视点、多层次地展示了元代烟花女子的不幸命运。这不幸，或来自官府的压迫，或由于龟鸨的凌虐，或因为嫖客的欺侮，甚或延续到从良后的嫡庶之争中。

关汉卿的《钱大尹智宠谢天香》刻画了一位开封府的上厅行首——谢天香，她色艺出众，却"日日官身"，不得消闲。一曲【油葫芦】道出了她心中的烦恼：

> 你道是金笼内鹦哥能念诗，这便是咱家的好比似：原来越聪明越得不出笼时。能吹弹好比人每日常看伺，惯歌讴好比人每日常差使。我怨那礼案里几个令史，他每都是我掌命司；先将那等不会弹不会唱的除了名字，早知道则做个哑猱儿。①

在现实社会中，更直接、更经常地盘剥和奴役妓女的是行院的鸨母龟奴，唐人《北里志》则对这类青楼经纪人的称谓特别诠释了一通，说"妓之母多假母也。俗曰爆（鸨）炭，不知其因，应以难姑息之故也"②。

"难姑息"正是此辈的共性，这种共性又决定于青楼的营业方式和竞争原则。假母如此，亲母亦难逃金钱作用的制约。

---

① ［元］关汉卿：《钱大尹智宠谢天香》，见王季思主编：《全元戏曲》第一卷，人民文学出版社1990年，第215页。
② 《北里志》，见《中华野史·唐朝卷》，第533页。

唐代青楼文学因为热衷表现文人士大夫的情趣，往往只关注青楼的旖旎蕴藉的一面，而忽视了其中的种种不情。当衣冠之士沦落到社会底层，在政治、经济、社会诸方面的地位都与娼妓不相上下的时候，才有可能对娼妓的苦难悲哀感同身受，青楼内幕的黑暗龌龊也才有可能得到他们的关注，并从而揭橥于文学艺术。历史假手于元代的读书人，让他们用戏剧形式代娼妓立言、立传，替她们喊出不平的心声。

《杜蕊娘智赏金线池》《江州司马青衫泪》《李素兰风月玉壶春》《荆楚臣重对玉梳记》这几个本子具有大致相同的情节框架，都是某名妓与某寒士情投意合，私定鸳盟而虔婆从中板障，逼令妓女接纳某富商，以此作为基本的戏剧冲突。《金线池》中的济南名妓杜蕊娘乞求虔婆允许她嫁给洛阳名士韩辅臣，可虔婆是怎样回答她的呢？请看第一折母女的一段对话：

> （正旦云）母亲，嫁了您孩儿罢，孩儿年纪大了也！
>
> （卜儿云）丫头，拿镊子来，镊了鬓边的白发，还着你觅钱哩！
>
> （正旦云）母亲，您只管与孩儿撇性怎的？
>
> （卜儿云）我老人家如今性子淳善了，若发起村来，怕不筋都敲断你的！①

---

① ［元］关汉卿：《杜蕊娘智赏金线池》，见《全元戏曲》第一卷，第114页。

《青衫泪》中的虔婆亦是"银堆里舍命，钱眼里安身，挂席般出落着孩儿卖"①，为逼女儿裴兴奴弃旧迎新，竟然替嫖客出谋划策，诈传兴奴情人的死讯。

令人触目惊心的是，这样卑鄙的阴谋乃出于妓女的生母。在金钱与利益的诱惑之下，一切人伦之道、亲子之情都可以被扭曲，可以被异化。"自从有可能把商品当作交换价值来保持，或把交换价值当作商品来保持以来，求金欲就产生了。随着商品流通的扩展，货币——财富的随时可用的绝对社会形式——的权力也日益增大。……一切东西，不论是不是商品，都可以变成货币。一切东西都可以买卖。"②妓女也是商品，妓院的经营者——龟鸨所以要千方百计地阻止妓女从良，乃是为了无限期地保持、延长妓女的交换价值，使她们能被当作特殊的商品连续出售。

元杂剧的作家们在与众多妓女交往的过程中，透过那些秋波笑靥、浅黛低鬟，逐渐触摸到一个个滴血的灵魂，同时也发现了青楼内部噬人的惨酷，于是，他们把青楼中的所见所闻、所恨所爱，连同自己的一腔块垒发为诗歌，谱为戏剧，使青楼文学得以呈现出超越前代的批判精神和思想力度。

《雍熙乐府》中有一套用【仙吕】宫调撰写的曲子，题名《赠妓》，作者已无可考，只知系元人，全套曲文如下：

---

① ［元］马致远：《江州司马青衫泪》，见《全元戏曲》第二卷，第130页。
② 《马克思恩格斯全集》第23卷，人民出版社1972年，第151—152页。

【点绛唇】淡扫蛾眉，粉容香腻，娇无力。绿鬓云垂，旖旎腰肢细。

【混江龙】性资聪慧，对着这风花雪月有新题。金箆击节，翠袖擎杯。妙舞几番银烛暗，清歌一曲彩云低，朝朝宴乐，夜夜佳期。偎红倚翠，绣幌罗帏。生在这锦营花阵繁华地，逞风流在销金帐里，叙幽情在燕子楼西。

【油葫芦】则这送旧迎新有尽期，少年时能有几？我则怕镜中白发老来催，有一日花残色改容颜退，到头来怎是你终身计？床头又囊箧乏，门前又鞍马稀。趁青春若得个良人配，怎做得张郎妇李郎妻？

【天下乐】引的些俊俏郎君着意迷，使了虚脾，小见识，陷人坑尽深难见底。惹得人父母嫌，搬得人妻子离，便趱得钱财多有甚奇。

【那吒令】盈斟着酒杯，则不如桑麻纺织；轻罗细丝，则不如荆钗布衣；珍馐美味，则不如家常饭食。免得弃旧人迎新婿，到大来无是无非。

【鹊踏枝】昨日个叙别离，今日个待相识。眼面前秋月春花，头直上兔走乌飞。叹光阴白驹过隙，我则怕下场头乐极生悲。

【寄生草】早寻个归秋日，急回头也是迟。谁待要陪狂伴醉筵间立，谁待要迎妍卖俏门前倚，谁待要打牙诎口闲淘气。少不得花浓酒酽有时休，那其间东君不管人憔悴。

【金盏儿】费追陪，笑相随，东家会了西家会，每日家逢场作戏强支持。擎杯淹翠袖，翻洒污罗衣。抵多少惜花春起早，爱月夜眠迟。

【后庭花】唤官身无了期，做排场抵暮归。则待学不下堂糟糠妇，怎做得出墙花临路岐？使了些巧心机，那里有真情实意。迷魂汤滋味美，纸汤瓶热火煨。初相逢一面儿喜，才别离便泪垂。

【青歌儿】趱下些家缘家计，做不着盘缠盘费。不问生熟办酒食，他便要弄盏传杯，说是谈非，斜眼相窥，口角涎垂。吃得来东倒西歪醉淋漓，受不得腌臜气。

【尾声】跳个出引魂灵的绮罗丛，迷子弟莺花队，费精神花朝月夕。醉舞狂歌供宴集，樽席上做小伏低，敛愁眉强整容仪。你便是法酒肥羊不甚美，子不如绩麻撚絮，随缘活计，那其间方是得便宜。①

这套曲子把妓女的忧伤、忏悔、迷惘、恐惧、自怜、自警的心理特征表现得淋漓尽致、深切动人，具有相当的典型意义。任何一个不甘屈辱的烟花女子都渴望尽快结束那种飘茵堕溷、暮楚朝秦的生涯，在人老珠黄以前觅得一个可靠的归宿。但在实际生活中，从良妓女所蒙受的苦难却往往别有一番"哑子吃黄连"的深重。这要从两方面来论证：

一则，妓女所能物色到的，自认可以寄托终身的男子不外乎嫖客，这个选择的范围本就狭小，嫖客中能有几人不是为了买笑追欢而寄迹青楼呢？嫖客中又有几人能对一个妓女

_____

① ［元］佚名：《赠妓》，见《全元散曲》下，第1797—1799页。

矢忠如一呢?《嫖经》上说"妻不如妾,妾不如婢,婢不如妓,妓不如偷"。这话虽始见于晚明刊刻的拟话本小说集《欢喜冤家》①,但作为中国男子的一种深隐的性文化意识,它显然有更为邃远的思想渊源。妻、妾、婢之所以不如妓,乃在于三者既已成为男子的私有之物,便不易在性生活中使该男子再产生征服占有的快感,而且,妓女的艺术才能、风情魅力亦非良家女子所能企及。但一个从良的妓女,却往往不得不为了争取社会的认同而自觉地恪守妇道。这样,她所极力收敛掩盖的东西恰恰是最富于吸引力的。由妓而妾,她在男子的心目中本已降格,再加上礼教宗法的摧残,则其处境如何,也可模拟得知了。

二则,妓女一旦从良,便意味着从原来的面向众多的男子转入一夫多妇的家庭秩序,也便意味着开始参与家庭中妻妾的竞争。这种竞争总是围绕财产支配、遗产继承、侍寝等几个方面的权益或明或暗地进行。当丈夫对这位新人尚未失去兴趣的时候,她会成为众矢之的,遭刻毒的诅咒魇镇及各种各样的暗算。而当丈夫又有旁鹜,不再顾惜的时候,她又会因为过去的"污点"而被家人欺凌唾弃。

元杂剧作家李行道的《灰阑记》和关汉卿的《救风尘》都不同程度地触及妓女从良以后的可悲境遇。《灰阑记》叙郑州妓女张海棠为养赡寡母,嫁与员外马均卿为妾,得宠,生

---

① [明]西湖渔隐主人:《欢喜冤家》第二十一回,春风文艺出版社1989年,第343页。题为《明代嫖经》的《青楼韵语》上册不载此条。

一子寿郎。马妻素与州衙赵令史私通，妒恨海棠，反诬海棠与人苟且，又下药毒死均卿，买通邻里，诬控海棠因奸谋夫，强夺正妻所生之子。州衙内赵令史把持文案，将海棠屈打成招。后经包拯巧设灰阑记，终得真相大白。

这桩命案归根到底起因于嫡庶之间的实际利益之争。张海棠尽管得到了丈夫的宠爱，但却经不起马氏的一句"脏埋"，原因就在于她的妓女出身。马均卿初闻妻子的挑唆，立即深信不疑，顺理成章地认为"原来海棠将衣服头面与奸夫去了。可知道来，她是风尘中人……"便不再推敲其中的隐情，对海棠痛施箠楚。由此可见，他与海棠之间并无相互信赖的感情基础，有的只是嗣续的考虑和肉欲的吸引。正像马均卿自己所吐露的："你是生儿子的，做这等没廉没耻的事，兀的不气杀我也！"（《灰阑记》第一折）

马均卿死后，冲突便转化为遗产继承的性质，子嗣立即成为马氏争夺的对象。剧中有一段马氏与奸夫赵令史的对白，十分明确地披露了争夺的意义：

> （搽旦云）赵令史，你不知道马员外被我药死了也。如今和海棠两个打官司，要争这家缘家计，连这小厮。你可去衙门打点，把官司上下，布置停当，趁你手里完成这桩事。我好和你做长远夫妻也。
>
> （赵令史云）这个容易。只是那小厮，原不是你养的，你要他怎的？不如与他去的干净。

（搭旦云）你也枉做令史，这样不知事的。我若把这小厮与了海棠。到底马家子孙，要来争这马家的家计，我一分也动他不得了……①

马氏之所以敢对海棠如此肆无忌惮地栽赃诬陷，端在利用了人们对娼妓的固有成见。这一点就连海棠自己也是默认的。"也怪不得他脏埋我来，（唱）也只是我不合自小为娼。"

如同所有的元代公案剧的结局一样，《灰阑记》也因一位清官的摘奸发覆而冤情大白。但戏剧终究是戏剧，舞台上的几点亮色并不能温暖现实中众多从良妓女冰冷的心。

关汉卿的《救风尘》揭示了另一种境遇下的从良妓女的悲剧命运。唐宋两代，青楼名妓基本上为名公士夫、文人雅士所垄断，他们大抵怀着一种怜香惜玉的心情看待妓女而鲜有蓄意欺凌的行为。元代则不然，众多的权豪势要、大贾富商成了青楼中最有势力的主顾，前者凭着种种的特权，后者依仗雄厚的赀财，横行于闹市通衢、鸣珂巷陌。这些"衙内""舍人"多不具有吟风弄月的诗情雅兴，而只知发泄，只知占有。《救风尘》中的周舍即属此类。他仗着其父官拜同知，"自小上花台做子弟"，驰骛于花柳场中，以玩弄女性为本分。他看中了汴梁妓女宋引章，对之大献殷勤，骗取了引章的感情，终于将她据为己有。才娶入门，便打了五十杀威棒，而

———————————

① ［元］李行道：《包待制智勘灰阑记》第一折，见《全元戏曲》第三卷，第578页。以上《灰阑记》引文皆出此书。

后朝打暮骂，扬言："兀那贱人，我手里有打杀的、无有买休卖休的。"这种前恭后倨的行径正是周舍这一类狎客惯用的伎俩。妓女在他们的心目中始终只是玩物，凡玩物又必有收藏的价值。为了在众多的竞争者中独占鳌头，他需要付出比别人更多的代价。他为引章夏日打扇，冬日温被，提领整衣，可以说是感情的预支，当然也是卑劣的表演。一旦玩物到手，他便要为先前的付出寻求补偿，单单是施逞淫欲他认为尚不足以收支相抵，他还要施展主人的淫威以证明自己无所不在的权力。所以宋引章的下场其实还不如一件无生命的玩物。

宋引章的命运其实是在重复历朝历代都大有人在的从良妓女的悲剧，为了"立个妇名""做一个张郎家妇，李郎家妻"，她完全丧失了对事物的甄别判断能力，毫无戒备地堕入了周舍构筑的陷阱。妓女总以为从良是最好的归宿，殊不知社会、家族、伦理以及男子见异思迁的天性都排斥妓女进入人伦的统系。一朝沦落，终身蒙尘，这才是妓女最深刻的不幸。

关汉卿倘若只是写了宋引章的沉沦而没有塑造出赵盼儿的形象，那么，无论他对前者倾注多少同情，也不会成为"驱梨园领袖，总编修师首，捻杂剧班头"①的最伟大的戏剧家。赵盼儿实为关汉卿以前青楼文学中从未出现过的人物。她侠骨柔肠，洞彻世事犹赤心不泯；聪明冷隽，身居下贱而

---

① ［明］贾仲明:《录鬼簿·关汉卿挽词》(天一阁本)，见《全元戏曲》第一卷，第2页。

傲视强梁。她并不甘心永远做随风的柳絮、逐浪的杨花，但她见惯了嫖客的虚情假意和从良姊妹痛悔的眼泪，隐约地领悟到这种公认的圆满出路实则遍布荆棘。她曾对宋引章的另一个追求者——寒士安秀实吐露衷曲：

> 我可也待嫁个客人。有个比喻。
>
> （安云）欲将何比？
>
> （正旦唱）【那吒令】待装一个老实，学三从四德。争奈是匪妓，都三心二意，端的是那里是三梢末尾？俺虽居在柳陌中、花街内，可是那件儿便宜！
>
> 【鹊踏枝】俺不是卖查梨，他可也逞刀锥，一个个败坏人伦，乔做胡为。（云）但来两三遭，问那厮要钱，他便道这弟子敲镘儿哩：（唱）但见俺有些儿不伶俐，便说是女娘家要哄骗东西。
>
> 【寄生草】他每有人爱为娼妓，有人爱作次妻。干家的干落得淘闲气，买虚的看取些羊羔利，嫁人的早中了拖刀计。他正是"南头做了北头开，东行不见西行例"。①

当宋引章不堪周舍的虐待，修书求援之际，赵盼儿不计前嫌，挺身而出，用周舍当时媚惑引章的手段还治其人之身，将这个无赖玩弄于股掌之上，使之"尖担两头脱"，终救引章出于水火。

---

① ［元］关汉卿：《赵盼儿风月救风尘》，见《全元戏曲》第一卷，第89—90页。

赵盼儿不是妓女的保护神，更不是超凡脱俗的救世主，她自己也始终处于深沉的迷惘、痛苦之中，"寻前程、觅下梢，恰便是黑海也似难寻觅"。所以要行险救人，用她自己的话说，有三点缘由："第一来我则是可怜见无主娘亲；第二来是我'惯曾为旅偏怜客'；第三来也是我'自己贪杯惜醉人'。"

这已经不单单是处于姊妹同行间的义气，而是寓有朴素的阶级感情在内。我们从赵盼儿身上已看不到一丝前代妓女形象那种荏弱趋承、逆来顺受的共性，她身上有的只是鲜明的爱憎，狡狯的计谋，泼辣的言辞，果断的行动，复仇的横心，而这一切又恰恰是应付浇薄的世情，险恶的人生所必需的。

有论者认为赵盼儿以"风月"手段——"出卖色相作为制服欺凌者的主要手段"，"流露出关汉卿的庸俗的艺术趣味"。[1]对此，笔者不拟作过多的辨析，只想提请读者注意一点：身为"匪妓"的赵盼儿，要想从暴戾阴鸷的周舍手里救出宋引章，舍"风月"一途，还有什么能奏效的办法呢？关汉卿正是因为太熟悉他笔下的人物，所以不肯违背生活的逻辑，杜撰一个红线、聂隐娘式的剑仙去救厄解纷、铲强扶弱。他歌颂的只是市井中一个卑微的妓女，但读过关氏散曲【南吕·一枝花】《不扶老》的人或许能够从赵盼儿身上发现那种"蒸不烂、煮不熟、搥不扁、炒不爆、响珰珰一粒铜豌豆"[2]

---

① 黄克：《关汉卿戏剧人物论》，人民文学出版社1984年，第29—30页。
② ［元］关汉卿：《不伏老》套曲，见《全元散曲》，第173页。

的反抗精神。也许是某地的花衢柳陌中确曾有一个盼儿式的妓女触发了关汉卿的创作灵感，也许是关汉卿心底的一腔怫郁不平之气激活了他笔下的人物，总之，赵盼儿就是这样一个带着世俗的蒜酪之味步入文学艺术堂奥的崭新妓女形象。

第四节　读书人潜意识的流露

上一节着重谈到反映妓女生活的元杂剧之时代特色，它以对青楼内部人际关系的深刻揭露和对妓女所受的多重压迫的真实再现而异于以往的同类文学作品。然而，元杂剧的文本毕竟绝大多数出自男性的读书人之手，并且基本上是出自落拓的男性读书人之手，因此，这些文本也就几乎无处不在顽强地表现着这类人物的人生感喟、主观意念、审美追求，乃至潜意识中的某些东西。

二十世纪八十年代颇有论者大谈元代知识分子的个性解放、创作自由，甚而有文章说元代读书人"享有高度的思想自由，精神自由，创作自由"从而获得了"人生幸福最基本的因素"，"在元代'浪子'包孕着人性全面解放的内容，是一个恢复了人的尊严的、无上光荣称谓"，乃至"确实是一种观念的革命，是明代中叶以后思想解放运动的先声"。[①]

对这种论调，笔者实难苟同。历史唯物主义的一个基本观点，即人性的全面解放，必须是在社会生产力飞跃发展，

---

① 《光明日报·文学遗产》第653期，梁归智文《浪子·隐逸·斗士》。

促使生产关系发生相应变革的前提下才能实现。元代则根本不具备人性解放的土壤，因为历史上每一次由比较野蛮的民族所完成的征服，不言而喻地都阻碍了经济的发展，摧毁了大批的生产力。①在中国思想发展史的历次变革中都充当了先驱的知识分子这时却处于社会的最底层，忍受着强权暴政的摧残和精神上的蹂躏。一方面，世代相袭的儒家纲纪礼仪和入世原则使读书人形成了固定的思维模式，难以产生认识上的批判与超越；另一方面，士阶层的寄生性又决定了他们除皓首穷经以博一第的出路之外，别无谋生的本领。正如杂剧《冻苏秦》中的苏秦所云："我又不会下贱营生，特的来上朝取应"，"待要去做庄农，又怕误了九经；做经商又没个本领"。②所以为数众多的读书人仍然不得不把希望寄托在统治者的擢拔铨选之上，结果是"近世先达之士类言求进于京师者，多羁困不偶，煦煦道途间，麻衣敝冠，柔声媚色，无以动上意"③。元杂剧中以儒生穷通际遇为题材的本子几乎无一例外地表现了读书人的不满情绪，像《荐福碑》《渔樵记》《王粲登楼》《冻苏秦》《范张鸡黍》等等，或胪列先贤的隐忍韬晦以自勉，或指斥当道的沐猴而冠以泄愤，但这种压抑和不满并不一定就能成为思想解放、个性解放的动力。综观上

---

① 参见恩格斯：《反杜林论》，见《马克思恩格斯选集》第三卷，人民出版社2012年，第563页。

② ［元］佚名：《冻苏秦衣锦还乡》，见［明］臧晋叔：《元曲选》第二册，中华书局1958年，第437、439页。

③ ［元］袁桷：《青容居士集·送邓善之应聘序》，见《四库全书·集部·别集类》。

述元剧，不论是《荐福碑》中"飘零湖海、流落天涯""穿着些百衲衣服，半露皮肤"的张镐，还是《渔樵记》中满腹经纶，却不得不为衣食砍樵负薪、受尽饥寒窘辱的朱买臣，抑或是《裴度还带》中乞食白马寺、露宿山神庙的裴度，实际都从未怀疑过有朝一日"脱白襕、换紫衣""列鼎食、重裀卧"的熠耀前程。因此，如果认真地探究其创作心态，则不难发现，这类作品共同的情绪内涵乃是在统治阶级权利与财富再分配的宴筵上因被褫夺了席位而产生的心理失衡。

这种怀才不遇，忠心无所依附的尴尬失落之感固然有不同的宣泄渠道，或表现为高蹈远引、非贤毁圣；或变现为纵酒狎妓、玩世不恭，但其文化意向仍未出士大夫的范畴，仍然是"危邦不入、乱邦不居。天下有道则见，无道则隐"①的儒家处世原则的变通。其间并无多少个性解放的因素。

这种读书人的潜意识同样渗透于青楼题材的元剧作品，以至外化为某种共同的艺术倾向和结构模式。在杂剧中，妓女所深爱的对象总是失意潦倒的读书人，为了这种信念，她们不惜顶撞假母，拒斥富商。宋引章倒是个例外，不过正因为她在寒士与"舍人"的权衡中错误地选择了后者，所以吃尽了苦头，终于认识到了寒士的可贵。

"九儒十丐"也罢，"混为编氓"也罢，社会地位的升沉并不能彻底改变人们的阶级属性，元代读书人尽管朝夕与市

---

① ［三国］何晏注，［宋］邢昺疏：《论语·泰伯第八》，见［清］阮元校刻：《十三经注疏》，中华书局 1980 年，第 2487 页。

井小民为伍，但却不妨碍他们在深隐意识中仍然珍藏起精神贵族的优越感。他们同情妓女的不幸遭遇，真诚地安慰她们，也从他们身上寻找慰藉，甚至愿意在作品中表现她们的痛苦和追求。然而，他们终究难以完全抛弃士阶层的尊严和对女性的成见，表里如一地看待青楼妓女。即使像关汉卿这样杰出的斗士也不可能完全克服传统价值观的影响，他写出了光彩照人的赵盼儿，同时又塑造了随风逐浪、水性杨花的谢天香。谢天香与柳耆卿相恋数载，情深意长。柳因赴京赶考别去，开封府尹钱可趁机为天香脱籍，纳为小妾，却不与之亲近。谢初时窃喜高攀，既而又深怨有名无实，其实已将耆卿置诸脑后。此剧虽以常见的误会法于第四折点出钱可的恶作剧乃是为耆卿保全天香的清白，并安排耆卿状元及第与天香成婚的美满结局，但所谓"智宠"云云，分明是钱大尹，或毋宁说是关汉卿对谢天香人格的肆意玩弄和践踏。

如同那些儒生戏的结尾一样，这一类以青楼为题材的作品也几乎莫不以男主人公金榜题名，始困终亨，奉旨归娶，夫荣妻贵作结。在如此光明的"大团圆"中，作家的主观意识完全融入对象主体因否极泰来而迸发的狂喜之中，得到了瞬间的心理补偿。

第四章

从香艳到情色：明季资本主义萌芽在青楼文学中的表现

第一节　明代青楼体制之沿革与世风之流变

明初都南京，朝廷在京城内外开设妓院，委派专人管理。刘辰《国初事迹》云："太祖立富乐院于乾道桥，男子令戴绿巾，腰带红搭膊，足穿带毛猪皮靴。不容街中走，止于道傍左右行。或令作匠穿甲，妓妇皂冠，身穿皂褙子，出入不许华丽衣服。专令礼房典吏王迪管领，此人熟知音律，又能作乐府。禁文武官及舍人不许入院，止容商贾出入院内。夜半忽遗漏，延烧脱欢大夫衙，系寄收一应赃物在内。太祖大怒，库官及院内男子妇人处以重罪，复移武定桥等处。太祖又为各处将官妓饮生事，尽起赴京入院居住。"①

刘辰曾仕洪武、建文、永乐三朝，所记多亲历之事，清人《四库全书总目》说其"所见旧事皆真确，而其文质直，无所隐讳"，可见刘辰关于富乐院的记载信实可征。又有著名

---

① ［明］刘辰：《国初事迹》，明泰氏绣石书堂抄本《国初事迹》。

的十六楼，也是官妓丛萃之所，遍布于京师各处的通衢闹市，其名曰南市、北市、鹤鸣、醉仙、轻烟、淡粉、翠柳、梅妍、讴歌、鼓腹、来宾、重译、集贤、乐民、清江、石城。前述各条分别见于谢肇淛《五杂组》卷三，胡应麟《艺林学山》卷三，顾起元《客座赘语》卷六，沈德符《万历野获编》补遗卷三及周晖的《金陵琐事》诸书。诸书所记不尽相同①，而以顾起元的《客座赘语》考证最详，他认为刘辰《国初事迹》中所说的富乐院旧址就是十六楼中的北市楼。

当时吏议虽严，但对官吏招妓侑酒尚无禁制，朱元璋就曾诏赐文武百官宴饮于醉仙楼。②身为国之宰辅的三杨——杨士奇、杨溥、杨荣也有狎妓的经历。③可见明初官营妓院只是等级较为森严，有专为商贾市民服务的富乐院，亦有为缙绅士夫侍宴佐觞的十六楼，不许"文武百官及舍人"降格与商贾为伍去富乐院宿娼而已。

有一种说法，认为明太祖时已革除官妓。该说以王琦的《寓圃杂记》为代表，其卷一"官妓之革"条云：

> 唐、宋间，皆有官妓祗候，仕宦者被其牵制，往往害政，虽正人君子亦多惑焉。至胜国时，愈无耻矣。我太祖

---

① 或云十四楼、十五楼者，参见《艺林学山》及《万历野获编》等书。
② 《万历野获编·补遗》卷三"建酒楼"条，第900页。
③ ［清］褚人获：《坚瓠辛集》卷三引《尧山堂外记》"江斗奴"条，浙江人民出版社1986年，第3页。又见［明］李诩：《戒庵老人漫笔》卷一"妓巧慧"条，中华书局1982年，第11页。

> 尽革去之，官吏宿娼，罪亚杀人一等，虽遇赦，终身弗叙，
> 其风遂绝。①

其说似乎凿凿有据，以致1991年出版的《中国妓女生活史》亦予以征引。②但王琦终身不仕且又生非其时，自然是很容易把后来的事归功于开国之君。清人说其书"多摭拾琐屑，无关考据"③并非无因。实际上朱元璋在世的时候，中书庶吉士解缙确曾上书建议："太常非俗乐之可肄，官妓非人道之所为。禁绝倡优，易置寺阉"④，只是未蒙采纳。《明史》卷一五一《刘观传》说得再清楚不过：

> 时未有官妓之禁，宣德初，臣僚宴乐，以奢相尚，歌妓满前。⑤

以至"诸司每朝退，相率饮于妓楼……解带盘薄，牙牌累累悬于窗槅。竟日喧呶，政多废弛"⑥。终于引起了最高统治者明宣宗的不安，旋由大学士杨士奇、杨荣举荐通政史顾佐公廉有威，宣宗乃擢顾佐为右都御使，主持风宪，禁官吏

---

① ［明］王琦：《寓圃杂记》"官妓之革"条，中华书局1984年，第7页。
② 武舟：《中国妓女生活史》，湖南人民出版社1991年，第106页。
③ ［清］永瑢等撰：《四库全书总目》，中华书局1965年，第1219页。
④ ［清］张廷玉等撰：《明史·解缙传》，中华书局1974年，第4116页。
⑤ 《明史·刘观传》，第4185页。
⑥ ［明］侯甸：《西樵野记》，见《明人百家》第十五帙，上海文艺出版社1990年，第54页。

狎妓宿娼，当即在此时，时为宣德三年（公元1428年）。①

由于纠弹考核的严厉，以及当时的政治中心已由南京迁至北京，遂使曾经喧闹一时的十六楼渐次凋零，到了万历年间，除南市尚存，其余的都"化为废井荒池"②，徒资凭吊了。而仅存的南市，也已是"卑屑所居"的下等娼寮。

自顾佐整饬风宪以后，英宗于正统元年（公元1436年），一次就放出教坊司乐工三千八百人。以后，天顺间的右金都御史李侃，嘉靖间的礼部尚书沈鲤，隆庆时的左都御史葛守礼都曾奏议禁娼③，虽未果行，毕竟在一定程度上限制了官营教坊的发展，以至胡应麟有"京师东苑本司诸妓，无复佳者"④的感慨。

但以上的事实并不意味明代的妓业从宣德三年起便一蹶不振。因为受到抑制的只是两京教坊的官妓，民间的青楼以及地方的乐户正方兴未艾。特别是武宗正德以来，佞幸宦官得到进用，于宫内建"豹房"，从民间及教坊搜罗美女处其中，日夜宣淫。佞臣江彬盛称宣府妓女美貌，武宗便三次临幸大同作狭邪游，乐而忘返，称宣府为"家里"，甚至霸占乐工的妻子还朝淫乐。此外，武宗又到扬州、西安、太原等地狎游，这在客观上也刺激了地方妓业的发展。

---

① 参见《明史·刘观传·顾佐传》。
② ［明］顾起元：《客座赘语》卷七，中华书局1987年，第232页。又见［明］周晖：《金陵琐事》。
③ 参见［明］陆容：《菽园杂记》卷三；又见［明］沈德符：《万历野获编》卷一"节假"条及《明史》本传。
④ ［明］胡应麟：《甲乙剩言》，见《明人百家》，第217页。

明朝中期以后，随着城市工商业的长足发展，在南北方都出现了很多商业重镇，各地的盐商、布商、丝绸商、茶商以及诸色经纪人或由水道，或经陆路聚集到这些通都大邑进行贸易。在正常买卖购销活动之余，狎妓征歌就成了这些行商坐贾的重要消遣。为适应这种需求，各地的青楼业也愈来愈兴盛，到万历年间，已是"今时娼妓布满天下，其大都会之地动以千百计，其他穷州僻邑在在有之，终日倚门献笑，卖淫为活。生计至此亦可怜矣。两京教坊，官收其税，谓之脂粉钱。隶郡县者则为乐户，听使令而已。唐、宋皆以官妓佐酒，国初犹然，至宣德初始有禁，而缙绅家居者不论也。故虽绝迹公庭而常充牣里衖。又有不隶于官，家居而卖奸者。谓之土妓，俗谓之私窠子，盖不胜数矣"①。

值得注意的是，原来专为宫廷贵族承应歌舞的两京教坊这时已面向社会，服务于各色人等，朝廷从中课税，体现出一种与私营的青楼合流的趋势。

各地的妓业又因风物气候民俗出产的不同形成各自的规矩特色。江、浙古称佳丽之地，南京又是六朝金粉所聚，自明初设富乐院于乾道桥，直至明亡，笙歌妓乐始终不衰。明中叶以后，富乐院改称旧院，亦称曲中，为名妓聚居之所。"妓家分别门户，争妍献媚，斗胜夸奇"，"纵茵浪子、萧瑟词人，往来游戏、马如游龙，车相接也。其间风月楼台、尊罍

---

① ［明］谢肇淛:《五杂组》卷八,上海书店出版社2001年,第157页.

丝管，以及娈童狎客、杂技名优，献媚争妍，络绎奔赴"。①
又秦淮两岸，河房栉比，亦多姝丽所居，应试举子，倜傥骚
人，游宴其中，醉生梦死。或画桡兰桨，泛舟河心，张灯鸣
鼓，妓饮达旦，号为灯船。

又如以二十四桥风月著称的扬州，隋、唐之际已十分繁
华，唐人王建、张祜、杜牧、陈羽等人均有诗题咏。宋、元
间其地虽屡遭兵燹，到明代嘉靖以后，又逐渐成为商业贸易
的重镇。徽州、歙州、山西、陕西等地的盐商，多寄寓扬州，
"专买边引，输银运司，入场配盐，以达仪所"②。因此娼楼
妓寨亦十分发达。明人张岱在其《陶庵梦忆》中对扬州曲巷
之妓有入木三分的刻画：

> 渡钞关，横亘半里许，为巷者九条。巷故九，凡周旋
> 折旋于巷之左右前后者什百之。巷口狭而肠曲，寸寸节节
> 有精房密户，名妓、歪妓杂处之。名妓匿不见人，非向导
> 莫得入。歪妓多可五六百人，每日傍晚，膏沐薰烧，出巷
> 口，倚徙盘礴于茶馆酒肆之前，谓之"站关"。茶馆酒肆岸
> 上纱灯百盏，诸妓掩映闪灭于其间，疤鳖者帘，雄趾者阈。
> 灯前月下，人无正色，所谓"一白能遮百丑"者，粉之力
> 也。游子过客，往来如梭，摩睛相觑，有当意者，逼前牵
> 之去，而是妓忽出身分肃客先行，自缓步尾之。至巷口，

---

① ［清］余怀：《板桥杂记》上卷，李金堂校注，上海古籍出版社2000年，第
8、53页。
② 《扬州府志》卷一八"盐法"。

有侦伺者向巷门呼曰："某姐有客了!"内应声如雷。火燎即出，一一俱去。剩者不过二三十人。沉沉二漏，灯烛将烬，茶馆黑魆无人声。茶博士不好请出，惟作呵欠，而诸妓醵钱向茶博士买烛寸许，以待迟客。或发娇声，唱《劈破玉》等小词，或自相谑浪嬉笑，故作热闹以乱时候，然笑言哑哑声中，渐带凄楚。夜分不得不去，悄然暗摸如鬼。见老鸨，受饿受笞，俱不可知矣。①

这段传神的描写不仅提供了扬州妓业的规模体制情况，而且把卖笑生涯的酸辛苦涩也揭示得淋漓尽致。

除两京、苏杭、扬州以外，很多内河航运的码头，都是商贾辐辏之处，亦是青楼麇聚之所。叶权《贤博编》云：

今天下大马头，若荆州、樟树、芜湖、上新河、枫桥、南濠、湖州市、瓜州、正阳、临清等处，最为商贾辏集之所，其牙行经纪主人，率赚客钱。架高拥美，乘肥衣轻，挥金如粪土。②

即以山东的临清而言，明代说部多有涉及此地的，如《金瓶梅》第九十二回描述说："这临清闸上，是个热闹繁华大马头去处，商贾往来，船只聚会之所，车辆辐辏之地，有

---

① [明]张岱：《陶庵梦忆》卷四，上海古籍出版社1982年，第35页。
② [明]叶权：《贤博编》，中华书局1987年，第22页。

三十二条花柳巷，七十二座管弦楼。"第九十四回叙孙雪娥被卖到该地洒家店"那里有百十间房子，都下着各处远方来的窠子衙衙娼的"①。

《梼杌闲评》第二回亦云："却说临清地方虽是个州治，到是个十三省的总路，名曰大马头，商贾辏集，货物骈阗。"②其迎春社火之日，戏台即有四十余座，戏子有五十多班，艺妓也有百余名。小说所反映的，正是明代嘉靖年间的社会现实。

不仅内地如此，一些边远地区也不甘寂寞，竞相效尤。《五杂组》卷四载："九边如大同，其繁华富庶不下江南，而妇女之美丽，什物之精好，皆边塞之所无者。……谚称蓟镇城墙、宣府教场、大同婆娘，为'三绝'云。"③沈德符《万历野获编》卷二四"口外四绝"条亦载："大同府为太祖第十三子代简王封国……故所蓄乐户较他藩多数倍，今以渐衰落，在花籍者尚二千人，歌舞管弦，昼夜不绝，今京师城内外不隶三院者，大抵皆大同籍中溢出流寓，宋所谓路歧散乐者是也。"④

明初对妓女乐户约束很严，对他们的服饰行止都有特殊的规定：男子必须戴绿头巾，腰系红搭膊，脚穿带毛猪皮靴，不许在街道当中行走。妓女需戴皂冠，身穿皂褙子，出入都

---

① ［明］笑笑生：《金瓶梅词话》，陶慕宁校注，人民文学出版社2000年，第1383、1422页。
② ［明］佚名：《梼杌闲评》第二回，成都古籍书店1981年，第17页。
③ 《五杂组》卷四，第80页。
④ 《万历野获编》卷二四，第612页。

不许穿华丽衣服。①并从法律上予以歧视，使之明显地有别于士庶。但自成化、弘治以后，这种制度渐渐成了一纸空文。朝野上下，竞尚奇装异服，而得风气之先的，又总是青楼或商家。譬如当时传自朝鲜的一种马尾裙，宽松舒展，服之下体虚奓，起初只是歌妓纨绔子弟喜穿，后来渐渐流行，到成化末年，竞有"朝官多服之者矣"②，乃至"营操官马因此被人偷拔骏尾，落膘"③。

嘉靖、隆庆以来，整个社会奢靡淫纵，拟饰娼妓的风气更为猖炽。南京旧院"南曲衣裳妆束，四方取以为式。……巧制新裁，出于假母，以其余物，自取用之。故假母虽高年，亦盛装艳服，光彩动人。衫之短长、袖之大小，随时变易，见者谓是时世妆也"④。

这种情况本不足怪，历史上的专制王朝大抵是立国崇俭，中道僭奢，终至朽败，汉、晋、唐、宋类皆如此，明代亦概莫能外。宪宗成化年间，内阁首辅万安即曾以进房中术邀宠，朝中执掌风宪谏诤的大臣亦争献媚药秘方。嘉靖间方士邵元节、陶仲文俱以长生久视之术见用，官至礼部尚书，陶且一身而兼三公，位极人臣。一时方士如云，顾可学、盛端明、朱隆禧、刘文彬、唐秩等都以烧炼进御而致高位，举世若狂，纵谈服食采战，闺帏亵媟，不以为耻。街市上公然出售淫具、

---

① 参见《客座赘语》卷六，第188页。又见《万历野获编》卷一四。
② ［明］陆容:《菽园杂记》卷一○，中华书局1985年，第123页。
③ ［明］陈洪谟:《治世余闻》下篇卷三，中华书局1985年，第57页。
④ ［清］余怀:《板桥杂记》上卷，上海古籍出版社2000年，第13页。

春画，甚而闺阃少妇亦以此为消遣。①徐树丕《识小录》载："虞山一词林，官至大司成矣。子娶妇于郡城，妇美而才，眷一少年。事露，司成必欲致少年于死，而其子反左右之，司成以愤成疾。其子妇能画，人物绝佳，春宫尤精绝。"②

在朝职官虽不敢公然宿娼狎妓，却能够广蓄姬妾，纵欲恣淫，而"男风"的变态时尚亦于此时兴起。《五杂组》卷八"人部"四云：

> 今天下言男色者，动以闽、广为口实，然从吴越至燕云，未有不知此好者也……今京师有小唱，专供缙绅酒席。盖官妓既禁，不得不用之耳。其初皆浙之宁、绍人，近日则半属临清矣。故有南北小唱之分，然随群逐队，鲜有佳者。间一有之，则风流诸缙绅，莫不尽力邀致，举国若狂矣。③

嘉靖以后的小说戏曲有大量描写这种"分桃断袖"之爱的。④种种迹象表明，明代中叶以后的社会已经呈现出世纪末

---

① ［明］佚名：《如梦录》"街市纪第六"，孔宪易校注，中州古籍出版社1984年，第38页。
② ［明］徐树丕：《识小录》卷二，涵芬楼秘笈景稿本。
③ 《五杂组》卷八，第146页。
④ 男宠古已有之。明人《艳异编》卷三一，清人《香艳丛书》"断袖篇"，均曾罗列历朝有关记载，可参阅。已故社会学家潘光旦先生更有专文论述，见英人霭理士《性心理学》潘氏译本附录。惟"男宠"成为全社会的趋尚，则为明清两代所独有。又同性恋为世界各地共有之现象，中国之"南风"与古希腊同性恋的性质不尽相同，尚待深入研究。

的征兆，正像明人自己讲的："朝政失驭，群狡并兴，背天常而逆人纪。于是有强藩、有逆竖、有乱贼、有奸党、有叛将，有梗化之夷焉。"①就连钦定的统治哲学——程朱理学，这时也走上了异化的道路。

明代立国之初，太祖朱元璋就制定了科举之法，考试必须以"四书五经"命题，答案则必须以朱熹的《四书集注》、二程的《易传》、朱熹的《周易正义》《诗经集传》等书为准，不得稍有新见。于是，举国的士子监生只知墨守成说、陈陈相因，以记诵为博雅，借八股谋钻刺，学风颓滞，泥而不化。

逮至"阳明心学"一出，发顽立懦，四海之士靡然向风，遂变"理学"为"心学"。实际上程朱理学关于心、性、情、良知等概念的形上思辨本身就很容易在适当的社会气候条件下将人的心灵世界导向内省化、私向化和复杂化。朱熹哲学思辨结构的最高范畴——理，在陆九渊及其后的王守仁的学说里，已被改造为"心"中之理，成为"我固有之"而"非由外铄我也"。"心"不依赖于外物或"理"而存在，这便等于强调了"心"的主体性和能动性，并从而对立于"物"。从朱熹的"性即理""即物穷理""格物致知"的观点到王阳明的"心即理""致良知""知行合一"的思想，其中的变化显然具有唤醒士人主体意识的功用。"当士人桎梏于训诂词章之间，骤而闻良知之说，一时心目俱醒，犹若拨云雾而见白日，

---

① ［明］谢蕡:《后鉴录·自序》，明代抄本残卷。

岂不大快！"①正是在阳明"心学"的感召之下，出现了所谓"泰州学派"，涌现出徐渭、李贽、王艮、汤显祖、王畿、袁氏昆仲等一批离经叛道、诋孔毁孟，高张个性解放大纛的思想家、文学家、艺术家。

从王艮的"良知天性，往古来今，人人具足""万物一体之仁"②，到李贽的"童心说"③，汤显祖的"性乎天机，情乎物际"④，再到袁宏道的"性之所安，殆不可强，率性而行，是谓真人"⑤，无不闪烁着反古的锋芒，饱蘸着生命的激情，迸发着个性的光彩。

这一股启蒙思潮以其凌厉崛奇、不可制缚的气势迅速赢得了大批文人学子的响应。同时，启蒙者的卓越的创作实践也荡涤了称霸文坛百余年的复古主义。

上述种种政治、哲学、社会气候都或彰或隐地在青楼文学中得到反映，因此，明代的青楼文学也便呈现出大异于前朝的精神风貌。

---

① ［明］顾宪成：《小心斋札记》卷三，参见［清］黄宗羲：《明儒学案》，中华书局1985年，第1380页。
② ［明］王艮：《王心斋全集·答朱思斋明府》，明刻本。
③ ［明］李贽：《焚书》卷三《童心说》，中华书局1975年，第98页。
④ ［明］汤显祖：《答马仲良》，见《汤显祖诗文集》，上海古籍出版社1982年，第1421页。
⑤ ［明］袁宏道：《锦帆集》之二《识张幼于箴铭后》，上海古籍出版社1981年，第193页。

第二节　青楼文学所反映的资本主义萌芽

一、"卖油郎"与杜十娘的主体意识

　　明代表现文人名士情趣的青楼文学作品依然充斥文坛，中叶以后，受阳明心学和启蒙思潮的影响，这类作品也逐渐透露出或多或少的平等思想和自由意识，形成对礼教纲常和程朱理学的一种反动。但这还不是主流，更多的作家把视点投注于市井，更全面、更真实、更透彻地再现了妓女的生活，更坦率、更执拗、更无情地揭开了青楼的内幕，展示了青楼与外部世界的联系，社会价值观念的动向也在这些作品中得到更充分、更深刻的表现。

　　一批崭新的人物形象步入了青楼文学的殿堂，其中有西门庆这样的集官、商、霸、痞于一身的暴发户，也有秦重这类诚挚笃厚的卖油郎，有不惜一死以彪炳人格的杜十娘，也有向往自由爱情，却陷溺于淫欲，不可自拔的苏九姐[①]。而伴随着文人对青楼这一信息场的全景描写，一个个寄食于娼楼妓馆的帮闲篾片，也得到了镂心刻骨的艺术描写。

　　在这些人物形象的背后，我们可以扪捺到明代文学一种世俗化的创作思潮的律动，较之宋元文学创作的俗化倾向，它显得更为自觉、更为主动。如果说在同类题材的宋元作品

---

① 王季烈辑:《苏九淫奔》，见《孤本元明杂剧》，商务印书馆 1941 年排印本。

中，这样一些市井小人物的形象还很难摆脱与生俱来的孱弱的阶级意识，因而在他们身上总是呈现出双重价值的审美判断的话，那么，在明人的笔下，他们已经开始朦胧地意识到自己的生存价值，并开始比较自由地支配自己的行动了。

《醒世恒言》卷三中的卖油郎秦重"本钱只有三两，却要把十两银子去嫖那名妓"①。尽管他也曾自觉非分，却凭着一股素朴的韧性如愿以偿，不仅买得一宵亲近，还赢得了花魁娘子的芳心，以致终谐连理。

用解决性欲、追求享乐、满足好奇来解释卖油郎的动机，似乎都难以穷尽他行为的心理内涵。二十世纪西方最有影响的心理学家亚伯拉罕·马斯洛认为：人的"一个行动或一个有意识的愿望，如果只有一种动机，那是不正常的"②。马斯洛的人类动机理论把人的欲望归纳为五种基本需要，即：生理需要、安全需要、归属和爱的需要、尊重需要和自我实现的需要。卖油郎秦重正是在基本的生存需要得到保障之后，偶然见了花魁娘子莘瑶琴，从而触发了更高层次的心理波动。这种冲动的性质远较一般的情欲、爱欲或性欲复杂，其中应有对美的向往，有被尊重和承认的需要，还有一种借助对象以检验个人潜力的深隐愿望，而这一切复杂意念的汇集，则说明了秦重这位小市民已不甘心永远充当生活中"秦卖

①　[明]冯梦龙编：《醒世恒言》卷三《卖油郎独占花魁》，岳麓书社1993年，第39页。
②　[美]弗兰克·戈布尔：《第三思潮——马斯洛心理学》，吕明、陈红雯译，上海译文出版社1987年，第39—57页。

油"这一符号性角色，开始积极地寻求自身的价值了。

烟粉世界中的花魁娘子与至俗至贱的卖油小贩喜结良缘，这当然能满足市井驵侩的猎奇心理；诚实向善，必有好报的因果寓意也与世俗社会的道德信仰符契若合。但抛开这些传奇的因素，小说情节本身毕竟披露了一些崭新的信息，那就是市井间的小人物开始得到了重视。这种重视不仅来自作家的创作思想，也表现在身价千金的对象主体莘瑶琴身上（她通过切身的经历、痛苦的抉择才悟出了秦重的可贵），更体现在卖油郎的自省意识和韧性行动中。对比前面提到的新桥市上的吴山，我们不难领略两者的差异以及由此差异所反映出的自主意识上的飞跃。

"堪爱豪家多子弟，风流不及卖油人。"如果说这类庸俗观念的不时流露严重地削弱了"占花魁"故事的积极意义，那么，《负情侬传》则以十分严肃的笔触描写了一曲妓女人格的赞歌。

这一故事流传甚广，据说系明季的实事①，其始有万历时人宋懋澄的《负情侬传》记其始末，后为冯梦龙辑入《情史》，朝鲜刊本《文苑楂橘》亦收入此文。《警世通言》卷三十二《杜十娘怒沉百宝箱》初以白话小说敷衍其事，明、清之际，郭彦深又有《百宝箱》传奇剧，清乾隆间黄图珌也有同名剧作，后世"花部"戏曲搬演者更不胜枚举。

---

① 阿英：《小说二谈·关于杜十娘沉箱故事》，上海古籍出版社 1985 年，第 33 页。

妓女从良,择人固有当与不当。莘瑶琴经过患难甄别,悟出豪门子弟的不可恃,毅然委身于市井中人,得到了终生的幸福。杜十娘则惑于李生的风流蕴藉、地位家世、卒遭弃卖。

类似杜十娘的悲剧在娼妓史上早已不是新鲜的材料,粗看起来,十娘的遭遇与霍小玉似乎也并无大异,她们都把自己的终身寄托在世家望族子弟身上,结果导致了与男方家族利益的冲突,不但好梦成空,而且饮恨而死。

但杜十娘的悲剧究竟不是霍小玉的重演,尽管传其事者极力想把十娘的死纳入强调"贞烈"的传统妇道,如《负情侬传》结尾所云:"噫!若女郎何愧子政所称烈女哉!虽深闺之秀,其贞奚以加焉!"①而形象本身的逻辑却有力地证明杜十娘弃宝沉江全然是由于另外的原因。

长期的风月生涯,造就了杜十娘知机识变、深沉内向的个性,虽对李生情有独钟,但又并不轻信,而是"蕴藏奇货",多方考验。始以脱籍之金试李生诚意,继以居常用度窥其品德,是虑其反复而欲坚其心志,用心亦可谓良苦。但万万没想到,一年多的恩爱,指天誓日的盟约,竟然敌不过萍水相逢的新安盐商的一番挑唆和一千两银子的蛊惑。当杜十娘得知李生将以千两的身价把她转售与新安人的时候,她倏然醒悟,明白了维系两人情感的纽带是何等的脆弱,而且明

① [明]宋懋澄:《九籥集》卷五《负情侬传》,中国社会科学出版社1984年,第117页。

白了脆弱的根源在于两人身份的不平等。在李生的心目中，她终究是个玩物，把自己的终身托付给这样的衣冠子弟，不啻是临深履薄，随时都有陷落的可能。她痛恨自己的痴迷，仇恨造物的捉弄，诅咒礼法的虚伪，悲愤至极，反而出之以冷漠：

> 谁为足下画此策者，乃大英雄也，郎得千金，可觐二亲；妾得从人，无累行李。发乎情，止乎礼义，贤哉，其两得之矣！①

语云"悲莫痛于伤心""哀莫大于心死"。杜十娘所以能在猝遭弃掷之际化惨噢为冷语，端在其心已死，其心死之际，又恰恰是她的人格意识觉醒之时。所以与其说杜十娘是因被弃失恋而死，倒毋宁说她死于对社会的绝望更为贴切。

妓女也是人，也有同常人一样的追求爱情与幸福的权利。但在李生这样的纨绔子弟看来，妓女却只应有提供淫乐的义务，不当有婚姻爱情的奢望。这就构成了一个悖论：一面是杜十娘惨淡经营着自己的婚姻之梦，"涩眼几枯，翕魂屡散"；一面是李生的漫不经心，得过且过。与新安人的邂逅也许具有偶然性，但李生的动摇却注定了悲剧迟早会发生，他的薄幸不单单是个人品质的瑕疵，也是阶级的属性。杜十娘以死对李生人格作出的否定，实际也是对其所属阶级的绝望。她

---

① 《九籥集》卷五《负情侬传》，第116页。

不再相信花柳场上还会有笃于情义的君子，她更痛恨可以移人心智的礼法，惑人眼目的金钱，于是她让自己的生命连同那些价值不赀的翠羽明珰、夜明之珠一起葬于江底，以死来彪炳自己人格的不可辱，来宣称与这个世界的决裂。较之霍小玉的凄婉缠绵，余情不断的死，杜十娘的投江显然更具震撼人心的力度，更接近于壮美。它可以说是一种主体精神的折射，一种"个人感的提高"。

晚明戏曲家卓人月在他的《百宝箱传奇引》中曾将杜十娘与伯夷、屈原相提并论。他说："必可以生青楼之色，唾白面之郎者，其杜十娘乎！……忠而见疑，信而蒙弃，当此之时，即使哀陷于伤，怨流于乱，比伯夷之呼嗟，效屈原之侘傺，奚遽为《国风》，《小雅》罪人乎！"①表现出晚明文人特有的人文意识和崭新的美学追求。

青楼文学发展到杜十娘形象的出现，才真正把妓女的人格问题提到了自己的议事日程上来。同样的负心弃掷的题材却因作家创作观念、叙事角度的转变而生发出全新的主题，这种现象与明代中叶以后哲学和文学领域的启蒙思潮有密切关系。

二、"新安盐商"所代表的新势力

《负情侬传》的作者以少许笔墨点染出了一个令人齿冷的新安盐商的嘴脸，经过冯梦龙的润色，这一形象在《杜十娘

① ［清］焦循:《剧说》卷四,《中国古典戏曲论著集成》,第 171 页。

怒沉百宝箱》中显得更加丰满,而且还有了姓氏名字,孙富,字善赉。"赉",是赏赐、赠送的意思,名字取得颇有寓意。他的一番攻心之论犹如一副催化剂,促使李、杜之间原就十分脆弱的感情纽带迅速瓦解。尽管他并没有如愿以偿,但他腰缠万贯、雄辩滔滔、狡黠好色、谙练世情的面貌还是给人留下了很深刻的印象。事实上,新安盐商的形象,有其广泛的社会经济基础和重要的文化意义。

明代江南富商首推新安,《五杂组》卷四称:"富室之称雄者,江南则推新安,江北则推山右。新安大贾,鱼盐为业,藏镪有至百万者。其他二三十万则中贾耳。山右或盐、或丝、或转贩、或窖粟,其富甚于新安。新安奢而山右俭也。然新安人衣食甚菲啬……惟娶妾、宿妓、争讼则挥金如土。"①徽地所以多商,盖因"其地在山谷之间,无平原旷野可为耕田,故虽士大夫之家,皆以畜贾游于四方。倚顿之盐、乌倮之畜,竹木之饶,珠玑、犀象,玳瑁、果布之珍,下至卖浆贩脂之业,天下都会所在,连屋列肆,乘坚策肥,被绮縠,拥赵女,鸣琴蹠躧,多新安之人也"②。

明代中叶以后,徽商的足迹遍于大江南北,在全国各地的商品流通领域发挥着重要的中介作用。他们的转运贸易活动既密切了生产与消费的联系,也使自己的囊橐渐渐充盈。

---

① 《五杂组》卷四,第74页。
② [明]归有光:《震川先生集》卷一三《白庵程翁八十寿序》,《四部丛刊》景清康熙十四年刻本。

他们既是商品的直接经营者，又是商品的有力消费者，其消费方式也往往带有新型富有者的豪奢气概，唯恐其财富不为人知，所以鲜车怒马，身衣锦绣，选妓征歌，左拥右抱以炫耀于人。

狎妓宿娼是富商大贾最主要的消费方式，而青楼的最终目的又是赢利，不管杜十娘、莘瑶琴这样的名妓多么鄙薄他们的伧俗，妓院的经营者却不能不对他们青眼相看。随着社会经济生活的日益丰富，舆论界对商贾的看法也产生了变化。王阳明曾讲过"四民异业而同道"[①]，王献之亦曾说"士商异术而同志"[②]，是已将古之四民等量齐观了。隆庆、万历时期的宰辅张居正对商人的认识也大异于前人，他说："商通有无，农力本穑。商不得通有无以利农，则农病；农不得力本穑以资商，则商病。故商农之势，常若权衡然。"[③]启蒙思想家李贽更是对商业的辛苦寄寓深切同情："且商贾亦何可鄙之有？挟数万之赀，经风涛之险，受辱于关吏，忍诟于市易，辛勤万状，所挟者重，所得者末。"[④]商人就是在这种社会观念的潜移默化中逐渐形成了自己的势力，同时也开始作为主体形象进入了青楼文学的领域。

明代小说有大量描写商人同妓女间的爱情，其中不乏妓

---

①　［明］王守仁撰，吴光等编校：《王阳明全集》卷二五，上海古籍出版社2011年，第1036页

②　余英时：《士与中国文化》，上海人民出版社1987年，第529页。

③　［明］张居正：《张太岳集》卷八，明万历四十年刻本。

④　［明］李贽：《焚书》卷二《又与焦弱侯》，中华书局1975年，第49页。

女为商人殉情守节的篇章。《情史》卷一"情贞"类有"张小三"一目，叙及一位名叫杨玉山的松江商人，他"性爱小妓，其丹帕积至数十。以为帐，号百喜帐"。其人后娶南京雏妓张小三为外室，所赠遗以千万计。往来两地凡二十年，资用渐不支，田产一空，忧悔成病，双眼俱盲，小三竟为之守志不渝，扁舟至松江，尽出私房，为杨夫妇设供具，留侍汤药，又代其嫁女聘子妇，杨殁，又侍奉其妻，守枢不去。

同书同卷载："南京妓女刘引儿，为一商所眷。商死，刘为持服，岁时修斋设祭，哭泣尽哀。""又屠宝石者，京师大贾也。尝以罪发遣辽东卫充军，家破无可托者，以白金万两，寄所昵妓家。后数年，赦回。以所寄还之，封识如故。"①

这些记载虽然流露了不少令人生厌的道学气，但它们所提供的有关商人活动的社会学内容，毕竟有一定的认识价值。

商人有因匿于娼妓而倾财破家的，亦有因妓女的资助而获利致富的。《青泥莲花记》卷三云："洞庭叶某，商于大梁，眷一妓冯蝶翠者，罄其赀，迫冻馁为磨佣。"②后冯见而怜之，出私蓄助其营运，货盈数千，终娶冯归老。《情史》卷四载贾人程生，惑于阊关潼子门妓张润，"为之破家，衣敝履穿，不敢复窥张室"③。而张不忘旧情，罄私囊与之贸易。程竟挥霍于别处娼寮，依然贫窭。张知其不可恃，乃与共仰药而死。

① ［明］冯梦龙评辑：《情史》卷一，岳麓书社1986年，第29页，上引《情史》诸条，皆出此书。

② 《青泥莲花记》卷三"冯蝶翠"，第79页。

③ ［明］冯梦龙评辑：《情史》卷四，岳麓书社1986年，第117页。

张旋为人救活，从此名震一郡，声价益隆。

表现商人薄幸，妓女衔冤的小说亦为数不少，较典型的有拟话本集《醉醒石》第十三回"穆琼姐错认有情郎，董文甫枉做负恩鬼"，其情节类似宋代《王魁传》《陈叔文》，惟男主人公已非士人，而是商贾了。

青楼文学中大量商人形象的出现，从一个侧面说明这一阶层的社会地位确有提高，但商人并不以此为满足，他们一方面渴望摆脱官府税监的层层盘剥，获得经营上的更大自由；另一方面，传统的等级观念，思维定式又使他们囿于卑弱的市民意识，而一心觊觎士的尊崇、官的权势。明代中叶以后的腐朽政治为商人跻身政府权力机构提供了契机，自景泰元年（公元1450年）开始，朝廷以"边事孔棘"，许民间纳粟纳马者入监为国子生，于是"天下以货为贤，士风日陋""其后或遇岁荒，或因边警，或大兴工作，率援往例行之，讫不能止"。[①]

大批商贾富户的子弟得以进入士子监生的行列，谓之"民生""俊秀"。监生坐满一定的年岁，即可援例选官，步入仕途。《警世通言》卷三一《赵春儿重旺曹家庄》即叙述了一个纳粟入监的大户之子曹可成，始因挥霍放荡、败尽家产，只得训蒙度日。后赖所娶妓女赵春儿之力，以千金贿选福建同安县二尹（县丞），再升泉州府经历，宦囊充溢，重兴家业。作者刻意塑造了赵春儿这位贤淑勤劳的妓女形象，她为

①《明史·选举志》一，第1683页。

了激励浮浪成性的丈夫曹可成，私埋千金，粗茶淡饭，日纺夜绩，无怨无尤，共一十五载，终于为其夫谋得三任肥缺。事虽小说家言，却不失为了解明代捐官制度及社会心态的绝妙感性材料。

金钱的魔力一旦渗透到政府考选机构，则科名、禄位、官爵、特权均可由贿买而得。《寓圃杂记》卷一〇"纳粟指挥"条云：

> 近年富儿入银买指挥者，三品官也，县官岂能抑之！余偶入城，忽遇驺呵属路，金紫煌赫，与府僚分道而行。士夫见之，敛避不暇。因询于人，始知其为纳银指挥。虎而翼之，无甚于此。①

《菽园杂记》卷九云：

> 成化末年，太监梁芳辈导引京师富贾，收买古今玩器进奉，启上好货之心。由是倖门大开。……白身人得受鸿胪主簿、序班等职。生员、儒士、匠丁、乐工、勋戚厮养，凡高赀者，皆与并进，名曰传奉。②

《西湖二集》中有一篇《巧妓佐夫成名》的故事，虽将时

---

① ［明］王锜:《寓圃杂记》卷十，中华书局1984年，第79页。
② 《菽园杂记》卷九，第116—117页。

代背景托于宋代，其实处处都在影射明代的科举之弊。小说叙一无德无才的太学生吴尔知，嫖遇妓女曹妙哥，曹知其资斧匮乏，乃串通市井无赖多人，伙同吴尔知做成圈套局赌，骗得大宗金银。曹又为其设计，结交名士，欺世盗名，贿赂朝贵，交通关节，竟连捷三场，荣登进士。作者假曹妙哥之口揭露吏制的窳败说："如今世道有什么清头，有什么是非？俗语道：'混浊不分鲢共鲤。'当今贿赂公行，通同作弊，真是个有钱通神，只是有了'孔方兄'三字，天下同行，管甚有理没理，有才没才。你若有了钱财，没理的变作有理，没才的翻作有才。就是柳盗跖那般行径、李林甫那般心肠，若是行了百千贯钱钞，准准说他好如孔圣人、高过孟夫子，定要保举他为德行的班头，贤良方正的第一哩。……衣冠之中贼盗颇多，终日在钱眼里过日，若见了一个'钱'字，便身子软做一堆儿，连一挣也挣不起。就像我们门户人家老妈妈一般行径。……若把金珠引动朝贵，那文章便字字珠玉矣。此时真是钱神有主，文运不灵之时。"①

明代资本主义萌芽的崛起和官场的极度腐败导致了官商一体现象的大量出现。士夫之家亦热衷经营畜贾，如"凤湖汪氏，世以诗礼承家，文人高士，抱节明经，代不乏人。有以计然致富者，有以盐策起家者，连檐比屋，皆称素封"②。

---

① ［明］周清源：《西湖二集》卷二〇，人民文学出版社1989年，第334、335页
② ［明］曹叔明：《新安休宁名族志》卷一，转引自余英时：《士与中国文化》，上海人民出版社1987年，第563页。

联系到前面所引《震川先生集》所云"故虽士大夫之家,皆以畜贾游于四方"的话,可知得风气之先的也是徽人。

明代文学中官商一体的典型人物无过于《金瓶梅》中的西门庆。西门庆"原是清河县一个破落户财主,就县门前开着个生药铺。从小儿也是个好浮浪子弟"。后来因为连续发了几注横财,便夤缘请托,打通蔡太师府中总管翟谦的门路,贿买到山东等处提刑按察司理刑副千户的实缺。于是,权势与金钱集于一身。他利用金玉厚礼广交权贵,贪赃枉法;又利用权势欺行霸市,偷漏关税,很快成为家私巨万的官僚富商。他疯狂地占有女色,除宅内一妻五妾,丫鬟仆妇,凡是他看中的女人,必要设法奸占。他仗恃当朝太师的庇护,无视朝廷有关职官宿娼的禁令,公然召邀妓女到家中淫乐。妓女优人不仅是他奢侈生活的点缀,还成了他买通权臣,勾结新贵的礼品。《金瓶梅》第三十六回叙西门庆结交蔡状元、安进士,命家中的男宠书童儿易弁而钗,供唱侑尊"原来安进士杭州人,喜尚南风,见书童儿唱的好,拉着他手儿,两个一递一口吃酒"①。

第四十九回,西门庆迎请陕西巡按御史宋盘和两淮巡盐御史蔡蕴,命家人玳安去丽春院,"坐名叫了董娇儿、韩金钏两个,打后门里用轿子抬了来,休交一人知道"。西门庆吩咐董、韩二妓:"今日请你两个来,晚夕在山子下扶侍你蔡老爹。他如今见在巡按御史,你不可怠慢了他,用心扶侍他,

---

① 《金瓶梅词话》第三十六回,第478页。

我另酬答你两个。"酒阑戏散以后，西门庆单邀蔡御史至后园翡翠轩。"只见两个唱的，盛装打扮，立于阶下，向前花枝招颭磕头。……蔡御史看见，欲进不能，欲退不可，便说道：'四泉，你如何这等爱厚？恐使不得。'西门庆笑道：'与昔日东山之游，又何别乎？'蔡御史道：'恐我不如安石之才。而君有王右军之高致矣。'于是月下与二妓携手，不啻恍若刘阮之入天台。"①

这段妙文绘声绘影，不但把西门庆的腆颜趋奉，附庸风雅描摹得神气活现，而且将蔡御史外端内邪，贪婪好色的本质揭示得纤毫毕具。正是这种沆瀣一气的勾结，使西门庆从中得到了提前掣取淮盐三万引的暴利，而位列三台的钦差大臣竟敢在赴任途中宿娼狎妓，则朝廷禁止官吏嫖娼的法令之实效也就可想而知了。

从独占花魁的卖油郎，到千金买妓的新安盐商，以迄于官、商一体的西门庆，他们的经营手段、生活方式（包括嫖妓方式）、社会地位、人生态度之不同，是否可以说就意味着中国最初的商业资产者所经历的从卑微屠弱，到羽翼渐丰而至于振翮欲飞的三个阶段呢？可悲的是，其欲飞之日也即其投向专制权力的怀抱之时。

三、被金钱势力冲击的青楼文化

明代文学在展示大量商人形象的同时，还集中地反映了

---

① 《金瓶梅词话》第四十九回，第644—646页。

青楼文化在商品和金钱势力的裹挟之下所发生的嬗变。

青楼文学在唐宋两代主要是表现名士举子与妓女的交往，抒写的大抵是文人士夫的浪漫情怀。其时的青楼内部虽一样存在着唯利是图、尔虞我诈的势利交易，但因为作家的视点多集中在妓女的才情风月上，故很少反映负面的内容。从另一角度来看，中古时期的妓女，基本上是处于士大夫文化的附庸地位，她们的仪态修养、谈吐服饰都与士大夫的好尚相适应，她们的义利之辨、雅俗之分、美丑之判也大抵符合士大夫的标准。

这种传统的青楼文化格局在明代中叶以后资本主义萌芽的冲击之下，逐渐发生嬗变，随着商贾势力进入青楼和世俗意识的深入人心，金钱至上的观念也渗透于妓女的送往迎来之中，明人张瀚在《松窗梦语》卷四"商贾纪"中对人情之势利颇有感慨，他说：

> 财利之于人，甚矣哉！人情徇其利而蹈其害，而犹不忘夫利也。……故曰"天下熙熙，皆为利来；天下攘攘，皆为利往"。……商贾之子甘其食，美其服，饰骑连辔，织陆鳞川，飞尘降天，赭汗如雨。儇巧捷给之夫，借资讬力，以献谀而效奔走。燕姬赵女品丝竹，搊筝琴，长袂利屣，争妍而取容……①

① ［明]张瀚:《松窗梦语》卷四"商贾纪",中华书局1985年,第80页。

《金瓶梅》全面而深刻地揭示了被世俗观念统治的青楼文化和被金钱利欲扭曲的妓女性格。书中涉及许多为生计所迫而供唱卖淫的下等娼妓，如第五十回所叙蝴蝶巷鲁长腿娼寮中的金儿、赛儿，以及第九十三、九十四回所叙临清码头上酒家店中众多的私娼土妓，她们的生活状况，可以金儿唱的一曲【山坡羊】概括：

> 烟花寨，委实的难过，白不得清凉到坐。逐日家迎宾待客，一家儿吃穿全靠着奴身一个。到晚来印子房钱逼的是我。老虔婆，他不管我死活。在门前站到那更深儿夜晚，到晚来有那个问声我那饱饿？烟花寨再住上五载三年来，奴活命的少来死命的多。不由人眼泪如梭。有英树上开花，那是我收圆结果。①

这是娼妓中的最下层，她们衣食尚无保障，当然不可能去侈谈风月，故作清高，不过《金瓶梅》的作者并未在她们身上花费多少笔墨，他所着力刻画的是那些呼奴使婢，色艺双绝的名妓，试以书中的李桂姐、吴银儿、郑爱月而论，她们的性情气质虽然不同，但她们的贪婪势利、狡诈无耻却如出一辙，难分轩轾。为了维持锦衣玉食的生活，赢得权势的庇护，她们不惜互相倾轧、出卖灵魂以换取西门庆的欢心。

李桂姐始而与西门庆第五房妾潘金莲争宠，西门庆得官

---

① 《金瓶梅词话》第五十回，第662页。

以后，又巴结西门庆正室吴月娘，认了干女儿，借亲眷的幌子继续与西门庆肆行淫媾，并恃宠而凌轹同院姊妹。吴银儿则借助帮闲应伯爵各进其道的妙策，拜认西门庆第六房宠妾李瓶儿为干娘，与李桂姐分庭抗礼。她精于世故，巧于斡旋，藏锋不露，往往后发制人。李瓶儿死后，她担心会失去西门庆的护持，乃别出心裁，为李瓶儿戴孝，结果西门庆大受感动。吴银儿也便因此能够始终立于不败之地。郑爱月虽然稚齿韶颜，"才被南人梳弄过"，其牢笼嫖客，希宠市恩的手段却丝毫不让李、吴。她出卖李桂姐，趋奉西门庆，为西门庆勾引贵族遗孀林太太牵线搭桥，终于后来居上，成了西门庆眼中的红人儿。

然而西门庆前脚死去，李桂姐后脚便唆使李娇儿盗取钱财，她说："你我院中人家，弃旧迎新为本，趋炎附势为强，不可错过了时光。"①结果李娇儿如法炮制，携带大宗财物归院。李桂姐、吴银儿、郑爱月也纷纷另觅靠山，琵琶别抱。

一切行为都浸透了金钱的气味，一切无耻的阴谋表演又都遮盖了一层伦理亲情的纱幔：妓女们称呼西门夫妇为爹娘，妓女为西门庆亡妾守制戴孝，妓女们以干女儿的身份出入于西门宅院。交易的双方都清楚自己在做戏，但没有人愿意揭开那一层纱幔，这种乖谬的现象也许是明代理学同拜金主义思潮相撞击的产物。

当明代大批小说家还醉心于编织风花雪月，才子佳人的

---

① 《金瓶梅词话》第八十回，第1248页。

遇合传奇，不能自休的时候，笑笑生已经在用一种历史文化的观念来审视现实社会了。他写出了人欲横流的世道人心，揭示了市侩势力统治下的青楼文化，展现了一个个被利欲扭曲的妓女性格。《金瓶梅》虽然不是以描写烟花北里为主的小说，但它皮里阳秋、全景暴露的笔法，却为后世说部铺衍青楼故事提供了一种范式，其后丁耀亢《续金瓶梅》写李师师之欲壑难填，设局行骗；青心才人《金云翘》写妓家逼良为娼，毒计害人；李渔《连城璧外编》卷四《待诏喜风流趱钱赎妓，运弁持公道舍米追赃》中刻画妓女金茎、雪娘之翻脸无情；李百川《绿野仙踪》揭露娼门反复，帮闲势利，都或多或少地可以找到《金瓶梅》的影响。其流风余韵，直可追迹于晚清的狭邪小说，如邗上蒙人的《风月梦》、韩邦庆的《海上花列传》、张春帆的《九尾龟》等等。

明代青楼文学中另一引人注目的现象是对帮闲人物的精雕细琢，这也是由《金瓶梅》首开其端。事实上，这一市井中的寄生阶级至迟在宋代就已形成。吴自牧《梦梁录》卷一九"闲人"门载：

> 有讲古论今、吟诗和曲、围棋抚琴、投壶打马、撇竹写兰，名曰"食客"，此之谓闲人也。更有一等不著业艺，食于人家者，此是无成子弟，能文、知书、写字、善音乐，今则百艺不通，专精陪侍涉富豪子弟郎君，游宴执役，甘为下流，及相伴外方官员财主，到都营干。又有猥下之徒，与妓馆家书写柬帖取送之类。更专以参随服役资生，旧有

百业皆通者，如纽元子，学象生叫声，教虫蚁，动音乐，杂手艺，唱词白话，打令商谜，弄水使拳，及善能取复供过，传言送语。又有专为棚头，斗黄头，养百虫蚁、促织儿。又谓之"闲汉"，凡擎鹰、架鹞、调鹌鸽、斗鹌鹑、斗鸡、赌扑落生之类。又有一等手作人，专攻刀镊，出入宅院，趋奉郎君子弟，专为干当杂事，插花挂画，说合交易，帮涉妄作，谓之"涉儿"，盖取过水之意。更有一等不本色业艺，专为探听妓家宾客，赶趁唱喏，买物供过，及游湖酒楼饮宴所在，以献香送欢为由，乞觅赡家财，谓之"厮波"。大抵此辈，若顾之则贪婪不已，不顾之则强颜取奉，必满其意而后已。①

这一批市井游惰之民的孳生繁衍与中古以来城市经济生活的繁荣密切攸关，地方的富庶与世风的奢靡为这种人的存在创造了条件，但在宋代，他们还没有资格作为独立的形象进入文学的创作领域。逮至元代，小说戏曲始有刻画此类人物者，像《水浒传》中的高俅，本系"浮浪破落户子弟……只在东京城里城外帮闲……每日三瓦两舍，风花雪月"②。在元杂剧中，这类形象统以"净办"的柳隆卿、胡子转（传）

---

① 《梦粱录》卷一九"闲人"条，第182—183页。
② ［明］施耐庵、［明］罗贯中：《水浒传》第二回，人民文学出版社1975年，第16页。

命名，成为一种类型化人物的符号。①

只是到了《金瓶梅》中，这些帮闲篾片才得到了真正性格化、典型化的描写，并从而具有了审美的品位。鉴于已有多种论著曾涉及《金瓶梅》中帮闲形象的艺术分析，故本书不再赘述成说，只拟从青楼文化的角度探讨这一类人的存在基础。

明代后期，由于民间的青楼业十分发达，都会所在，娼肆林立，偏州僻邑，亦在在有之。这种状况势必导致妓院间的激烈竞争，帮闲的一项重要社会职能就是帮嫖，亦即在妓院与嫖客之间穿针引线，为青楼招徕顾客，代嫖客物色妓女，从中贴食觅钱。但如果以为帮闲与妓馆的关系只是前者一味依附后者，则不免失之皮相。因为帮闲往往能够凭借自己的浑身解数来影响嫖客，或诱其"跳槽"，改弦更张；或劝其市爱，撒漫使钱。《金瓶梅》中西门庆梳笼李桂姐，即是在应伯爵、谢希大的一力撺掇之下"上了道儿"。结果是李家妓院实得五十两一锭大元宝，李桂姐获得四套锦缎衣服，并"打头面，做衣服，定桌席"，"铺的盖的俱是西门庆出"（第十一回）。

又第十五回叙上元节日，应伯爵、谢希大、祝日念、孙寡嘴四人簇拥西门庆至李家妓院，祝日念对虔婆说："俺大官近日相了个绝色的表子，每日只在那里闲走，不想你家桂姐

---

① 参见［元］萧德祥《杀狗劝夫》与［元］秦简夫《东堂老劝破家子弟》杂剧，俱见王季思主编的《全元戏曲》。

儿。刚才不是俺二人在灯市里撞见，拉他来，他还不来哩。"
应伯爵亦云："大官人新近请了花二哥表子——后巷吴银儿
了，不要你家桂姐了。今日不是我们缠了他来，他还往你家
来哩！"这种半是调谑，半是要挟的伎俩正是帮闲的拿手好
戏，结果尽管虔婆口口声声说"我家与姐夫，是快刀儿割不
断的亲戚"，背后却不得不使丫鬟侦伺西门庆的行踪，唯恐他
真的去兜揽别家妓院的生意。

笑笑生摹写帮闲丑态，穷形尽相，入木三分，由动作而
语言，由共性而个性。其展示帮闲贪婪下作、厚颜无耻的共
同特征是在第十二回，地点又恰恰是在李家妓院的特定环境。
因李桂姐言辞相激，众帮闲破天荒筹措一桌酒馔。因系自己
破费，故分外觉得不上算，要吃回个人的一份。书中以一段
骈文摄下了他们鲸吞饕餮的丑态：

> 人人动嘴，个个低头。遮天映日，犹如蝗蝻一齐来；
> 挤眼拨肩，好似饿牢才打出。这个抢风膀臂，如经年未见
> 酒和肴；那个连二筷子，成岁不逢筵与席。一个汗流满面，
> 恰似与鸡骨朵有冤仇；一个油抹唇边，把猪毛皮连唾咽。
> 吃片时，杯盘狼藉；啖良久，箸子纵横。杯盘狼藉，如水洗
> 之光滑；箸子纵横，似打磨之干净。这个称为食王元帅，那
> 个号作净盘将军。酒壶番晒又重斟，盘馔已无还去探……
>
> 临出门来，孙寡嘴把李家明间内供养的镀金铜佛塞在
> 裤腰里；应伯爵推斗桂姐亲嘴，把头上金啄针儿戏了；谢

> 希大把西门庆川扇儿藏了；祝日念走到桂卿房里照脸，溜
> 了他一面水银镜子；常时节借的西门庆一钱八成银子，竟
> 是写在嫖帐上了。①

　　帮闲们所以敢在丽春院鼠窃狗偷，胡作非为，而妓家竟
能听之任之，固然在于西门庆的财势支撑，但帮闲对妓院经
营效益的潜在影响亦不应忽视。他们的一番喧哗鼓噪未尝不
是一种变相的广告，客观上起到了为李家招徕生意的作用。

　　然而这种仰人鼻息、帮衬贴食的生涯也并不是人人都能
应付裕如，祝日念、孙寡嘴便因择主不当，引诱招宣府舍人
王三官出入花街柳巷，结果惹恼王家妻族东京六黄太尉，得
了个银铛入狱的下场。白来创亦因不能审时度势，一味打秋
风，受到西门庆的冷遇。

　　个中能够左右逢源，游刃有余的帮闲唯有应伯爵。他
"是个破落户出身，一份儿家财都嫖没了，专一跟着富家子弟
帮嫖贴食，在院中顽耍，诨名叫做应花子"。他积半世嫖经，
熟谙院中门径，且多识掌故名物，善于烹调。他的层见叠出
的笑话，尽管猥亵，却能博人一粲，而他真正高出众人的地
方，还在于知机善对，帮衬得宜。他善于利用妓家的竞争、
妓女间的矛盾以及嫖客与妓女的微妙关系上下其手，从中牟
利。第二十回李桂姐暗接杭州绸商丁双桥，招致西门庆醋意
勃发，大闹丽春院，"赌誓再不踏他门来"。事后，李家"恐

---

① 《金瓶梅词话》第十二回，第137页。

怕西门庆动意摆布他家"，只得以烧鹅瓶酒买通应、谢二人出面转圜，终使西门庆释去前嫌，"回炉复帐"。

西门庆的贴身仆人玳安说得好"爹三钱，他也是三钱；爹二星，他也是二星。爹虽问怎的着了恼，只他到，略说两句话儿，爹就眉开眼笑的"。应伯爵便凭着与西门庆之间这种如影随形，如蝇逐臭、如蚁附膻的关系使妓家不敢无视他的存在。

西门庆真除提刑官以后，碍于职官嫖娼的禁令，不敢公然出入妓馆，李桂姐借机"拜娘认女"，与西门一家继续往来。这对西门庆来说，不过意味着将狎妓的场所从丽春院移至宅内的"藏春坞"，故乐于接受。但对于应伯爵而言，却喻示了他从此将失去一处帮嫖贴食的场所，而且李桂姐既做了西门夫妇的干女儿，便俨然有不屑再兜搭他应伯爵的意思。他为此感到失落，于是旁敲侧击，怂恿吴银儿拜认西门庆宠妾李瓶儿为干娘，借以削弱李桂姐的能量，甚至直接出面，向西门庆揭露李桂姐的隐私。[①]

为讨取西门庆的一笑，他可以跪倒在郑爱月的裙下，让她一连打两个嘴巴。而背对西门庆，他却多次"打背弓、吃回扣"，瞒天过海，中饱私囊。更有甚者，西门庆死后，尸骨未寒，他立即投靠张二官，蒙骗吴月娘，说嫁李娇儿，做出许多背义之事。

对应伯爵这类帮闲，曾有人倡议严加禁治，姜凤阿任南

---

① 参见《金瓶梅词话》第三十二、五十一回。

大宗伯（南京礼部尚书）时，即曾出赏银访拿帮嫖之人，"责
而枷示"，但"未几法竟不行"①。原因就在于市侩势力的强
大已有尾大不掉之势，非法令所能逆转。"由嘉靖中叶以抵于
今，流风愈趋愈下，惯刃骄奢，互尚荒佚，以欢宴放饮为豁
达，以珍味艳色为盛礼。其流至于市井贩鬻厮隶走卒，亦多
缨帽细鞋，纱裙细袴，酒庐茶肆，异调新声，汩汩浸淫，靡
焉勿振……逐末游食，相率成风。"②

　　西门庆虽然已攀附朝贵，谋得一官，但他本质上仍然是
个市侩，他的人生信条便是对金钱的崇拜，所谓"咱闻那佛
祖西天，也只不过要黄金铺地；阴司十殿，也要些楮锭营求。
咱只消尽这家私广为善事，就使强奸了嫦娥，和奸了织女，
拐了许飞琼，盗了西王母的女儿，也不减我泼天富贵"③。这
种观念正与当时朝野上下的拜金主义、享乐之风相适应，财
富的多寡成为衡量人的价值的唯一标准，只要有钱，便没有
办不到的事。《金瓶梅》中的清河县，实则已然被西门庆的金
钱势力所笼罩。上至县令书办，乡绅儒人，下至帮闲名妓，
厮隶走卒，莫不望风摇尾，曲意逢迎。而朝中阁部重臣、三
司大吏、盐使税官，也纷纷被其买通，与之沆瀣一气。市侩
的势力蔓延到最高统治集团内部，这正是嘉靖以后社会出现
的新情况。至于应伯爵之流，不过是在这股市侩潮流中应运

① 《客座赘语》卷三"化俗未易"条，第79页。
② 《博平县志》卷四《人道》六"民风解"，转引自吴晗：《金瓶梅的著作时代
及其社会背景》，见吴晗等：《论金瓶梅》，文化艺术出版社1984年，第45页。
③ 《金瓶梅词话》第五十七回，第776页。

而生的一批社会蛆虫而已。

自《金瓶梅》问世，后来说部反映青楼题材者亦多取笑笑生之暴露法，且每每插入帮闲丑态的描画，甚至渐渐发展到出现以帮闲游惰之人为主角的作品，如崇祯间刊行的拟话本小说集《鼓掌绝尘》"花""月"二集中的夏方、张秀，乾隆间艾衲居士著《豆棚闲话》第十则《虎丘山贾清客联盟》中的祝三星、徐佛保、强舍以及贾敬山等，这类作品大抵仿效《金瓶梅》，不专以表现烟花境界为能事，而是通过对各阶层人物的勾染，展现世风的浇薄。

第三节　文人心态的变异

受多种因素的影响，明代后期反映文人情趣的青楼文学也呈现出若干异于前代的思想风貌。约略而言有三点：

第一，文人主体意识的张扬和对礼法的蔑弃，突出表现在一批狂狷悖俗，纵酒狎妓的人物逸事中。

第二，出现了男女平等的思想倾向。

第三，狭邪内容与政治斗争融为一体。

这种变异大致始于正德年间而迄于明清易代之际，与政治、经济、哲学思潮的演变有极为密切的关系，以下分而述之。

正德、嘉靖之际，宵小当权，宦官干政，国是日非，仕途险巇。一批正直的士大夫，或因触忤权贵而迭遭贬谪，或为避害全身而隐居林下。于是颓然自放，驰骛风月之场，借醇酒妇人以消磨胸中的块垒，掩饰精神的苦闷。如武宗时的康海，本系"弘治七子"之一，"秦人推其诗文，以为一代宗匠"①。其人崇尚气节，不肯趋炎附势，"刘瑾以乡人重之，屡为招致，坚不肯赴"②。后来因营救李梦阳，卒受刘瑾牵连，落职为民。钱谦益《列朝诗集小传》丙集说："德涵（笔者按，海字德涵）既罢免，以山水声妓自娱。……居恒征歌选妓，穷日落月。尝生日邀名妓百人，为百年会。酒阑，各书小令一阕，命送诸王邸，曰：'此差胜锦缠头也'。"③

何良俊《四友斋丛说》卷一八亦云："康对山常与妓女同跨一蹇驴，令从人赏琵琶自随，游行道中，傲然不屑。"④

再如杨慎，为正德六年（公元1511年）状元，授翰林修撰，嘉靖初，以切谏遭廷杖，谪戍云南。《明史》卷一九二，列传八十《杨慎传》云："世宗以议礼故，恶其父子特甚，每问慎作何状。阁老以老病对，乃稍解。"⑤面对朝廷的政治迫害，杨慎不得不作出一副纵情声妓的假象以逃谗避讥，甚至"胡粉傅面，作双丫髻插花，诸妓拥之游行街市"⑥。这种佯狂避祸的行径，似乎与"竹林"名士阮籍、刘伶的作风有一脉相通之处。但杨慎的思想中更多儒家的理念，所以他的避

---

① 《乾隆鄠县志》六。
② 《乾隆固始县志》二三。
③ ［清］钱谦益：《列朝诗集小传》丙集"康修撰海"，上海古籍出版社1983年，第312页。
④ ［明］何良俊：《四友斋丛说》卷十八，中华书局1983年，第159页。
⑤ 《明史·杨慎传》，第5083页。
⑥ 《列朝诗集小传》丙集，第353页。

世要比阮籍更为痛苦，王世贞对此有更为透辟的剖析，他在《艺苑卮言》中说："人谓此君故自污，非也。一措大裹赭衣，亦何所可忌，特自壮心不堪牢落，故耗磨之耳。"后来沈自征作《杨升庵诗酒簪花髻》杂剧，不仅敷演出杨慎在滇中与妓女为伍，醉墨淋漓裾袖，作妇人妆偕行街市的场面，而且还把这种癫狂背后的心灵痛苦用歌词的形式宣泄出来——"则杨升庵出卖一副冷淋浸鲜血颈子，向普天下寻不着一个买主，我那贩屠的只合向屠家计"①。

又如唐寅与祝允明，都曾以书、画、文倾动一时，然或以放废，或沮仕途，因"浪游维扬，极声伎之乐"②，嗜酒傲物，任诞不羁。唐寅自号"江南第一风流才子"，行事每每抵牾名教。《蕉窗杂录》载：

> 伯虎与文徵仲交谊甚厚，乃其情尚，固自殊绝。伯虎、希哲两公，每欲戏之。一日偕徵仲游竹堂寺，伯虎先嘱近寺妓者云："此来文君，青楼中素称豪侠，第其性猝难狎，若辈宜善事之。"妓首肯，已密伺所谓文君者，两公乃故与徵仲道经狎邪。伯虎目挑之，妓即固邀徵仲，苦不相释。徵仲怅然曰："两公调我耳。"遂相与大笑而别。③

---

① 《簪花髻》中曲【叨叨令】，见《盛明杂剧·初集》。
② 《唐伯虎全集》"逸事"卷二，中国书店1958年影印大道书局1925年，第2页。
③ ［清］唐仲冕：《六如居士外集》"遗事"，《昭代丛书》本。

又《风流逸响》载：

> 金陵有一诗妓，慕六如而未识。六如一日故衣敝裘，
> 作落魄寒酸状，突过其舟。妓凭栏含笑，略弗为礼。六如
> 指妓曰："倚楼何事笑嘻嘻？"妓应声曰："笑你寒儒穿破
> 衣。"六如续云："锦绣空包驴马骨，那人骑过这人骑。"①

唐寅的诗词曲，也有极顽艳佻薄的，甚至有歌咏色情的，
如《排歌·咏纤足》《春宫题词》等，他似乎陶醉于纵放不检
的生活，与世无争，"昨日今朝一梦间，春花秋月宁相待？洞
庭秋色尽可沽，吴姬十五笑当垆。翠钿珠络为谁好，唤客那问
钱有无？画楼绮阁临朱陌，上有风光消未得。扇底歌喉窈窕闻，
樽前舞态轻盈出。舞态歌喉各尽情，娇痴索赠相逢行。典衣不
惜重酩酊，日落月出天未明。君不见刘生荷锸真落魄，千日之
醉亦不恶。又不见毕君拍浮在酒池，蟹螯酒杯两手持。劝君一
饮尽百斗，富贵文章我何有。空使今人羡古人，总得浮名不如
酒"（《进酒歌》）。"但愿老死花酒间，不愿鞠躬车马前，车
尘马足贵者趣，酒盏花枝贫者缘。……别人笑我忒疯癫，我
笑他人看不穿。不见五陵豪杰墓，无花无酒锄作田"（《桃花
庵歌》）。但又终于不能掩饰失落的痛苦，做到真正的旷达洒
脱。"只此便为吾事了，孔明何必起南阳？""老向酒桮棋局

---

① 《唐伯虎全集》"逸事"卷三,第7页。

畔，此生甘分不甘心"（《漫兴》十首的其二、其三）。[1]

现代科学对人的研究成果包括一种"浪漫主义的人格"理论，它认为：当社会与这种浪漫派的个人处于相互冲突的状态，社会压制并同化个性，把个性纳入无个性的标准化角色和关系系统。这时候，个体只有在自己和世界之间保持距离，才能够挽救和保有自己的"自我"。个体应当经常远离、躲避人群，标新立异，别出心裁，能他人所不能。[2]

这种浪漫主义的人格正是西方文艺复兴和启蒙思潮的产物，它在时代背景上与明代中叶以后的社会有某种相似之处，其心理蕴含与上述唐寅、祝允明、杨慎、康海诸人也依稀相通。唐、祝、杨、康的任诞佻薄，蔑视礼法的行为实际都是在主观与客观、个人与社会、理想与现实严重分裂、不可调和的情况下的一种排遣手段。表面的放诞与内心的痛苦形成强烈的反差，玩世不恭的背后仍然是孤介落寞的灵魂。钱谦益说唐伯虎"外虽颓放，中实沉玄，人莫得而知也"[3]。与前引王世贞论杨慎之语，皆可谓知人。

如果说杨慎、康海等人的狂放纵恣尚属因个人遭际不偶而采取的消极反抗方式，那么，继之而起的以公安"三袁"为代表人物的士大夫群体所倡扬的适性任情、无所拘系的生存态度则显然是一种自觉的积极的人生观。配合三袁"疏瀹

---

[1] 上引诸诗皆见《唐伯虎全集》，中国书店1958年影印大道书局1925年。
[2] 参见［苏联］伊·谢·科恩：《自我论》，佟景韩等译，生活·读书·新知三联出版社1986年，第189页。
[3] 《列朝诗集小传》丙集，第297页。

心灵，搜剔慧性"的文学主张，他们在生活上也彪炳"率性为道"、以情反理的价值原则。两者互相结合，互相依倚，且与当时蓬勃生长的市民意识遥相呼应，汇成了一股追求个性解放的启蒙思潮。这一思潮最鲜明的表征便是在文学创作上的一空依傍、独抒性灵，和在生活上的纵欲放检、追逐声色，其根本则是要通过对礼教传统的蔑弃达到人性的复归。

自汉武帝刘彻将儒家思想学说定于一尊以后，士阶层的思维方式、行为准则就很难摆脱儒家道德伦理的约束，自汉至明的一千多年中，每一次规模较大的由士人群体参与的个性解放运动也总是在儒家思想统治相对削弱的时期发生的。这种个性思潮的形成往往发轫于人性中的情欲觉醒，而蔓延为对儒家礼教信条的全盘否定。魏晋士人的放诞任情，师心自用是在儒道式微，王政倾圮形势下的个性复苏；元代文人的疾孔毁孟、玩世不恭是在儒家伦理被蒙古铁蹄蹂躏之下的个性呻吟；而晚明士人的冶游纵欲、怡情花柳则是在资本主义萌芽的刺激和理学自身异化的前提下对传统价值观的反动。

理论上的否定传统、师心自用与行为上的狂狷任诞、适性遂情成为这一时期启蒙者的共同品性。先是对于古圣先贤的大胆揶揄，李贽说："夫天生一人，自有一人之用，不待取给于孔子而后足也。若必待取给于孔子，则千古以前无孔子，终不得为人乎？"他还说天下之人"所以不得所者，贪暴者扰之，而'仁者'害之也"。[①]另一批作家则通过自己的创作表

---

① ［明］李贽：《焚书》卷一《答耿中丞》，中华书局1975年，第16—17页。

达了同样的思想，以文学艺术形象构成对理论的呼应。如竹痴居士的南杂剧《齐东绝倒》，便以谑浪笑傲的戏曲语言对儒家着意美化的三代圣世、唐尧虞舜极尽嘲讪。用世俗的眼光观照那所谓"雍熙之世"内部的横流人欲，鬼蜮行藏，体现出鲜明的主体意识和批判精神。

对儒家礼治仁恕学说的怀疑否定势必引起对理学正心诚意、惩忿制欲原则的抨击拒斥，从而又会诱发出某些平等的意识和着眼于现世享乐的人生态度。心斋先生王艮首先将"性理"作了世俗化的阐释："良知天性，人人俱足，人伦日用之间举而措之耳。"①李贽亦提出："穿衣吃饭，即是人伦物理；除却穿衣吃饭，无论物矣。"②

袁宏道在其《解脱集·叙陈正甫会心集》一文中指摘过的"或为酒肉，或为声伎，率心而行，无所忌惮"的享乐人生恰恰就是他自己放浪形骸的写照。袁中道则津津乐道于自己的流连"游冶之场，倡家桃李之蹊"③。不仅如此，他还热衷于帮助青年人狎娼娶妓，《香艳丛书》第六卷载其《代少年谢狎妓书》一篇，内中述始末云：

> 万历丁酉冬，公安袁小修客金陵。新安一少年，游太学，狎一妓，情好甚笃，遂倾囊娶之。其人久失怙，兄主

---

① 《心斋语录·答朱思斋明府》，明刻本。
② 《焚书》卷一《答邓石阳》，第4页。
③ ［明］袁中道：《珂雪斋前集》卷二一，明万历四十六年刻本。

家政甚严正，遗书切责之，必教遣去，否则不复相见，且
理之官。少年忧惧，不能措辞裁答，因谓小修曰："事已如
此，可奈何？但我兄亦知读书，颇爱才，若得数千言一书
以感动之，吾事济矣……"小修为作一书，淋漓数千言，
才气可喜，达之于兄。月余晤少年，欣然曰："我兄有字致
云：'与弟别未数年，笔下便已如此，既有读书之志，即携
新妇归，余不以一眚盖平生也。'"①

这位监生的兄长所以能收回成命，慨然允诺其弟携妓还
家，盖不独因中道的一函文采斐然，实亦信中议论通脱，情
理动人有以致之，兹不避烦冗，酌引其妙文于下：

近日维扬间，有以红粉妖姬，育青云上客者，兄所目
击。天下事不可知，淤泥出莲花，粪土产芝菌。此其未能
顿遣者一也……生平读古人书，见夫桃根桃叶，同登子敬
之舟；阿田阿钱，共列稼轩之帐。白太傅之小蛮樊素，苏
学士之朝云榴花，集中皆不自讳。误信古人风流，沿习未
能顿除……此其未能顿遣者二也。岁月如流，未必吾与；
开口而笑，宁有几时？一席多姿，忘同安石之癖；千金丧
尽，宁甘太白之贫……抑情忍色，本非易易。古人云不迩
声色。今不幸迩之矣，迩之而能不溺，非圣贤不能。樊通

---

① ［明］袁中道：《代少年谢狎妓书》，见［清］虫天子编：《香艳丛书》六，人
民文学出版社1992年，第1611页。

德有言:夫淫于色,非慧男子不至也。慧则流,流则通,
而淫生焉。自古英雄不能不牵情于帷幄……瞿昙氏不云乎:
一切有情,皆因情欲而正性命……①

用生命本能的情欲和世俗的享乐哲学对抗名教心防,以
禅宗内典、色空之论巧饰渔色纵欲的放浪行迹,这也是中道
的一种狡狯。同时的董其昌、王穉登、屠隆、臧懋循、田艺
蘅等名流更连这一点巧饰也索性抛弃了。他们沉迷色欲、名
噪青楼。王穉登年近古稀,尚与金陵名妓马湘兰"讲衾裯之
好"②。臧懋循游宴曲中,因畜狎娈童被褫职。屠隆迷恋南都
艳妓寇文华,其沉酣之状竟被时人谱为戏剧,名《白练裙》,
搬之场上。③而屠氏晚年卒以"情寄之病,筋骨折毁,号痛不
可忍"殒命。④一时小说戏曲竞相鼓噪,大倡及时行乐之说,
所谓"休只盼来生辐辏,还须有此世绸缪"(叶宪祖《丹桂钿
合》杂剧第一折【解三酲】)。"肴八簋,酒百壶,相对秋山
日已哺,行乐莫踌躇。明朝有此无,阴晴难睹"(许潮《龙山
宴》杂剧【孝白歌】)。"消俗闷、破闲愁,黄金难买少年游。
细推物理宜行乐,莫向西风叹白头"(《同甲会》杂剧【鹧

---

① 《代少年谢狎妓书》,见《香艳丛书》六,第 1612—1615 页。
②③ 《万历野获编》卷二六"嗤鄙",第 676 页。
④ [明]汤显祖:《玉茗堂诗》卷一五《长卿苦情寄之殇,筋骨段坏,号痛不
可忍。教令阖舍念观世音秘定,戏寄十绝》,转引自徐朔方:《晚明曲家年
谱·浙江卷》,浙江古籍出版社 1993 年,第 392 页。

鸪天】）①。

信仰的破灭使一代文人把兴趣从原来的科目仕途转注于市井曲巷的声色犬马，而名缰利索的解脱又使他们在为人为文上丧失了可以凭依的鹄的。于是，他们的作品在处理男女关系时，一方面表现出空前的自主意识；另一方面却又裸裎着末世的一切腐朽。一面是抛弃了窒息人性的伦理纲常，一面却又坠入了无理性的情波欲海。

这种情况比较典型地反映在杂剧《苏九淫奔》中，该剧存于明人赵琦美《脉望馆钞校本古今杂剧》，题目标"嘉靖朝辛丑年间事，濮阳郡风月场中戏"，正名为"尚书巷李四吊拐行，庆丰门苏九淫奔记"，不属撰人。剧叙东昌府女子苏九因丈夫昏聩，乃私通邑人唐相国。唐本窃贼，欲谋苏九钱物，苏不知，挈物私奔，为其姑首告，官断休离，杖责还家。苏欲另觅情人，值当朝尚书从弟李四公子正寻花访艳，苏九为帮闲诱骗，拟纳之。及期，见李四丑陋粗蠢，大失所望。几番遇非其人，苏九终至沦落为娼。

剧末原有赵琦美跋语，云据"于小谷本钞校。词采彬彬，当是行家"。全剧文笔流利当行，妙谐音律，确是才人手笔。近人王季烈云此剧殆实有其事。②如所言不谬，则亦可见当时文人墨客对市井生活的关注已趋深化，这种观察立场的转移

---

① 以上所引《丹桂钿合》《龙山宴》《同甲会》三剧，皆见［明］沈泰编：《盛明杂剧》。
② 《苏九淫奔》跋语，见《孤本元明杂剧》。

使作家能够较为真切地体验市井细民的生活境况、审美趣味。基于此，作家对苏九这位下层妓女寻觅爱情的大胆方式——偷情私奔——颇多赞许，对她终于沦为暗娼的遭遇亦不无同情，这当然应予肯定。然而剧中透露的赞许同情之中，又混杂着对肉欲色情的啧啧玩味，似乎苏九甘受棍棒拶夹、游街示众的处罚，只是为了换取纵欲的自由。"虽是吃了一场疼痛羞耻，且喜的冤家离眼。我今回到娘家，任意纵横，拣上几个称心的人儿受用去来"，"从今后吩咐与人间俊才，爱我的任来缠，我爱的不用买"。①这不能不说是市民意识中庸俗、猥亵的糟粕。正是这些糟粕，把一个追求婚姻自由的妇女被黑暗社会吞噬的主题偷换成了一个性机能亢进者的永不餍足。

文人心态的变异还可以从青楼文学所流露的平等意识得到说明，梅禹金的《青泥莲花记》为历朝妓女二百余人立传，书名即寓有对风尘女子的敬仰尊重，他在该书卷八之末更假女史氏之口云：

> 凡倡，其初不必淫佚焉。或托根非所，习惯自然；或失足不伦，沦胥及溺。人之无良，一至此耳。间有临中流而海岸遂登，薄虞渊而日车始税，即顿渐不同，要其从道固一也。②

---

① 《苏九淫奔》，见《孤本元明杂剧》。
② 《青泥莲花记》卷八，第194页。

这种通脱的见解一扫历代道学家加于妓女身上的污蔑中伤，还她们以普通人的本来面目。这可以说是对徐渭《女状元》《雌木兰》两剧所揭橥的男女平等思想的一种应和。

一时敷演士人与妓女恋爱题材的小说戏剧亦颇受平等意识影响，出现了重视爱情、不计身份的思想倾向。

《拍案惊奇》卷二五《赵司户千里遗音 苏小娟一诗正果》的故事系依据明人田汝成《西湖游览志余》卷一六《香奁艳语》中有关记载改编而成，郎瑛《七修类稿》亦尝辩小娟为宋人。《青泥莲花记》将此事列入卷八的"记从"类，侧重交代小娟的遭遇及从良过程。兹择录于下：

> 苏小娟，钱塘名娼也，俊丽工诗。其姊盼奴，与太学生赵不敏甚洽。久之，不敏日益贫，盼周给之，使笃于业，遂捷南省，得官，授襄阳府司户。盼奴未落籍，不得偕老。不敏赴官三载，想念成疾而卒。有禄俸余资，嘱其弟赵院判均分之，一以膳院判，一以送盼奴，且言："盼奴有妹小娟，俊雅能诗。可谋致之，佳偶也。"院判如言，至钱塘，托宗人倅钱塘者召盼奴。其家云："盼奴一月前死矣。小娟亦为盼奴所欢以于潜官绢诬攀，系狱。"倅从狱中召小娟出，诘之曰："汝诱商人官绢百匹，何以偿之？"小娟叩头言："此亡姊盼奴事，乞赐周旋。岂惟小娟感荷更生，盼奴亦蒙恩泉下也。"倅喜其辞宛顺，因问："汝识襄阳赵司户否？"小娟曰："赵君司户未仕时，与姊盼奴交好。后中科授官去，盼奴相思致疾而死。"倅曰："赵司户亦谢世矣。

遣人附一缄及馈物一冪,外有其弟院判一缄,付尔开之。"小娟自谓不识院判何人,及拆书,惟一诗云:"当时名妓镇东吴,不好黄金只好书。借问钱塘苏小小,风流还似大苏无?"小娟得诗默然。倅索和之,小娟以不能辞。倅强之,且曰:"不和,即偿官绢。"小娟不得已,索纸援笔书云:"君住襄江妾住吴,无情人寄有情书。当年若也来相访,还有于潜绢也无?"倅大喜,尽以所寄物与之,免其偿绢,且为脱籍,归院判偕老也。①

这个很平常的士与妓的遇合故事在拟话本的《拍案惊奇》卷二五中却增加了不少新鲜的内容,开场诗"青楼原有掌书仙,未可全归露水缘。多少风尘能自拔,淤泥本解出青莲。"即寓有为青楼女子翻案之意,其写赵不敏与苏盼奴之关系,也着重表现两人的相知恩爱。赵不以苏身处烟花而稍轻视之,苏亦不因赵囊中羞涩而首施两端。后赵不敏在襄阳任上相思成病,招堂弟赵院判晤面,述说未能替盼奴落籍之恨,兄弟之间的一段对话,颇能说明创作主体所达到的认识水平:

院判道:"哥哥且请宽心,哥哥千金之躯,还宜调养,望个好日,如何为此闲事伤了性命?"司户道:"兄弟,你也是个中人,怎学别人说淡话?情上的事,各人心知,正是性命所关,岂是闲事!"②

① 《青泥莲花记》卷八,第179—180页。
② [明]凌濛初:《拍案惊奇》卷二五《赵司户千里遗音 苏小娟一诗正果》,上海古籍出版社1982年,第439页。

赵司户在病入膏肓之际，仍把对一个妓女的爱情看作性命攸关的大事，不问女方的卑贱身份，不因自己的升迁而改变初衷，这种看法确已超出了士大夫阶层对爱情婚姻、青楼女子的传统认识规范，具有平民化的反礼教色彩。正因为苏、赵二人的爱情是建立在互相知重的基础上，所以故事的审美意蕴也就有别于一般的青楼小说。

取材明季实事的《玉堂春落难逢夫》①，亦通过一对风尘爱侣的悲欢离合，倡扬了妓女玉堂春与世家公子王景隆间患难不移、情深意笃的爱情。有关玉堂春故事的流变，阿英《小说闲谈》考之甚详，冯梦龙《情史》卷二载其本事，后世弹词戏曲竞相取材，迄今尚有多种地方戏演其全部或片段。这一题材久盛不衰的原因，固然在于事件本身曲折跌宕的传奇性引人入胜，而王景隆始终不渝地对待玉堂春的人品，能够引起观听之众平等意识的共鸣，这一点亦不当忽略。

平等思想的顽强介入不仅限于当时的小说创作领域，杂剧、传奇也在利用活生生的角色"高台教化"同样的内容。如佚名的传奇剧《霞笺记》，叙元代松江监生李彦直慕官妓张丽容才色，互以霞笺题诗订盟。彦直同窗洒银公子嫉其艳遇，首于座师。事泄，彦直被父软禁。值丞相伯颜选美，苏、松都统制阿鲁台强买丽容，献于伯颜，因伯颜妻妒转至宫中，

---

① ［明］冯梦龙编：《警世通言》卷二四，人民文学出版社1956年，第350—389页。

随嫁花花公主。彦直闻讯逾墙逃出，寻至京师，屡经困厄，考中状元，丽容亦得公主同情，与彦直破镜重圆。

其本事出自明人陶辅《花影集》卷三之《心坚金石传》①，亦见于明人《燕居笔记》，叙元代后期松江府学生员李彦直与乐籍女张丽容才色相慕，以霞笺投诗定情，将成六礼。会当路参政阿鲁台任满赴京，须行贿于右丞相伯颜，而以赀财不足，乃欲拘刷当地官妓色艺俱佳者二人盛饰献之。丽容恰在其选，因而笺寄彦直，以死许之。彦直闻讯，一路餐风饮露，徒步追随，跋涉三千余里，于临清泊舟处得见丽容，一恸而绝。丽容是夕自缢殉之。阿鲁台愤而焚尸，然尸尽而心不灭，成一人形小物，色如金，坚如玉，衣冠眉发，纤悉毕具，宛然一李彦直。既发彦直尸焚之，心中之物亦与前物相等，其像则张丽容也。阿鲁台以为至宝，题曰"心坚金石之宝"，函之至京献于伯颜。顾启视之际，已化为败血。阿鲁台竟坐死。

考《元史》卷一三八，伯颜蔑儿吉觷氏元统二年（公元1334年）进太师、奎章阁大学士，十一月进封秦王，独秉国钧，专权自恣，势焰熏灼，虐害天下。叶子奇《草木子》卷四上云"秦王伯颜乱法，欲刷天下子女"，"天下骚动"②，可见剧中情节并非尽出杜撰。但明代隆庆年间，江南地区亦曾因朝廷选秀女而致民怨沸腾，纷纷嫁娶。叶权《贤博编》、李

---

① [明]陶辅:《花影集》卷三《心坚金石传》，见《中华孤本小说》，中国戏剧出版社2002年，第286页。
② [明]叶子奇:《草木子》卷四，中华书局1959年，第73、76页。

翊《戒庵老人漫笔》卷五及沈德符《野获编》均有述及。然则《霞笺记》之作未必不存影射当世朝政之隐衷，聊备一说以俟详考。

姑不论事之有无，亦不论剧作者易小说悲剧结局为喜剧大团圆之得失，仅以舞台演出效果而言，其冲决名教堤防之坚决，赞扬自由爱情之热忱，尤其男女主人公百折不回、生死以之的赤诚，实已足令观众唏嘘零涕、扶膺太息了。

第八出"烟花巧赚"演彦直与丽容初定婚约，丽容云："君出自宦门，抑且严君峻砺，愧我花间贱子，何由得拜公姑？"彦直答曰："岂不闻男女之际，大欲存焉。两心相得，虽父母之命，不可止也。"竟将男女之爱置于父母的意志之上，真有令人耳目一新之感。联系到当时戏曲家徐翙对卓人月所作《唐伯虎千金花舫缘》杂剧的一段眉评："文君自媒，是千古第一嫁法；伯虎自鬻，是千古第一娶法，氤氲大帝，何能有权！"[1]确实体现了一代有识之士强烈渴望摆脱礼教重负，实现主体自由意志的进取精神。[2]

---

① 见《盛明杂剧》第一函，中国戏剧出版社1958年影印诵芬室刻本。
② 本节开始曾将明代后期青楼文学的思想倾向概括为三点，前两点已经论证。为叙述方便起见，兹将第三点的论述移入下章。

第五章
如师如友：明末清初江南文酒声妓之会

第一节　明末江南名妓之才艺及与名士之交往

　　此章所论江南名妓，以南京乐籍为主，间及苏、松、常、杭诸州府。明季南都青楼，自宣德顾佐疏后，一度归于萧索，嗣后或兴或衰，或废或存，嘉靖至万历年间，复臻极盛。一时名妓辈出，各张艳帜。竹肉丹青，红牙檀板，舞衫歌扇，尽态极妍。当时吴中名士王稺登云：

　　　　嘉靖间，海宇清谧，金陵最称饶富，而平康亦极盛。诸姬著名者，前则刘、董、罗、葛、段、赵；后则何、蒋、王、杨、马、褚，青楼所称"十二钗"也。马姬高情逸韵，濯濯如春柳闻莺，吐辞流盼，巧伺人意。诸姬心害其名，然自顾皆弗若，以此声华日盛。凡游闲子、沓拖少年，走马章台街者，以不识马姬为辱。油壁障泥，杂沓户外，池馆清疏，花石幽洁，曲室深闺，迷不可出。教诸小鬟宁梨园子弟，日为供帐燕客。羯鼓、琵琶声与金缨红牙相间。
北斗阑干挂屋角，犹未休。虽缠头锦堆床满案，而凤钗榴
裙之属，尝在子前家，以赠施多，无所积也。①

文中所言马姬，名守真，字月娇，以善画兰，故湘兰之
名独著。汤漱玉《玉台画史》谓马"双钩墨兰，旁作筱竹瘦
石，气韵绝佳"②，姜绍书《无声诗史》云其"兰仿赵子固，
竹法管夫人，俱能袭其余韵。其画不惟为风雅所珍，且名闻
海外，暹罗国使者，亦知购其画扇藏之"③。盖马湘兰为人轻
侠尚义、挥金如土，所与交皆一时名士，其诗亦清丽有致。
钱谦益《列朝诗集》收其诗两卷。同时与马氏声名相侔者有
赵燕如、朱斗儿、徐翩翩、景翩翩、赵今燕、马珏、马如玉、
郝文珠、郑如英等，皆能诗善画，名噪一时。

如赵燕如，"容色姝丽，应对便捷，能缀小词，即被入弦
索中。……与名士朱射陂、陈海樵、王仲房、金白屿、沈勾
章游，……爱好若兄妹"④。

如马文玉，"善讴、善琴、善画。庚戌春季游西湖，作忆
旧诗四章，武林词客属和盈帙，皆莫及也"，"修洁萧疏，无
儿女子态。凡行乐伎俩，无不精工。熟精文选唐音，善小楷

①　[明]冯梦龙评辑：《情史》卷七"情痴"类，岳麓书社1986年，第206页。
②　[清]汤漱玉：《玉台画史》卷一"名妓"，见《香艳丛书》，人民文学出版社
1992年，第2698页。
③　[清]姜绍书：《无声诗史》，转引自[清]王初桐纂述：《奁史》卷四七，文
物出版社2017年，第706页。
④　[清]钱谦益：《列朝诗集小传》闰集，上海古籍出版社1983年，第763页。

八分书及绘事,倾倒一时士大夫"。①

又如郑如英,"韶丽惊人",工诗词,诗入《列朝诗选》闰集,另有《红豆词》传世。②余怀《板桥杂记》谓:"顿老琵琶,妥娘词曲,则只应天上,难得人间矣。"③

又有薛素素者,本嘉兴妓。缪荃孙《云自在堪笔记·书画门》"薛素素小影"条引胡震亨《读书日录》云:"薛素素南都院妓。资性淡雅,工书、善画兰,时复挟弹走马,翩翩男儿俊态。"《明诗综》九八《薛素素小传》引《静志居诗话》云:"予见薛五校书,写水墨大士甚工……至山水兰竹,下笔迅扫,无不意态入神。"④又胡应麟《甲乙剩言》载:

> 京师东院本司诸妓,无复佳者,惟史金吾宅后有薛五素素,姿态艳雅,言动可爱,能书作黄庭小楷,尤工兰竹。下笔迅扫,各具意态,虽名画好手,不能过也。又善驰马挟弹,能以两弹先后发,必使后弹击前弹,碎于空中。又置一弹于地,以左手持弓向后,以右手从背上反引其弓,以击地上之弹,百不失一也。素素亦自爱重,非才名士,不得一见其面。⑤

---

① 《列朝诗集小传》闰集。
② 参见况周颐:《蕙风词话》卷五,按:如英,小字妥娘。
③ 《板桥杂记》上卷"雅游",第11页。
④ [清]朱彝尊:《静志居诗话》卷二三,人民文学出版社1990年,第765页。
⑤ [明]胡应麟:《甲乙剩言》,见《明人百家》,第217页。

明代江南名妓所以层出不穷，才艺兼美，一方面固然在于地方风物宜人，钟灵毓秀，而更重要的原因，恐怕还在士大夫的推奖浸润。法国史学家丹纳在谈到文艺复兴时期的欧洲时，曾说过："地方上空前的繁荣富庶，也使得优美如画的形象表现和刺激感官的娱乐成为风气。"①明代中叶以后东南地区工商业经济繁荣，城市娱乐生活丰富多彩。国中上恬下嬉，竞尚浮华。名士缙绅，无论居廊庙、处江湖，大都以流连风月、陶情花柳相矜诩，江浙一带，为六朝金粉遗迹，声伎之盛甚于他处。南都"游士豪客，兢千金裘马之风，而六朝之油檀裙屐，浸淫染于闾阎，膏唇耀首，仿而效之"②。

妓女日与名士相处，习名士之所习，投名士之所好，因名士之揄扬而蜚声遐迩，故多能诗善画，即才力不逮者，亦倩笔于人，以增声价。但一位名妓能够独领风骚的时间往往十分短暂，一般不过三五年便销声匿迹，大抵不出为财势之辈买去做妾的下场。如果不能急流勇退，尽早抽身，一旦铅华却去，车马渐稀，则不免求为商人妇而不可得。如景翩翩，后来便是死于穷困。薛素素几次嫁人皆不谐，晚景凄凉，郁郁而终。像马湘兰那样能在青楼享誉几十年，至老不衰，死后还被词客凭吊的名妓究竟只能是特殊的个例。

晚明一代诗文宗匠钱谦益曾把南都文酒声妓的繁华分为

---

① ［法］丹纳:《艺术哲学》第三编第二章，傅雷译本，人民文学出版社1963年，第198页。
② 《客座赘语》卷一"风俗"，中华书局1987年，第26页。

三期，他说：

> 海宇承平，陪京佳丽，仕宦者夸为仙都，游谈者指为乐土。弘、正之间，顾华玉、王钦佩以文章立埻，陈大声、徐子仁以词曲擅场。江山妍淑，士女清华，才俊翕集，风流弘长。嘉靖中年，朱子价、何元朗为寓公，金在衡、盛仲交为地主，皇甫子循、黄淳父之流为旅人，相与授简分题，征歌选胜。秦淮一曲，烟水竞其风华；桃叶诸姬，梅柳滋其妍翠。此金陵之初盛也。万历初年，陈宁乡芹，解组石城，卜居笛步，置驿邀宾，复修青溪之社。于是在衡、仲交以旧老莅盟，幼子、百谷以胜流而至止。厥后轩车纷遝，唱和频繁。虽词章未娴大雅，而盘游无已太康。此金陵之再盛也。其后二十余年，闽人曹学佺能始回翔棘寺，游宴冶城，宾朋过从，名胜延眺，缙绅则臧晋叔、陈德远为眉目，布衣则吴非熊、吴允兆、柳陈父、盛太古为领袖。台城怀古，爰为凭吊之篇；新亭送客，亦有伤离之作。笔墨横飞，篇帙腾涌。此金陵之极盛也。①

一个文人群落的形成、一种诗文社团的兴起，往往能烘托造就出一班名妓，这是晚明江南一带的风气。万历中年以后，无锡的东林书院声誉渐隆，"帝廿年不视朝，国是每求诸

---

① ［清］钱谦益：《列朝诗集小传》丁集"金陵社集诸诗人"条，上海古籍出版社1983年，第462页。

野，故东林讲堂，奔走天下。……入则名高，出则影魁"①。东林党人的讽议朝政、裁量人物，彪炳气节，不但耸动了朝廷上下，而且赢得了市民阶层的敬重。"虽黄童白叟、妇人女子皆知东林为贤。贩夫竖子或相消让，辄曰：'汝东林贤者耶？何其清白如是耶？'"②任何一名妓女，只要得到东林人士的推许，便会身价陡增，车骑盈门。

逮至崇祯践祚，诛除阉党，魏珰逆案，终毅宗朝，遂成定谳。于时东林复社，意气舒张，声势较万历后期有增无已，"四方噉名者，争走其门。……交游日广，声气通朝右，所品题甲乙，颇能为荣辱"③。应试干谒之辈，亦多依附于复社，其时南都贡院与城中的风流薮泽——旧院——仅一水之隔，有武定桥可通。每"逢秋风桂子之年，四方应试者毕集，结驷连骑，选色征歌。转车子之吭，按阳阿之舞，院本之笙歌合奏，回舟之一水皆香。或邀旬日之欢，或订百年之约。蒲桃架下，戏掷金钱；芍药栏边，闲抛玉马。此平康之盛事，乃文战之外篇"④。曲中佳丽，耳闻目睹东林党人的气节，于是更倾心结纳清流。复社、几社的文酒之会，率有大量的妓女参与。《板桥杂记》下卷"逸事"门载："嘉兴姚北若，用十二楼船，于秦淮招集四方应试之士百有余人，每船邀名妓四人侑酒，梨园一部，灯火笙歌，为一时之盛事。"姚北若名

---

① ［清］花村看行侍者：《花村谈往》卷一"拆毁东林"，适园丛书本。
② ［清］陈鼎：《东林列传》卷二，清康熙五十年刻本。
③ 《明史·张溥传》，第7404页。
④ 《板桥杂记》上卷，第13—14页。

瀚，浙之秀水人，由他发起的这次集会，耗去大量的质库私钱，所邀集的无非复社中人与秦淮名妓，人数接近两千。时人叹为观止。

由是而论，崇祯一朝正是江南声妓回光返照的时期，其酣歌醉舞、沉溺流连之状，视万历间，殆又过之，实已肇败亡之端，起鼎革之衅矣。

陈寅恪先生《柳如是别传》第三章论及河东君才艺时尝云：

> 河东君及其同时名姝，多善吟咏，工书画，与吴越党社胜流交游，以男女之情兼师友之谊，记载流传，今古乐道。推原其故，虽由于诸人天资明慧，虚心向学所使然。但亦因其非闺房之闭处，无礼法之拘牵，遂得从容与一时名士往来，受其影响，有以致之也。清初淄川蒲留仙松龄《聊斋志异》所记诸狐女，大都妍质清言，风流放诞，盖留仙以齐鲁之文士，不满其社会环境之限制，遂发遐思，聊托灵怪以写其理想中之女性耳。实则自明季吴越胜流观之，此辈狐女，乃真实之人，且为篱壁间物，不待寓意游戏之文，于梦寐中求之也……亦足藉此窥见三百年前南北社会风气歧异之点矣。①

此段议论英见卓识，不独发见明季江南名姝才韵之所从

①　陈寅恪：《柳如是别传》上册，上海古籍出版社1980年，第75页。

来，而且提出南北社会风习歧异之文化论题。今日读之，仍觉颇受启迪。

为下文叙述方便起见，兹将明末江南名妓姓氏才艺及与胜流交游情况表示于下，所据材料为余怀《板桥杂记》、钱谦益《列朝诗集小传》、陈维崧《妇人集》、谈迁《枣林杂俎》、姚旅《露书》、葛昌楣《蘼芜纪闻》、陆次云《圆圆传》、顾苓《河东君传》、沈虬《河东君传》、佚名《绛云楼俊遇》、陈寅恪先生《柳如是别传》、冒襄《影梅庵忆语》及《明史》《古今图书集成·艺术典·娼妓部》与《词话丛编》等，恕不一一注出。

表2 明末江南名妓姓名才艺与胜流交游情况

妓之姓名字号	隶籍或转徙地区	气质才艺	所交游之名士姓字	名士所属党社门派	妓之归宿或下场
李湘真，字雪衣，号十娘(后易名号贞美)	南京旧院	娉婷娟好，肌肤玉雪。性嗜洁，能鼓琴清歌，略涉文墨，爱文才士。人其室者，莫非名士。名士渡江怀金陵者甚众，莫不艳羡李十娘也。	余怀，字澹心，号曼翁，晚号鬘持老人。	尝为范景文幕中书记，有志匡世，明亡不仕。	从良，不知所终。
			姜垓，字如须。	一	
			方以智，字密之，号无可。	复社四公子之一，明亡为僧。	
			孙临，字克咸，一字武公。	与方以智齐名，慷慨任侠。明亡殉难。	
			张岱，字宗子，号陶庵。		
葛嫩，字蕊芳	南京旧院	面色微黄，眉如远山，瞳人点漆，婉娈有气节。	余怀	（见前）	明亡被俘，抗节不屈死。
			孙临	（见前）	

233

妓之姓名字号	隶籍或转徙地区	气质才艺	所交游之名士姓字	名士所属党社门派	妓之归宿或下场
顾媚,字眉生,又名眉,后称横波夫人	南京旧院	庄妍雅靓,风度超群。通文史,善画兰,追步马守真(湘兰)而姿容胜之,时人推为南曲第一。	冒襄,字辟疆。	复社四公子之一。	嫁龚鼎孳,为龚之亚妻,受清封号,病死。
			张明弼,字公亮。	此四人皆冒襄盟友。明遗民。	
			吕兆龙,字祢生。		
			陈梁,字则梁。		
			刘履丁,字渔仲。		
			吴绮,字园次。	一	
			邓汉仪,字孝威。	一	
			龚鼎孳,字孝升。	清初江左诗文三大家之一,明末兵科给事中,仕清。	
			张岱	一	
			吴伟业,字骏公,号梅村。	崇祯四年进士,清初江左诗文三大家之一。仕清。	

妓之姓名字号	隶籍或徙徙地区	气质才艺	所交游之名士姓字	名士所属党社门派	妓之归宿或下场
董白，字小宛，一字青莲	江南旧院，一后徙居吴之半塘。	天资巧慧，容貌娟妍。针神曲圣，食谱茶经，莫不精晓。性爱闲静，经其户者，或闻吟咏声，或鼓琴声。	冒襄	（见前）	为冒襄侧室，以劳瘁死。
			钱谦益，字受之，号牧斋。	东林巨擘，江左三大家之一。南明礼部尚书，仕清。	
			刘履丁	（见前）	
			方以智	（见前）	
			吴应箕，始字风之，字次尾，后更字楼山。	一	
			张岱	一	
			侯方域，字朝宗。	复社四公子之一	
卞赛，一曰赛赛，后为女道士，自称玉京道人，字云装	年十八，游吴门，自居吴虎丘，后归秦淮中，明曲亡，复客吴。	知书工小楷，善画兰，鼓琴，好作小诗，甚警慧，虽文士不及。客初不甚酬对，若遇佳宾，则诸谐谑词如云，一座倾倒。	吴伟业	（见前）	依良医郑保御，长斋绣佛，持戒律甚严。死葬惠山祇陀庵锦树林。
			钱谦益	（见前）	

妓之姓名字号	隶籍或辗徙地区	气质才艺	所交游之名士姓字	名士所属党社门派	妓之归宿或下场
卞敏(卞赛之妹)	随来秦淮旧院	颇白如玉,风情绰约,亦善画画兰鼓琴。	申绍芳,字维人。	首相申时行孙,户部左侍郎,诗文名海内。	始归申绍芳,申殁,嫁许誉卿,三年病死。
			许誉卿,字公实。	东林人士,崇祯间工科给事中。	
顿文,字小文,又字琴心	琵琶顿老孙女,金陵乐籍。	性聪慧,略识字义,唐诗皆能上口。雅善三弦,清冷冷然与之谈。	余怀	(见前)	终归匪人。
			王生	(不详)	
沙才	南京旧院,后游吴部。	美而艳,丰而逸,骨体皆媚。善弈棋吹箫度曲。	余怀	(见前)	疤发,剃半面。
沙嫩(沙才之妹)	南京旧院	人皆以二赵二乔慕之。	高简,字澹游,号一云山人。	吴中名士,能诗,善画山水。	归权蒙叟之家,郁郁死。
马娇,字婉容	南京旧院	资首清丽,知音识曲,妙合音商。	杨文骢,字龙友。	以书画擅名,好交游。唐王时兵部右侍郎,殉节。	归杨文骢,后不知所终。

妓之姓名字号	隶籍或转徙地区	气质才艺	所交游之名士姓字	名士所属党社门派	妓之归宿或下场
顾喜，一名小喜	南京旧院	性情豪爽，体态丰华，超尘绝俗，非篱壁间物。	余怀	一	明亡，不知从何人以去。
王小大	南京旧院	生而韶秀，善周旋，又工于酒纠觥录事，无毫发谬误。	顾而迈，字不盈。	范景文幕客，有古任侠风。	
李香	南京旧院	身躯短小，肤理玉色，辨慧知书，调笑无双，能辨别士大夫贤否。人名之为"香扇坠"。	张溥，字天如。	复社主盟之一	不知所终。
			复允彝，字彝仲。	几社主盟之一	
			杨文璁	（见前）	
			侯方域	（见前）	
			魏子中	一	
李贞丽（李香之假母）	南京旧院	工书画，有豪侠气，尝一夜博输千金立尽。著《韵芳集》。	陈贞慧，字定生。	复社四公子之一，明遗民。	不知所终。

妓之姓名字号	隶籍或辗转地区	气质才艺	所交游之名士姓字	名士所属党社门派	妓之归宿或下场
王月，字微波	南京珠市	善自修饰，颀身玉立，皓齿明眸，异常妖冶。尝为花榜状元。	孙临 蔡如蘅，字香君。 张岱	（见前） 官安庐兵备道。当时名士。 —	始归蔡如蘅，张献忠破庐州，获之，宠压一寨。偶以事忤献忠，被断头。
寇湄，字白门	南京珠市	娟娟静美，跌宕风流，能度曲，善画兰，粗知拈韵，能吟诗，然滑易不肯竟学。	钱谦益 扬州某孝廉 吴伟业	（见前） — （见前）	始为国公购置，后嫁身归金陵，老病而死。
陈圆圆，字畹芬，名沅	吴中妓，一说玉峰歌妓。	蕙心纨质，淡秀天然。声甲天下之声，色甲天下之色。年十八，隶籍梨园，每一登场，花明雪艳，独出冠时，观者魂断。	冒襄 吴伟业	（见前） （见前）	始归贵戚田畹，明亡，为刘宗敏所得，后从吴三桂。晚年为女道士。

妓之姓名字号	隶籍或转徙地区	气质才艺	所交游之名士姓字	名士所属党社门派	妓之归宿或下场
杨宛，字宛叔	金陵妓	能诗有丽句，行楷特工，能于瘦硬中追姿媚。	茅元仪，字止生。	有匡世之志，才气峰涌。诗文宗经略蓟辽，随孙承宗。仵权臣，纵酒卒。	初归茅元仪，复从贵戚田弘遇。城陷逃出，为盗所杀。
王微，字修微，自号草衣道人	扬州妓，往来吴会，游历江楚。	才情殊众，扁舟载书，所与游往来吴会间，已而忽皆胜流名士。有警悟，皈心禅悦，布袍竹杖，游历江楚，性好名山水，有《樾馆诗》数卷。	茅元仪	（见前）	初归茅元仪，后嫁许誉卿，明亡后病死。
			许誉卿	（见前）	
			钱谦益	（见前）	

妓之姓名字号	隶籍或转徙地区	气质才艺	所交游之名士姓字	名士所属党社门派	妓之归宿或下场
柳如是，本杨姓，初名云，一名影怜，又名爱。后易姓为柳，名隐。后字如是，字河东君，又名是，易为是，号为是，号河东君	初居吴江盛泽镇名妓徐佛家。后转徙吴越间。	身材不逾中人，而丰神秀媚，意态幽娴。性机警，饶胆略。结束俏利，豪宕自负，有巾帼须眉之论。知书善诗律，分题步韵，顷刻立就。使事谐对，老宿不如。四方名士，无不接席唱酬。钱谦益云：天下风流佳丽，独王东君。微杨流叔与河东君，足鼎而三。有诗文集《戊寅草》《湖上草》及《尺牍》。	张溥	（见前）	初从阁臣周道登，复归陈子龙，终嫁钱谦益，康熙三年钱谦益死后为族人所逼，自缢死。
			陈继儒，字仲醇，号眉公。	隐居小昆山，工诗善文。	
			陈子龙，字卧子。	几社主盟之一	
			汪汝谦，字然明。	浙中名士，为人任侠。	
			宋征璧，字尚木。	几社名士	
			宋征舆，字辕文。	几社主盟之一	
			程嘉燧，字孟阳，号松圆。	钱谦益挚友，工诗善画。	
			李雯，字舒草。	几社主盟之一	
			李待问，字存我。	工文章书法，明亡死节。	
			孙临	（见前）	
			谢三宾，字象三。	谦益门生，降清。	
			钱谦益	（见前）	

第二节　鼎革之际的江南青楼文化

明末党社胜流与江南名妓的关系具有一种比较超脱的人文色彩，它主要体现于两个方面。第一，名妓主体人格的部分实现。第二，党社名流对于名妓的尊重与认同。两者之间互相作用又互为因果，形成一种与时代历史气氛迥不相合的文化景观。

江南风尘佳丽以其兰心蕙质和特殊身份，得与一时名士交游，濡沐辞章翰墨，吟赏山水烟霞，在总体不自由的处境中享受一种近乎艺术的人生，尽管时间可能十分短暂，但在此期间，她毕竟可以根据自己的意愿自由地选择伴侣，可以无拘无束地从事文学艺术活动，可以较为充分地以一种接近理想的女性角色优游于党社名流之间，如河东君柳如是扁舟一叶放浪湖山间，才调超绝，丰神俶傥，与几社主盟宋征璧、李待问、陈子龙等诗酒唱酬，其心慕钱谦益才望，便径自买舟造访，"幅巾弓鞵，著男子服，口便给，神情洒落，有林下风"①。这种豪放大胆的社交行为确实表现了人性的舒张，达到了一时闺阁女子难以企望的境界。

或许有人会说：柳如是当时并未隶身乐籍，故能有此自由，其经历不足以代表江南众多名妓。然而以上表所列之南京秦淮诸妓观之，则其享有之自由，似亦有与柳如是相仿佛

---

① ［清］顾苓：《河东君小传》，见谷辉之辑：《柳如是诗文集·附录一》，上海古籍出版社2000年，第219页。

者。《板桥杂记》上卷"雅游"门谓："曲中女郎多亲生之，母故怜惜倍至。遇有佳客，任其留连，不计钱钞；其伧父大贾，拒绝弗与通，亦不怒也。"①虽然这种亲情体恤绝不是无条件的，但已能使曲中名妓在与自己所爱重的士人的文酒酬酢中获得身心的疏瀹，如李十娘"自闭匿，称善病不艳饰，谢宾客。阿母怜惜之，顺适其意，婉语逊词，概勿与通。惟二三知己，则欢情自接，嬉怡忘倦矣"②。

在以追逐金钱为最终目的的青楼中，却常常要维持一种排斥货利的伦理亲情，或许是这种亲情更有利于妓家的经营效益，又或是晚明资本主义萌芽对人际关系的冲击力度还不足以撼动江南青楼文化的根基，总之，这是研究中国妓女文化史不可忽视的问题。

由于享有一定的遴选物色的自由，而且还有一段如切如磋的恋爱过程，所以部分江南名妓从良以后的婚姻生活也具有理想化的色彩。董小宛与冒襄的九年恩爱，许誉卿与王微的相互扶持，柳如是与钱谦益的彼此知重，均堪称佳话，流芳后世。再如顾媚之嫁龚鼎孳，马娇之归杨文骢，卞敏之从申绍芳，单就个人的婚姻而言，可以说都具有一定的爱情基础，因而也都获得了一定的幸福。

陈寅恪先生尝云："明季党社诸人中多文学名流，其与当

---

① 《板桥杂记》上卷，第13页。
② 《板桥杂记》上卷，第23页。

时声妓之关系,亦有类似于唐代者。"①笔者拟补充一点,唐代门阀士族婚姻余威尚在,故妓女与士人的婚姻成功率甚低,平康艳妓大多求为士人妾而不可得。这种情况与晚明江南社会风习恰成鲜明对照,容俟下文详论之。

明末诸党社虽皆以兴复经术、敦崇道学相标榜,但党社中人却以营求现实的功利权柄者为多,真正潜心性理、埋首经籍的实属罕见。而且党社毕竟是在"理学异端"之称的泰州学派所掀起的个性解放思潮余波未平的时期产生发展的,"嘉、隆而后,笃信程朱,不迁异说者,无复几人矣"②。经历了人性启蒙的江南士人这时正陶醉在舞席歌筵、水色山光之中,鲜有拘执礼法、甘于自我约束的謇謇君子了。

在爱情婚姻问题上,他们也更乐于从烟花境界寻觅有共同语言、习惯浪漫生活的风尘女子做伴侣,而不屑计较对方的出身门第。这种生存价值观念的变化显然与士阶层主体意识的觉醒、平等思想的萌动和追求现世幸福的人生态度有直接关联,而且也间接影响到他们对妓女的看法。当时的思想家傅山就曾说过:"名妓失路,与名士落魄,赍志没齿无异也。"③

正是基于这样的共识,妓女与胜流的关系才达到了一种超出吟风弄月、喝雉呼卢的境界。妓女倚恃清流,不仅是歆

①　陈寅恪:《柳如是别传》上册,上海古籍出版社1980年,第329页。
②　《明史·儒林传》,第7222页。
③　[明]李中馥:《原李耳载》卷上,中华书局1987年,第136页。

慕其才情风雅，更由于看中其政治操行；清流之爱敬妓女，也不单是迷恋其色艺，还有出于对政治知音的欣赏之意。

妓女的才华得到名士的认同，名妓可以以平等的人格参预党社名流的集会，甚至可以在书札中以兄弟相称（如柳如是与汪汝谦尺牍三十一通，辄自称弟）。名妓遭厄，士林中纷纷效黄衫客、古押衙故事慷慨救助，如刘履丁自献人参数斛，助董小宛偿债；钱谦益亲至半塘，为之区画脱籍，"以手书并盈尺之券，送姬至如皋"①冒襄居所。又如陈梁之致书劝顾媚从良；余怀之檄文代梅楼解讼②，均足以见一时风尚。

十九世纪法国的空想社会主义者夏尔·傅立叶在《经济的和公有的新世界》一文中曾谈道："某一历史时代的发展总是可以由妇女走向自由的程度来确定，因为在女人和男人、女性和男性的关系中，最鲜明不过地表现出人性对兽性的胜利，妇女解放的程度是衡量普遍解放的天然标准。"这段话深为恩格斯所赞赏。中国的周作人先生也曾以对待女性的态度为标尺判别士人思想识见的高下。③若以此标准衡量明末党社胜流与江南名妓的婚姻生活，则实有超越于当日礼教藩篱、世俗规范而足令今人首肯者。

---

① ［清］张明弼：《冒姬董小宛传》，见吴定中编著：《董小宛汇考》，上海书店出版社 2001 年，第 162 页。另可参见冒襄《影梅庵忆语》。
② 参见［清］余怀：《板桥杂记》中卷、下卷。
③ 周作人：《读〈初潭集〉》云："我曾说看文人的思想不难，只需看文中对妇女如何说法即可明了。"转引自钟叔河编《知堂书话》，岳麓书社 1986 年，第 658 页。

谈迁《枣林杂俎》和集丛赘"都谏娶娼"条云："云间许都谏誉卿娶王修微，常熟钱侍郎谦益娶柳如是，并落籍章台，礼同正嫡。先进家范，未之或闻。"①《明诗综》卷九八《杨宛小传》下附《静志居诗话》略云："（茅）止生得宛叔，深赏其诗，序必称内子。"②又《虞阳说苑》甲编《牧斋遗事》云：

> 辛巳初夏牧斋以柳才色无双，小星不足以相辱，乃行结缡礼于芙蓉舫中。箫鼓遏云，兰麝袭岸。齐牢合卺，九十其仪。于是琴川绅士沸焉腾议，至有轻薄子掷砖彩鹢，投砾香车者。牧翁吮毫濡墨，笑对镜台，赋催妆诗自若，称之曰"河东君"。家人称之曰"柳夫人"。③

如果说这还只是仪注形式上的越轨，不足以证其内心的平等意识，那么查其婚后的关系，或能有助于阐明上述论点。

张明弼《冒姬董小宛传》述董白与冒襄婚后，"日坐画苑书圃中，抚桐瑟、赏茗香，评品人物山水，鉴别金石鼎彝，闲吟得句与采辑诗史，必捧砚席为书之。意所欲得与意所未及，必控弦追箭以赴之……相得之乐，两人恒云天壤间未之

---

① ［清］谈迁：《枣林杂俎》和集"丛赘"，中华书局 2006 年，第 621 页。
② ［清］朱彝尊：《静志居诗话》卷二三，人民文学出版社 1990 年，第 767 页。
③ 转引自《柳如是别传》，第 642 页。

有也"①。

张潮《虞初新志》卷五载徐芳《柳夫人小传》,叙柳如是
嫁钱谦益后,"相得甚欢,题花咏柳,殆无虚日。每宗伯句
就,遣鬟矜示柳,击钵之倾,蛮笺已至,风追电蹴,未尝肯
地步让。或柳句先就,亦遣鬟报赐。……于时旗鼓各建,闺
阁之间,隐若敌国焉"②。

此外,如孙临之与葛嫩、龚鼎孳之与顾横波、杨龙友之
与马娇、许誉卿之与王微,都因有相当的趣味修养和彼此相
知的爱情经历,故婚后的生活亦饶有交流的乐趣,且感情亦
因此交流而更加笃挚、江南名士既以男女大防、世俗仪制为
箴如,其行事处家世遂每有逸出常轨者。《牧斋遗事》"国初
录用耆旧"条载:

> 河东君侍左右,好读书,以资放诞。客有挟著述,愿
> 登龙门者,杂沓而至。钱或倦见客,柳即与酬应。客当答
> 拜者,则肩筍舆,随女奴代主人过访于逆旅……竟日盘桓,
> 牧斋殊不芥蒂。尝曰:此吾高弟,亦良记室也。戏称为柳
> 儒士。③

则柳如是嫁钱谦益后,不仅与钱考异订讹,分题布韵,

---

① [清]张明弼:《冒姬董小宛传》,见吴定中编著:《董小宛汇考》,上海书
店出版社2001年,第163页。
② [清]张潮:《虞初新志》卷五,河北人民出版社1985年,第77页。
③ [清]佚名:《绛云楼俊遇》,见《香艳丛书》二,第340页。

尽享闺房雅趣，且能出面应客，甚至代牧斋造访友人。近四百年前，能做到这一点，至少是需要具备三个条件的。其一，柳如是必须具备与客人酬对的文学造诣和与客人相似的思想趣味。这在柳故绰绰有余，而在同时代的闺阁女子中恐罕有其匹。其二，钱的友人必须认同柳的作为，平等待之，倾心结纳，柳的社交活动才可能成为事实。其三，钱必须有无视世俗舆论的胆魄和对柳的充分信任，才可能听任柳去实践这种匪夷所思的交际。然则，钱之娶柳，殆不止出于金屋藏娇的动机，实因思想、情趣、识见、抱负多有契合之处；而柳之归钱，殆亦因自己的豪宕气质、叛逆性情独能得牧斋理解鼓励有以致之。

综上所述，可知在明末东南一隅的名士与妓女间，确曾出现过一种接近现代意义的男女文化。这种文化近以南方士人的个性舒张和吴越名姝的超卓才识为基础，远与明季资本主义萌芽和市民的平等要求相呼应，构成了对传统名教心防的强烈冲击。

当然，我们决不能以上述名妓的爱情婚姻状况来说明当时妇女解放的程度，因为即使是柳如是、董小宛的似乎和谐的婚姻，也是立足在妻妾制的基础之上，以这一婚姻关系中其他女性的被冷遇为代价的。妻妾制的存在，男女社会地位的不平等以及女性自身的不觉悟，都注定真正的妇女解放尚须遥远的时日。

第三节　遗民的忏悔与反思

当江南的文酒笙歌达于鼎盛的时候，享祚二百余年的明王朝却正在度过它最后的弥留阶段。其时内则义军蜂起、逐鹿中原；外则后金窥关，凭陵畿辅。朝廷纪纲大紊，政以贿成，卒至"溃败决裂，不可振救"①。

物换星移以后，经历了亡国之痛的明之遗民终于有机会对前朝的政治人文进行严肃的反省了。治乱得失、风俗淳浇，可说是遗民著作的主题，而故宫禾黍之悲、身世沧桑之感则是他们共同的情绪。如方以智的《流离草》、夏允彝的《幸存录》、侯方域的《壮悔堂集》、李清的《三垣笔记》、史惇的《痛余杂记》等。另一些作品，则把对江左风流、繁华声妓的缅怀与政治的反省、历史的沉思冶为一炉，表现出一种痛定之后的清醒。这可以余怀的《板桥杂记》、张岱的《陶庵梦忆》和孔尚任的《桃花扇》为代表，而其间又有隐显曲直的差别。

余怀本是秦淮佳丽绮艳丛中的上客，又亲自参与过功败垂成的复明运动，故其子遗沧桑之感也独多，这一点看他的《板桥杂记·序》便思过半矣。

----

① 《明史》卷二一，第295页。

鼎革以来，时移物换，十年旧梦，依约扬州，一片欢场，鞠为茂草，红牙碧串，妙舞清歌，不可得而闻也；洞房绮疏，湘帘绣幕，不可得而见也；名花瑶草，锦瑟犀毗，不可得而赏也。间亦过之，蒿藜满眼，楼馆劫灰，美人尘土，盛衰感慨，岂复有过此者乎！郁志未申，俄逢丧乱，静思陈事，返念无因。聊记见闻，用编汗简，效《东京梦华》之录，标崖公蚬斗之名。岂徒狭邪之是述，艳冶之是传也哉。①

唯其感慨也多，枨触也痛，故行文反能出之以冲夷含蓄。嘎嘎子云其书系用春秋笔法②，可谓得其大旨。

《板桥杂记》录明末秦淮名妓凡三十五人，间及同时党社名流若干人，分"雅游""丽品""逸事"为三卷。上卷叙南京旧院之奢侈规模、习俗体制；中卷记南曲诸妓才艺性情、归属下场，间涉珠市妓；下卷载一时文酒风流、花丛逸事。作者盖深得风人之旨，外无臧否，内实寓褒贬，细玩其意，可以觇知作者由衷钦敬的是那些操守高洁、临难不苟的风尘妓女，而对那些沉湎声色、丧节辱身的所谓名士则不无诮让揶揄。其中卷"葛嫩"条云：

---

① 《板桥杂记》序，第3—4页。
② 参见晚清嘎嘎子为《板桥杂记》所做的闲评。

葛嫩，字蕊芳。余与桐城孙克咸交最善，克咸名临，负文武才略，倚马千言立就，能开五石弓，善左右射，短小精悍，自号"飞将军"。欲投笔磨盾，封狼居胥，又别字曰武公。然好狭邪游，纵酒高歌，其天性也。先昵珠市妓王月，月为势家夺去，抑郁不自聊，与余闲坐李十娘家。十娘盛称葛嫩才艺无双，即往访之。阑入卧室，值嫩梳头，长发委地，双腕如藕，面色微黄，眉如远山，瞳人点漆。叫声"请坐"，克咸曰："此温柔乡也，吾老是乡矣！"是夕定情，一月不出，后竟纳之闲房。甲申之变，移家云间，间道入闽，授监中丞杨文骢军事。兵败被执，并缚嫩。主将欲犯之，嫩大骂，嚼舌碎，含血噀其面。将手刃之。克咸见嫩抗节死，乃大笑曰："孙三今日登仙矣！"亦被杀。①

这一则记载对葛嫩的礼重之情溢于言表，似尤在余氏好友孙临之上。孙之死节，俨然是因葛嫩的激励促成，这其实并不足怪，当南明江山阽危之际，举国张皇，莫知所措，惟东林党社中人纷纷以匡扶社稷之任自命，奔走联络，建策输诚，国人亦皆目之为中流砥柱。然而，党社名流沉酣歌舞、醉心声妓的积习却严重地销蚀了他们的意志气节，乃至生死关头，多有委顿苟且，全躯保妻子者，曼翁老人（余怀）曾身历其境，对此亦不能不秉笔直书，深致慨叹。《板桥杂记》云：

---

① 《板桥杂记》中卷"丽品"，第25—26页。

莱阳姜如须游于李十娘家，渔于色，匿不出户。方密之、孙克咸并能屏风上行，漏下三刻，星河皎然，连袂间行，经过赵李，垂帘闭户，夜人定矣。两君一跃登屋，直至卧房，排闼闯张，势如盗贼。如须下床跪称："大王乞命！毋伤十娘！"两君掷刀大笑，曰："三郎郎当！三郎郎当！"复呼酒极饮，尽醉而散。盖如须行三，如须高才旷代，偶效樊川，略同谢傅，秋风团扇，寄兴扫眉，非沉溺烟花之比。①

按：姜如须名垓，崇祯十三年进士，与兄埰皆复社名士，以气节相尚。方以智（密之）、孙临（克咸）更是一时人望所归的清流巨擘，而竟以上乘武功，为此放浪狭邪之事。明之国运，系于此辈，不亦悲夫！所以余怀的反省也格外沉痛："然而流连忘返，醉饱无时，卿卿虽爱卿卿，一误岂容再误。遂尔丧失平生之守，见斥礼法之士，岂非黑风之飘堕，碧海之迷津乎？余之缀茸斯编，虽曰传芳，实为垂戒。"②

但孙临、姜垓、方以智、杨文骢等毕竟与曼翁声气相同，大节无亏，故《板桥杂记》叙此数人惋惜之情多于责备，而对屈节仕清、依委苟活的"贰臣"，则寄寓了尖刻的讥刺。其中卷"顾媚"条云：

---

① 《板桥杂记》中卷"丽品"，第63—64页。
② 《板桥杂记》中卷，第53页。

顾眉生既属龚芝麓，百计求嗣，而卒无子，甚至雕异香木为男，四肢俱动，锦绷绣褓，顾乳母开怀哺之，保母襄襟作便溺状，内外通称"小相公"，龚亦不之禁也。时龚以奉常寓湖上，杭人目为人妖。后龚竟以顾为亚妻。元配童氏，明两封孺人，龚入仕本朝，历官大宗伯。童夫人高尚，居合肥，不肯随宦京师，且曰："我经两受明封，以后本朝恩典，让顾太太可也。"顾遂专宠受封。呜呼！童夫人贤节过须眉男子多矣！①

龚鼎孳本无行之士，虽以诗文驰名江左，而人品殊无可称。李清《三垣笔记》谓其居崇祯朝谏苑时，为人险刻，"日事罗织"。朝臣"自大僚以至台谏……皆畏之如虎"②。且穷奢极欲，寡廉鲜耻，既降大顺，复事后金，于士之节义，多所玷污。葛昌楣《蘼芜纪闻》上引冯见龙《绅志略》云："龚以兵科给事中降贼，受伪直指使。每谓人曰'我原欲死，奈小妾不肯何！'小妾者，即顾媚也。"③《板桥杂记》则是以阳秋笔法，明褒童夫人，而隐刺鼎孳。

《板桥杂记》与《陶庵梦忆》可谓典型的遗民忏悔文学，两者都是把沉痛的兴亡之感寓于对旧日裙屐笙歌、繁华往事的绵绵追忆，借以警醒乱离之后仍随世俯仰的衮衮诸公。

---

① 《板桥杂记》，第33—34页。
② ［明］李清：《三垣笔记》中"崇祯"，中华书局1982年，第53—54页。
③ ［清］冯见龙：《绅志略》，转引自孟森：《心史丛刊·横波夫人考》，中华书局2006年，第140页。

《桃花扇》传奇严格地说，不是遗民的作品，作者孔尚任生于顺治五年（公元1648年），其创作《桃花扇》时，已是清政权日益稳固的康熙中叶了。然而，由于作者在构思命笔期间曾与前朝遗民有过广泛接触，又曾对南明史迹一一踏勘凭吊，所以其作品也就不期然而然地染上了不少遗民的情绪，以至于搬演之际，"笙歌靡丽之中，或有掩袂独坐者，则故臣遗老也。灯地酒阑，唏嘘而散"①。

《桃花扇》是一部"借离合之情，写兴亡之感，实事实人，有凭有据"②的大型历史剧。剧中的生行即为复社著名的四公子之一侯方域，旦行则系明末秦淮名妓李香君，孔尚任写侯、李一段因缘，除得诸耳闻者外，大抵依据了以下文字材料：

其一，《板桥杂记》中卷：

> 李香身躯短小，肤理玉色，慧俊宛转，调笑无双，人题之为"香扇坠"。余有诗赠之云："生小倾城是李香，怀中婀娜袖中藏。何缘十二巫峰女，梦里偏来见楚王。"武塘魏子中为书于粉壁，贵竹杨龙友写崇兰诡石于左偏，时人称为三绝。由是香之名盛于南曲。四方之士，争一识面以为荣。③

---

① ［清］孔尚任：《桃花扇·本末》，王季思、苏寰中合注，人民文学出版社1959年，第3页。
② 《桃花扇·本末》，"试一出·先声"，第1页。
③ 《板桥杂记》，第48页。

同书下卷载：

> 李贞丽者，李香之假母，有豪侠气，尝一夜博输千金
> 立尽。与阳羡陈定生善。香年十三，亦侠而慧。从吴人周
> 如松受歌，《玉茗堂四梦》皆能妙其音节，尤工琵琶。与雪
> 苑侯朝宗善。阉儿阮大铖欲纳交于朝宗，香力谏止，不与
> 通。朝宗去后，有故开府田仰以重金邀致香。香辞曰："妾
> 不敢负侯公子也。"卒不往。盖前此阉儿恨朝宗，罗致欲
> 杀之，朝宗跳而免；并欲杀定生也，定生大为锦衣冯可宗
> 所辱。①

其二，陈维崧《妇人集》载：

> 李姬名香，秣陵教坊女也，母曰贞丽，有侠气，尝一
> 夜千金立尽。姬亦侠而慧，能辨别士大夫贤否。张学士溥、
> 夏吏部允彝尤亟称之。十三岁从吴人周如松受歌，尽得其
> 音节，然不轻发也。尝一日者，故开府田仰以金二百锱邀
> 姬一见，开府向儿事魏阉者；又姬尝以他事获罪阮怀宁，
> 至是喟然叹曰："田公宁异于阮公乎！"峻却之，卒不往
> （姬与归德侯方域善，曾以身许方域，设誓最苦。誓词今尚
> 存"湖海楼"箧衍中）。②

① 《板桥杂记》，第69页。
② ［清］陈维崧：《妇人集》，见《香艳丛书》卷二，第124页。

其三，侯方域《壮悔堂文集·李姬传》：

初，皖人阮大铖者，以阿附魏忠贤论城旦，屏居金陵，为清议所斥。阳羡陈贞慧、贵池吴应箕实首其事，持之力。大铖不得已，欲侯生为解之，乃假所善王将军，日载酒食与侯生游。姬曰："王将军贫，非结客者，公子盍叩之？"侯生三问，将军乃屏人述大铖意。姬私语侯生曰："妾少从假母识阳羡君，其人有高义，闻吴君尤铮铮。今皆与公子善，奈何以阮公负至交乎！且以公子之世望，安事阮公！公子读万卷书，所见岂后于贱妾耶？"侯生大呼称善，醉而卧。王将军者殊怏怏，因辞去，不复通。①

同书《答田中丞书》云：

仆之来金陵也，太仓张西铭偶语仆曰："金陵有女妓李性，能歌'玉茗堂词'，尤落落有风调。"余因与相识，间作小诗赠之。未几，下第去，不复更与相见。后半岁，乃闻其却执事金。尝窃叹异，自谓知此妓不尽，而又安从教之？……以执事三百金之厚赀、中丞之贵，曾不能一动之，此其胸中必自有说，而何恃乎仆之告也。②

---

① ［清］侯方域：《壮悔堂文集·李姬传》，转引自《虞初新志》，第231页。
② ［清］侯方域：《壮悔堂文集·答田中丞书》，赵氏藏书本。

据《李姬传》，侯生之识香君，在崇祯己卯（公元1639年），距南明之亡尚有五年，剧则易为癸未仲春（公元1643年），遂使侯、李爱情起始即卷入陵谷迁移前夕的各种社会矛盾漩涡。二人之离合虽为全剧主线，但一举一动莫不与当时政治党争相勾连，又莫不受政治党争之影响，侯、李之性格即在这种沧桑巨变的典型环境中逐步深化。

侯、李虽俱为作者表彰奖借的正面形象，但两人在作者审美的天平上却显然不是铢两悉称的。剧中专写李香君高风亮节的场次即有五出——"却奁""拒媒""守楼""寄扇""骂筵"。举凡明辨是非、钟情笃意、威武不屈、富贵不淫、斥奸骂谗的美德令节都是在这几出戏里得到淋漓尽致的展示。而其写侯生，则多用曲笔，且时有抑损，最明显者，要在"却奁"一出：阉党余孽阮大铖因被复社陈贞慧（定生）、吴应箕（次尾）等攻讦殴辱，乃出资三百两托杨龙友为方域梳栊香君助奁，以图收买方域从中转圜。香君因是质疑，龙友遂道出真相。此时三人的一段对白，颇能见出作者的情感倾向：

（生）原来如此，俺看圆海情辞迫切，亦觉可怜。就便真是魏党，悔过来归，亦不可绝之太甚，况罪有可原乎！定生、次尾，皆我至交，明日相见，即为分解。

（末）果然如此，吾党之幸也。

（旦怒介）官人是何说话，阮大铖趋附权奸，廉耻丧尽，妇人女子，无不唾骂。他人攻之，官人救之，官人自处于何等也？……官人之意，不过因他助俺妆奁，便要徇私废公，那知道这几件钗钏衣裙，原放不到我香君眼里。（拔簪脱衣介）……

（生）好，好，好！这等见识，我倒不如，真乃侯生畏友也。（向末介）老兄休怪，弟非不领教，但恐为女子所笑耳。[1]

此段情节盖据《李姬传》敷衍而成，两相比较，可以领略作者忠于史实，又不泥于史实的结构技巧，更可觇知作者对侯、李二人的评价却有高下偏正之分，然则侯生，作为翩翩浊世佳公子，固极当行，而作为肩担国运之志士清流，其智行才德，则远不逮。这一点，观"哄丁""闹榭""辞院""赚将"诸出亦可体味。

《桃花扇》关目细节虽不无假借润饰之处，但侯、李之性格塑造却甚合于人物历史的内在逻辑，这与作者杰出的史才识见和深刻的反省态度密切相关。当南明之亡，确有不少仁人志士、党社名流抗节不辱、从容就义，如陈子龙、夏允彝、史可法、吴应箕、孙临、杨文骢、瞿式耜等，殆即王应奎《柳南随笔》卷四所谓"居长厚自奉，园林、音乐、诗酒，今

---

[1] 《桃花扇》第七出，第52—53页。

日且极意娱乐，明日亦怡然就戮"①者。然而，一时胜流中，晚节不保、屈膝仕清者亦大有人在，江左诗文三大家的吴伟业、龚鼎孳、钱谦益皆此类，等而下之者更不胜枚举。《藐姑纪闻》引《扫轨闲谈》云："乙酉王师东下，南都旋亡。柳如是劝宗伯死，宗伯佯应之。于是载酒尚湖，徧语亲知，谓将效屈子沉渊之高节。及日暮，彷徨凝睇西山风景，探手水中曰：'冷极奈何！'遂不死。"②此则记载于时地虽有未合，但仍可资了解钱谦益之性情为人。盖平日耽于娱乐，习于安逸，因循性成，意气渐失，猝遭巨变，宜乎有苟且偷生，全身保命之举，此又不独钱氏一人为然。侯方域于顺治八年（公元1651年）出应乡试，自有不得已之苦衷，似不应以"变节"论。但其人绝非匡世救国、节行瑰奇之士则可以断言。孔尚任正是以历史兴替的辩证思维来归结南明的灭亡，看待复社的文酒风流，把握侯方域的性格逻辑的。同时，其刻画李香君，亦表现出卓荦不群的历史文化见解。

李香君为《桃花扇》作者最推崇的人物殆无疑义。当明之将亡，天下滔滔之际，作者何以独对一风尘女子推戴有加呢？窃忖这一问题或可从青楼文化的沿革及所由形成的名妓心态之分析得到解释。

本书第一章曾将青楼文化的形成期定于唐代，并指出其文化形态为士人与妓女间既功利又脱俗的互补关系。处在这

---

① ［清］王应奎：《柳南随笔、续笔》卷四，中华书局1983年，第207页。
② ［清］江熙：《扫轨闲谈》，见《柳如是诗文集》附录二，第249页。

种文化氛围中的名妓，一面固因飘茵堕溷而自卑，一面也因名流之推奖、士林之爱重而自矜。且名妓在唐代，非能徒以炫色媚人致之，必有相当之才艺，获士人之认可方庶几焉。既有相当修养，复与士人唱酬谈谑，耳鬓厮磨，趣味品行皆以士林之所尚为圭臬，积久成习，亦渐能理解士人之追求，认同士人之操守。这种文化形态在明末仍顽强地存在于东南一隅，且因党社胜流之激扬而染上了浓重的政治色彩。当时的吴越名姝、秦淮角妓在政治立场上既完全倾向东林复社，其待人处事也便多有气节风骨。再由于中国女性历来所受之压迫摧抑远较男子为甚，故其对苦难厄运之承载的能力和性格的坚韧程度亦非一般男子所能及。身为妓女，身心所受之摧残又有非良家闺阁所能知者。特殊的生涯，特殊的环境造就了妓女识别贤否、品评人物的素质，这种素质在明之季年则拓展为妓女对国事党争的深切关注和积极参与，并往往表现出胜过男子的识见和义烈。

顾苓《河东君小传》云："乙酉五月之变，君劝宗伯死，宗伯谢不能。君奋身欲沉池水中，持之不得入。其奋身池上也，长洲明经沈明抢馆宗伯寓中见之；而劝宗伯死，则宗伯以语兵科都给事中宝丰王之晋，之晋语余者也。"[1]

钱谦益《列朝诗集小传》"草衣道人王微"条云："微字修微，广陵人，七岁失父，流落北里。长而才情殊众，扁舟载书，往来吴会间，所与游，皆胜流名士。……归于华亭颖

---

[1] ［清］顾苓：《河东君小传》，见《柳如是诗文集》，第219页。

川君。颍川在谏垣，当政乱国危之日，多所建白，抗节罢免，修微有助焉。乱后，相依兵刃间，间关播迁，誓死相殉，居三载而卒。"①

孔尚任显然掌握了大量类似上文的第一手资料，并深为一代名妓的品格操守而感动，才塑造出光彩照人的李香君。

---

① ［清］钱谦益：《列朝诗集小传》闰集，上海古籍出版社1983年，第760页。

第六章
逾越壶范：清代女性创作与狭邪小说的繁盛

第一节　清代闺秀诗话所记述的女性心曲

本节先从清代各类女性的生存状态入手。中国社会自明代后期起，在政治经济、思想文化诸多方面都发生了显著的变化，这种变化，固然由于清军的入关而有所停滞或倒退，唯独女性的声音与要求却并未因鼎革而消歇，反而在有清一代蔚为大观。个中既有出于男性作家之手的世情小说，如《醒世姻缘传》《醋葫芦》《林兰香》《歧路灯》《红楼梦》等对家庭中男性暗懦、女性强势的传神写照，亦有大量女性作者独立创作的诗古文辞，或直露、或幽隐地表达了对女性自身地位的思考，对壶范的逾越。本节专事探讨清代闺秀诗话所载录的女性生存状态与女性心理要求。

一、清代女性作者的身份与创作活动

有清一代，女性之诗古文辞（含少量戏曲、弹词）创作蔚为大观，女作家人数与作品数量超迈历代妇女创作之总和，

1957年，胡文楷先生历时二十余年爬罗剔抉之《历代妇女著作考》问世，辑清代妇女作者达三千七百六十一位，2008年，张宏生教授复有增订。2014年，国家图书馆又出版肖亚男主编之《清代闺秀集丛刊》六十六册，收清代女作家诗文集四百零三种，诚可谓洋洋巨帙。而三十多年来，国内外学界对于清代女作家的研究亦成果累累，新见迭出，影响深远，足称显学。

美国学者高彦颐在她的明清性别研究专著《闺塾师——明末清初江南的才女文化》中谈道：

> 尽管明末清初中国的闺秀，经常依靠男性出版她们的诗歌和扩大她们的交际网，但这种依靠并不妨碍只属于女性私人所有的友谊纽带和情感。如女性在文学中的清楚表达所显现，这些纽带的强度和持久力是非常突出的。女性文化的特殊性，建立在女作家、编者和读者对文学的共同爱好基础上。女性创作或相互传递的诗集、序跋、随笔和版本，使我们在每日闺房生活的场景中，重构了一个爱情、性和友情的论述。[①]

这段话与"五四"以来所描述的中国女性的社会角色、社会地位有巨大差异。清代的女作家家世、学养、婚姻、生

---

① ［美］高彦颐：《闺塾师——明末清初江南的才女文化》，江苏人民出版社2005年，第16页。

活状况情态万殊，但就今日所能见到的她们的作品来看，显然不是"如果是女人，无论她丈夫列在哪一等，她总是她丈夫的奴隶"①所能解释得通的。舒芜还曾谈道："中国古代最正统的儒家思想，就是污蔑妇女的。陈独秀所攻击的'男子轻视女流，每借口于女子智慧之薄弱'，便是儒家思想熏陶出来的观点。"②披阅清代女性的诗古文辞作品，可以看到清代女性，尤其是江南的士族女性，已经较为普遍地具备了文字书写与文学表达的知识能力，近体诗是这类女子寄托心绪感情的常用形态，长短句与古体诗亦屡见，但古体诗之染翰者似多为年龄稍长之女性。另一类女性作家群体则出自青楼，这种传统源自唐代长安的平康北里，绵延于宋元的通都大邑，鼎盛于晚明的秦淮旧院，至清实际已大为减色。这类女子的拈韵倚声，实则是职业的需要。掌握士大夫文人的社交媒介——诗词书画，是一个妓女提高声价的最根本保证。而长期寝馈于诗词艺术，与社会精英相过从，又适足对一个女子的气质风度产生巨大的影响。还有一些处在社会底层或边缘的女性作家，为前代所罕见。如袁枚所言："康熙间，叔父健盘公访戚镇江，寓某铁匠家，与其妻张淑仪有文字之知，彼此暗投笺札，唱和甚欢，而终不及于乱。"③张淑仪乃老秀才

① 舒芜编录：《女性的发现——知堂妇女论类抄》，文化艺术出版社1988年，"导言"第1页。
② 《女性的发现——知堂妇女论类抄》，第19页。
③ ［清］袁枚：《随园诗话补遗》卷二，见王英志主编：《袁枚全集》第三册，江苏古籍出版社1993年，第600页。

之女，幼嗜文墨，为媒人所诳，嫁与一字不识之铁匠。此固可以家学渊源解释，但如《闽川闺秀诗话》所载衣工王执中女，代父裁缝，暇则学为诗[①]；王琴娘，失身驵侩，怏怏之怀，一泄于诗[②]；至于农家女、渔户女、"父业缝皮，夫业箍桶"[③]的女诗人亦屡见载记，则显然可以说明诗词创作已蔓延至下层社会妇女。而涉及某女子能诗，却"所适不偶""嫁非其人"的惋惜在诸种闺秀诗话中更是屡见不鲜。尚有自谋生计，数量可观的"闺塾师"与身处方外的女尼女道士的文学创作，都印证了清代的女性作者已经拥有了一定的社会表达空间与一定的叛逆性的书写实绩。

段继红博士在她的《清代闺阁文学研究》一书中准确地揭示了清代女作家创作的独特价值：

> 从某种意义上讲，女性诗歌是男性诗歌的变种。这样畸形的女性文化通过数代的积淀，凝结在女性精神气质和深层心理中，成为女性的"集体无意识"，投射在诗歌中，便是主体的严重失落。不仅男性从未表现过女性生活的真相，只是将女性置于审美的观照中，就是女性自己也处于强大的男权意识的催眠之下，扮演着哀哀无告的希望被男性拯救的被侮辱、被损害的角色。但是到了晚明，尤其是

---

① ［清］梁章钜：《闽川闺秀诗话》卷二，见王英志主编：《清代闺秀诗话丛刊》，凤凰出版社2010年，第298页。
② 《闽川闺秀诗话》卷二，见《清代闺秀诗话丛刊》，第325页。
③ ［清］沈善宝：《名媛诗话》卷三，见《清代闺秀诗话丛刊》，第394页。

清代，女性意识随着她们才华的显露逐渐觉醒，隐藏在地心深处的女性主体意识，冉冉浮出了历史的地表，她们纷纷开始用自己的话语去倾诉，去控诉，以与男性不同的视角和表现方式，来呈现她们独特的生命体验和生活的真相。①

清代女性的创作群体较为集中地出现在江浙皖闽地区，这类女性作家往往具有相似的家世环境、经济条件、姻眷关系和教育背景。生长于书香门第，联姻于士人家族，幼承闺教，诗礼熏陶，天资颖慧，多情善感，族群文化基因往往有几代甚至十几代的传承。袁枚云："吾乡多闺秀，而莫胜于叶方伯佩荪家。其前后两夫人、两女公子、一儿妇，皆诗坛飞将也。"②叶佩荪，湖州归安人，乾隆年间进士，仕至湖南布政使，长于易学。"秋帆尚书家，一门能诗。自太夫人以下，闺阁具工吟咏"。③毕沅，字秋帆，南直隶太仓镇洋人，乾隆间进士，仕至湖广总督。一生著述不辍手，经史小学金石地理无所不通，故其家族中女性亦濡染翰墨，皆能诗词。袁枚还曾谈道：

> 余过吴江梨里，爱其风俗醇美。家无司阍，以路无乞丏也；夜户不闭，以邻无盗贼也。行者不乘车，不着屐，以左右皆长廊也。士大夫互结婚姻，丝萝不断。家制小舟，

① 段继红：《清代闺阁文学研究》，南开大学出版社2007年，第65页。
② ［清］袁枚：《随园诗话补遗》，见《清代闺秀诗话丛刊》，第116页。
③ 《随园诗话补遗》，见《清代闺秀诗话丛刊》，第139页。

荡摇自便，有古桃源风。诗人徐山民邀余住其家三日，率
其妻吴珊珊女士，双拜为师。二人诗，天机清妙，已分刻
《同人集》及《女弟子集》中矣。①

又如清代初期钱塘之"蕉园诗社"，有"蕉园五子""蕉
园七子"之名②，皆兼善诗画，才名远著。自林以宁始，人各
有集，今尚存林氏《墨庄文钞》，钱凤纶《古香楼集》。嗣后，
则有吴中名士任兆麟与其妻张允滋首创之"清溪诗社"，以张
允滋为盟主，社友为：张芬、李嬃、席蕙文、陆瑛、江珠、
沈纕、朱宗淑、尤澹仙、沈持玉，称"吴中十子"，有《吴中
女士诗钞》，兼收辞赋骈文。

《闺秀诗话》谈及："明季冒巢民先生，文采风流，倾动
海内。四方人士，无有不知其名者。吾友冒鹤亭君，巢民先
生二十世族孙也。曾汇刻《冒氏丛书》二十册，近自瓯海关
署，邮寄全帙。亟阅之，始知冒氏三百年来，其间能文章富
著述之事，不可偻指计，即闺阁中亦多娴吟咏、工词翰
者。"③冒巢民，即晚明著名遗民冒襄，江苏如皋人，"复社四
公子"之一。观此，则知冒氏家族书香词翰，自明末以迄民
初，竟延续三百年而不衰。

至于随园之众多女弟子，更是为人艳称。《闺秀诗话》

---

① 《随园诗话补遗》，见《清代闺秀诗话丛刊》，第143页。
② "蕉园五子"一说为徐灿、柴静仪、朱柔则、林以宁、钱凤纶。后林以宁
重组诗社，与钱凤纶、柴静仪、张昊、毛媞、冯娴、顾姒并称为"蕉园七子"。
③ 雷瑨、雷瑊辑：《闺秀诗话》卷一四，见《清代闺秀诗话丛刊》，第1260页。

载:"乾隆壬子三月,随园先生寓西湖宝石山庄,一时吴会女弟子,各以诗来受业。先生旋嘱娄东尤诏、海洋汪恭为写图布景,名《湖楼请业图》,一时名士闺媛,题咏甚众。"又,《随园诗话补遗》载:"今年,余在湖楼,招女弟子七人作诗会。太守明希哲先生保从清波门打桨见访,与诸女士茶话良久。知是大家闺秀,与公皆有世谊,乃留所坐玻璃画船、绣褥珠帘,为群女游山之用,而独自骑马还衙。少顷,遣人送华筵二席、玉如意七枝,及纸笔香珠等物,分赠香闺为润笔。一时绅士艳传艳事。"①此时的袁枚已年逾古稀,是以师长、名士、诗坛领袖、致仕官员集于一身的地位主导诗会的。明保,满洲人,乾隆后期曾官杭州知府。据袁枚《小仓山房诗集》卷三云:袁枚始以民礼谒见明保,一见如故。明保即命两位侍姬悟桐、袖香受业门下,成为袁枚的女弟子。由以上数则引文可以看出,清代江南闺秀的日常生活较之前代已有显著的变化,诗词创作在很多士族家庭中已经成为女性精神生活的重要内容;才女,成为新的文化符号,受到社会的关注和揄扬;闺阈,不再是女性不可逾越的礼法屏障;新的女性社交方式——诗词切磋、结社会盟——崭露头角,而且得到了某些家长、丈夫,甚至地方官的认同。这一切,显然与江南近世发达的城镇经济、女性普遍受教育程度的提升及家庭观念、性别意识的进化有着因果关联。而闺塾师的出现,已经使女性的独立成为可能,国内外的许多学者已广泛注意

① 《随园诗话补遗》,见《清代闺秀诗话丛刊》,第125页。

到黄媛介一类自谋生计的女性闺塾师的生活、交际与诗书画的创作，尽管她们的实际生存状况远远谈不到浪漫与惬意，但作为中国古代妇女史上的一个亮点，当无可置疑。

诗词书画在一个延续几代的书香门第中并非高不可攀的技艺，对于这类家庭中的女子而言，她们不需要功令文字的训练，没有科考仕途的负担，只要家长不太古板守旧，每日熏陶浸淫于书香椠轴之间，会自然而然掌握这种文字游戏。尽管胸襟境界或不及男子阔大，而在情绪风物的感受方面，往往较男子细腻而幽婉，《闺秀诗话》中载录了一些满蒙贵胄家族女性的诗词作品，水平大多并不逊于乃夫，即是明证。这也说明清代女性的文学创作具有相当的普遍性。

二、闺秀诗话所记述的婚姻关系与女性心曲

清代闺秀诗话以内容划分，大抵可以别为六类。第一，倡扬妇德、表彰贞烈仍是主要内容，这也是社会主流价值观所殚力宣传的女性做人准则。第二，有关女性作者家族姻眷诗词创作、社交往还的记录。第三，涉及家庭内部丈夫与妻妾关系、婆媳关系的诗词评介，这类文字往往具有家庭史、婚姻史的文献价值。第四，对才女及其作品的提倡与鉴赏，包括各种社会阶层的才女。其中涉及的少量自立自强、具有女性主体意识的作家尤其值得关注。第五，对所适不偶的女子借诗词以寄托怨悱的载记与同情。第六，闺秀诗话牵涉不少青楼女子，或本为青楼女子而后事人者，如顾横波、柳如

是、董小宛等，另有专文述之。

以上分类，仅就所见而言，难称允当，甚且挂一漏万，兹择要而言之，尚冀方家教正。《随园诗话》卷一载：

> 高文良公夫人，名琬，字季玉，蔡将军毓荣之女，尚书珽之妹也。其母国色，相传为吴宫旧人。夫人生而明艳，娴雅能诗。公巡抚苏州，与总督某不合，屡为所倾，而公卓然孤立。咏《白燕》第五句云："有色何曾相假借？"沉思未对。适夫人至，代握笔曰："不群仍恐太分明。"盖规之也。夫人博极群书，兼通政治。文良公之奏疏、文檄等作，每与商定。诗集不传。记其咏《九华峰寺》云："萝壁松门一径深，题名犹记旧铺金。苔生尘鼎无香火，经蚀僧厨有蠹蟫。赤手屠鲸千载事，白头归佛一生心。征南部曲今谁是？剩有枯禅守故林。"此为其父平吴逆后，获咎归空门而作也。①

这是典型的才女加贤内助。据《清史列传》及道光间举人王培荀《听雨楼随笔》载：蔡琬，乃康熙间连任四川总督、湖广总督、云贵总督、绥远将军，汉军正白旗人蔡毓荣之女，雍正间吏部尚书蔡珽之妹。父子后皆以罪下狱。毓荣曾因平定吴三桂反叛而复任湖广总督，三桂在云南有宠姬名八面观音、六面观音者，此八面观音容色绝美，位置尚居陈圆圆之

---

① 《随园诗话》卷一，见《袁枚全集》第三册，第16页。

上。毓荣定云南，遂掳八面观音为己有，蔡琬即为其所生，容貌酷肖其母。其夫高其倬，汉军镶黄旗人，康熙三十三年进士，仕至两江总督、户部尚书，乾隆三年卒，谥文良。①又据《天咫偶闻》：

> 蔡夫人者，制军毓荣之女，而高文良公其倬之配也。夫妇皆工诗，皆有集行世。余见公夫妇手写诗稿一册，惜未录出。按：《闺秀正始集》谓夫人才识过人，鱼轩所至，几半天下。文良名重一时，奏疏移檄，每与夫人商定。闺阁中具经济才者。②

许兆椿《秋水阁诗文集》亦云："本朝高文良公之配蔡夫人，贯通经史，诗笔雄健，能为文良公代草奏疏。观集中咏史诸诗，识力超绝，足称媲美。"③

蔡琬在清代闺秀诗人中当属特例，出身汉军旗贵胄，所适亦汉军旗名宦。汉军旗人多为早期归附建州女真之东北汉人，故颇受重用。蔡琬之母，观其号"八面观音"，恐非世家之女，或竟出自狭邪，仅以娇容冶态事人者，而聪明颖悟、雅擅酬对固无可置疑。蔡琬之先天禀赋应兼具椿萱之优长，

---

① 王钟翰点校：《清史列传》卷七、卷一三、卷一四，中华书局1987年，第435—440、936—939、1059—1064页。[清]王培荀：《听雨楼随笔》，清道光二十五年刻本。

② [清]震钧：《天咫偶闻》卷四，清光绪丁未甘棠转舍刻本。（笔者家藏）

③ [清]许兆椿：《秋水阁诗文集》卷八，清道光二十五年刻本。

幼习诗书,敏而多智。嫁后随夫游宦各地,"鱼轩所至,几半天下",识见自非闭处闺中之女子所敢望。且旗人女子,所受禁忌本较中原江南女子为少,满蒙旗下女子皆禁缠足,早期汉军旗女子当亦受其影响。故蔡琬或非"香莲女子"①,此说未敢必,容俟再考。观其对乃夫七言诗之下句"不群仍恐太分明",遣词寓意皆不输于乃夫之上句"有色何曾相假借",且婉而托讽,暗喻规劝,实属难能。又上引《咏九华峰寺》七律一首,乃因其父晚年获罪免遣后,寄身佛门之感悟。诗首颔两联写禅寺之深幽阒寂,不染凡尘。颈尾二联则沧桑对照,寄慨良多,意象宏阔,气韵深长,绝无女性诗作常常难免的纤仄单薄。联系其人对于政治军机的关注把握,对乃夫的辅弼规谏,可谓极有见识。然则蔡琬已非传统的"女德""女范"可以解释,除一身兼具传统的德、才、色以外,她还具备了经国济世的行政韬略与相当成熟的女性主体意识。这也印证了章学诚所言:"或以妇职丝枲中馈,文辞非所当先,则又过矣。夫聪明秀慧,天之赋畀初不择于男女,如草木之有英华,山川之有珠玉,虽圣人未尝不宝贵也。岂可遏抑?正当善成之耳。故女子生而质朴,但使粗明内教,不陷过失而已。如其秀慧通书,必也因其所通,申明诗礼渊源,进以古人大体,班姬、韦母,何必去人远哉?夫以班姬、韦母为

---

① 香莲,清人方绚在《香莲品藻》中以香莲比喻女子缠足之小脚。明清人皆以"三寸金莲"为美。

师，其视不学之徒，直妄人耳。"①章学诚认为女子之天资禀
赋不必不如男子，如果秀慧通书，进修诗礼，完全可以像东
汉代兄续《汉书》的才女班昭和苻秦通晓《周官》的八十岁
韦母宋氏一样的为人师表，克成大业。

闺秀诗话往往会在猎奇偷窥的心理作用下披露一些家庭
内部丈夫与妻妾之矛盾纠葛，兼及身在其中的女性的声音，
这部分内容颇有社会学及性心理学的价值。

《燃脂余韵》载：

> 船山买妾吴门，虑夫人不相容，佯令二人相遇于虎邱
> 可中亭畔。张作七律一首纪之，逸事流传，蔚为佳话。然
> 观《船山诗草》中，如云："学书且喜从吾好，觅句犹堪与
> 妇谋。研到香螺狂不减，画眉家世本风流。""六六鹅笙引
> 凤来，墨光鬘影共徘徊。袖中已遂襄阳癖，林下尤逢谢女
> 才。"（《砚缘诗》）"瓦瓶养菊残留影，石几摊书静有香。
> 婢解听诗妻解和，颇无俗韵到闺房。"（《寒夜闺中作》）
> "我有画眉妻，天与生花笔。临稿广寒宫，一枝写馨逸。"
> （时帆前辈八月一日得子，余属内子写桂一枝为贺）长言咏
> 叹，方切高柔爱玩之忱，宁有季常河东之惧？及船山为夫
> 人写照，夫人以诗谢之曰："爱君笔底有烟霞，自拔金钗付
> 酒家。修到人间才子妇，不辞清瘦似梅花。"则静好相庄，
> 宛然如见，更不须仓庚疗妒矣。可中亭畔之事，或后人附

---

① ［清］章学诚：《文史通义校注》，叶瑛校注，中华书局1985年，第555页。

会成之欤？又秀水金筠泉孝继，忽告其所亲，愿化作绝世丽姝，为船山执箕帚。吾乡马云灿题赠船山诗云："我愿来生作君妇，只愁清不到梅花。"似即为夫人一诗而发。而船山答诗，有"人尽愿为夫子妾，天教多结再生缘""累他名士皆求死，引我痴情欲放颠。为告山妻须料理，典衣早蓄买花钱"及"击壁此时无妒妇，倾城他日尽诗人"之句，亦足征船山伉俪情深，绝少姬侍之昵也。①

据《清史稿》《清史列传》，张船山，名问陶，四川遂宁人。乾隆五十五年进士，大学士张鹏翮玄孙。由翰林院检讨改御史，复改吏部郎中，出知莱州府，与上官抵牾，遂辞官游吴越。嘉庆十九年，卒于苏州。船山是乾嘉时期著名文人，诗名远播，书画俱佳，与洪亮吉、罗聘相唱和，袁枚平生不轻许人，唯对船山甚为服膺，曾对船山云："所以老而不死者，以未见君诗耳。"②《燃脂余韵》所载船山逸事颇有人置疑，理由是船山与其继室林佩环夫妻恩爱，琴瑟相得。然才子风流，纳妾求子之事在彼时绝非逾情越礼，"佯令二人相遇于虎邱可中亭畔"，正是心有愧疚，又欲菊兰并得、两不相失的文人狡狯。观其为此事所作七律"秋菊春兰不是萍，故教相遇可中亭。明修云栈通秦蜀，暗画蛾眉斗尹邢。梅子含酸都有味，仓庚疗妒恐无灵。天孙却被牵牛笑，已撤银河露小

---

① ［清］王蕴章：《燃脂余韵》卷一，见《清代闺秀诗话丛刊》，第644页。
② ［清］赵尔巽等撰：《清史稿》卷四八五，中华书局1977年，第13384页。又见王钟翰点校：《清史列传》卷七二，中华书局1987年，第5960页。

星"①，得意之状溢于言表。《两般秋雨庵随笔》所记更合情理："张船山太守问陶，尝于吴门密蓄一妾，于其夫人游虎邱时，故使相遇于可中亭畔，晤谈许久，而夫人未之知也。"②又有云船山侨寓苏州时，金屋藏娇，适夫人突至阊门，前文所引七律正是事败后戏作。③各本所记诗句不尽相同，但其中所披露的夫、妻、妾之共存与扞格的关系实质颇值得吾人玩味。

《燃脂余韵》又载：

> 纪文达有侧室曰沈明玕，长洲人，能诗。咏《花影》云："绛桃映月数枝斜，影落窗纱透帐纱。三处婆娑花一样，只怜两处是空花。"④
>
> 世传毛西河有季常之惧，其夫人每语人云："西河徒工獭祭而已。毋惊其博雅也。"按夫人陆氏，名何，亦能诗。有《子夜歌》云："一去已十载，九夏隔千山。双珥依然在，如何不得环？白露收荷叶，清明种藕枝。君行方岁暮，那有见莲时。"⑤
>
> 歙人吴蘩孙官通判，纳妾平江，曰陈绛绡。其妻许氏尝作闺怨诗寄蘩孙云："向来烟月被愁遣，明日春来梦渺

---

① ［清］张问陶：《船山诗草》卷十九《壬申十一月二日闰人游虎丘即事有作》，清嘉庆二十年刻道光二十九年增修本。

② ［清］梁绍壬：《两般秋雨庵随笔》卷一，上海古籍出版社1982年，第2页。

③ ［清］王端履：《重论文斋笔录》卷一，清道光二十六年授宜堂刻本。

④ 《燃脂余韵》卷一，见《清代闺秀诗话丛刊》，第833页。

⑤ 《燃脂余韵》卷一，见《清代闺秀诗话丛刊》，第850页。

绵。怀怨一生无处诉，幸侬堂上有姑怜。"绛绡见之，题其后云："贱妾空悲鸾凤传，白头吟罢复添愁。主人不解牛衣事，风雨一蓑随处留。""只影离离在水南，彼犹如此我何堪？几回枕上潜垂泪，千里含情握发三。"盖蘩孙性游荡，亦不常在平江，故姬以自明云。①

此三则所言虽显晦不同，然皆涉夫、妻、妾之关系，且饶有意味。第一则述纪晓岚妾沈明玗，借《花影》以自况，世传纪晓岚姬妾众多，雨露不能均沾，"空花"云云，实借花以寄怨。诗构思巧妙，因月光反射花影，婆娑而三，联想及个人身世处境，欲吐还茹，深得风人之旨。

第二则述清初大学问家毛奇龄之家事，若参照《两般秋雨庵随笔》所载，则更见趣味：

西河先生凡作诗文，必先罗书满前，考核精细，始伸纸疾书。其夫人陈氏，以先生有妾曼殊，心尝炉恨，辄詈于诸弟子之前曰："君等以毛大可为博学耶？渠作七言八句，亦须獭祭乃成。"先生曰："凡动笔一次，展卷一回，则典故终身不忘，日积月累，自然博洽，后生小子，幸仿行之，妇言勿听也。"又尝僦居矮屋三间，左图右史，兼住夫人，中为会客之所。先生构思诗文，手不停缀。质问之士，环坐于旁，随问随答，井井无误。夫人室中詈骂，先

---

① 《燃脂余韵》卷一，见《清代闺秀诗话丛刊》，第851页。

> 生复还诟之，盖五官并用者。①

此段描述颇有喜剧性，夫人因妒恨西河宠爱之小妾曼殊，乃发泄于西河众弟子前，连带贬低乃夫之学问。西河则稳持绛帐，侃侃而谈。甚至当众一面与隔壁夫人对骂，一面手不停缀，著述不停。夫妇间旗鼓相当，未见"季常之惧"。梁绍壬所记虽不免小说家言，但综观两则载记，仍可觇见西河夫妻关系之壶奥。西河之经学为一代宗师，淹贯群书，诋排众说，复好驳辩。其宠嬖小妾，冷落夫人，亦人之常情。据吴长元《宸垣识略》：

> 毛西河姬人曼珠，张姓，小字阿钱，丰台卖花翁女也。幼甚慧，能效百鸟音，工针黹。稍长，白皙而妍，绾发作连环，名百环髻。毛以冷宦在京，益都相公助赀作合。新婚之夕，陈检讨其年更名曼珠。于归后学书度曲，不半载而能，最爱歌梁司农《祝家园词》。既而得奇疾，渐就羸弱，年二十四而夭。西河作别志书砖。士大夫争以词挽吊。其病中尝绘小影，名《留视图》，诸公俱有题咏云。②

"曼殊""曼珠"传闻有异，然当系一人。虽出身卑贱，而玲珑剔透，聪颖绝伦，"曼珠"之名，乃康熙间名士，翰林

---

① ［清］梁绍壬：《两般秋雨庵随笔》卷二，上海古籍出版社1982年，第82页。
② ［清］吴长元：《宸垣识略》卷一六，清乾隆五十三年刻本。

院检讨陈维崧所改。复以年少妍丽，深得西河之宠。其妻陈氏，有才而性情亢直，其妒亦全出本性，毫无遮饰。且曼殊虽受夫宠，并不影响陈氏主妇地位。故对骂之间，除发泄不满，别有宣示妻权之意味。西河之表现实更耐人寻味，依"妇德""女诫"，夫人当众诟詈所天，悖礼失范，应受重谴。然西河似并不以为忤，"对骂"乃是平等关系，说明西河内心认可与夫人之分庭抗礼，同时却又训导门生"妇言勿听"，此事之喜剧性即由此生发：清代士人之家庭内部矛盾限于记载，往往难窥真相。文人纳妾，笔记野史每盛言闺中唱和之乐，罕及家庭中其他女性之声音，若龚鼎孳之纳顾媚，《板桥杂记》但言其夫人童氏高尚，自居合肥，不受清封，不肯随宦京师。其中有无对鼎孳之怨，对顾媚之妒，则无片言可征，殊堪玩味。而西河之姬人曼殊，年仅二十四岁而夭，一生似无片言只字留存，亦可慨矣。光绪间谢章铤《赌棋山庄集》云：

> 且夫冒巢民之哭董小宛，作《影梅庵忆语》数千言；毛西河之丧曼殊，既为别传，又志墓砖，且乞禁方，寄之地下。彼岂不达者，抑何其回肠荡气如此？乃知佳人难再得，而一切一死生、齐修短之说，有不能忏往事之凄凉，止孤衾之辗转者矣。嗟乎！同病相怜，闻累歔而知深痛，则此一卷也。世有纂《燃脂》《正始》诸集者，其亦望罗袜之余尘而长喟哉！①

---

① ［清］谢章铤：《赌棋山庄集》文七，清光绪刻本。

这是典型的男性对曼殊的惋惜，对西河的"了解之同情"。

第三则也是关于妻妒妾怨，婚姻关系的逸事。吴蘩孙，史志罕见记载，据邱瑰华《〈燃脂余韵〉所载清代皖籍女作家诗事辑注》[1]，所引材料来自中国第一历史档案馆藏《清代官员履历档案全编》卷二〇。知吴蘩孙乾隆间曾任直隶布政司理问，四川成都府汉州知州，歙人。其妻许氏亦歙人，妾陈绛绡，字彩霞，号平江女史，苏州人（或云长洲人），有《淡香阁诗草》。吴蘩孙未见有诗古文辞传世，观其籍贯仕履，当是科第出身，然性情浮荡，专事拈花惹草。其妻妾则皆能诗，能诗之女子，情思往往较常人更为细腻，观许氏之《闺怨》诗，一腔幽怨，纠缠难解，愁绪堆栈，无可奈何。较之毛西河夫人之挺身面詈、分庭抗礼，许氏显然更符合社会主流文化所赋予女性的壶范。至于陈绛绡，似乎只是吴蘩孙游踪所至平江时短暂留情所纳之姬妾，数亲芳泽后，便情减意疏，别觅新欢了。法国的乔治·巴塔耶在论及婚姻的本质时有一段话："通常，我们丝毫不理解婚姻的色情特征，因为，最终，我们在婚姻上看到的不过是状态：我们忘记了转化。说真的，我们有十足的理由这样。转化不是持久的，而且后来，状态的合法特征战胜了转化所常见的不规则

---

[1] 邱瑰华：《〈燃脂余韵〉所载清代皖籍女作家诗事辑注》,《安徽文献研究集刊》,2014年第1期。

特征。我们以色情的名义承认在婚姻之外的性活动,我们忽视了最初的形式,一位妇女的亲属为相对陌生的男人送礼具有一种决裂的特征。其实,通常,被转让妇女的经济价值有助于缩小转变的色情特征,而且在这个方面,婚姻取得了习惯的意义,习惯削弱了欲望,将乐趣化为乌有。"①巴塔耶所言固然主要针对的是西方婚姻与色情的悖论,但对于中国古代婚姻内部关系的认识不无裨益。清代女性的生活场域、表达空间尽管有了较大的拓展,但一个女性的个人幸福程度仍要视其丈夫的社会地位、性情、品味与对该女子的关爱多少而定。

雷瑨、雷瑊《闺秀诗话》载:"顾莘耕,珠江人。性喜欢谐,而家贫无担石,就幕河间,寄家书诡言娶妾。夫人伊氏寄一诗云:'当年曾赋《白头吟》,此去何妨别梦寻。郎欲藏娇妾敢妒?只愁筑屋少黄金。'盖明知其绐而故揶揄之也。"②同书又载:

> 徐州李鞠初秀才妻吕氏,美慧能诗。伉俪极笃,同心十载,一索未能,思子颇切。每欲令夫置小星,而艰于启齿。后就试金陵,友人代置席姓女为妾,挈而归,恐大妇不容,藏娇别所,时推故往宿。未几妾有孕,不能同寝处,思告吕迎妾,免临产无所主。比寝,乃宛转言之,至于屈

① [法]乔治·巴塔耶:《色情史》,刘晖译,商务印书馆2003年,第106页。
② 《闺秀诗话》卷一四,见《清代闺秀诗话丛刊》,第1128页。

膝。吕伪作愠色，改李玉溪《无题》诗示之曰："今夜床头露口风，别营金屋怕河东。绸缪久作双飞翼，消息曾无一点通。喜得欢随潮信杳，说来羞与酒颜红。婉求屈膝侬心软，岂肯临危不转蓬。"明日果以鼓乐迎归。月余举一子，闺中人甚欢爱。人以为风流韵事焉。①

　　此二则皆涉士人纳妾事，而一虚一实，颇堪玩味。顾莘耕妻伊氏明知乃夫绐己，仍举古诗《白头吟》以示决绝。《西京杂记》卷三云："相如将聘茂陵人女为妾，卓文君作《白头吟》以自绝，相如乃止。"《乐府诗集·相和歌辞》录其词曰："皑如山上雪，皎若云间月。闻君有两意，故来相决绝。今日斗酒会，明旦沟水头。蹀躞御沟上，沟水东西流。凄凄复凄凄，嫁娶不须啼。愿得一心人，白头不相离。竹竿何袅袅，鱼尾何簁簁。男儿重意气，何用钱刀为。"②这应是为人妻者正常的第一反应，后面虽有"何妨别梦寻""郎欲藏娇妾敢妒"的试探与自抑，实则掩饰不住内心的恼怒。第二则始云李鞠初"伉俪极笃"，既而因"思子颇切。每欲令夫置小星，而艰于启齿"。首先"思子"的主语不明，以常情推断，应是李鞠初秀才更为迫切，盖"婚礼者，将合二姓之好。上以事宗庙，而下以继后世也"③。其次，吕氏欲令丈夫纳妾，承继后嗣，却"艰于启齿"。"艰"在何处呢？纯粹用"伉俪极笃"，恐

---

① 《闺秀诗话》卷一四，见《清代闺秀诗话丛刊》，第1133页。
② 《乐府诗集》卷四一，第600页。
③ ［清］孙希旦：《礼记集解·昏义第四十四》，中华书局1989年，第1416页。

解释不通。深层意识中应有对丈夫移情别恋的担忧。所以当纳妾变为现实,丈夫屈膝乞允时,要"伪作愠色",诗中要自拟河东,对"绸缪久作双飞翼,消息曾无一点通"表达不满,最后还要说明是因为自己心软,经不住丈夫跪求的诚意打动,所以"临危转蓬"。最后,这实际是在丈夫纳妾,木已成舟的前提下,妻子对个人权利的一种委婉的捍卫,对自己有限的尊严的一种宣示,而这一切,又都笼罩在一袭温馨谐谑、和睦轻柔的纱幕之内。

三、叛逆女性的声音

上节所论列,皆婚内夫、妻、妾之关系,虽已展露出或亢直或委婉的女性主体意识,然大旨尚不失温柔敦厚。此节所述,则系私奔越轨之女子,她们的共同特点是任性遂情,凭本能的驱使,甘冒刑责而义无反顾。

陈维崧《妇人集》载:

> 松陵吴氏(名银姊),与邻邑王生,以才艺相昵,后事露,庭鞫,氏板所供状洒洒数千言,颇露致语,一时争传颂焉。(辞多不载,中有云:"昔淡眉卓女,服缟素而奔相如,汉皇弗禁;红拂张姬,着紫衣而归李靖,杨相不追。古有是事,今亦宜然。盖表放诞于闺房,寄轻狂于蝝黛矣。")①

----

① [清]陈维崧:《妇人集》,见《清代闺秀诗话丛刊》,第32页。

这是一则被男性文人争相传颂的风流韵事。松陵吴氏应出明清吴江世家大族，竟与邻邑王生因才艺相投而私通，对于当时的家族与社会舆情而言，无疑是丑闻。此事之"韵"，完全出自吴氏的骈体供状，她引用葛洪《西京杂记》卓文君私奔司马相如、裴铏《虬须客传》红拂私奔李靖的故事，辩证类似自己的越轨行为古已有之，今日法律也当适度容忍。女子也应有放诞的权利、轻狂的自由。这一系列"出格"的言论与征引博洽、对仗工稳的男性文人最擅长的四六骈文，共同彰显出一个不循"内则"、任诞孤高、汰淫肆艳、才气纵横的奇女子形象，正是其中的奇、艳，以及态度的坦然与观念的超越，满足了男性文人天性中的自负，吸引了他们的普遍关注。维奥拉·克莱因曾论及"具有不满性角色"特征的妇女。他说：

> 她们对性角色不满的情绪表现在她们的自卑感里，表现在对她们自身性别的鄙视里，表现在反抗她们自身的被动角色里，表现在羡慕男人有更多的自由里，表现在立志在知识界和艺术界取得和男人一样的成就里，表现在努力争取自立的斗争里……还表现在用各种方法弥补她们非男人的地位给她们带来的社会地位上的劣势里。①

---

① ［英］维奥拉·克莱因：《女性本质——一部思想史》，转引自［美］凯特·米利特：《性政治》，宋文伟译，江苏人民出版社 2000 年，第 233 页。

这段话多少可以揭橥松陵吴氏供状的一部分深层心理。
袁枚《闺秀诗话》亦载其家乡前辈女子私奔事甚详:

> 予幼时,大母常为予言:大父旦釜公,性豪侠,与沈
> 遹声秀才交好。秀才中表杨大姑,有文君夜奔之事,托先
> 祖为之地道。杨纤足,夜行不能踰沟。先祖助沈,为扶而
> 过之。事发,藏匿余家。大姑纤腰美盼,吐属娴雅。大母
> 亦怜爱之。母家讼于官。太守某恶其越礼,欲与驻防旗下。
> 大姑佯狂披发,自唆其溺。旗人不能容。沈暗遣人买归,
> 终为夫妇,生一女而亡。后阅《香祖笔记》载此事,称武
> 林女子王倩玉者,盖即杨氏,讳其姓为王也。其寄沈《长
> 相思》一曲云:"见时羞,别时愁,百转千回不自由,教奴
> 争罢休! 懒梳头,怕凝眸,明月光中上小楼,思君枫
> 叶秋。"①

检王渔洋《香祖笔记》,卷二确有记武林女子王倩玉事,
云其"貌甚美而工诗词"②,其他可与袁枚诗话互参。此杨大
姑可谓极具主体意识之女性,一旦意有所属、情有所托,便
义无反顾,不计后果。宁受庭鞠之辱,不辞佯狂唆溺,终遂
己愿,实属难能。这一类涉及女子越礼私情的记载在清代笔

---

① [清]袁枚:《闺秀诗话》,见《清代闺秀诗话丛刊》,第95页。
② [清]王士禛:《香祖笔记》卷二,上海古籍出版社1982年,第26页。

记、诗话中并非孤例，《随园诗话》即谈及袁枚任沭阳县令时，"有宦家女依祖母居，私其甥陈某，偕逃获讯"[①]。而据《识小录》《荷闸丛谈》《牧斋遗事》《三垣笔记》等书载，顺治初，钱谦益以南明礼部尚书迎降豫王多铎，缘例北行。其爱姬河东君柳如是独留白下，与郑生通奸。谦益反为柳开脱，"且许以畜面首少年为乐"[②]。

这一类女子之被男性文人关注，事迹得以采入诗话、笔记，盖因诗才隽秀，容易为文人胜流所赏睐，或者说她们掌握了男性擅长的表述发声技巧，在书写形式上具备了与男性精英心灵沟通的文化资本，兼以有色——"纤腰美盼""貌甚美""风姿逸丽，翩若惊鸿"[③]，于是更易触发男性文人怜香惜玉的普世情怀，这里"才"是最重要的，观王士禛《香祖笔记》"王倩玉"条末云"虽淫奔失行，其才慧亦尤物也"，可证。"色"则是才的必要辅助，至于"德"，是偶尔可以忽略不计的，因为这种偶然的逾轨并不会威胁到婚姻伦理的厚重根基。

英国的约翰·阿却尔和芭芭拉·洛依德两位心理学家在论及婚姻带给女性的影响时，曾谈道："为人妻者很可能为了配合丈夫期望，而修改自己的人格及价值观；并且她们的婚姻幸福与否，昔日不论是经济或人际层面，都还系于

---

① 《随园诗话》卷九，见《袁枚全集》，第299页。
② ［清］徐树丕：《识小录》四，转引自《柳如是别传》，第868页。
③ ［清］钮琇：《河东君》，见钱仲联主编：《广清碑传集》，苏州大学出版社1999年，第219页。

丈夫的成功与否。……婚姻生活中自尊和自主性的丧失，会让妇女蒙受心理上的耗损。"①清代闺秀的婚姻生活往往可以印证上述理论，而由于东方家庭特有的媵妾制的介入，无疑会对法定的夫妻性关系构成某种消解，鉴于男子在性方面求新逐异的永不餍足，妻子的自尊必然受到伤害，不得不忍受色衰爱弛或旧不如新的现实。而个别特立独行的女子，会以最激烈的反抗方式——出轨，来宣泄对这种家庭秩序的不满。

《闺秀诗话》卷九又载：

> 某观察夫人好学工吟，熟通典籍，特性不检，为观察所弃，窜之苏寓逆旅中。尝出其诗稿示人，《即事》一首云："一雨忽收霁，残蝉沸满天。中庭残暑退，前渡湿云连。山远净如拭，林深凉欲烟。诗情秋洗透，痴立小桥边。"又"寒林落日群鸦下，秋夜西风一雁来""寒灯都惨淡，归梦不分明"，两联皆佳。殆亦如文人才子之疏狂落拓者欤？②

此观察夫人诗才未必佳，观上引五律，既用"残蝉"，复有"残暑"，或辑录者误植，亦未可知。清之观察实指道员，秩四品，居知府上。其嫡妻因"性不检"，被弃，固属情理中事。编者因其诗才而惋惜之，以"殆亦如文人才子之疏狂落

① ［英］约翰·阿却尔、［英］芭芭拉·洛依德：《性与性别》，简皓瑜译，台湾巨流图书股份有限公司2007年，第165页。
② 《闺秀诗话》卷一四，见《清代闺秀诗话丛刊》，第1133页。

拓者钦"为之开脱，则说明若观察夫人改变性别，"不检"是可以被士林谅宥的。然而，值得追究的是作为妇人，其"窜之苏寓逆旅中"，何以为生？岂亦如诗话中数量不菲的闺塾师那样，以执教闺阃自立于世？抑或别觅槁砧，再嫁他人？然观察公有此雅量否？知情之男子能否不计前嫌，娶其入门？都是此则诗话背后值得吾人关切的话题。

清代诗话中，亦有记载女子间同性恋关系之条目，虽隐晦遮饰，要不失为重要的性学史料。苕溪生《闺秀诗话》卷四云：

> 食色性也，是故少艾之慕，不独男子为然，即同为闺阁，亦往往有之。陇西顾君眉妇王氏，与顾妹英姝，姿色不相上下。王有句赠英姝云："鹦鹉依人唤梦回，枕痕低印脸霞堆。卷帘同向花前坐，贪看梳头不忍催。"归安陈淑珍赠表妹句云："玉为肌骨水为神，一样裙钗爱倍珍。自笑前生修未得，作她夫婿是天人。"湖州杨定甫孝廉妇秦氏，美而无子，从都于平陵寓所。见一女子，年可十五六，姿色绝丽。招之食，与语，大悦之，欲为夫置侧室而未言也。后数月复经其地，觅前寓，已易主人矣，乃题诗于壁云："平陵城外驻征车，旧境重来日已斜。樽酒因缘成浪迹，春风门卷误桃花。云中仙使无青鸟，海上神山有碧霞。独立黄昏惆怅久，不应从此便天涯。"一见而缠绵若此，较之南

> 康公主"我见犹怜"之说,尤觉情深,亦其夺于色而不能
> 自已者欤?①

这是异于常轨的女性对同性姿色风韵的鉴赏和爱慕,虽然并没有进一步的表达,亦缺乏对方的响应,但其性取向的暧昧已昭然若揭。中国古代罕有记述女子间同性恋的文献,《汉书·外戚传》第六十七下"孝成赵皇后传"(即赵飞燕传)所言宫中"对食",始着先鞭。颜师古注引应劭曰"宫人自相与为夫妇名对食,甚相妒忌也"②。张在舟《中国同性恋史》认为"'自相与为夫妇'就是指的同性恋活动,可以达到争风吃醋的地步,这说明宫人之间的相互爱恋还是比较深切的"③。甚确。至明清,"南风"成为时尚,有关平民、闺秀女子同性恋的描述始稍见于说部戏曲,而仍遮遮掩掩,难与分桃断袖之载记并驾齐驱,亦足见男性话语权力之强盛。

余 论

宋人许顗《彦周诗话》云:"'诗话'者,辨句法、备古今、纪盛德、录异事、正讹误也。"清人章学诚《文史通义·诗话》云:"自孟棨《本事诗》出,乃使人知国史叙诗之义;

---

① 苕溪生:《闺秀诗话》卷四,1934年上海新民书局排印本。此条亦见于清咸丰二年棣华园主人辑《闺秀诗评》。
② [汉]班固撰,[唐]颜师古注:《汉书》卷九七,中华书局1962年,第3990、3992页。
③ 张在舟:《中国同性恋史》,中州古籍出版社2001年,第725页。

而好事者踵而广之，则诗话而通于史部之传记矣。间或诠释名物，则诗话而通于经部之小学矣。或泛述闻见，则诗话而通于子部之杂家矣。虽书旨不一其端，而大略不出论辞论事，推作者之志，期于诗教有益而已矣。"①也就是说，"诗话"自晚唐始，内涵逐渐宽泛，从单一的论诗之义理、辞章的文类拓展为兼记诗人行止交游，诗中名物的诠释乃至诗歌创作背后的故事等融汇多家的新文体。具体到《闺秀诗话》，则除保留了大量女性诗作之外，还记录了清代不同时期、不同地域女性的家庭状况、婚姻生活、性别意识与身份思考，虽如雪泥鸿爪，片羽吉光，却有俾于吾人更接近女性历史的真相，庶免怀宝迷邦，仅据某些先入为主的所谓理论，便断言旧日的女性皆处于"三座大山"之下，水深火热之中。

诚然，《闺秀诗话》不过揭橥了彼时女性生活的一隅，不足以概括近三百年各类女性生活的实质，但若与同时期的诗古文辞、小说戏曲互参，则不难领悟彼时儒家伦理所遭遇的种种挑战，"妇以夫为天"的规则在实际生活中已被大大地消解，众多的知识女性开始了身份的思考，发出自己的声音，尝试从阃阈中突围，而市井中的女性往往会更大胆地宣示自己的存在。这一切都并非是骤然发生，而是有其积渐形成的内在轨迹。本章便是对其中蛛丝马迹的一点发掘。

---

① ［清］章学诚：《文史通义校注》，叶瑛校注，中华书局1985年，第559页。

第二节　通俗小说概貌

建州女真以一边鄙部落问鼎中原，立国之初，虑关内不附，故一切因袭明制，教坊乐籍亦仍其旧。雍正钦定《八旗通志·职官》载："顺治元年，沿明制设教坊司，以掌宫悬大乐。"①乾隆钦定《日下旧闻考·内城·东城一》引《析津日记》云："京师皇华坊，有东院，有本司胡同。本司者，教坊司也。又有勾栏胡同，演乐胡同，相近复有马姑娘、宋姑娘、粉子胡同，出城则有南院，皆旧日之北里也。"②又《康熙会典》载："教坊司，顺治初，凡东朝行礼筵宴，用领乐官妻四名，领女乐二十四名……随钟鼓司引进，在宫内排列作乐。"③此皆清初有官妓之证。逮至三藩平定，海宇混一，惩于前朝荒淫误国，乃裁汰女乐官妓，至雍正三年，京师教坊遂无女子，各省亦无在官乐户。④

清廷对汉族士人一面广施笼络羁縻之策，征隐逸、开科举，设馆修书，提倡理学，一面大兴文字狱，以彰震慑迫挟之威。在此形势下，士人多箝口不言时政，而潜心于考据训诂之学，穷经稽古以避祸逃咎。这种情况亦影响到青楼文学的创作。顺治、康熙间尚有一班士大夫效晚明风气眠花卧柳，

---

① 《钦定历代职官表》，见《四库全书·史部》卷一〇。
② 《四库全书·史部》卷四八。
③ 转引自邓之诚：《骨董琐记全编》卷六，北京出版社1996年，第185页。
④ 参见[清]昆冈修，刘启瑞纂：《雍正会典·刑部·名例上》，清光绪石印本。

如赵执信（秋古）之狎天津杨柳青名妓蕊枝、玉素、真珠、金钱；汤右曾（西厓）之眷江阴红娘子。^①至雍正初，娼禁綦严，青楼业日渐凋零，士人不敢涉足狭邪，遂使一时青楼题材的创作失去了现实的土壤，清中叶以前的有关说部多将时代背景托于明代，罕有取材当世者，亦可见一时政治风会之效。兹择要介述如下。

清初，拟话本小说沿明之余续，尚掀起过一个创作高潮。各集中亦不乏描写烟花韵事、揭露妓家丑行者。如李渔《连城璧全集》第一回《谭楚玉戏里传情　刘藐姑曲终死节》，叙明际嘉靖、隆庆时，襄阳书生谭楚玉流落浙中，因慕当地女伶刘藐姑，乃自荐入戏班为净色，与藐姑同堂学艺，同台作戏。藐姑对之亦殊有情，惟碍于班规严厉，不得通款曲。楚玉乃以去班相胁，谋得正生行当，于是与藐姑各饰生旦，借戏传情，誓不相负。然藐姑之母绛仙利某富翁聘礼，竟将藐姑许以做妾。藐姑力争不能动母意，遂决意殉情。翌日晏公庙会，戏台临河而建，藐姑佯作泰然，自点《荆钗记》，与楚玉登场敷演，二人真情流露，灌注剧中，观者无不动容泣下。至"投江"一出，藐姑竟假戏真做，抱石投河，楚玉亦紧随其后，逐浪而去。二人相抱漂至严州桐庐县，赖一渔翁搭救，双双归于楚中，男读女绩。三年后，楚玉连举登第，授福建汀州节推，乃厚报渔翁，重会绛仙夫妇，终隐于桐庐溪畔。

此篇表现伶人艺妓之生死恋情，题材固极新颖，复因作

① 参见徐珂：《清稗类钞·娼妓类》，中华书局1986年，第5184—5186页。

者精于演艺排场,故写来波澜迭起,妙到毫巅,且时时将其戏剧见解化入小说情节,与人物命运符节若合。如写谭、刘之作场演剧,云:"戏文当作戏文做,随你搬演得好,究竟生自生,而旦自旦,两下的精神联络不来,所以苦者不见其苦,乐者不见其乐。他当戏文做,人也当戏文看也。若把戏文当了实事做,那做旦的精神,注定在做生的身上;做生的命脉,系定在做旦的手里,竟使两个身子合为一人,痛痒无不相关,所以苦者真觉其苦,乐者真觉其乐。"①

自元人夏庭芝《青楼集》后,有关江湖女伶、女班之活动,记载殊寥寥,此篇虽小说家言,亦不失为当日浙中乡村演剧情况之形象资料。

同书外编卷四《待诏喜风流攒钱赎妓,运弇持公道舍米追赃》揭露娼家反复无情,唯利是图之行径,亦颇生动传神。"入话"叙万历间南京旧院名妓金荃,本性奇淫,而佯为节义,骗得某公子信任,赚取金钱无数,死后犹使某公子追念不置。终赖一术士道出真相,某公子始恍然大悟。正文叙崇祯末年,扬州篦头匠王四因常为名妓雪娘梳头篦发,得雪娘垂青,由是竟生痴念,欲效卖油郎风流,为雪娘落籍。因与鸨儿议定身价一百二十两,允其陆续凑齐,即许雪娘从良。王四从此辛勤积蓄,四五年后,方如数付清,即欲取文书,挈雪娘离院。而鸨儿与雪娘竟矢口否认前约,王四愤而出首江都县,而银据已于事前被雪娘窃去,遂坐无赖受杖枷号。

① [清]李渔:《连城璧》第一回,浙江古籍出版社1988年,第9页。

王四气不能平，身背冤状，日徘徊于雪娘门口，向人控诉。卒感动一运粮官，复以欺诈之术，代其追回原银。

此篇立意在于惩戒，结尾所云"奉劝世间的嫖客，及早回头，不可被戏文小说引偏了心，把血汗钱被他骗去"①，虽老生常谈，而因作者善于编织，铺叙得体，故于市井之浮薄、妓家之谲诈，颇多镂心刻骨之描绘。

同时又有酌元亭主人之《照世杯》，共收四篇拟话本作品，卷一《七松原弄假成真》，乃是以写才子佳人之法，状烟花妓女与风流浪子之情，间亦穿插小人拨弄、朋友误会之关目，而终归于金榜题名、男女团圆窠臼。

至乾隆间，此类拟话本创作日趋没落，大多侈谈果报、空言劝惩，"处处引人于忠孝节义之路，既可娱目，即以醒心，而因果报应之理，隐寓于惊魂眩魄之内，俾阅者渐入于圣贤之域而不自知，于人心风俗不无有补焉"②。如草亭老人杜纲的《娱目醒心篇》卷一——《诈平民恃官灭法　置美妾借妓营生》，本系篡改明末天然痴叟《石点头》之第八卷《贪婪汉六院卖风流》，而将原作所反映的官、商之间的尖锐矛盾，淡化为宿命的饮啄报应，思想艺术均逊于原作。

这一时期青楼题材创作之最可注意者，是长篇小说《金云翘》之问世，其本事虽在明代已脍炙人口，有多种传记野史流传，但小说对青楼内幕之暴露及对女主人公性格之塑造，

---

① 《连城璧》"外编"卷四，第334页。
② ［清］自怡轩主人：《娱目醒心篇·序》，上海古籍出版社1988年，第1页。

仍多有创意，故不当目为剽袭拼凑之作。

按：王翠翘实有其人，茅坤《记剿除徐海本末》一文即提及翠翘名，又隆庆、万历年间人冯时可著有《王翘儿传》①，实即其本事，兹录于下：

> 王翘儿者，故临淄民家女，少鬻于娼，冒马姓，假母呼为翘儿。携至江南教之，即善吴歈，善弹胡琵琶。其貌不逾中色，而音吐激越，度曲婉转，往往倾其座人。然有至性，雅不喜媚客，大贾赍多金赂之，意稍不属，或竟夕虚寝而罢，贾恚而收金去。以是假母日窘而笞骂之。会有少年私之金者，遂以计脱假母，而自徙居海上，更称王翠翘云。
>
> 海上多贵游，尤以音律相贾重，令一启齿，以为绝世无双，以是翘儿之名满江南。岁所得缠头无算，乃更以施诸所善贫客。久之，倭寇掠海上，遂窜走桐乡。已转掠桐乡，城陷，翘儿被虏。诸酋执以见其寨主徐海，海初怪其姿态不类民间，讯之知为翘儿，试之吴歈及琵琶以侍酒，绝爱幸之，斥帐中诸姬罗拜，咸尊为王夫人。翘儿既已用事，凡海一切计画，惟意指使，乃亦阳暱之，阴实幸其败事，冀一归国以老也。会督府遣华老人檄海，肯来降与之官。海怒，缚而将斩之，翘儿谏曰："今日之势，在君降不

① ［明］李诩：《戒庵老人漫笔》卷五"蒋陈二生"条所附"汪直徐海妓"，中华书局1982年，第187—190页。又见《青泥莲花记》卷三，惟云系出徐学谟《海隅集》。此据《戒庵老人漫笔》。

降，何与来使？"亲解其缚而厚之金。华，海上人也，翘儿故识之，而华亦私觑所谓王夫人者，心知为翘儿，不敢泄。归告督府曰："贼未可图，第所爱幸王夫人者，臣视之有外心，当藉以碟贼耳。"督府曰："善。"乃更遣罗中书诣海说降，而益市金珠宝玉，以阴贿翘儿，乃日夜在帐中，从容言："大事必不可成，不如降也，降且得官，终身当共富贵。"海遂许罗中书约降。督府因诱致居东沈庄，与党陈东相斗，官兵乘之，海沉河死，永保兵俘海两侍女，一名绿珠，一即翘儿也。督府饮之辕门，以享诸参佐，令翘儿歌而徧行酒，诸参佐皆起为寿。督府酒酣心动，亦握槊降阶而与翘儿戏。夜深，席大乱。明日，督府颇悔夜来醉中事，而以翘儿功高，不忍杀之，乃以赐所调永顺酋长。既从永顺酋长去，之钱塘舟中，辄悒悒不自得，叹曰："明山遇我厚，我以国事诱杀之，杀一酋而更属一酋，何面目生乎？"夜半投江死。①

其后，余怀、戴士琳均曾为其立传。又明末拟话本集《幻影》第七回《生报华萼恩　死谢徐海义》亦敷演王翠翘事，然已增出与华萼一段因缘，是为后日《金云翘》之张本。从茅坤之《记剿除徐海本末》至晚明拟话本《生报华萼恩，死谢徐海义》，可以见出王翘儿故事由文而俗，不断增益润

---

① ［明］李诩：《戒庵老人漫笔》卷五"蒋陈二生"附录，中华书局1982年，第189页。

饰之轨迹。至清初，遂有水到渠成，演为长篇章回体说部的基础。

《金云翘》取小说中人物金重、王翠云、王翠翘姓名各一字名篇，盖亦《金瓶梅》《平山冷燕》《玉娇梨》等书命名之法。全书二十回，回目皆双句对偶。前六回交代翠翘家世、姊妹才情，铺垫其与金重清明邂逅，一见倾心，私定鸳盟及猝遭家难，卖身救父之经过。

自第七回至十七回，则全写翠翘沦落娼门，风尘颠踬之苦。其间刻画鸨儿之狠戾凶残、权诈局骗，地痞之猥劣刁蛮、为虎作伥，以及妓女之含垢忍辱、悲苦无告，俱逼真细腻、入木三分，迥非前此之青楼小说所能及。其叙翠翘初不肯接客，自刎相抗，伤及颈项。鸨儿乃佯作关怀，照料周至。暗中则串通流氓楚卿，伪装书生，设局诓骗，卒使翠翘堕于縠中。于是:

> 将翠翘衣服尽剥了，连裹脚也去个干净。将绳子兜胸盘住，穿到两边臂膊，单缚住两个大指头，吊在梁上，离地三寸，止容脚尖落地。……秀妈骂道:"好淫妇，好贱人! 我叫你接客，你就将刀刎颈图赖我，你跟人走去就是该的! 你道是好人家儿女，不肯做娼家事，我十分敬重你，放你在后楼居住，不教你见客迎人，日日替你寻个好人家打发你起身。那知你都是假惺惺，几日儿就屄痒难过，去偷汉子，偷别人也还好看些，怎般急得紧，就跟了个保儿

走了。你这样贱货，不打你那里怕！"提起皮鞭，一气就打了二三十。可怜翠翘，几曾受过恁般刑法。手是吊住的，脚下只得二大指沾地。打一鞭转一转，滴溜溜转个不歇。正是：人情似铁非为铁，刑法如炉却是炉。翠翘欲死不能，求生无术，哀告道："娘，打不得了，待我死了吧！"秀妈道："咦，你倒想着死哩，我且打你个要死。"又一气打了二三十皮鞭。……这番翠翘气都接不来了，道："娘，真正打不得了！要我生则生，要我死则死，要我接客。也情愿接客了。"……

秀妈道："自今日以后，逢人要出来相叫，客至要唤点茶，献笑丢情，逢迎佐饮，却都是不可违拗的，违拗也要打一百皮鞭。"①

自有青楼文学以来，深刻揭露妓家逼良为娼，反映妓女非人境遇的作品尚属罕见。盖因作者多系久历烟花之文人墨客，本为买笑追欢而来，固无意刺探娼家秘密。妓女慑于龟鸨积威，对此讳莫如深。然则《金云翘》的作者青心才人实有心人也，其为写作此书，必曾多方搜辑娼家内幕资料，访查妓女身世及沦落根由，故所说妓家情状多有他书不曾涉及之处。即使描摹青楼之居停陈设，亦不无可资为社会风俗史料者。如第八回，以初堕烟花的王翠翘视角观察马家妓院：

---

① [清]青心才人：《金云翘》第九回、第十回，春风文艺出版社1985年，第80—83页。

见那门上一对联句道："时逢好鸟即佳客，每对名花似美人。"心中疑道："这是个甚等人家？"进得门来，只见内中已有两个妇人，浓妆淡抹相迎。又见有四五个读书的在那里探头张望。翠翘一发心下不解。行到家堂之处，早已有供献果品在那里。远看像一幅关圣帝君，细看却是两道白眉。这神道叫作白眉神，凡是娼妓人家，供养他为香火。若是没有生意，这些娼妓便对此神脱得赤条条，朝着他献花祷祝一番，把筷子连敲几下，藏在床头，第二日便有客来嫖。若是过年，将鸡鱼肉三献五供。一碗饭，三杯酒，请了白眉神，把这三献五供并在一个沙盆里，酒饭俱别用碗分盛，亦放在那放供献的沙盆中。将日用的马子，预先洗刷干净，到此日请献过神道，将沙盆放入马子里过除夕。次日看有甚好嫖客浪子来贺节，取出与他吃了，那人便时时刻刻思念着他家。就要丢开，那禁陡的上心来。所以人家好子孙，新正月初二三切不可到妓家去。①

这正是明季中叶以后兴起的妓家行业神崇拜风气之真实写照。沈德符《万历野获编》云："近来狭邪家多供关壮缪像，予窃以为亵渎正神，后乃知其不然，是名白眉神，长髯伟貌，骑马持刀，与关像略肖，但眉白而眼赤。京师相詈，指其人曰'白眉赤眼儿'者，必大恨成贸首仇，其猥贱可知。

---

① 《金云翘》，第63页。

狭邪讳之，乃嫁名于关侯。坊曲倡女，初荐枕于人，必与艾猳同拜此神，然后定情，南北两京皆然也。"①

又如第十、十一两回由鸨儿秀妈现身说法，自供娼门诱人伎俩，有"哭""剪""刺""烧""嫁""走""死"七法，对翘儿分条析缕，曲为教唆，亦可与明代《嫖经》互相参证。盖《嫖经》有所谓"走死哭嫁守，饶假意莫言易得"之说，朱元亮注云："五事最动人。哭嫁守者，缠绕牵系，已不可解。走、死更非好声息，愈真愈不可解也。子弟至此须放一段真识力、真主张，方不坠网。"复有"抓打剪刺烧，总虚情其实难为"之说，注云："抓、打，恶习也；剪、刺、烧似乎情真，然一时慷慨者有之。惟百折不回，才为真到底也。"②

然而，《金云翘》的创作宗旨终不脱为贞节女子立传，从而发扬名教之模式。作者刻意将王翠翘雕琢成一位至孝至节、有情有义的女性楷模，其堕入淫窟，是为行孝救父，故决无反顾；其出卖徐海，是为国尽大节而弃私情。至于举身赴水，则是要表明其"内不负心，外不负人之余烈"③。作者让翠翘辗转飘零，历尽磨难，无非要发明一种广义的贞节观念，即书中第二十回金重所云："大凡女子之贞节，有以不失身为贞节者，亦有以辱身为贞节者，盖有常有变矣。"也即天花藏主人序中所言："大都身免矣，而心辱焉，贞而淫矣；身辱焉，

---

① 《万历野获编·补遗》卷四，第919页。
② ［明］方悟编，张儿绘图:《青楼韵语广集》，明崇祯四年刊本，台湾"国立中央图书馆"藏。
③ 《金云翘》卷首"天花藏主人序"，第2页。

而心免焉，淫而贞矣。……因知名教虽严，为一女子游移之，颠倒之，万感万应而后成全之，不失一线，真千古之遗香也。"①

作者为弘扬其"变境"中的贞节观，竟于小说结尾杜撰翠翘沉江后为人所救，与金重破镜重圆的关目，又造作其荐枕席而拒云雨，"既私而尚有不私者在"的"柏拉图式"婚姻，既矫情扭拗，复说教满篇，令人生厌。

今人治小说史者，多以《花月痕》为第一部描写妓女之长篇②，实则《金云翘》与《风月梦》之问世均早于《花月痕》，《金云翘》更早出一百余年，故其所反映之时代亦颇不同于后者，读《金云翘》，可以领略清初名教性理思想在小说领域的回潮。

第三节　狭邪笔记之繁盛

清代经康熙、雍正两朝之经理，至乾隆时，国力大盛，内帑充足而侈纵享乐之风亦随之陡长。弘历六次南巡，所到之处，大兴宫室，征歌选胜，耗资以亿万计。朝官外吏则权私舞弊、贪墨钻营。《清史稿》列传一四三《洪亮吉传》云："盖人材至今日销磨殆尽矣。以模棱为晓事，以软弱为良图，

---

① 《金云翘》，第1页。
② 北京大学中文系编辑委员会:《中国小说史稿》，人民文学出版社1960年，第353页。[清]魏秀仁:《花月痕》"校点后记"，人民文学出版社1982年，第451页。

以钻营为进取之阶，以苟且为服官之计，由此道者，无不各得其所欲而去。衣钵相承，牢结而不可解。"①同时，乾隆一朝文字狱之频繁惨烈，亦旷代所无。邓之诚《中华二千年史》所列即有七十五起，屠戮株连千百人，士气之摧抑，莫以此时为甚。读书人上焉者埋首经籍，不问世事；下焉者，则醉生梦死，游冶嬉怡。

自乾隆初以来，各地之市妓私娼，又复潜出为业，游幕之士与荡检之官每每于公余暇日搜奇猎艳、弄月吟风。如袁枚"过苏州，常主曹家巷唐静涵家，唐有豪气，能罗致都知录事投先生之所好，故先生尤狎就之"②。其游宦所及，到处寻春，"往往有花枝招展，载与同游。著手皆春，无花不赏"③。"六十初度，适在吴门，学康对山自寿，集名妓百人，唱百年歌，好事者从而附益之。虽不满其数，亦已得其强半焉"④。

至乾隆中叶，民间的青楼，遂又公然悬牌招客矣。而仍以东南部的苏州、扬州、宁波、南京、广东一带为最盛，惟聚散无时，居无定所，一逢禁令，倏焉四散；禁令稍弛，又悄然而出，营业如故。至嘉庆、道光间，已成决郁之势。姚燮曾对此现象做过较深入的社会分析，他说："守土之令，忧虑风俗，思荡剔而扫除之，而邸将舆皂之流，姑息于外；调

---

① 《清史稿》卷三五六，第11309页。
② 《袁枚全集》"捌"附录四，第2页。
③ 《袁枚全集》"捌"附录四，第19页。
④ 《袁枚全集》"捌"附录四，第14页。

狲庙客之辈，卫蔽于中，皆赖诸院饱啖以浆分润其橐者。一令未下，闻信如矢，键门寂筊，相借止哗，役吏反牌，以遁逸为报，而重帏复壁中，故依然扬桴荐斚，事事仍昔。守土者知其故，因之易装改服，密自防稽，幸获其一，罔补于政，益增弊端。且自僚幕丁随以下，多以纤门狭巷，为陶心息足之地。近蔽未明，求诸迂远，适贻笑路人。"①所指虽限于浙之宁波一地，而方之全国，亦几乎无处不然。

与此同时，记述各地烟花掌故，评骘妓女优劣妍媸的文人笔记也纷纷出炉，据笔者所见闻，仅乾隆末迄道光中五十年间问世的这类作品即有：珠泉居士《续板桥杂记》《雪鸿小记》，李斗《扬州画舫录》②，西溪山人《吴门画舫录》，个中生《吴门画舫续录》，俞蛟《梦厂杂著·潮嘉风月》，捧花生《秦淮画舫录》《画舫余谭》，雪樵居士《青溪风雨录》《秦淮闻见录》，张际亮《南浦秋波录》，姚燮《十洲春语》，及佚名之《水天余话》《石城咏花录》《秦淮花略》《青溪笑》《青溪赘笔》，至于零篇小传如刘瀛《珠江奇遇记》，吴兰修《黄竹子传》等，更俯拾皆是，指不胜屈了。

道咸以降，又有芬利它行者之《竹西花事小录》，许豫《白门新柳记》《白门衰柳记》，周生《扬州梦》，杨恩寿《兰芷零香录》，缪艮《珠江名花小传》，王韬《花国剧谈》《海陬冶游录》及《淞滨琐话》等。

① ［清］姚燮:《石洲春语》下，见《香艳丛书》四，第4274页。
② 《扬州画舫录》固非狭邪笔记，因卷九多叙妓家及冶游事，乃列次于上。

这一类笔记，十之九仿《板桥杂记》体例，多在篇前卷后的序跋中倡言箴规鉴戒之旨，其实却不出汉赋"劝百讽一"的旧套，已不复有《板桥杂记》那样的兴亡之感、反省之味了。这类笔记的价值主要不在文学方面，而在其所披露的风俗世情颇有足资了解一代文人心态，印证一朝盛衰演变之迹者。

上列诸书，除《南浦秋波录》专记福州坊曲，《十洲春雨》专记宁波妓业，《兰芷零香录》专记长沙花事外，余皆集中写吴门、扬州、广东三地，至晚清同治、光绪间，沪妓后来居上，始有王韬的《海陬冶游录》《淞滨琐话》卷七专记其事。通览诸书，大抵可知清代娼妓自乾隆时复苏，愈演愈烈，而南盛于北，东盛于西，终至弥漫全国的趋势。

《续板桥杂记》《吴门画舫录》《吴门画舫续录》《秦淮画舫录》《画舫余谭》《青溪风雨录》分别记述乾隆、嘉庆两朝南京地区之繁华声妓。

南京旧院、秦淮花舫在清初一度归于消歇，乾隆初渐次恢复旧观。《续板桥杂记》说：

> 承平既久，风月撩人，十数年来，裙屐笙歌，依然繁艳。……今自利涉桥至武定桥，两岸河房，丽姝栉比。俗称本地者曰"本帮"，来自姑苏者曰"苏帮"，来自维扬者曰"扬邦"。虽其中妍媸各别，而芬芳罗绮，嘹亮笙歌，皆

足使裙屐少年迷魂荡志也。①

《秦淮画舫录》云嘉庆时，"更益其华靡，颇黎（按即玻璃）之灯，水晶之盏，往来如织，照耀逾于白昼。两岸珠帘印水，画栋飞云，衣香水香，鼓棹而过者，罔不目迷心醉"②。

扬州则自明代中叶以来即为各地盐商麇聚之区，两淮之盐，皆赖此辈转输货贸，至清初，多有几世业盐积为巨富者。这些人在生活上极力效仿王公贵胄的豪侈，视金玉如粪土，以享乐相高下。《扬州画舫录》卷六云：

> 扬州盐务，竞尚奢丽，一婚嫁丧葬，堂室饮食，衣服舆马，动辄费数十万。有某姓者，每食，庖人备席十数类，临食时，夫妇并坐堂上，侍者抬席置于前。自茶面荤素等色，凡不食者摇其颐，侍者审色则更易其他类。或好马，蓄马数百，每马日费数十金，朝自内出城，暮自城外入，五花灿著，观者目炫。或好兰，自门以至于内室，置兰殆遍。或以木作裸体妇人，动以机关，置诸斋阁，往往座客为之惊避。……有欲以万金一时费去者，门下客以金尽买金箔，载至金山塔上，向风飏之，顷刻而散，沿江草树之间，不可收复。又有三千金尽买苏州不倒翁，流于水中，波为之塞。有喜美者，自司阍以至灶婢，皆选十数龄清秀

---

① ［清］珠泉居士：《续板桥杂记》，见《香艳丛书》五，第4919页。
② ［清］捧花生：《秦淮画舫录·自序》，见《香艳丛书》四，第3907页。

之辈。或反之而极，尽用奇丑者，自镜之以为不称，毁其面以酱敷之，暴于日中。有好大者，以铜为溺器，高五六尺，夜起溺，起就之。一时争奇斗异，不可胜记。[①]

扬州又是康熙、乾隆南巡经过驻跸的重镇，弘历本人即酷嗜声妓戏曲，扬州之守倅与盐商巨贾为趋承上意，极铺陈靡费之能，一时男优女伶，萃聚邗上，笙歌剧艺，盛况空前。《清稗类钞》十一载："高宗南巡至清江，曾召女伶昭容，旋以钿车锦幰送扬州，赐玉如意、粉盒、金瓶、绿玉簪、赤瑛、玉杯、珠串诸珍物。又有雪如者，高宗尝以手抚其肩，雪如乃于肩上绣小龙，以彰其宠。"[②]

在他省物色女伶，还要专程送来扬州，可见该地在全国演艺界举足轻重的地位了。而《扬州画舫录》卷九即载有当时昆腔女戏班——双清班——的详情，该班生、旦、净、丑，行当俱全，达十九人之多，除男正旦一名，余皆以女伶应工，又有场面、衣、杂、把、金锣、教师，总计三十一人。

城中的娼楼花薮，集中在小秦淮自龙头关至天宁门水关的夹河两岸。栉比鳞次、斗艳争奇，或买棹湖上，邀客侑觞，尊罍丝管，招摇过渡，《扬州画舫录》记一时"歌喉清丽，技艺共传"的名妓即达五十余人。《雪鸿小记》亦载同时名姝十九人（间有一二重复）。在太平军未到江苏以前，扬州一直是

---

① ［清］李斗：《扬州画舫录》卷六，江苏广陵古籍刻印社1984年，第142页。
② 徐珂：《清稗类钞·优伶类》，中华书局1986年，第5143—5144页。

渔脂猎粉、纸醉金迷的风流胜地。

至于广东的蜑户船妓，则似乎有风俗相沿难于禁绝的特殊原因。蜑户本系渔民，以船为家，当地操卖笑生涯者亦冒蜑户之名，栖息水上，往来迎送。乾隆中，赵翼为两广总督李侍尧幕客时，曾见广州珠江花舫达七八千艘，"每船十余人，恃以衣食"。因而感慨："一旦绝其生计，令此七八万人，何处得食？"①

《潮嘉风月》则反映了乾嘉之际粤东潮州、嘉应、清溪一带数百里的花舫盛况。其"韩江"条云："潮州居羊城东北，山海交错，物产珍奇，岭表诸郡，莫与之京。以故郭门内外，商旅辐辏，人烟稠密，俨然自成都会。……越今七百余年，烟波浩渺，无沧桑之更；而绣帏画舫，鳞接水次。月夕花朝，鬓影流香。歌声戛玉，繁华气象，百倍秦淮。"②

同书"潮嘉曲部"条又载："今之蜑户……生女则视其姿貌之妍媸，或留抚畜，或卖邻舟，父母兄弟仍时相顾问。稍长，辄勾眉傅粉，抆管调丝。盖其相沿之习，有不能不为娼者。……广东蜑户与浙江堕民，曾蒙谕旨准其为良……无如结习莫除，甘于下贱，亦可哀也矣。"③则是除此以外，不知更有其他生业。然而究其根本，还在买方市场的庞大，赵翼《檐曝杂记》说珠江上七八千船，每日皆有客，"官吏亦无不

① ［清］赵翼：《檐曝杂记》卷四"广东蜑船"，见车吉心主编：《中华野史·清朝卷》五，泰山出版社2000年，第4600页。
②③ ［清］俞蛟：《潮嘉风月记》，见《香艳丛书》，第243页。

为所染"。可见单凭雍正的一纸禁令是无济于事的。

乾嘉之际的汉族士人鉴于清朝统治者的猜忌专制，多从顺求容，不图闻达，所谓"避席畏闻文字狱，著书都为稻粱谋"①即是一代士人心态的真实写照。牢愁积郁，无以驱遣，乃从歌楼舞榭、声色酒食中寻找寄托。虽于官箴士操不无玷染，但终属小节，不至招来杀身之祸，且满蒙王公大臣之穷奢极欲，已自树立榜样于前，风气之坏，实源于此。

京师辇毂之下，形格势禁，道光以前，绝少妓寮，士大夫亦不敢问津，而将选妓评花之癖，易为分桃断袖之爱，捧优伶、狎像姑②，遂成为北京地区朝官游士的时尚。《燕京杂记》云："京师优童，甲于天下，一部中多者近百，少者亦数十。其色艺甚绝者名噪一时，岁入十万，王公大人至有御李之喜。优童大半是苏、扬小民，从粮艘至天津，老优买之，教歌舞以媚人者也，妖态艳妆，逾于秦楼楚馆。"③"达官大贾及豪门公子挟优童以赴酒楼，一筵之费，动至数百金。……都中恬不为怪，风气使然也。"④一时品评男优色艺的笔记亦应运而生，如吴长元《燕兰小谱》，小铁笛道人《日下看花记》，来青阁主人《片羽集》，留春阁小史《听春新咏》，半标子《莺花小谱》等，皆乾嘉时作品，道光以后，篇帙腾涌，

---

① ［清］龚自珍：《定盦集·补编·古今体诗》上《咏史》，《四部丛刊》本。
② "像姑"为旧时对少年男伶旦角的俗称。
③ 佚名：《燕京杂记》，北京古籍出版社1986年，第127—128页。
④ 《燕京杂记》，第128页。

适足与《续板桥杂记》等书南北对峙,分庭抗礼。①

　　这一批记载京师伶人的笔记固然是弥足珍贵的戏曲史料,但著者们对伶人流露的情感却显然存在着程度不同的"倒错",他们用欣赏异性的眼光看待伶人,用表现阴柔的词汇描写伶人,倘若不加甄别,直与南部烟花诸录毫无二致。兹特拈数例,以见一斑:

> 王桂官,……横波流睐,柔媚动人,……丰韵嫣然,
> 常有出于浓艳凝香之外。
>
> 张莲官,……秀雅出群,莲脸柳腰,柔情逸态,宛如
> 吴下女郎。
>
> 李秀官,……鲜肤柔色,文弱堪怜,腰未袅而多姿,
> 眼不波而自媚,令人有宋玉墙东之感。②

　　这类著作,当属狭邪笔记之变体。其大量产生,良由社会风气之推挽使然。士大夫因爱赏伶旦之表演进而狎昵及其人,口虽捧之而心实贱之,但伶人确能因士大夫之奖誉而增声价,其末流甚且腼颜邀宠,曲意逢迎,至有以迎送为业之"像姑",于是举都若狂,设菊榜,养优童,乃至公然宣称:"人间真色,固在此不在彼也。"③揆其根源,在男旦,或有因

---

① 此类著述详见张次溪所编纂的《清代燕都梨园史料》。
② 〔清〕安乐山樵:《燕兰小谱》卷二、卷四,见《清代燕都梨园史料》,中国戏剧出版社1988年,第18、21、40页。
③ 《燕台花事录·序》,见《清代燕都梨园史料》,第545页。

长期揣摩女性动作神态而致心理变异，转而谋求男性庇护者；而在捧之一方，最初或因某名士有此癖好，染及同人，风靡影从，成为时尚。如乾隆中名士毕沅（号秋帆）即有此好，其任陕西巡抚时，"幕中宾客，大半有断袖之癖"①。又如乾隆初京师伶人许云亭，为群翰林所慕，复与袁枚相昵，于是名冠一时，门庭若市。②然则风气之成，当以社会之病因为多，非能尽从心理学或精神分析学求得解释。

记录南部烟花的笔记在创作心态上也表现出相当的一致性：几许悲伤、几缕愁怨、几丝忏悔、几何无奈，便几乎可以概括所有这类作品的情绪内涵。哀感顽艳的叙述语言与颓唐放废的思想意识在这类作品中达到了高度的统一。"青山憔悴卿怜我，红粉飘零我忆卿""我本飘萍卿断梗，白门同是月残时"③；"名士词工，狎客歌终，醉卧锦筵丛，闲愁埋向其中，温柔老却吴侬。香销南国尽，花落后庭空，风吹梦去无踪"④；"折柳河干共黯然，分衿恰值暮秋天。碧山一自送人去，十日篷窗便百年"⑤。以上或诗或词，皆系文人题赠青楼之作而见诸笔记者，其中流露的茕独幻灭之感决不限于几个

---

① ［清］钱泳：《履园丛话》卷二一"笑柄"，清道光十八年刻本。
② 参见［清］蒋敦复：《随园逸事》，见《袁枚全集》捌，第19页。
③ 《续板桥杂记》卷中"徐二""王秀瑛"条，见《香艳丛书》五，第4925—4926页。
④ ［清］厉鹗：《樊榭山房集·续集》卷一〇"寻秦淮旧院遗址"，见《四库全书集部·别集类》。
⑤ ［清］俞蛟：《梦厂杂著》卷一〇《潮嘉风月》"濮小姑"条，上海古籍出版社1988年，第188页。

作者，而是具有相当的普遍性。乾嘉之际盛极而衰的国势，文苑诗坛的沉闷寂寥，士人精神的徬徨压抑，似乎都曲折地反映在"青山憔悴""红粉飘零""白门月残""香销南国"的凄迷意象中。如果说唐人的冶游较多地表现了新兴士人的意气舒张，宋人的狎妓是对礼教道学的反动，明人的放浪是在体验个人的"存在"，那么乾嘉之际士人的猎艳则是源于一种彻底的空虚。

雍正以后，娼妓业已全属非法经营，在原则上对立于朝廷和地方政府，这就决定了它的各自为政和转徙无定的营业特点，即使是声妓最盛的南京秦淮曲中，也是"虽各分门户，而去此适彼，转徙无常，是以姊妹行亦随时更易"①。虽然地方守土之吏的禁娼行动往往流于形式，走走过场，但对于妓家，毕竟是一种威胁，它迫使青楼营业者更为急功近利，谋求在相对的稳定中榨取更多的利润。大抵是买来贫家少女，教成时尚小曲，即令倚门待客，"尝有一女而上头数次者，伧父大贾，无难欺以其方，使彼悭囊顿破也"②。在这样的环境氛围中，欲觅才华丰赡、技艺超群如薛洪度、马湘兰、河东君一般的一流名妓，自然十分不易。于是，在清人的狭邪笔记中，便经常会出现一种尴尬的场面：一面是士大夫们自作多情，题诗赠句，向妓女炫耀才华；一面却是不解风雅的妓女出语粗俗、大煞风景。

《续板桥杂记》中卷载："汤四、汤五扬州人，姿首皆明

---

① ② 《续板桥杂记》上卷，《香艳丛书》五，第4921页。

艳。而四姬尤柔曼丰盈。余尝戏之曰：'子好食言而肥欤？'姬不解，误以'言'为'盐'，率尔对曰：'吾素不嗜盐。'闻者绝倒。"①

《吴门画舫录》云："徐素琴，居下塘，假母姓许氏。貌丰而口给，一室诙谐，当者辟易。善居积，擅货财，富甲教坊中。……同人课集诗舫，邂逅姬，迎之来，将使磨隃糜爇都梁，如紫云捧砚，效水绘园故事。而姬不知许事，且食蛤蜊。未几，相将脱稿，递为欣赏。举座吟哦。姬睥睨良久，不复可奈，夺片纸，挼碎之，投诸流。"②

南京妓女一向领袖群芳，汤、徐皆乾嘉时南京名妓，而竟胸无点墨，以此揆诸他处，则不问可知矣。至如广东之蜑妓，"年十三四，即令侍客"③。已纯然是操皮肉生涯，不再讲究那些繁文缛节了。

本书第四章曾论及资本主义萌芽对明代青楼文化的冲击。由于专制势力的强大，传统观念的根深蒂固，这种冲击还不足以改变延续千年的青楼文化格局。清代康熙、雍正以后，东南地区的资本势力逐渐超过明代，如苏州的染织业，吴江盛泽镇的丝织业、宜兴的制陶业以及诸多市镇的商业，均较明季有长足的发展。金钱的魅力再次征服了人们，治人者贪渎侵渔，治于人者亦熙熙攘攘、百计营求。官妓既革，青楼

---

① 《续板桥杂记》上卷，见《香艳丛书》五，第4932页。

② ［清］西溪山人：《吴门画舫录》，见《香艳丛书》五，人民文学出版社1992年，第4783页。

③ 《檐曝杂记》卷四，见《中华野史·清朝卷》五，第4600页。

遂不再承担为士大夫消愁遣兴的义务,妓女也不必再含英咀华、濡染翰墨去迎和士大夫的雅趣。妓家的一切均以迅速赢利为依归。于是【马头调】【倒扳桨】【寄生草】【剪靛花】等淫哇之曲大兴①;鸦片被引进花艇,成为招徕顾客的手段②,浙东的花鼓戏逐渐取代昆、弋,成为妓女竞相演唱的节目③。狭邪笔记的著者们对于青楼中这种雅俗易位、斯文渐亡的趋势并非没有察觉,西溪山人在《吴门画舫录》中即曾感叹:"吴院莺花,可谓盛矣。然能如前朝之马湘兰、寇白门辈,竟少其人。甚矣,扫眉才子之难!"④个中生在其《吴门画舫续录》中亦曾对"狭邪中重歌舞,而轻文墨者十之八九"⑤的现象表示遗憾。但他们却不可能意识到:这种变化正喻示着青楼传统将伴随士大夫文化的式微,西方殖民主义的侵入而改弦更张。

第四节　晚清狭邪小说谈片

青楼文学中最为学人留意的即属晚清的狭邪小说,殆以其直刺实事、流布广远且又首尾通贯、卷帙浩繁之故。自鲁迅先生《中国小说史略》辟为专章,后之论者颇不乏人,资

---

① 参见《续板桥杂记》上卷及《吴门画舫续录·纪事》。唯【寄生草】元代已习用。
② [清]俞蛟:《潮嘉风月记》,见《香艳丛书》一,第245页。
③ [清]西溪山人:《吴门画舫录》,见《香艳丛书》五,第4791页。
④ 《吴门画舫录》,见《香艳丛书》五,第4782页。
⑤ [清]个中生:《吴门画舫续录》,见《香艳丛书》五,第4811页。

料考据亦称详备。

如果说《红楼梦》是以史家之识见、哲人之睿聪预见到清朝大厦将倾，那么狭邪小说的作者则是以旧文人的立场来描述大厦的废墟了。陈森的《品花宝鉴》初成于道光十八年（公元1838年）左右，梓行于道光二十九年；邗上蒙人的《风月梦》道光二十八年脱稿，初刊于光绪九年（公元1883年）；魏子安的《花月痕》前四十四回成于咸丰八年（公元1858年），同治三年（公元1864年）补写八回，光绪十四年问世；俞达的《青楼梦》初版于光绪四年；韩邦庆的《海上花列传》石印足本始刊于光绪二十年，张春帆的《九尾龟》光绪、宣统间问世；孙家振《海上繁华梦》足本光绪末问世。然则除描写伶人的《品花宝鉴》外，余皆写作于鸦片战争之后、辛亥革命之前的历史转型期。

鲁迅曾说："狭邪小说作者对于妓家的写法凡三变，先是溢美，中是近真，临末又溢恶。"①鉴于近年对小说文本的开掘和沉埋已久的文本的问世，此说似有修正之必要，盖"溢美"与"近真"应无先后之分，《风月梦》近于写实，而撰著与梓行均早于"溢美"的《花月痕》《青楼梦》。风格的不同，根本原因还在作者的思想感情和叙事角度有较大差异。

《风月梦》侧重写世情，人物皆似由市井中来，五名嫖客中社会地位最高的应系两淮候补道的公子魏璧。清代捐纳成

---

① 鲁迅：《中国小说的历史的变迁》，见《鲁迅全集》第九卷，人民文学出版社2005年，第349页。

风,此候补道员当亦贿买而得。再以魏璧的才品交游而论,其非世家子弟,绝可断言。另四人中袁猷系小高利贷者,贾铭系盐运司清书,吴珍系扬关差役,陆书系常熟县刑房提牢吏之子。五人既非题花咏月之骚人词客,其所狎之妓也非韵调清雅的扫眉才子。第七回写五人于强大家妓院吃花酒,也欲附庸风雅,行令助饮,无如令出无文,谬漏百出。第十一回叙袁猷允送相好妓女双林对联,却无以应命,只得倩人代笔,又因不懂文意,触犯忌讳,致使双林恼羞成怒,这些都可见出作者的市井立场,故与其说《风月梦》受《红楼梦》之影响,毋宁视其得《金瓶梅》之遗泽为多。

至于《花月痕》与《青楼梦》,则纯系末世文人的心灵写照,作者既伤于国势之颓败,复怅触于仕途之坎壈,乃将一腔牢落幽忧之感,尽倾于北里烟花,以为知音尽在青楼。

《花月痕》设士人为穷达两途,妓女刘秋痕、杜采秋亦因所遇不同而下场迥殊。一憔悴殉情,一锡封夫人。书中于韦痴珠、刘秋痕一条线索,多用实笔,盖以作者曾有切身体验;而韩荷生、杜采秋一线,则多出虚拟。这种虚实相间、双线并行的写法尚不失创意,不过,作者借韩、杜经历所表达的人生理想仍是陈腐的士人模式——文能辅国、武能安邦,仕途上能拜将锡爵、婚恋上有如花美眷。而并无丝毫代表时代精神的新思想。

《青楼梦》之模仿《红楼梦》,鲁迅论之甚明,盖"知大观园者已多，则别辟情场于北里"的代表作。①其实，《红楼梦》之影响于文人者，不独在小说创作领域，甚至还渗透到文人的冶游生活中。王韬《海陬冶游录·附录》下云："公之放书仙花榜后，则又有沪北词史《金钗册》，乃曼陀罗馆词客所定者也。仿《红楼梦》正册、副册、又副册之例，凡取三十有六人。……此外复有吴兴纫秋居士，用《红楼梦》人名，以比近日名姝，各系前人诗句，借美名花，逢场作戏，亦盛传于勾栏中。"②《青楼梦》深受此种风气影响，造作三十六美人，虽皆平康妓女，却个个冰清玉洁，怜才若渴。男主人公金挹香则日日珠围翠绕，享尽艳福，而后众美凋零，金亦看破红尘，皈依释氏。《青楼梦》不过是无聊文人的白日梦境。

咸丰以后，海禁大开，且因太平天国革命之影响，沪上逐渐取代吴门、扬州，成为执青楼业牛耳的都市。而随着时势之巨变，青楼文化亦渐与传统背离，呈现出近代商业的特色。王韬说："海滨纷丽之乡，习尚侈肆，以才为雄。豪横公子、游侠贾人，惟知挥金，不解文字。……能于酒肉围中、笙箫队里，静好自娱，别出一片清凉界，可为雅流韵事者，未之有也。"③这时的青楼，主要充当了交际场和信息场，达官政客的沆瀣一气，巨贾富商的贸易往来、贵介寓公的娱乐

---

① 鲁迅：《中国小说史略》第二十六篇"清之狭邪小说"，上海古籍出版社1998年，第191页。
② ［清］王韬：《海陬冶游录》下，见《香艳丛书》五，第5756、5758页。
③ 《海陬冶游录》下，见《香艳丛书》五，第5669页。

消遣、文人墨客的风流雅兴，都要借助于花酒碰和的场面、左拥右抱的氛围来实现。青楼之商业化的本质得到了淋漓尽致地发挥，礼教与廉耻在金钱与资本的冲击下，已微不足道。《海上花列传》与《九尾龟》即产生于这样的背景。

晚清"花榜"与狭邪小说的流行，同报刊业的兴盛有密切关系。自上海开埠，各种报刊逐渐兴起，以刊载各类时尚信息开拓市场，其中评骘伶人与妓女的内容颇受欢迎，进而出现连载的小说以赢取读者。《海上花》《九尾龟》《海上繁华梦》的作者韩邦庆、张春帆、孙家振即皆曾执笔于报馆，韩邦庆还曾任上海著名报纸《申报》的编辑。这一类文人十之八九乃流寓沪上，笔耕之余，均以流连花酒、倚翠偎红为消遣，加之报刊的影响力，他们在烟花巷陌是颇受欢迎的一类。有学者指出：

> 四马路一带正是文人日常供职、生活之所在。四马路上的报馆与青楼交相辉映，文人报馆就职、茶楼品茗、青楼访艳，出报馆而入青楼的生活是晚清上海文人的一大特色。如此之城市格局颇有意味，一面是上海的文化基地，另一面却又是狭邪渊薮，声色娱乐与文化产业相毗邻，洋场才子出入其间，绘制出一幅冶游图景。文人在这声色之场营造着文化氛围，建构着文化产业，形成了现代意义上的公共空间。[1]

---

[1] 岳立松：《晚清狭邪文学与京沪文化研究》，上海古籍出版社2013年，第296页。

《海上花列传》著者韩邦庆，江苏华亭人，生于咸丰六年
（公元1856年），书香门第。身为贡生，但屡试不第，遂流寓
沪上，卖文为生，曾为《申报》馆编辑，文名享誉一时。其
《海上花列传》光绪十八年（公元1892年）初刊于其本人所编
刊物《海上奇书》，每期两回，共刊出三十回，全书六十四
回，至光绪二十年始有石印单行本，此后屡有排印。鲁迅评
价《海上花列传》，认为它是晚清众多狭邪小说中唯一"平淡
而近自然者"①。

该书"例言"曰：

> 全书笔法自谓从《儒林外史》脱化出来，惟穿插藏闪
> 之法，则为从来说部所未有。一波未平，一波又起，或竟
> 接连起十余波，忽东忽西，忽南忽北，随手叙来并无一事
> 完，全部并无一丝挂漏。阅之觉其背面无文字处尚有许多
> 文字，虽未明明叙出，而可以意会得之。此穿插之法也。
> 劈空而来，使阅者茫然不解其如何缘故，急欲观后文，而
> 后文又舍而叙他事矣；及他事叙毕，再叙明其缘故，而其
> 缘故仍未尽明，直至全体尽露，乃知前文所叙并无半个闲
> 字。此藏闪之法也。②

① 鲁迅：《中国小说史略》第二十六篇，上海古籍出版社1998年，第194页。
② ［清］韩邦庆：《海上花列传·例言》，人民文学出版社1982年，第2页。

小说以农村青年赵朴斋诣沪访舅父——参店老板洪善卿——谋职，深陷妓院，不能自拔，欠债累累，流落为洋车夫为主线，串联起各类花柳淫窟，举凡"长三""么二""花烟间""野鸡""钉棚"乃至"台基"皆有涉及，由此又牵扯到巨贾富商、买办掮客、寓公文人、流氓骗子诸色人等，草蛇灰线，绾接因果。作者并未对人物评骘臧否，而是通过各色人物的行动语言，采用白描的手法，让人物一一呈现其品格性情。同样是写妓女，却各有机杼，并不雷同。譬如描述黄翠凤的精明干练，出语犀利，刻薄寡情。又如写赵二宝的天真幼稚，缺乏辨识，终被局骗。皆能酷肖其人，声情并茂。故鲁迅将其书评为晚清狭邪小说的压卷之作，良有以也。

该书的另一个原创性特点是吴语（苏州话）的运用。小说的叙事部分用白话（官话），对话则用吴语。试举两例：

> 子富道："老鸨也忒煞好人哉。"云甫道："老鸨阿有啥好人嗄！耐阿晓得有个叫黄二姐，就是翠凤个老鸨，从娘姨出身，做到老鸨，该过七八个讨人，也算得是夷场浪一挡脚色哉；就碰着仔翠凤末，俚也碰转弯哉。"子富道："翠凤啥个本事呢？"云甫道："说起来是厉害哚，还是翠凤做清倌人辰光，搭老鸨相骂，拨老鸨打仔一顿。打个辰光，俚咬紧点牙齿，一声勿响，等到娘姨哚劝开仔，榻床浪一缸生鸦片烟，俚拿起来吃仔两把。老鸨晓得仔，吓煞哉，连忙去请仔先生来。俚勿肯吃药哚，骗俚也勿吃，老鸨阿

有啥法子呢。后来老鸨对俚跪仔，搭俚磕头，说：‘从此以后一点点勿敢得罪耐末哉’难末算吐仔出来过去。"陶云甫这一席话，说得罗子富志忐鹘突，只是出神。在席的也同声赞叹，连倌人、娘姨等都听呆了。①

这段对话出自四马路张蕙贞妓馆内嫖客之口，主要由宦门子弟陶云甫讲述妓女黄翠凤性情之刚烈。彼时，翠凤尚属未接客的雏妓（清倌人），因为被老鸨詈骂痛殴，愤而吞食鸦片自尽。老鸨不得不跪求她饶恕，其方肯吐出就医，从此以后再不敢得罪。妓女虽是老鸨挟制压迫的对象，但同时又是老鸨的摇钱树，黄翠凤深谙此理，故能舍命一搏，赢得上风。这段话用吴语呈现，别有韵致，不乏创意。

另一例则写妓院中头牌妓女对同行的凌铄，同书第八回：

翠凤听得，一面系裤带出来洗手，一面笑问子富道："拨耐做姨太太阿好？"子富道："覅说是姨太太，就做大太太末，也蛮好哇。"复笑问金凤道："耐阿情愿？"羞得金凤掩着脸伏在桌上，问了几声不答应。子富弯下身子悄悄去问，偏要问出一句话来才罢。金凤连连摇手，说："勿晓得，勿晓得！"子富道："情愿哉！"

翠凤把手削脸羞金凤。珠凤坐在靠壁高椅上冷看，也格声要笑。子富指到："哪，还有一位大太太，快活得来，

_____

① ［清］韩邦庆:《海上花列传》第六回，人民文学出版社1982年，第47—48页。

自家来哢笑。"翠凤一见，嗔道："耐看俚阿要讨人厌。"珠凤慌的敛容端坐。翠凤越发大怒道："阿是说仔耐了动气哉？"走过去拉住他耳朵，往下一摔。珠凤从高椅上扑地一交，急爬起来，站过一傍，只披嘴咽气，却不敢哭。

还是这个黄翠凤，对待刚出道的珠凤则毫无怜惜，又打又骂，亦可见烟花境内的残酷。吴语的介入，一方面增加了小说人物的生动鲜活感，另一方面，也对不谙吴语的读者构成了一定的阅读障碍。因此它是不能与《红楼梦》的多用北京话同日而语。

等而下之者，则是《海上繁华梦》《九尾龟》《九尾狐》一类，大抵被视为嫖界指南，作者多系妓院常客，熟谙个中壼奥，故娓娓道来，将卖淫生涯、诓骗手段一一揭橥，连带倚靠妓院生存的各色人等之嘴脸骗术，纤毫毕现。虽乏文学价值，但有裨于社会史之研究。譬如《九尾龟》第一百四十二回《出吴淞离怀随逝水，走津沽壮志破长风》，叙小说主人公章秋谷从上海至天津嫖妓：

　　原来天津地方的侯家后，就像上海的四马路一般，无数的窑子都聚在侯家后一处地方。更兼天津地方的嫖场规则和上海大不相同：上海地方把妓女叫作倌人，天津却把妓女叫作姑娘，上海的妓院叫作堂子，天津却把妓院叫作窑子。窑子里头又分出许多名目，都叫作什么班什么班，就如那优人唱戏的班子一般。班子里头的姑娘都是北边的人，就叫作北班，班子里头都是南边人的，就叫作南班。南班和北班比较起来，又是大同小异。到北班里头打个茶围，要两块钱，到南班去打茶围却只消一块钱。那怕你一天去上十趟，打上十个茶围，就要十次茶围的钱，一个都不能短少。南班里头吃酒碰和都是十六块钱，住夜是六块钱，北班里头的碰和也是十六块钱，吃酒却要二十二块钱，住夜是五两银子。叫局不论南班北班，都是五块钱。清倌人出局只要三块钱，若是没有去过的生客走进窑子里头去，合班的姑娘要出来见客，凭着客人自己选择。拣中了那个姑娘，就到他房间里头去打个茶围。万一那个客人眼界甚高，一个都拣不中，尘土不沾，立起身来便走，也不要他花一个大钱。住夜的客人不必定要碰和吃酒，碰和吃酒的客人也不必定要住夜。住一夜是一夜的钱，住十夜是十夜的钱，很有些像那上海么二堂子里头的规矩。①

这一段对天津妓院的介绍可谓详尽靡遗，不惮烦冗。联系到民国初期的旅游指南，颇可互相印证。《北京指南·妓馆·茶围》条载：

上海长三堂子打茶围，生客不能迳入，第一次必须熟客带引，天津亦然。若北京则无此严例。不论生熟客，均

---

① ［清］张春帆：《九尾龟》，荆楚书社1989年，第910—911页。

可随便径入茶围，资每次一元。

"摆酒"，在妓院请客会饮，京中迳呼为摆酒，即上海所谓"做花头"，南京所谓"开厅"是也。酒筵每席自十六元至三五十元不等，较上海贵至数倍。惟酒菜则皆系各班自设厨房自备，颇精美不恶。每席犒赏通例四元（即上海之下脚），须当场开销。①

《九尾龟》篇帙冗长，达一百九十二回。所有情节皆围绕章秋谷展开，章乃应天府名士，英俊潇洒，天资过人，文采武功，俱臻上乘。因淡泊功名，乃长期沉溺于秦楼楚馆，出手阔绰，备受各地名妓宠爱。而其人洞悉各类妓院诱骗嫖客之伎俩，故从不上当。且因侠肝义胆，武功超卓，屡屡惩戒流氓、青皮、恶霸，为友人、良妓纾困解厄，故在嫖界江湖享有盛名。若苏州、上海、北京、天津，所到之处，广受各地名妓推崇。其在上海，竟与自北京被递解回籍的名妓赛金花成为相好。

试看他自述的一段嫖妓心得：

青楼妓女自然大半都是些无耻丧心之辈，然而替他们设身处地细细想来，却也怪他不得。为什么呢？你想堂子里的倌人，做的本来是迎新送旧的生涯，若不说着假话哄

---

① 王强、张元明主编：《民国旅游指南汇刊》1，凤凰出版社2013年，第372—373页。

骗客人，那里有什么生意？没有生意，岂不要倒贴开销？
你叫他的良心，如何好法？大凡一个好好的良家女子，无
可奈何做到了这行生意，已是可怜。做客人的，应当可怜
他，爱惜他，不要扳他的错处，把他们当做个暂时消遣的
名花好鸟一般，方是做客人的道理。所以花街柳巷，俗说
叫作顽耍的地方，你想既是顽耍之地，原不过趁着一时高
兴，博那片刻的风情。倌人相待殷勤，固然最好；就是倌
人看承不好，也没有什么稀奇。上海的地方甚大，堂子极
多，除了一处，还有别人，你就随意跳槽，他也不能禁止。
更何苦去争风吃醋、处处认真，实做那"瘟生"二字？总
而言之，倌人看待客人，纯用一个"假"字，客人看待倌
人，也纯用一个"假"字去应他，切不可当做真心，自寻
烦恼。若要在酒阵歌场之内，处处认起真来，就要如邱八
一般，三十岁老娘，倒绷孩儿，免不得要闹出一场笑话。
你们以为如何？①

　　这段话借章秋谷之口，实际表达的是作者对妓女与嫖客
的认知。即使在西学东渐的晚清光绪末期，也可谓卑之无甚
高论。彼时，人权、宪政、平等的社会思潮已为众多社会精
英所熟知所推毂，而狭邪小说的作者却仍在秉持陈腐的冶游
观念教化众生，较之《红楼梦》《儒林外史》的卓绝深刻，
《九尾龟》《海上繁华梦》《九尾狐》也只能算作文学史、小说

---

① 《九尾龟》第二十六回,第192页。

史上的鸡肋。

晚清近代相关社会史、生活史的研究专著可以参阅邵雍《中国近代妓女史》，武舟《中国妓女文化史》第三编，孙国群《旧上海娼妓秘史》，蔡登山、柯基生《声色晚清》，蒋建国《青楼旧影——旧广州的妓院与妓女》，岳立松《晚清狭邪文学与京沪文化研究》等，尚有一些通论类的著作，亦涉及晚清的烟花界生涯，如王书奴《中国娼妓史》，刘达临《性与中国文化》，江晓原《性张力下的中国人》，常建华《婚姻内外的古代女性》，高洪兴《缠足史》。以上所列，或不免挂一漏万。然皆有裨于了解这一特殊历史时期的特殊文化现象。

附　录

从《李娃传》到《绣襦记》
——看小说戏曲的改编传播轨辙

    唐白行简《李娃传》以其叙事委婉、跌宕旖旎颇为后世所重，宋之话本、元之杂剧，每掇采其事，搬演于勾栏戏场。至明，朱诚斋以藩王之尊，翻为乐府；凌性德以书贾之好，收入《虞初》。弘治间，髯仙徐霖摭拾旧传新说，编为《绣襦记》传奇四十出，演之场上。一时毁誉并出，难分轩轾。盖自《李娃传》至《绣襦记》，其间已历七百余年，据娃传敷演为稗官戏曲者，实不能不受时代风习、地域文化之浸润，亦不能不受说部戏剧文体之限制而改弦更张，别裁演绎。本文之作，即在梳理娃传改编诸作中或彰或隐之时代特点，冀能揭橥其文化含蕴与审美取向。

一、《李娃传》之流播

    白行简《李娃传》初载于《太平广记》卷四八四《杂传记》，其描绘娼家谲诈，刻镂穷形，直指人心；铺陈市井风俗，委曲尽相，如在目前。故谓之世情小说之滥觞，似无不可；而就李娃与郑生始离终合、郑生之始困终亨观之，目为才子佳人小说、青楼狭邪小说，似均无不可。唐以后，文士才人取材《太平广记》中志怪传奇，敷演为话本戏曲、说唱院么者不胜枚举。《李娃传》既为唐人说部中佼佼者，故颇受后人关注，自宋迄明，数百年间，翻改评辑者不绝，今人李剑国氏尝考述其源流甚详。①要而言之，《李娃传》之流变形态可厘为三类：

其一为收入总集、汇编、杂编、丛书者。入杂编、总集、汇编者如《类说》《虞初志》《艳异编》《青泥莲花记》《情史》，入丛书者如《绿窗女史》《说郛》《无一是斋丛钞》《唐人说荟》《龙威秘书》等。值得注意者乃在其中之评注，可据以觇知不同时代评点家之审美取向与价值判断，甚且可由此寻弋不同时代、不同地域之好尚风习。而各本文字之异同，又可供校勘考镜之资。

其二为改篡增饰，翻成话本，以快下俚俗众之耳目者。宋末罗烨《醉翁谈录》甲集卷一《小说开辟》列小说话本名目，"传奇"类中有《李亚仙》一目，同书癸集卷一"不负心类"收《李亚仙不负郑元和》文，盖从《类说》中抄出。李剑国云："内容全本白传，而文句与《类说》删节本几同，惟首云：'李娃，长安倡女也，字亚仙，旧名一枝花。有荥阳郑生字元和者，应举之长安。'多有增饰，'旧名一枝花'。乃本

① 参见李剑国：《唐五代志怪传奇叙录》，南开大学出版社1993年，第276—285页。

《类说》注文。"① 又南宋皇都风月主人《绿窗新话》下卷有《李娃使郑子登科》一文，文极简略，仅粗具梗概，系《类说》本之缩写。二者大抵为说话艺人敷演故事之据。② 至明，余公仁刊《燕居笔记》，卷七收《郑元和嫖遇李亚仙》话本一篇，内容略同《李娃传》，惟附会元和之父为郑畋。又万历末年《小说传奇》合刊本辑有《李亚仙》一篇，疑即晁瑮《宝文堂书目》卷中"子杂"类著录之《李亚仙记》。首二页阙，文字颇类明人拟话本。

其三为改编成戏曲，搬演于勾栏戏场者。周密《武林旧事》卷一〇"官本杂剧段数"载《病郑逍遥乐》一目，陶宗仪《辍耕录》卷二五"院本名目·和曲院本"亦载《病郑逍遥乐》。谭正璧《话本与古剧》疑二者皆演郑元和病中得李娃救助事。③ 惜原本不存，无从考订。元人高文秀有《郑元和风雪打瓦罐》杂剧，佚。石君宝有《李亚仙花酒曲江池》杂剧，今存《元曲选》本。明初，朱有燉复有同名杂剧，今存《杂剧十段锦》《古名家杂剧》《奢摩他室曲丛》（二集本）。又钱南扬《宋元戏文辑佚》录残曲九支，据清人徐于室《汇纂元谱南曲九宫正始》引注，出元传奇《李亚仙》。王季思主编之《全元戏曲》据《寒山堂曲谱》甲种本题名《李亚仙诗酒曲江

---

① 《唐五代志怪传奇叙录》，第284页。
② 参见胡士莹：《话本小说概论》第八章第一节"《醉翁谈录》著录的宋人'说话'名目"，中华书局1980年，第235—236页。程毅中：《宋元小说研究》第六章《南宋小说的多元化发展》，江苏古籍出版社1999年，第184—188页。
③ 谭正璧：《话本与古剧》下卷"宋官本杂剧段数内容考"二十《病郑逍遥乐》，上海古籍出版社1985年，第178页。

池》①。九支残曲次第为【南吕引子·惜春慢】,【道宫近词·解红序】,【前腔换头】(三支),【南吕过曲·梁州序换头】,【本宫赚】,【前腔】,【仙吕引子·小蓬莱】。观其内容,前八支甚连贯,系亚仙与其假母对唱之词,各道心曲。末支则显系别一出,殆郑元和辞别亚仙进京赴考时所唱也。此曲为《荆钗记》戏文第四十一出所窃,已经钱南扬氏指出。②至明中叶,乃有《绣襦记》传奇统摄其事,推陈出新,以四十一出之规模,搬之场上,兹事可视为李娃故事流变七百年后之总结。然《绣襦记》之作者,向有薛近兖、徐霖二说,一出朱彝尊《静志居诗话》卷一四"郑若庸"条,一出周晖《金陵琐事》。薛、徐二人时代相去较远,或以为民间先有戏文《绣襦记》,二人皆曾据以改编。③传于今者,实仅一种,观其曲调文字,颇类明前期南戏,故一九三五年开明书店翻刻《六十种曲》时,取郑振铎说,定为徐霖作。

后世据《绣襦记》改编为地方戏者,《富连成戏目单》有同名京剧(一名《烟花镜》);二十世纪二十年代,陈墨香编同名京剧,荀慧生演出;川剧、秦腔、同州梆子有《刺目劝学》《曲江打子》;梨园戏有《郑元和》;河北梆子有《刺目》;

---

① 《全元戏曲》第一二卷《李亚仙诗酒曲江池》,第394—396页。
② 参见《全元戏曲》第一二卷《李亚仙诗酒曲江池》,第396页。
③ 关于《绣襦记》作者,已故邓长风先生与徐朔方教授皆考证甚详。前者见邓长风:《明清戏曲家考略·徐霖研究》,上海古籍出版社1994年,第40—59页;后者见徐朔方:《晚明曲家年谱》第一卷《徐霖年谱》,浙江古籍出版社1993年,第1—10页。

滇剧有《白天院》。[①]又据学者调查，"至今尚流存于浙江温州、金华一带的'永昆'与'金昆'，在剧目与唱腔风格上，也仍保持着宋元以来民间南戏中'草昆'的特色，其音乐风格明显不同于'正昆'。温州的两位学者唐湜、海岚先生对温州的'永昆'作了调查后指出：'我们调查了温州昆班演出的南戏，如《琵琶记》《荆钗记》《白兔记》《连环记》《金印记》《绣襦记》等，发觉其声调与苏州昆班的唱法不同。这些古剧的声调自成一个体系，朴质无华，明快粗犷，行腔的速度比苏州的正统昆曲快了两三倍。'"[②]由此可知，"绣襦"一记，自弘治间问世，辗转翻新，流布于山之左右，江之南北，复历五百年而不衰，亦足见李娃故事之感人至深，有不能已于言者。

二、情节之改动

宋以降，取材唐人传奇志怪敷演为说部戏曲者甚多，然每每对原传关键情节大肆改动，以至易悲为喜，易离为合，平添枝叶，面目全非。此观《会真记》初变为《弦索西厢》，再变为"王西厢"，复成"南西厢"，《霍小玉传》初改为《紫箫记》，再变为《紫钗记》，可知大概。

惟李娃一传，虽千变万化，但基本情节、文心戏眼则未

---

① 陶君起编著：《京剧剧目初探》《绣襦记》条，中国戏剧出版社1963年，第208页。

② 俞为民：《宋元南戏考论续编》上篇《南戏源流考论》三"南戏的变异"，中华书局2004年，第30页。

有大变，所变者皆在枝节细部。窃以为殆因白传所叙已臻完美，后之撰者势难更新出奇，故仅能于枝节末叶逞其才智，根本架构则无敢撼动者也。然就其枝节末叶以观，亦足可见不同时代之趣尚，不同体裁之特点与不同伦理观念之强调。

南宋说话人讲说李娃故事，具体内容已无从考见，惟据《醉翁谈录》，可知李娃已作李亚仙，郑生则字元和。盖夤缘附会，便于演说也。翻为戏曲者，若宋杂剧、金院本及元高文秀所作《郑元和风雪打瓦罐》，皆仅存目。今可见李娃故事最早之戏剧文本为元石君宝之《李亚仙花酒曲江池》，然二本一存顾曲斋刻《元人杂剧选》，一存臧懋循《元曲选》，俱为万历间刊本，其中当有明人之增补润饰，未可视为原璧。石君宝《曲江池》杂剧属旦本，四折皆正旦李亚仙主唱，惟第二折【南吕·一枝花】套中插入郑元和（末）、赵牛筋（净）唱【商调·尚京马】一曲。此属特例，元剧中偶一为之，非习见也。剧中改变白传情节而值得注意者有四点：

其一，郑元和与亚仙邂逅于曲江池，一见倾心。增陪衬之赵牛筋（净扮）与刘桃花（外旦）。白传则写郑生访友经平康里鸣珂巷娃宅，惊艳坠鞭。此点改变意在增加脚色以形成雅俗对应，活跃剧场气氛。而其深意则在淡化白传之狭邪色彩，突出才子佳人意绪。使元和、亚仙初见即互相爱慕，堕入情网，为以后情节发展张本。其二，郑元和金尽被逐，沦为乞丐，唱挽歌为生，俱以虚笔带过，由亲随张千转述于郑父。倒宅计亦仅于第三折亚仙【耍孩儿】唱词中一见。白传于此写娼家嘴脸、机谋谲诈则淋漓尽致，曲尽其狡。其三，郑父痛殴元和至气绝，亚仙亲往救视，为假母逼去；亚仙旋遣婢女寻到元和，析居供读。白传处置此节，李娃不在场。后郑生于冬日大雪中乞食至安邑坊李氏之第，娃辨其音，意有所感，乃收留之。二、三两点之改动，意在将所有恶行归咎于鸨母，掩饰白传中李娃态度之暧昧而凸显亚仙之节操始终如一也。元剧写妓女与士人之离合，妓女必钟情于落难书生，矢志不渝；书生必始困终亨，奉旨完娶。观《杜蕊娘智赏金线池》《江州司马青山泪》《李素兰风月玉壶春》等剧可知大概。此类作品适足以反映现实中士人之落魄，亦可见戏剧艺术之心理补偿功能。其四，元和一举登第，授洛阳县令，娶亚仙为妻。元和父公弼官洛阳府尹，父子重会，元和拒不相认。郑父私谒亚仙，求其转圜。亚仙以死相胁，元和不得已认父，阖家团聚。白传叙李娃送郑生至剑门，父子巧遇于邮亭，相认，"抚背痛哭移时"[1]。郑生具陈本末，欲令李娃还京。父阳之，遣媒纳聘，以六礼迎归。两相比较，可见白传以阳秋之笔，隐刺荥阳公之势利，微讽郑生之孱懦。而李娃命运，实系于荥阳公之一念，本人则无能为力也。元杂剧中元和、亚仙不待父母之命，私相结缡。元和且于除官之后，

---

[1]　白传郑氏父子皆隐名讳，荥阳公初官常州刺史，后迁成都尹兼剑南采访使。生登第后授成都府参军，皆甚合唐人官制。石君宝，《录鬼簿》著录"平阳人"，入"前辈已死名公才人有所编传奇行于世者"列。据《元史·地理志》，平阳，元初为路，大德九年改晋宁路。治约当于今临汾辖区及侯马一带。石君宝或一生未至江南，故将原传人物任官之地皆改为距荥阳不远之洛阳。

拒不认父。其自述理由，有云：

> 吾闻父子之亲，出自天性，子虽不孝，为父者未尝失
> 其顾复之恩；父虽不慈，为子者岂敢废其晨昏之礼。是以
> 虎狼至恶，不食其子，亦性然也。我元和当挽歌送殡之时，
> 被父亲打死，这本自取其辱，有何仇恨？但已失手，岂无
> 悔心？也该着人照觑，希图再活。纵然死了，也该备些衣
> 棺，埋葬骸骨。岂可委之荒野，任凭暴露，全无一点休戚
> 相关之意？……我想元和此身，岂不是父亲生的？然父亲
> 杀之矣。从今以后皆托天地之蔽佑，仗夫人之余生，与父
> 亲有何干属，而欲相认乎？恩已断矣，义已绝矣，请夫人
> 勿复再言。①

此段议论义正词严，于情于理似皆无懈可击，然与儒家
之孝道礼法实有一间之隔。依儒教之伦理，父纵不慈，子亦
不可不孝。"子曰：五刑之属三千，而罪莫大于不孝"，"不爱
其亲而爱他人者，谓之悖德。不敬其亲而敬他人者，谓之悖
礼"。②元和所持之理及此前之不告而娶实已浸染游牧民族之
伦理观念与元代社会独有之朴野风习，固不能以儒道之是非
论长短也。

---

① ［元］石君宝：《李亚仙花酒曲江池》第四折，见《全元戏曲》第三卷，第
522—523页。
② ［宋］邢昺：《孝经注疏》卷六《五刑章第十一》、卷五《圣治章第九》，见
《十三经注疏》，中华书局1980年，第2556、2554页。

明初周宪王朱有燉所撰同名杂剧，或云乃据高文秀《郑元和风雪打瓦罐》与石君宝所作掺和而成，然并无实据①。周宪王本《曲江池》较之石君宝本体制大异，今所见《奢摩他室曲丛》校印宣德宪藩本未标折，以宫调套数而论，全本共计五套曲：依次为正旦唱【仙吕·点绛唇】一套，末唱【正宫·端正好】一套，正旦唱【黄钟·醉花阴】一套，末唱【商调·集贤宾】一套，正旦唱【双调·新水令】一套，中间亦偶插入他色所唱，如【商调】套曲中加入末与四净合唱【莲花落】春、夏、秋、冬四曲。

按：宪藩此剧，于打破杂剧演出之僵化体制，推陈出新固功不可没。祁彪佳《远山堂剧品》所云："才胆横轶，犹不及石君宝剧；而推敲点染，已极精工，是法胜于才者。一曲两唱，一折两调，自此始。"②甚允当。此剧另一特点在谐谑关目之大增。石君宝剧始增净色赵牛筋，此剧再加入一净钱马力，二人狼狈为奸，帮闲钻刺。增外色刘员外，先与亚仙盘桓，其人富而俗，为亚仙所不喜，用以陪衬元和之风流儒雅，与亚仙恰堪匹配也。后元和与赵、钱俱沦为乞丐，剧中再增王大、靳老虎二净，与元和同唱【莲花落】，复有正净骗面，五人扭打之喜剧情节。至若后来亚仙重晤元和，欲留养助学，遭鸨儿拒绝，元和竟持刀要挟，道出"我左右是个乞

---

① 持此说者如庄一拂《古典戏曲存目汇考》。因朱诚斋《曲江池》杂剧题目正名为"郑元和风雪打瓦罐，李亚仙花酒曲江池"而揣测。朱或曾得睹高、石之作，然捏合之说，并无实据。

② ［明］祁彪佳：《远山堂剧品》，见《中国古典戏曲论著集成》六，第142页。

儿，活也活不成，死也不怕死。将这老虔婆杀了，拐将大姐去了吧"之语，则显然弄巧成拙，甚乖人物之性格。盖宪王有燉居藩时，颇受其弟有爋攻讦，几不自白。且明初于藩王皆防嫌甚严，恐不利于朝廷。故诸藩多有以耽溺笙歌伎乐而示其无与于政治者，观周藩所撰诸剧多述升仙贺节可知也。此剧乃增益诸多喜剧场景以化解元剧《曲江池》所暴露之父子勃豀、娼家谲诈，而易之以轻松诙谐之轻喜剧格调，亦有不得不如是之缘由。

元代戏文本有《曲江池》，今存佚曲九支，或云明人《绣襦记》即据戏文改编。①然比勘佚曲与《绣襦》传奇，实无因袭痕迹。且九支佚曲，亦无从窥知原豹，故改编一说，实乏证据。前人论《绣襦记》，多赞许第二十八出"襦护郎寒"（鹅雪）中【莲花落】曲，沈德符即云："《月亭》之外，余最爱《绣襦记》中'鹅毛雪'一折，皆乞儿家常口头话，熔铸浑成，不见斧凿痕迹，可与古诗《孔雀东南飞》《唧唧复唧唧》并驱。"②青木正儿亦云："此剧实为李娃剧之完成者，如'襦护郎寒'——'鹅雪'一出，采入【莲花落】于曲中，似野鄙而饶诗趣，别具一种风味。此处插入【莲花落】，盖为仿周宪王《曲江池》杂剧者，然周宪王之作，【莲花落】与曲分

---

① 参见《全元戏曲》第一二卷"无名氏作品"《李亚仙诗酒曲江池》"出处说明"。
② 《万历野获编》卷二五"词曲"，第642页。

离独立，不及《绣襦记》融合于曲词中发挥浑然之妙趣。"①此说固然持之有故，犹未道出《绣襦记》真正佳处。余谓徐霖所作《绣襦记》，为李娃故事流变七百年后之总结，盖以《绣襦》既能演绎白传，不失原旨，复能博采众长，去芜存菁。其剪裁弥缝、穿针引线之功，实有他剧所不能及者。邓长风先生尝撰文论其成就：

> 徐霖《绣襦记》的成功，首先是在忠于原著、吸取前人成果的基础上，增饰或调整了部分情节，使这个缠绵悱恻的爱情故事更合理、更完整、更动人。一是第四出叙亚仙绣罗襦，既与后面的"襦护郎寒"呼应，又是点题之笔。二是第十一出交代乐道德逋逃之前遍贴招子，借来兴之名讹称郑元和"遇盗所杀"，这就使原著中郑父没来由的一句"吾子以多财为盗所害"有了着落。三是将原著中写郑元和"囊中尽空，乃鬻骏乘，及其家僮"，改为"杀马"以示富取媚，"卖兴"则已穷途末路，形成一组对比。四是第二十五出郑儋打子，将原著中仆人找到郑生，"相持而泣，遂载以归"，然后才遭父毒打，改为就在凶肆之上当场毒打。这样不仅显得紧凑，也更合乎人物性格。五是增加了郑元和死而复苏以后，学唱莲花，以及雪天行乞歌唱大段莲花落的情节（第二十八、三十一出）。这不仅补上了原著中对郑

---

① ［日］青木正儿：《中国近世戏曲史》，王吉庐译，台湾商务印书馆1965年，第128页。

生窘况的描写过于简略的不足，而且提高了李亚仙闻声而出加以救护的合理性。总之，《绣襦记》在情节的铺排上，是颇费经营的。作者新增或赋予姓名的来兴、乐道德、贾二妈等人，也都起到了各自的应有作用。①

邓文且对剧中亚仙、元和形象之改塑颇多赞誉，说诚有据。凡白传语焉不详或有意忽略之处，《绣襦》皆为补苴，即使贾二妈所施倒宅计暂租之崔尚书宅，亦不肯如原传一笔带过。而令崔尚书于第四出先行登场，与曾学士至亚仙家赏海棠。第十六出乃将来兴鬻卖于崔尚书家，再于第二十一出写元和中计，返叩崔尚书宅，重见来兴。来兴赠衣赠钱，尽显忠义。复于第三十二出，叙元和状元及第，曾学士托崔尚书执柯，欲与郑氏联姻。崔挈来兴见元和，元和"却婚受仆"。针线之细密，照应之周到，堪称斫轮老手。惟邓文所赞第三十三出"剔目劝学"为"神来之笔"，余实不敢苟同。兹先引《绣襦记》第三十三出曲文：

【玉交枝】（旦）你文章不看，口支离一划乱言。读书有三到。（生）那三到？（旦）心到眼到口到。你书到不读。为何频顾残妆面，不思继美承前。（生）见你秋波玉溜使我怜，一双俊俏含情眼。（旦）你不用心玩索圣贤，却为妾又

① 邓长风：《徐霖和他的绣襦记》（节录），见《明清戏曲家考略》，上海古籍出版社1994年，第57页。

垂青盼。（生）我的娘，谁教你生得这般样好。

【前腔】（旦）且把书来收捲，罢罢，为妾一身，捐君百行。何以生为。我拼一命先归九泉。（生）大姐何出此言？（旦）你喜我这一双眼么？（生）端的一双俏眼。（旦）我把鸾钗剔损丹凤眼，羞见不肖迤遭。（生）呀，不好了。涓涓血流如涌泉，潸潸却把衣沾染。今始信望眼果穿。却教人感伤肠断。呀，大姐苏醒。

【玉胞肚】（旦）我在冥途回转，尚兀自心头火燃。你还只想凤友鸾交，焉得造鹭序鹓班。我好痴，这般不习上的，管他则甚。我向空门落发，伊家休得再胡缠，纸帐梅花独自眠。（旦）罢罢，我不免自去落发为尼。你若有志读书，做个好人，尚有想见之日；若只如此，我永不见你了。

邓文论此出，有云："李亚仙基于她爱恨交织、刚柔兼具的性格，做出了剔目毁容的惊人之举，终于使郑元和猛然惊醒、笃志向学。徐霖的这一神来之笔，使《绣襦记》成为几百年来盛演不衰的好戏，而李亚仙也作为一个动人心魄的艺术典型长存在观众的脑海里。"①按：亚仙之剔目，确系惊人之举。剧中未详其伤至何种程度，只云"涓涓血流如涌泉"。"在冥途回转"，殆甚重也。或竟因此而眇一目，亦未可知。然则此举实甚矫情，乃徐霖之造作，非亚仙所当为、所能为也。盖元和与亚仙结合之基础首在才色之相慕，此即《霍小

---

① 《徐霖和他的绣襦记》（节录），见《明清戏曲家考略》，上海古籍出版社1994年，第58页。

玉传》中李益所谓"小娘子爱才，鄙夫重色。两好相映，才貌相兼"①之意。以元和世代宦门之公子，又富资财，其进京赴考，游冶狭邪，意在渔色，不言自明。此点无论在唐在明，皆可视为正常。而亚仙身处平康，其所恃者在色，借色谋生，因色固宠，在唐在明，其理一揆。以亚仙之敏慧，当深谙此理。纵使二人日久生情，亚仙有摽梅之愿，亦断不会以毁容之策激励元和，而失其所恃也。反观白传，此处描写甚有分寸，只云"因令生斥弃百虑以治学，俾夜作昼，孜孜矻矻。娃常偶坐，宵分乃寐。伺其疲倦，即谕之缀诗赋"②。两相比较，足可见"剔目劝学"一出既乖生活之常理，亦不合艺术之逻辑。实明曲家迂腐处，乃《绣襦》之败笔。惜长风先生早逝，不能当面就教矣。

三、人物形象与批评之演进

《李娃传》篇末有撰者之评语："嗟乎，倡荡之姬，节行如是，虽古先烈女，不能逾也。焉得不为之叹息哉！"但遍览原传，李娃之所谓节行实不无可议。郑生初至长安，其友人即云："李氏颇赡。前与通之者多贵戚豪族，所得甚广。非累百万，不能动其志也。"此固娼家本色，不足以责备李娃，然可知李娃较之他妓并无特异之处。及遇郑生，爱其族望清华，一掷千金，遂荐枕席。如是岁余，"资财仆马荡然。迩来姥意

---

① 汪辟疆校录：《唐人小说》，上海古籍出版社1978年，第93页。
② 《唐人小说》，第125页。以下引该书者不再出注。

渐怠，娃情弥笃。他日，娃谓生曰：'与郎相知一年，尚无孕嗣。常闻竹林神者，报应如响。将致荐酹求之，可乎？'生不知其计，大喜。"以此逆推，则前所述"姥意渐怠，娃情弥笃"，殆亦俗语所谓"一唱红脸，一唱白脸"欤？观下文"生谓娃曰：'此姨之私宅耶？'笑而不答，以他语对。"其计谋谲诈，始渐露峥嵘。明人凌性德梓《虞初志》，伪托李卓吾、袁中郎、汤若士、王百谷、屠赤水诸名家评点，其卷四收《李娃传》，于"倒宅计"一节，有托名李卓吾之眉评，曰"计出自姥则可，若说李娃合计，恐能为沠国者未必如是"①。已道出人物性格之前后矛盾。后詹詹外史辑《情史》，于卷一六"情报类"亦收本传，易名《荥阳郑生》，文字与《太平广记》所载白传略有出入。篇末有子犹氏（即冯梦龙）之评语：

> 世览《李娃传》者，无不多娃之义。夫娃何义乎？方其坠鞭流盼，惟恐生之不来。及夫下榻延欢，惟恐生之不固。乃至金尽局设，与姥朋奸，反惟恐生之不去。天下有义焉如此者哉！幸生忍羞耐苦，或一旦而死于邸，死于凶肆，死于箠楚之下，死于风雪之中，娃意中已无郑生矣，肯为下一滴泪耶！绣襦之裹，盖由平康滋味，尝之已久，计所与往还，情更无如昔年郑生者，一旦惨于目而怵于心，遂有此豪举事耳。生之遇李厚，虽得此报，犹恨其晚。乃

---

① ［明］佚名：《虞初志》卷四眉评，中国书店1986年，第25页。（据扫叶山房1926年版影印本）

李一收拾生，而生遂以汧国花封报之。生不幸而遇李，李何幸而复遇生耶！①

按：冯氏此评，不啻诛心之论，然亦切中原传难以自圆之关捩。盖自郑生沦落凶肆，遭父箠楚，至雪天行乞，冻饿垂死，李娃曾无一毫节义显示。后忽发恻隐，绣襦裹生，税居别院，调护备至，前后判若两人。推原其故，或如其自白："此良家子也。当昔驱高车，持金装，至某之室，不逾期而荡尽。且互设诡计，舍而逐之，殆非人。令其失志，不得齿于人伦。父子之道，天性也。使其情绝，杀而弃之。又困踬若此。天下之人尽知为某也。生亲戚满朝，一旦当权者熟察其本末，祸将及矣。况欺天负人，鬼神不佑，无自贻其殃也。"细味其言，固有对当日所为之忏悔，亦有实际利害之顾虑，甚且有如子犹氏所云，不无厌倦风尘之意而生从良之念。然实无节义可言，是原传起始所云"汧国夫人李娃，长安之倡女也。节行瑰奇，有足称者"仍无着落。然则《李娃传》所称扬李娃之节义，实仅助生攻读，使其释褐登第一事。验之唐代社会风习，盖"承南北朝之旧俗，通以二事评量人品之高下。此二事，一曰婚。二曰宦。凡婚而不娶名家女，与仕而不由清望官，俱为社会所不齿"②。又，王定保《唐摭言》

---

① ［明］冯梦龙：《情史》卷一六《荥阳郑生》，岳麓书社1986年，第517页。
② 陈寅恪：《元白诗笺证稿》第四章"读莺莺传"，生活·读书·新知三联书店2001年，第116页。

卷九云："殊不知三百年来，科第之设，草泽望之起家，簪绂望之继世。孤寒失之，其族馁矣；世禄失之，其族绝矣。"① 郑生家世正合王定保所谓"簪绂"，且为荥阳公知命之年所生独子，其身荷承世禄，振家声之任毋庸置疑。乃竟溺于平康，沦为乞丐，不啻为南北朝以降大族凌替之真实写照。李娃则能于此关键时刻，挺身而出，大施"节义"，挽狂澜于既倒，辅世胄以中兴。此举实与唐代举子入仕之愿若合符契，其"节义"与否，端视最终能否助士人登第。若唐传奇中崔莺霍玉，皆负艳色才情，而于所恋士人之科举前途毫无助益，故卒遭弃掷。此点在唐人看来，亦甚自然，绝不受道德之訾病。然士人因妓女之助而登第遂娶之为妻事，在唐人实不能想象，盖有碍其官声仕途也。白行简亦知李娃之结局荒诞不经，故巧为遮饰，以其"节义"及奇迹——"岁时伏腊，妇道甚修，治家严整，极为亲所眷。向后数岁，生父母偕殁，持孝甚至。有灵芝产于倚庐，一岁三秀。本道上闻。又有白燕数十，巢其层甍。天子异之，宠锡加等。……娃封汧国夫人。有四子，皆为大官；其卑者犹为太原尹。弟兄姻媾皆甲门，内外隆盛，莫之与京。"掩盖其出身之微贱，用心亦良苦。

五代以降，世族衰微，寒门常跻身于清显，贵胄每沦落为编氓。士之读《李娃传》者，渐不以郑、李门第不合诟病娃传，而目之为才子佳人韵事。然以才子佳人故事衡之，李娃形象实有前后割裂之嫌，后之"节义"与前之谲诈判若两

---

① 《唐摭言》卷九"好及第恶登科"条，《中华野史·唐朝卷》，第229页。

人，甚乖此类故事撰述之传统。吾国描写男女遇合之事，一向重视人物性格之美善，于女主人公尤是，说部戏曲中罕有权诈谋骗之人而得善终之先例。以故后来之改编《李娃传》者，不约而同，极力洗刷原传中李娃形象之瑕疵，将所有不情不义、局骗诓诈之举尽委于鸨母，而使李娃自始至终冰清玉洁，钟于情、笃于义，近乎完美。《绣襦记》之得失亦可尽归于此。

原载《南开学报（哲学社会科学版）》2008年第1期

从《影梅庵忆语》
看晚明江南文人的婚姻性爱观

　　《影梅庵忆语》（下简称《忆语》）是明清之际散文小品悼亡之作中的佼佼者，直至二十世纪的"五四"之前，仍有大量的闺秀淑媛、青年才隽为之倾倒，为之心往神驰。即便今日读来，似仍不失为近世文章之逸品。考其所以历久而不衰，大要有三点。首先，意挚情真，沉深婉转，笔力足能感人。其次，作者冒襄为明末"复社四公子"之一，风节自励，名重一时。其一生之升沉出处，与一朝之治乱兴亡，互相表里，纠结牵系，莫能拆解。复次，《忆语》所忆之人乃当时南京桃叶秦淮名妓董白，其人其事虽微末琐屑，然颇能使人由此及彼，追想当日旧院笙歌、裙屐风流，以及人文聚散，制度兴废。猎艳搜奇，固人情之常，冒、董二人于三百五十年前，以其特殊之身份地位，身不由己，被卷入时代潮头，因势推挽，俯仰中流，搬演出一幕人生的悲喜剧。而由其二人之相识、订盟，以至施衿结缡、患难相扶之九载情缘，亦可因芥子以窥须弥，觇见晚明江南社党胜流与秦淮佳丽之性爱

观念、婚姻取向，乃至家族规制、嫡庶关系、生活意趣，或
于近世文化史不无小补。此斯文所由作也。

一、从冒、董初识到订盟看两人关系

据《忆语》，冒襄初识董白，在崇祯十二年己卯（公元
1639年）应南都乡试之前。居间称引之人，即冒之盟友——
复社四公子之一的桐城方以智。冒氏走访董白不值，旋以下
第，浪游吴门。转与秦淮名妓沙九畹、杨漪炤流连多日。及
将归棹返如皋，始得晤董白，然竟未交一语。《忆语》记二人
最初之一面云：

> 姬母秀且贤，劳余曰："君来数矣，子女幸在舍，薄
> 醉未醒。"然稍停，复他出，从兔径扶姬于曲栏与余晤。
> 面晕浅春，缬眼流视，香姿玉色，神韵天然，懒慢不交一
> 语。余惊爱之，惜其倦，遂别归。此良晤之始也。时姬年
> 十六。①

至崇祯十四年春，冒氏经浙路往湖南宝庆省觐，与许忠
节公连舟同行。考诸《明史》卷一五四，此许忠节公当是许
直，为冒氏同乡，崇祯七年进士，时新补广东惠来知县。途
中经此许忠节公引荐，冒氏乃又得识善歌弋阳腔之名妓陈姬。

《忆语》云：

---

① ［明］冒襄：《影梅庵忆语》，广文书局1982年，第2页。

　　余佐忠节治舟，数往返始得之。其人淡而韵，盈盈冉冉，衣椒茧时背、顾湘裙，真如孤鸾之在烟雾。是日演弋腔《红梅》，以燕俗之剧，咿呀啁哳之调，乃出陈姬身口，如云出岫，如珠在盘，令人欲仙欲死。漏下四鼓，风雨忽作，必欲驾小舟去。余牵衣订再晤。答云："光福梅花如冷云万顷，子能越旦偕我游否？则有半月淹也。"余迫省觐，告以不敢迟留。故复云："南岳归棹，当迟子于虎疁丛桂间。盖记其期八月返也。"余别去，恰以观涛日奉母回。至西湖，因家君调已破之襄阳，心绪如焚。便询陈姬，实则已为窦霍家掠去，闻之惨然。及抵阊门，水涩舟胶，去浒关十五里，皆充斥不可行，偶晤一友，语次有"佳人难再得"之叹。友云："子误矣，前以势劫去者，赝某也。某之匿处，去此甚远，与子偕往。"至果得见，又如芳兰之在幽阁也。……越旦，则姬淡妆至，求谒吾母太恭人。见后，仍坚订过其家。乃是晚，舟仍中梗，乘月一往相见。卒然曰："余此身脱樊笼，欲择人事之。终身可托者，无出君右。适见太恭人，如覆春云，如饮甘露，真得所天。子毋辞。"余笑曰："天下无此易易事。且严亲在兵火，我归，当弃妻子以殉。两过子，皆路梗中无聊闲步耳。子言突至，余甚讶。即果尔，亦塞耳坚谢，无徒误子。"复宛转云："君倘不终弃，誓待君堂上昼锦旋。"余笑云："若尔，当与子约。"惊喜申嘱，语絮絮不悉记。即席作八绝句付之。归历秋冬，奔驰万状。至壬午仲春，都门政府，言路诸公，

恤劳人之劳，怜独子之苦，驰量移之耗，先报。余时正在
毗陵，闻音如石去心，因便过吴门慰陈姬。盖残冬屡趣余，
皆未及答。至则十日前复为霍窦门下客以势逼去。……余
至，怅惘无极！然以急严亲患难，负一女子无憾也。①

　　按：此陈姬，盖即明清史家所艳称，吴梅村"痛哭六军
俱缟素，冲冠一怒为红颜"所指之陈圆圆字畹芬者。陈寅恪
先生《柳如是别传》第四章辨之甚悉，不待词费。

　　《香艳丛书》九集卷一载陆次云《圆圆传》略云："圆圆
姓陈，玉峰歌妓也。声甲天下之声，色甲天下之色。崇祯癸
未岁，总兵吴三桂慕其名，赍千金往聘之，已先为田畹所
得。"②又陈维崧《妇人集》载："姑苏女子圆圆，戚家女子
也。色艺擅一时。如皋冒先生常言妇人以姿致为主，色次之。
碌碌双鬟，难其选也。蕙心纨质，澹秀天然，生平所觌，则
独有圆圆耳。"③

　　由上引数则材料观之，冒氏几番莅秦淮，皆与家事仕途
相关，初无意于耽溺声色，更无意于曲中物色人选以充中篝。
其出入青楼，不过逢场作戏，逐胜寻芳而已。故访董不遇，
即转与沙、杨二妓周旋，并无丝毫黏滞。及邂逅陈圆圆，始
甚属意。盖以陈"姿致"难得，"蕙心纨质，澹秀天然，生平

① 《影梅庵忆语》，第2—3页。
② ［清］陆次云：《圆圆传》，见《香艳丛书》三，人民文学出版社1992年，第
2361页。
③ ［清］陈维崧：《妇人集》，见《香艳丛书》三，第96页。

所觏，则独有圆圆耳"。此语出陈维崧《妇人集》，冒襄于陈维崧为父执辈，且有饮食教诲之恩。故维崧说可信。然则，冒之心目中，陈姬故远胜董姬，一见之下，拳拳不能释。再见之时，遂有纳币之约。此时之董白，恐已不在其意中。嗣后，冒氏奔走京师，谋纾父难，无暇顾及前约，及父难消解，再过吴门，陈姬已为外戚田弘遇以势夺去。"怅惘无极"四字，真冒氏肺腑之言，盖出于"佳人难再得"之憾也。至如"然以急严亲患难，负一女子无憾也"，实乃冒氏无可如何之余，自我安慰并标榜孝亲大节之饰词也。

冒氏再晤董白，恰在方失陈姬，百无聊赖之旅途。时当崇祯十五年壬午（公元1642年）仲春，明社江山大半已烽烟四起，溃败决裂。唯江、浙一隅尚称晏安。游士豪客，竞千金裘马，选妓征歌，盘游无度。而曲中识见超卓之名妓，或迫于势家豪族之凌逼，或感于山雨欲来之窘迫，纷纷择人而事，以求退路，此董白再晤冒氏时之心境。

据《东皋诗存》卷四三，冒襄于崇祯九年（公元1636年）丙子夏日，在淮清桥集阉祸受害之九家子弟为大会，诃詈阉党，声势耸动朝野。又据余怀《板桥杂记》，是年冒氏复与张明弼、吕兆龙、陈梁、刘履丁大宴于眉楼，缔盟订交。眉楼者，秦淮名妓顾媚字眉生者所居之楼也。顾与董为姊妹行，才名相埒，私交甚笃。冒之所为与人品声望，董必耳熟能详，故虽事隔三年，记忆犹新。以董氏当日万难之处境推论，冒之停舟相访，在董氏恐不啻如拨云雾而见白日，其喜可知。

而从良择主，舍此其谁！况南京旧院早有"家家夫婿是东林"之谚。故一面之后，坚意委身相从。顾此时之冒氏，犹系心于家事科场，且殚于董之遘负落籍诸烦难，仍无意于接纳董氏，因而一再推诿。

《忆语》载：

> 姬曰："我装已成，随路相送。"余却不得却，阻不忍阻，由浒关至梁溪、毗陵、阳羡、澄江，抵北固，越二十七日，凡二十七辞。姬惟坚以身从。登金山，誓江流曰："妾此身如江水东下，断不返吴门！"余变色拒绝，告以期迫科试，年来以大人滞危疆，家事委弃，老母定省俱违，今始归经理一切。且姬吴门责逋甚众，金陵落籍，亦费商量。仍归吴门，俟季夏应试，相约同赴金陵。秋试毕，第与否，始暇及此。此时缠绵，两妨无碍。姬仍踌躇不肯行。时五木在几，一友戏云："卿果终如愿，当一掷得巧。"姬肃拜于船窗，祝毕，一掷得"全六"，时同舟称异。余谓果属天成，仓促不臧，反偾乃事。不如暂去，徐图之。不得已，始掩面痛哭失声而别。余虽怜姬，然得轻身归，如释重负。……金桂月三五之辰，余方出闱，姬猝到桃叶寓馆。盖望余耗不至，孤身挈一姬，买舟自吴门，江行遇盗，舟匿芦苇中，舵损不可行，炊烟遂断三日。初八抵三山门，复恐扰余首场文思，复迟二日始入。姬见余虽甚喜，细述别后百日，茹素杜门，与江行风波盗贼惊魂状，则声色俱凄，求归逾固。……七日乃榜发，余中副车，穷日夜力归

里门，而姬痛哭相随，不肯返。且细悉姬吴门诸事，非一
手足力所能了。责逋者见其远来，益多奢望，众口猰狚。
且严亲甫归，余复下第意阻，万难即谐。舟抵郭外朴巢，
遂冷面冷心，与姬决别。仍令姬归吴门，以厌责逋者之意，
而后事可为也。①

　　观此，则冒董之因缘聚合，实有被动与主动之分，非如
一般才子佳人一见钟情，投诗赠扇，逾垣隙牖，因木成舟之
故事。其最终之结合，端赖冒氏之盟友同社刘履丁等出赀偿
逋，及一代风流教主虞山钱谦益亲自为之擘画。张明弼《冒
姬董小宛传》载钱牧斋先生"维时不惟一代龙门，实风流教
主也。素期许辟疆甚远，而又爱姬之俊识。闻之，特至半塘，
令柳姬与姬为伴，亲为规画，债家意满。时又有大帅以千金
为姬与辟疆寿，而刘大行复佐之。公三日遂得了一切，集远
近与姬饯别于虎曝。买舟以手书并盈尺之券，送姬至如皋。
又移书于门生张祠部，为之落籍"②。

　　设若当日无此数人鼎力相助，冒氏格于形势礼法，必不
肯于国事鞅掌、家事倥偬中输金折券，纳姬入门。然而，董
白卒能脱离风尘，得其所天，亦与其百折不挠、义无反顾之
意志攸关。而其识人之明敏、处事之决断，当亦得益于其非
闺房之闭处，无礼法之拘牵，乃能于末世扰攘、江南阽危之

---

① 《影梅庵忆语》，第5—7页。
② ［清］张明弼：《冒姬董小宛传》，清康熙水绘庵刻本。转引自吴定中：《董
小宛汇考》，上海书店出版社2001年，第162—163页。

际，以一柔弱女子，独秉冰操，间关转徙，托身胜流，终脱沙叱利者流之手，得免陈畹芬之厄。其事亦奇矣，壮矣。

至如冒氏之被动依违，坐享其成，固不得以轻薄目之。盖当日吴越胜流，醉心声妓，陶情花柳，任诞放恣，已成积习，非此不足以交游结社，不足以排纂风骚。复社四公子乃江南士望所归，气节文采，映照一时。秦淮佳丽，亦以接纳四公子高其身价。盖吴越间"虽黄童白叟、妇人女子皆知东林为贤"①，东林胜流"所品题甲乙，颇能为荣辱"②。《板桥杂记》下卷"逸事"门载：

> 李贞丽者，李香之假母，有豪侠气，尝一夜博输千金立尽。与阳羡陈定生善。香年十三，亦侠而慧。从吴人周如松受歌，《玉茗堂四梦》皆能妙其音节。尤工琵琶。与雪苑侯朝宗善。阉儿阮大铖欲纳交于朝宗，香力谏止，不与通。朝宗去后，有故开府田仰以重金邀致香，香辞曰："妾不敢负侯公子也！"卒不往。③

陈定生，名贞慧，维崧父也；侯朝宗，名方域，与贞慧皆复社四公子。贞慧长方域十四岁，宜其所狎为母女二人。又据黄宗羲《思旧录》云，黄曾以侯方域耽酒色，告友人张自烈谏止之。可知方域雅好声色，不仅逢场作戏也。清初，

---

① ［清］陈鼎：《东林列传·高攀龙传附》，《四库全书》"史部·传记类"。
② 《明史》卷二八八"张溥传"，第7404页。
③ 《板桥杂记》，第69页。

曲阜孔尚任作《桃花扇》传奇，于侯李一段因缘颇作敷演，亦可见其为人。

又《板桥杂记》卷下载：

> 莱阳姜如须游于李十娘家，渔于色，匿不出户。方密之、孙克咸并能屏风上行，漏下三刻，星河皎然，连袂间行，经过赵李，垂帘闭户，夜人定矣。两君一跃登屋，直至卧房，排阖哄张，势如盗贼。如须下床，跪称大王乞命，毋伤十娘。两君掷刀大笑曰："三郎郎当！三郎郎当！"复呼酒极饮，尽醉而散。①

李十娘者，名湘真，字雪衣，秦淮名妓，与顾媚、董白齐名。姜如须名垓，崇祯十三年进士，复社名流。方密之即方以智，四公子之一。孙克咸名临，字武公。此数人皆有大节，非寻常渔色者可比。从兹亦可觇见晚明江南胜流之生活方式。较之上述诸人，冒氏之持身似尚可称严谨。

二、董、冒九年恩爱中所隐伏之情理悖谬

曩日，余撰《青楼文学与中国文化》一书，曾引张明弼《冒姬董小宛传》，盛赞二人婚姻之和谐，并借以说明明末江南士人思想识见之超卓。②今日读之，不禁汗颜，盖所见仅得

---

① 《板桥杂记》，第63页。
② 参见本书第五章第二节。

皮相，未克深入文本、详核有关资料所致也。兹别有说，请试论之。

《忆语》记董白入冒氏之门后凡若干事，计有女红、课子、理财、抄书、读诗、编书、学书、学画、分茶、品香、置景、赏月、饮食等，处处不离董之贞顺贤德，合于妇道，而又在在披露其灵心慧性，才识过人。此点在董实甚自然，盖以一风尘女子，行此破釜沉舟之事，乍入冒氏宦族之门，倘不能俛首低眉，取悦上下，则其地位岌岌乎殆哉可知矣。《仪礼》卷二九"丧服"第十一云："妾为君。"（疏）释曰："妾贱于妻，故次妻后。案《内则》云：'聘则为妻，奔则为妾。'郑注云：'妾之言接，谓彼有礼，走而往焉。以得接见于君子，是名妾之义。但其并后匹适，则国亡家绝之本。故深抑之，别名为妾也。既名为妾，故不得名婿为夫，故加其尊名，名之为君也。亦得接于夫。又有尊卑之称，故亦服斩衰也。君，至尊也者。既名夫为君，故同于人君之至尊也。'"①董氏合其天资之颖悟与后天之勤奋，想必曾经熟读"三礼"，于"四德"《女诫》皆默识于心，故凡事进退得宜。"屏别室，却管弦，洗铅华……耽寂享恬。""吾母太恭人与荆人见而爱异之，加以殊眷。幼姑长姊，尤珍重相亲，谓其德性举止，均非常人。而姬之侍左右，服劳承旨，较婢妇有加无以。……越九年，与荆人无一言枘凿。至于视众御下，慈

---

① ［清］阮元校刻：《十三经注疏·仪礼注疏》，中华书局1980年，第1098页。

让不遑，咸感其惠。"①嗟乎，董白之用心亦良苦！余每读至"当大寒暑，折胶铄金时，必拱立座隅。强之坐饮食，旋坐旋饮食，旋起执役，拱立如初"②时，颇疑其所为非尽出天纵，殆半由敬畏，半出时下所谓"作秀"者欤？幸达识通人有以教我。

《板桥杂记》中卷云："董白，字小宛，一字青莲。天资巧慧，容貌娟妍。七八岁时，阿母教以书翰，辄了了；少长，顾影自怜，针神曲圣，食谱茶经，莫不精晓。性爱娴静，遇幽林远涧，片石孤云，则恋恋不忍舍去。至男女杂坐，歌吹喧阗，意厌气沮，意不屑也。"③又张岱《陶庵梦忆》卷七"过剑门"条云："南曲中，妓以串戏为韵事，性命以之。杨元、杨能、顾眉生、李十、董白以戏名。"④此两则正可与《忆语》所记董姬诸韵事互相发明，印证其妍质清言，天资颖异。

当明之末叶，江南胜流于讥弹朝政、彪炳气节之余，亦曾纷纷涉足青楼，物色名姝，或邀旬日之欢，或订百年之好。其所耽恋者乃现世之享乐，所钟情者多为集灵、秀、慧于一身之风尘女子。其思想根源与审美取向当可追绍于阳明心学与公安三袁。盖阳明及其后学高扬主体人性之大纛，求乐放达，师心自用。三袁更将其哲学引入人生之趣、审美之境。

① 《影梅庵忆语》，第10页。
② 《影梅庵忆语》，第10页。
③ 《板桥杂记》，第34页。
④ 《陶庵梦忆》卷七"过剑门"，第69页。

中道尝论慧与美云：

> 凡慧则流，流极而趣生焉。天下之趣，未有不自慧生
> 也。山之玲珑而多态，水之涟漪而多姿，花之生动而多致，
> 此皆天地间一种慧黠之气所成，故倍为人所珍玩。至于人，
> 另有一种俊爽机颖之类，同耳目而异心灵，故随其口所出，
> 手所挥，莫不洒洒然而成趣，其可宝为何如者？①

江南胜流受此类思想之启蒙，于秦淮桃叶间发见诸多兼
具灵、秀、慧特质之姝丽，而此种特质固乃闺阁中罕有，故
留连宝爱，礼敬有加，甚且为之脱籍，藏之金屋，以图长相
厮守。一时浸成风气。

然详审当日胜流与江南名妓之婚姻关系，实可别为两类。
两类之别，又以规矩礼法之轻重为关捩。一类以漠视家族礼
法，率性而行为特征，钱牧斋与柳如是、龚芝麓与顾眉生、
许霞城与王修微、茅止生与杨宛叔为其代表。

谈迁《枣林杂俎》和集丛赘"都谏娶娼"条载：

> 云间许都谏誉卿娶王修微，常熟钱侍郎谦益娶柳如是，
> 并落籍章台，礼同正嫡。先进家范，未之或闻。②

---

① ［明］袁中道：《珂雪斋集·刘玄度集句诗序》下册，上海书店1982年，第
39页。
② ［清］谈迁：《枣林杂俎》，中华书局2006年，第621页。

《明诗综》卷九八"杨宛小传"下附《静志居诗话》云：
"止生得宛叔，深赏其诗，序必称内子。"①

又《牧斋遗事》"国初录用耆旧"条载：

> 河东君侍左右，好读书，以资放诞。客有挟著述，愿
> 登龙门者，杂沓而至。钱或倦见客，即出与酬应。客当答
> 拜者，则肩筇舆，代主人过访于逆旅，竟日盘桓，牧翁殊
> 不芥蒂。②

由是观之，柳如是嫁钱谦益后，不仅与钱考异订讹，分
题布韵，尽享闺房雅趣，且能出面应客，甚乃代钱造访友人。
然则，钱之娶柳，殆不止于悦其才色，实因思想、情趣、识
见、抱负多有契合；而柳之归钱，殆亦因自身之豪宕气质、
叛逆性情独能得牧斋理解庇护有以致之。

上述钱、许、龚、茅诸人之品行气节容有廉懦高下之别，
而风流任诞，视礼法为蔑如则一，且其待风尘女子从不以其
出身低微而轻贱之，识见确有超迈于当日世俗男女观念之处，
故其与江南佳丽之婚姻，遂得呈现超越于时代之真爱情。

另一类婚姻则男方或椿萱在堂，礼法綦严；或殚于物议，
不敢僭越。此可以陈子龙、宋征舆、冒襄为代表。此辈在外
尽可纵酒狎妓，入室则不敢越雷池一步。以冒襄论，据《清

---

① ［清］朱彝尊：《静志居诗话》卷二三，人民文学出版社1990年，第767页。
② 转引自《柳如是别传》，第642页。

史列传》，冒襄之父起宗尝因"犯权贵忌，抑陷襄阳监军，置
必死地。襄走京师，泣血上书，乃得调宝庆，于是孝子之名
闻天下"①。孝为儒家仁义之基，冒既以孝名，其于宗族礼法
自当恪守，必不肯淆乱家中上下尊卑之序。纳妾虽无违于礼，
但当钱谦益亲送董白至如皋时，冒氏仍本"不告不娶"之义，
"仓促不敢告严君"。且置董白于别室四月，始由其荆人携之
入门。冒氏家规之严与持身之谨可见一斑矣。

对比钱谦益之娶柳如是。《虞阳说苑》甲编《牧斋遗事》云：

> 辛巳初夏，牧斋以柳才色无双，小星不足以相辱，乃
> 行结褵礼于芙蓉舫中。箫鼓遏云，兰麝袭岸，齐牢合卺，
> 九十其仪。于是琴川绅士沸焉腾议，至有掷砖彩缬，投砾
> 香车者。牧翁吮毫濡墨，笑对镜台，赋催妆诗自若。②

则柳之荣耀与董之落寞，真不可同日而语矣。由此观之，
晚明江南士人之狎妓纳妾亦不可一概而论。在当日士林与秦
淮佳丽看来，柳如是嫁钱谦益、董白嫁冒襄、顾媚嫁龚鼎孳、
卞敏嫁申绍芳，皆属得其所归，秦淮诸妓甚乃对董之归宿
"群美之，群妒之"，"咸称其俊识"。而详察诸人在婚姻关系
中之实际处境，相去殆不可以道里计。此点于国难当头、甲
申己酉之际表现尤著。《忆语》述甲申变后，江南盗贼蜂起，

---

① 王钟翰点校：《清史列传·文苑传一·冒襄》，中华书局1987年，第5683页。
② 转引自《柳如是别传》，第642页。

冒氏举家出逃，慌乱之间，嫡庶亲疏之序仍井然不紊："余即于是夜，一手扶老母，一手曳荆人，两儿又小，季甫生旬日，同其母付一信仆偕行，从庄后竹园深箐中蹒跚出。维时更无能手援姬。余回顾姬曰：'汝速蹴步，则尾余后，迟不及矣！'姬一人颠连趋蹶，仆行里许，始仍得昨所雇舆辆。"①己酉南都倾陷，冒氏阖家惶惧，乃竟有再次舍弃董白之举。

《忆语》云：

> 余因与姬决："此番溃散，不似家园，尚有左右之者，而孤身累重，与其临难舍子，不若先为之地。我有年友，信义多才，以子托之。此后如复相见，当接平生欢，否则听子自裁，毋以我为念。"②

世俗论人际关系，常言"患难见真情"。冒襄待董白非无真情，然以其平居信奉之操守节义衡之，遂不得不以理屈情，以孝亲保嗣之大节制男女燕婉之私情，此类婚姻之情理悖谬于斯亦暴露无遗。

而尤当注意者，乃在董白表露心迹之语。董颠踬于盗贼榛莽之境，幸而逃归。"姬返舍谓余：当大难时，首急老母，次急荆人、儿子、幼弟为是。彼即颠连不及，死深箐中无憾也。"③乙酉诀别，董复以必死之志答冒襄，《忆语》记其

---

① ③ 《影梅庵忆语》，第21页。
② 《影梅庵忆语》，第22页。

誓云：

> 君言善！举室皆倚君为命，复命不自君出。君堂上膝
> 下，有百倍重于我者，乃以我牵君之臆，非徒无益，而又
> 害之。我随君友去，苟可自全，誓当匍匐以俟君回；脱有
> 不测，前与君纵观大海，狂澜万顷，是吾葬身处。[1]

参考董白平日之处事待人，则其皈依儒教"妇道"之热
忱，认同伦理宗法之自觉，殆无可疑矣。要之，其立身处世
皆本《列女传》"既嫁则以夫为天"与《礼记·郊特牲》"一
与之齐，终身不改"之旨，一切以冒氏之是非为是非，以冒
氏之意志为圭臬。此点与柳如是、王微、葛嫩等江南名妓之
行事迥不相侔。盖此数人虽皆从良，得归胜流，而婚后犹能
保持其独立人格，临难之际，遂得行使其自由意志，甚而以
一己之思想作为影响其夫君。事详顾苓《河东君传》，葛昌
楣《蘼芜纪闻》，余怀《板桥杂记》，钱谦益《列朝诗集小
传》等书。

三、结语

读《影梅庵忆语》，常叹董氏之死于劳瘁，不克享尽天
年。亦尝于字里行间悟得冒氏之愧怍，似颇有不能已于言者。
岂其有感于情理之不能两全，愧对董氏九原之灵耶？吾不得

---

[1] 《影梅庵忆语》，第22页。

而知也。

又据汤漱玉《玉台画史》引《画征续录》：

> 蔡含，字女萝，吴县人，如皋冒辟疆姬也。生而胎素，
> 性慧顺，好画，兼善山水花草禽鱼，长于临摹。尝作松图
> 巨障，辟疆作长歌题其上，一时名人和之。又尝为墨凤图，
> 题者颇众。辟疆姬人，又有金晓珠，名玥，昆山人。居染
> 香阁，亦善画。曾临高房山小幅，得其气韵。时称冒氏两
> 画史。①

考冒襄《同人集》卷三，蔡含生于顺治四年（公元1647
年），董白病殁之时方四岁。然则冒氏于董白死后，终不能安
于寂寞，复纳蔡女萝、金晓珠二妾于身畔，不乏左拥右抱之
乐也。

嗟夫！余非敢诃责古人，聊藉董白之际遇以觇晚明启蒙
思潮之下男女关系之真相耳。

原载《南开学报（哲学社会科学版）》2000年第4期

---

① ［清］汤漱玉辑：《玉台画史》，见《香艳丛书》三，第2692页。

明教坊演剧考

一、明初宫廷演剧之定制

教坊之制，始于唐开元二年，"京都置左右教坊，掌俳优、杂伎，自是不隶太常，以中官为教坊使"[1]。又，孙棨《北里志·序》谓："京中饮妓，籍属教坊，凡朝士宴聚，须假诸曹署行牒，然后能致于他处。"[2]据此，则知教坊实具两种职能。其一为承应宫中宴飨朝会之需，以俳优歌舞杂戏之散乐娱人耳目。其二为辖制京师在籍妓女，用备士大夫选艳征歌。二者之间亦并非决不交流。盖民间之妓女乐工可因伎艺出众而跻身教坊，教坊中人亦可因年长色衰或他种变故而流落市井，如《明皇杂录》所载之谢阿蛮、《乐府杂录》所记之许永新即其显证。

教坊之制，历宋元两代无大变动，唯宋室南渡以后，其名时废时存，当其废时，亦由修内司代行其事，提调临安府

---

① 《新唐书·百官·三》，第1244页。
② 《北里志》，《中华野史·唐朝卷》，第533页。

衙前乐人供奉御前，其事详见《宋史·乐志》及吴自牧《梦梁录》、周密《武林旧事》等书。

逮至明初，仍沿前朝旧制。《明史·乐志》载："又置教坊司，掌宴会大乐。设大使，副使、和声郎，左、右韶乐，左、右司乐，皆以乐工为之。后改和声郎为奉銮。"凡大朝贺、大宴飨，皆由教坊司设中和韶乐，陈队舞。"及进膳、迎膳等曲，皆用乐府、小令、杂剧为娱戏。"①玩其词意，此处"乐府"当指套曲。

据《明史·职官志·三》："教坊司。奉銮一人，正九品，左、右韶舞各一人，左、右司乐各一人，并从九品。"同书同卷"宦官·四司"之"钟鼓司"条注云："掌印太监一员，佥书、司房、学艺官无定员，掌管出朝钟鼓，及内乐、传奇、过锦、打稻诸杂戏。"②所谓"过锦"，王国维《宋元戏曲考·余论》引吕毖《明宫史》木集谓"钟鼓司过锦之戏，约有百回，每回十余人不拘。浓淡相间，雅俗并陈，全在结局有趣。如说笑话之类，又如杂剧故事之类，各有引旗一对，锣鼓送上。所装扮者，备极世间骗局俗态，并闺阃拙妇骏男，及市井商匠刁赖词讼杂耍把戏等项"③。"打稻"，史玄《旧京遗事》云："宫中西内秋成之时，设打稻之戏，圣驾幸旋磨台、无逸殿亲赐观览。钟鼓司饰农夫贩妇及田官吏征租交纳诸艰苦民

---

① ［清］张廷玉等撰：《明史·乐志》，中华书局1974年，第1500、1507页。
② 《明史》，第1818、1820页。
③ 王国维：《宋元戏曲考·余论》，见《王国维戏曲论文集》，中国戏剧出版社1984年，第108页。

瘝事以寓献替。祖宗示稼穑艰难于其子孙也。"①

综上所引，可知明初宫廷演剧实隶二司。凡外朝宴飨之会，由教坊司承应。教坊司属外朝，隶礼部。而遇内廷演剧，则由中官"二十四衙门"中之钟鼓司祗应。钟鼓司殆亦犹清之升平署。

至其内、外朝所演剧目，大抵为金、元院本及杂剧。李开先《张小山乐府序》谓："洪武初年，亲王之国，必以词曲千七百本赐之。"②昔之论者多以其数目夸诞不足信，而考赵琦美《脉望馆钞校本古今杂剧》，琦美为万历时人，其校录内府藏本之日，去明初已二百余年，其时北曲杂剧已几成《广陵散》，而琦美犹得见百余种。而与琦美同时之臧懋循，其《元曲选序》曰："顷过黄，从刘延伯借得二百种，云录之御戏监，与今坊本不同。"③御戏监即钟鼓司，孙楷第先生《也是园古今杂剧考》一书辨之甚悉，从兹可知明初内府庋藏曲本之富。然则亲王就藩，以杂剧千余本赐之，亦并非绝无可能。

明初宫廷演剧，固以北剧为尚，南曲亦未尝不入教坊。徐渭《南词叙录》云："时有以《琵琶记》进呈者，高皇笑曰：'五经、四书，布帛菽粟也。家家皆有；高明《琵琶记》如山珍海错，贵富家不可无。'……由是日令优人进演。寻患

---

① ［明］史玄：《旧京遗事》，北京古籍出版社 1986 年，第 11 页。
② ［明］李开先：《张小山乐府序》，转引自王国维：《宋元戏曲考》，见《王国维戏曲论文集》，第 68 页。
③ ［明］臧懋循：《元曲选序》，中华书局 1958 年，第 3 页。

其不可入弦索，命教坊奉銮史忠计之。色长刘杲者，遂撰腔
以献，南曲北调，可于筝琵被之；然终柔缓散戾，不若北之
铿锵入耳也。"①此条亦见《闲中今古录》，而文字有异。"由
是日令优人进演"以下，《今古录》不载。

教坊与钟鼓司皆以伎乐杂戏祗奉御前，而所呈献之节目
实有不同。盖教坊例于朝会宴飨时献艺，面对百官，须顾及
体面，诸淫媟不恭之剧必当回避。《脉望馆钞校本古今杂剧》
中现存"本朝教坊编演"者18种，依序为：

225．宝光殿天真祝万寿	234．紫薇宫庆贺长春寿
226．众群仙庆赏蟠桃会	235．贺万寿五龙朝圣
227．祝圣寿金母献蟠桃	236．众天仙庆贺长生会
228．降丹墀三圣庆长生	237．庆冬至共享太平宴
229．众神圣庆贺元宵节	238．贺升平群仙祝寿
230．祝圣寿万国来朝	239．庆千秋金母贺延年
231．争玉板八仙过滨海	240．广成子祝贺齐天寿
232．庆丰年五鬼闹钟馗	241．黄眉翁赐福上延年
233．河嵩神灵芝献寿	242．感天地群仙朝圣

此18种中多数似为明初作品，虽不能据此断言明季教坊
所演之剧皆如是乏味雷同，然以明初禁忌之多、风宪之严，
推想外朝所能搬演之剧目，亦当思过半矣。

---

① ［明]徐渭：《南词叙录》，中国戏剧出版社1959年，第240页。

内廷演剧则无须顾忌，全然以皇帝一人之好恶为取去。观今版宋懋澄《九籥集》卷一〇所记钟鼓司诸伎有：狻猊舞、掷索、垒七草、齿跳板、杂伎、院本及金、元杂剧、南戏。仅女伎即达几千人。联系上引《明史·职官志》"钟鼓司"条所载"传奇、过锦、打稻诸杂剧"则内廷伎乐远较外朝丰富，不言自明矣。

二、中期以后之嬗变

永乐十九年（公元1421年）迁都以后，南北二京遂皆有教坊，嘉靖中，又设显陵供祀教坊司，设左右司乐各一人。此为祭祀之用，与演剧无关。两京官员品秩虽同，而南京教坊司仅置右韶舞一人，左、右司乐各一人，是从规制卑之也。而钟鼓司亦迁至北京。北京教坊司处东城黄华坊。《京师坊巷志稿》引《析津日记》："京师黄华坊，有东院，有本司胡同，所谓本司者，盖即教坊司也。"[①]本司胡同至今尚在，位居朝阳门内灯市东口以北，东西向，距今地安门东南之钟鼓司故址不远。正可印证沈德符《万历野获编·补遗》卷一所说："内廷诸戏剧俱隶钟鼓司，皆习相传院本，沿金元之旧，以故其事多与教坊相通。"[②]

明宫廷演剧之重心因迁都移至北京，宣德以降，政柄每

---

① ［清］朱一新：《京师坊巷志稿》卷上"勾阑衖衕"，北京古籍出版社1982年，第104页。
② 《万历野获编·补遗》卷一，第798页。

移于奸佞，威权常寄于寺阉，于是日以新声巧伎希宠市恩。所谓"新声巧伎"，盖指新兴之声腔剧种与杂伎百戏。《明史·乐志·一》载："弘治之初，孝宗亲耕耤田，教坊司以杂剧承应，间出狎语。"①

《明武宗外纪》载：

> 上称"豹房"曰"新宅"，日召教坊乐工入"新宅"承应，久之，乐工愬言乐户在外府多有，今独居京者承应，不均。乃敕礼部移文，取河间诸府乐户精技业者，送教坊承应，于是有司遣官押送伶人日以百计，皆乘传给食。及到京，留其技精者给与口粮，敕工部相地结房室大小有差。②

于是"俳优之势大张。臧贤以伶人进，与诸佞倖角宠窃权矣"。臧贤，为武宗宠幸之伶人，初任教坊司左司乐，恃宠而骄，称疾求退，有旨勉起供职，未几即升为奉銮以宠之。王世贞《艺苑卮言》载：

> 徐髯仙霖，金陵人。所为乐府，不能如陈大声稳协，而才气过之。青楼侠少，推为渠帅。正德末，上南征，嬖

---

① 《明史·乐志·一》，第1508页。
② ［清］毛奇龄：《明武宗外纪》，中国历史研究社编，上海书店1982年，第14页。

伶臧贤荐于上，俾填新曲。绝爱幸之，令提调六院事……
贤复荐吴中杨南峰循吉，杨以高尚不出。①

　　然则，臧贤以一伶人，竟能左右士之出处进退。又于慎
行《谷山笔麈》卷六云："正德中，乐长臧贤甚被宠遇，曾给
一品服色，然官名体秩则不易也……未几，上有所幸，伶儿
入内不便，诏尽宫之，使入为钟鼓司官，后皆赐玉。"②是伶
人与宦寺已沆瀣一气矣。

　　于时，南曲诸腔渐兴，至嘉靖间，次第输入教坊。虽有
御史汪珊请谏，"令教坊司毋得以新声巧伎进"③，终不能杜
绝其势。降及万历朝，南曲新声遂取代北剧而独擅宫廷氍毹
之胜场。《万历野获编·补遗》卷一"禁中演戏"条谓："至
今上始设诸剧于玉熙宫，以习外戏，如弋阳、海盐、昆山诸
家俱有之。其人员以三百为率，不复属钟鼓司，颇采听外间
风闻，以供科诨。"④《九籥集》卷一〇"御戏"条亦云："南
九宫亦演之内廷，至战争处，两队相角，旗杖数千，别有女
伎，亦几千人，特设内侍领其职。凡傅朱粉人，虽司礼亦时
加厚犒，恐于至尊前有所讽刺也。"⑤

　　按：玉熙宫为新设，专演南曲。此外，尚有"四斋"，亦

---

① ［明］王世贞：《艺苑卮言》，见《中国古典戏曲论著集成》四《曲藻校勘
记》，第41页。
② ［明］于慎行：《谷山笔麈》，中华书局1984年，第67页。
③ 《明史·乐志一》，第1509页。
④ 《万历野获编·补遗》，第798页。
⑤ 《九籥集》卷一〇，第218页。

演南曲，见刘若愚《酌中志》。

《金瓶梅》对嘉靖、隆庆间南曲兴盛，风气迁移之迹描述甚明，凡招待士夫贵胄，西门庆必用海盐戏班，此正与杨慎、顾起元、张牧所言相合。

杨慎《丹铅总录》云："近日多尚海盐南曲，士大夫禀心房之精，从婉娈之习者，风靡如一。甚者，北士亦移而耽之。"①

顾起元《客座赘语》云："南都万历以前，公侯、缙绅及富家……大会则用南戏，其始止二腔，一为弋阳，一为海盐。弋阳则错用乡语，四方士客喜阅之，海盐多用官语，两京人用之。"②

张牧《笠泽随笔》云："万历以前，士大夫宴集，多用海盐戏文娱宾客……若用弋阳、余姚则不敬。"③

以戏曲传播规律度之，此风气殆应先肇始于市井里巷，嗣后渐流布浸染于士林，终得输入宫掖教坊。倘此说可通，则历朝天子虽享九五之尊，其观赏新创之声腔剧种反须步布衣草民之后尘，思之亦可博一粲。

至于昆腔之风靡内廷，独领风骚，已属明之季年。《旧京遗事》云："今京师所尚戏曲，一以昆腔为贵。"④所指当是天启、崇祯之时。

---

① ［明］杨慎：《丹铅总录》，转引自《四友斋丛说》卷三七，第336页。
② 《客座赘语》卷九，第303页。
③ ［明］张牧：《笠泽随笔》，转引自胡忌、刘致中：《昆剧发展史》，中国戏剧出版社1989年，第10页。
④ 《旧京遗事》，第25页。

三、南教坊之演剧活动

刘辰《国初事迹》载："太祖立富乐院于乾道桥，男子令戴绿巾，腰带红搭膊，足穿带毛猪皮靴。不容街道中走，止于道旁左右行。或令作匠穿甲，妓妇皂冠，身穿皂褙子，出入不许华丽衣服。专令礼房王迪管领。此人熟知音律，又能作乐府。禁文武官及舍人不许入院，只容商贾出入院内。"①此为明朝设官妓收脂粉钱之始。刘辰历仕洪武、建文、永乐三朝，所记多亲历之事。《四库全书总目》谓其"所见旧事皆真确，而其文质直，无所隐讳"。则明初亦沿唐代教坊体制，所异者官妓未隶教坊而直属礼房。后富乐院失火焚毁，乃于武定桥等处重建十六楼以处官妓。谢肇淛《五杂组》，胡应麟《艺林学山》，顾起元《客座赘语》，沈德符《万历野获编》、余怀《板桥杂记》，周晖《金陵琐事》等书均曾提及此事，惟所述不尽相同，或云十四楼，或云十五楼。考诸楼之命名，如"重译""来宾""鼓腹""讴歌"，实多取自明初朝会宴飨乐章。而十六楼之隶属，亦移于教坊司。"诸司每朝退，相率饮于妓楼……解带盘薄，牙牌累累悬于窗槅。竟日喧呶，政多废弛。"②其视唐代长安之平康里亦不遑多让。唯十六楼之官妓，并不以演剧为能事。《板桥杂记》云：

---

① ［明］刘辰：《国初事迹》，明泰氏绣石书堂抄本。
② ［明］侯甸：《西樵野记》，见《明人百家》，第54页。

教坊梨园，单传法部，乃威武南巡所遗也。然名妓仙娃，深以登场演剧为耻，若知音密席，推奖再三，强而后可，歌喉扇影，一座尽倾，主之者大增气色，缠头助采，遽加十倍；至顿老琵琶，妥娘词曲，则只应天上，难得人间矣。①

顿老，即顿仁，南京教坊之著名乐工，精于北曲音律，曾随正德帝入京，尽传北方遗音，独步东南。何元朗《四友斋丛说》卷三七"词曲"门载："余家小鬟记五十余曲，而散套不过四五段。其余皆金元人杂剧词也。南京教坊人所不能知。老顿言：顿仁在正德爷爷时，随驾至北京。在教坊学得。怀之五十年。供筵所唱，皆是时曲。此等辞并无人问及。"②同书同卷又云："老顿于《中原音韵》《琼林雅韵》终年不去手。"钱牧斋《金陵杂题》绝句亦有咏顿仁者，诗曰："顿老琵琶旧典型，檀槽生涩响零丁。南巡法曲谁人问，头白周郎掩泪听。"③妥娘名郑如英，南京秦淮曲中名妓。

然自迁都后，南京教坊实已基本丧失御前承应演剧之职能，其辖下官妓、乐人之工于演剧者，乃出于个人爱好，非关衣食之计也。张岱《陶庵梦忆》卷七"过剑门"条云：

---

① 《板桥杂记》，第11页。
② 《四友斋丛说》，第340页。
③ ［清］钱谦益：《牧斋有学集·金陵杂题绝句二十五首》，中华书局1996年，第417页。

南曲中，妓以串戏为韵事，性命以之。杨元、杨能、顾眉生、李十、董白以戏名，属姚简叔期余观剧……以余长声价之人而后长余声价者多有之。①

顾眉生即顾媚，时人推为南曲第一。后归龚鼎孳，世称横波夫人。李十，名湘真，字雪衣，亦秦淮曲中名妓。董白即董小宛，《板桥杂记》云其"天资巧慧，容貌娟妍……针神曲圣、食谱茶经，莫不精晓"②，后归如皋冒辟疆。张岱所记此条似与前引《板桥杂记》之说相悖，实则风气浸淫，曲中名妓亦不得不投时所好，以新声艳曲取媚于缙绅士夫。故《板桥杂记》中卷所录诸名妓，多能躬践排场，甚且兼擅生旦。如尹春，《板桥杂记》中卷谓其"性格温和，谈词爽雅，无抹脂障袖习气。专工戏剧排场，兼擅生旦。余遇之迟暮之年，延之至家，演《荆钗记》，扮王十朋，至'见娘''祭江'二出，悲壮淋漓，声泪俱迸，一座尽倾。老梨园自叹弗及"；又如李香君"亦侠而慧，从吴人周如松受歌，《玉茗堂四梦》皆能妙解音节"③。

然则南京教坊诸妓，平日所习皆南曲，或清唱，或出堂会，间亦粉墨登场，其所侍应之对象，则为南都之士大夫。清初孔尚任之著《桃花扇》传奇，写弘光一朝群丑之急于搬

---

① 《陶庵梦忆》卷七，第69页。
② 《板桥杂记》，第34页。
③ 《板桥杂记》，第22、69页。

演"中兴一代之乐"《燕子笺》，乃拘刷曲中诸妓，督责排练一事，实甚合明季南都教坊之制。唯此时北京教坊，已沦入清人掌握之中。

此则南北两京教坊之不同也。

原载《南开学报（哲学社会科学版）》1999年第6期

"三言"婚恋题材研究发微

一、两性关系中的市井观念

"三言"全方位地展示了十六、十七世纪之交中国市民五光十色的生活画卷，真实地描写了生活在那一时代的市井细民的理想、信念、追求、动摇、迷茫、困惑，痛苦与欢乐，爱情与死亡。"三言"中艺术成就最高、最富时代感的内容是那些描写男女性爱的篇章。

虽然唐代传奇所开创的才子佳人式的爱情题材在"三言"中仍占有一定的比重，如《警世通言》卷二四《玉堂春落难逢夫》与《李娃传》，《警世通言》卷三四《王娇鸾百年长恨》与《霍小玉传》在情节模式与叙事结构上都具有某种一致性，但这类故事在"三言"中已非主流，而且即使是同类的才子佳人题材，其着眼点与审美取向也大相径庭。譬如《醒世恒言》卷二八《吴衙内邻舟赴约》，叙扬州府尹吴度携眷赴任途中，泊船江州，邂逅新任荆州司户贺章，两船相傍以避风浪。吴子彦与贺女秀娥隔舟相望，互生情愫，秀娥乃私邀吴彦深

夜跨船幽会。不意二人熟睡之中，船已解缆开行，吴彦只得
隐匿秀娥舱中，数日后终于败露。贺章为全体面，使家人知
会吴度，遣媒纳聘，卒成姻眷。这故事中的男女主人公身份
仍是官宦人家的公子小姐，但是他们表达爱慕的方式已全然
没有了这类小说通常喜欢铺衍的那些繁文缛节。叙述人刻意
强调的是一对青年男女的迫不及待的赤裸裸的性爱。秀娥投
给吴公子幽期密约的诗（也是全篇秀娥的唯一一首诗）是这
样写的：花笺裁锦字，绣帕裹柔肠。不负襄王梦，行云在此
方。此前这类小说中最擅长表现的小姐初见公子时的那些羞
涩、佯嗔，种种做作在秀娥身上已荡然无存，她心心念念、
魂牵梦萦的事情只是与吴衙内共度春宵。梦中是"吴衙内门
启处便钻入来，两手搂抱。秀娥又惊又喜。日间许多想念之
情，也不暇细说，连舱门也不曾闭上，相偎相抱，解衣就寝，
成其云雨"。实境中则是"彼此情如火热，那有闲工夫说甚言
语。吴衙内捧过贺小姐，松开纽扣，解卸衣裳，双双就
枕"。[1]这样直接诉诸感官享乐的价值取向显然濡染了市井阶
层的性爱观念，同时也与晚明社会自上而下的纵欲思潮息息
相通。

吴衙内与秀娥小姐的私情，是在极富喜剧性的情境中败
露的，而这个喜剧性的关捩便是吴衙内的"食肠宽大"，其隐
匿在小姐舱中，每日不得不忍受饥肠辘辘。色的满足与食的
匮乏之间形成了一种幽默，这种幽默谐谑又显然浸透了市井

---

① 《醒世恒言》卷二八《吴衙内邻舟赴约》，第530页。

的狡狯，至于这样的食量是否符合一位三四品官员公子的身份，则是读者不屑于追究的。

《醒世恒言》卷七《钱秀才错占凤凰俦》与卷八《乔太守乱点鸳鸯谱》也是极富喜剧性的婚姻佳话。前者写吴江富室之子颜俊欲娶洞庭西山富商高赞之女秋芳，自忖貌寝才陋，又知高因女美，必欲自择佳婿。乃求表弟钱青冒名顶替，赴洞庭西山应选。钱系寒士，然才貌兼备，又谦恭知礼，高一见大喜，遂定婚期，遍告亲友，择日使婿亲迎。是日，钱只得再次伪饰过湖就礼。不意湖上风浪大作，舟楫皆阻。高乃做主命新人即日成礼。钱坚拒不获准，只得入新房，然誓不苟且，三日间于新妇秋毫无犯。三日后风止，始得携眷返乡。颜俊早已如坐针毡，且又以己度人，逆料钱青必已先行苟且。一俟来船傍岸，既对钱大打出手。值该县县尹路经此处，将一干人等带至公堂，终至案情大白。县尹爱钱之才，又敬其为人，乃将秋芳判归钱青。这故事的喜剧性在于颜俊煞费苦心，惨淡经营的婚姻计划最终成了促使他人喜结良缘的触媒。颜俊所代表的是那种资质浅陋又不自量力的第二代富商，父辈积累的财富适足让他养尊处优，私欲膨胀。叙述人实则从他动念求亲伊始，便已将他置于道德有亏的一方，同时亦将其骗婚的一切努力置诸徒劳无功的过程。因此这些努力便显得十分可笑。郎才女貌仍是这类故事所标榜的婚姻理想，具体到这一篇，却还有更深一层的价值指向，那便是通篇所隐含的读书人的优越感。作为故事中的男主人公，钱青虽然父母双亡，一贫如洗，但却有满腹的才学，高尚的道德。县尹判词中所云"两番渡湖，不让传书柳毅；三宵隔被，何惭秉烛云长"①，实际已代表了社会普遍的道德评价，佳人配才子的预期也便在这种道德的渐次展示中得以实现。

《乔太守乱点鸳鸯谱》的故事脍炙人口，一系列的欺骗、误会、错认、巧合，男扮女装，弟代姊嫁，姑嫂同眠，姻亲反目，构成了小说环环相扣的喜剧冲突，而最后乔太守的极为顺乎世俗人情的"乱点"则把喜剧推向了高潮。这故事也有一个基本的道德判断，即凡是符合人性常情的行为，便不悖于理，便可以视为道德。这个标准也即是乔太守断案的依据，所谓："弟代姊嫁，姑伴嫂眠。爱女爱子，情在理中；一雌一雄，变出意外。移干柴近烈火，无怪其燃；以美玉配明珠，适获其偶。"②故事中每一个不道德的举措背后都有其合于人情物理的动机，但这些动机却大都与礼教心防格格不入，因此，乔太守的"乱"实际只是用市民的思维逻辑取代了正统的道德判断，他也因此成为市民利益的代言人和市井趣味的欣赏者。

婚变，也是"三言"擅长敷演的题材。如果说《乔太守乱点鸳鸯谱》是用喜剧谐谑的手法轻描淡写地遮掩了三桩婚姻内藏的不合正统礼法的尴尬，那么，《蒋兴哥重会珍珠衫》《简帖僧巧骗皇甫妻》《蒋淑珍刎颈鸳鸯会》《金玉奴棒打薄情

---

① 《醒世恒言》卷七《钱秀才错占凤凰俦》，第125页。
② 《醒世恒言》卷八《乔太守乱点鸳鸯谱》，第148页。

郎》《宿香亭张浩遇莺莺》《王娇鸾百年长恨》等篇，则是以十分严肃的笔触全方位地展现了那个时代婚姻性爱的真实面貌。其中，"简帖僧""刎颈鸳鸯会""金玉奴""宿香亭"，本事皆出于宋元话本或传奇，自然也就带有宋元时代特定的社会风情与审美趣尚。这四篇连同另外两篇取材于明代传奇的拟话本，实则是从不同的角度关注着一个共同的问题，即：如何面对新的社会环境、新的人际关系对传统一夫一妻婚制的冲击。对于来自外力的破坏干扰，这些小说依据不同的道德观念提出了不同的解决途径。"刎颈鸳鸯会"采取了最激烈的暴力手段，让无辜的丈夫手刃奸夫淫妇。"简帖僧"则用稍委婉的方式，以丈夫捉获奸骗妻子的歹人，官府判令夫妻重圆为结局。但两者都着重强调了夫权的不可动摇。"金玉奴"与"宿香亭"是采用妥协的办法来化解婚姻与情感的矛盾，不过，"金玉奴"的妥协带有十分明显的人为的牵强，现代人将难以想象一个谋杀过自己情人的男人如何还能与该幸免于难的女子结成连理，以及一个被自己所爱的男子谋杀未遂的女人如何还能与之共度婚姻生活。"宿香亭"同"金玉奴"一样，也采用了一个习见的男子变泰负心的故事框架，所不同的是"宿香亭"赋予了李莺莺超越一切凡俗女子的果敢坚毅，让她径闯官府，直陈情愫，从而改变了张浩的婚约，主宰了自己的命运。莺莺的行为根据是"昔文君心喜司马，贾午志慕韩寿，此二女皆有私奔之名，而不受无媒之谤。盖所归得人，青史标其令德，注在篇章，使后人继其所为，免委身于庸俗"①。文君私奔与韩寿偷香，事载史籍，成为后世最有影响的风流佳话，小说戏曲中的青年男女多以此作为私相授受，越礼悖俗的心理支撑和道德依据。但它所容许的审美期待有一个必须遵循的前提，即演出风流故事的男女一定要符合才子佳人的标准，否则即堕入淫邪。这个原则实际反映了民间对于和谐般配的婚姻的一种善良愿望。

《王娇鸾百年长恨》沿袭两宋以来《王魁》《陈叔文》《张协状元》《琵琶记》等变泰离异主题，铺衍出一段伤感的悲情故事。叙述人虽明确指出"此事非唐非宋，出在国朝天顺初年"，但实际上这故事的时代特点并不鲜明，置之唐、宋、元、明似均无不可。值得注意的倒是小说结尾部分对负心人周廷章的处置，周廷章与王娇鸾未行媒聘，未经六礼而密约幽期，以当日的道德标准、婚姻制度衡之，皆属节行有亏，且娇鸾应更甚。故二人间虽有盟誓，却绝无法律之约束。周廷章后来遵父命娶魏同知女亦无可厚非，此类事在现实生活与文学作品中曷胜枚举，小说戏曲通常以道德谴责或良心谴责的方式寻求审美情感的中和，如《霍小玉传》《琵琶记》，对负心行为报复最严厉者无过《王魁》《陈叔文》式的鬼魂索命。但像本篇这样由吴江县尹、苏州府推官、督察院监察御史合力勘问，将周廷章当堂杖杀的惩处方式则实属罕见。这也就留下了一个逻辑的缺陷：代表国家司法、监察权力的推官、御史所维护的不是明媒正娶的婚姻，倒是月下联吟、私

---

① 《警世通言》卷二九《宿香亭张浩遇莺莺》，第379页。

相授受的男女关系。叙述人对此缺陷确曾极力弥缝，特别交代说（察院）"樊公将诗歌及婚书反复详味，深惜娇鸾之才，而恨周廷章之薄幸"①。按：所谓"婚书"乃周廷章与娇鸾私订终身之证物，虽有娇鸾姨氏作保，但双方椿萱俱在，应为越礼之证。故樊公严惩廷章的理由只有"深惜娇鸾之才，而恨周廷章之薄幸"的感情依据，而无任何法理可循。然则，樊公真可谓徇私枉法者也。叙述人为了使樊公的枉法获得道德的支持，不得不极力张大娇鸾的才美，这就导致小说中诗词的频繁出现，甚至不惜篇幅，让她留下近千言的绝命诗《长恨歌》。才女遭弃，含恨殒命，自然令人扼腕太息。叙述人对是非曲直作了导向充分的铺垫之后，再让樊公循情处置，便不啻是对民间道德标准的一次伸张。这也体现了冯梦龙一以贯之的"情教"思想。

《蒋兴哥重会珍珠衫》（下简称《珍珠衫》）堪称"三言"的压卷之作，冯梦龙将其置于《喻世明言》之首已足见重视，这篇小说虽亦以婚变为题材，但它所揭橥的人性内涵、思想价值和审美价值却迥出同类小说之上。首先，《珍珠衫》的叙述人没有用这类题材中惯于采取的善恶贞淫的标准去衡量小说中三角关系的任何一方，蒋兴哥、王三巧、陈大郎在叙述人的笔下都是血肉丰满、心理健康的普通人，即使是充当蜂媒蝶使的薛婆，也不似《水浒传》与《金瓶梅》中的王婆那样邪恶。这就为《珍珠衫》奠定了现实主义的基调。其次，

---

① 《警世通言》卷三四《王娇鸾百年长恨》，第444页。

小说中的人物描写、细节刻画与整体情调都体现出了一种人性的魅力，悲悯与宽容贯穿了情节发展的始终，从而昭示了一种对人的尊重、对性爱的尊重。最后，王三巧的形象辐射出一种全新的市民意识，她的爱情自始至终纯洁而发乎自然。在本能需要与道德约束的两难处境中，她表现得豁达而不失善良，真率而不涉淫荡。这就使得《珍珠衫》的审美品位直驾同类婚变拟话本小说而上之。

粗看起来，《珍珠衫》也不过是讲述了一个"人心或可昧，天道不差移。我不淫人妇，人不淫我妻"的因果报应的习见故事。但如果仔细地擘肌析理，则不难发现小说中的因果皆有人性内在的逻辑，与那些明显牵强捏合的果报因缘迥不相侔。王三巧与蒋兴哥原是一对恩爱夫妻，王之红杏出墙盖因蒋外出经商，逾期不归。王在此前已得到来自算卦先生关于丈夫"月尽月初，必然回家"的心理暗示，因此才一改往日"目不窥户，足不下楼"的习惯，而频频临窗眺望；因此才有后来的错认陈商；也因此才一步步堕入薛婆设置的圈套。三巧与陈商的私通过程固然充满了人为的机谋，但又未尝不是这位青年女性本能要求的一种自然结果。所以自乞巧生日之夜，于情欲颟洞、心志迷炀之际，任由陈商轻薄狂荡以后，王三巧便因欲生爱，全然移情，转以待丈夫之诚待陈商，绝无丝毫迟疑黏滞。且于陈商提出还乡之际，甘愿"跟随汉子逃走，去做长久夫妻"。这种对爱情与命运的自我把握、自我主宰已依稀透露出某些女性意识觉醒的先兆，并多少消解了她与陈商初夜的淫荡气息。美国的夏志清教授认为："三巧儿全心全意地接受自己的情人正是因为她对丈夫的爱和思恋。爱既是情感的也是肉体的，具有双重意义。正是这种爱如此纯洁了她的意识，以致与处于同样情境的西方女性形象相比，她的彻底摆脱忧虑的坦然，在道德上是令人神爽的。"①其实，三巧这种坦然正是源于市井女性天然的豁达，她自幼所受的平民教育使她虽能领会贞节的含义，但也必然更热爱现实的幸福。这种发乎自然的天性与处事原则也渗透蔓延于小说的另一主要人物——蒋兴哥的言行心理之中，当蒋在苏州骤闻妻子与人私通，目睹证据珍珠衫及陈商情书信物时，虽不免"如针刺肚"、愤恚交加，但随后于望见家门之际，却满怀自责之情而非惩罚之念。"想起：当初夫妻何等恩爱，只为我贪着蝇头微利，撇她少年守寡，弄出这场丑来，如今悔之何及！"②中国的通俗文学在表现女子婚外恋情的时候，首先关注的是贞节问题，叙述人在对偷情的美好津津乐道的同时，总不会忘记对失节的女子作道德的谴责，对戴了绿巾的丈夫施适度的同情，即使事情发生在像《水浒传》与《金瓶梅》中潘金莲与武大那样极不般配的夫妻身上。但《珍珠衫》则可视为例外。贞节观念在整个故事的讲述中已淡化到几近于无，取而代之的是对那种合乎人性的健康性爱的肯定与宽容。蒋兴哥能在获知妻子失贞之际引咎自责，甚至在

---

① ［美］夏志清：《中国古典小说史论》，江西人民出版社 2001 年，第 332 页。
② 《喻世明言》卷一《蒋兴哥重会珍珠衫》，第 25 页。

决定休离之际仍不忍使三巧难堪，且于三巧再嫁之夕，陪送十六只箱笼。叙述人在这里已经触摸到一种极高尚的爱情，它可以超越贞节、肉欲、过失而达至人性本真的纯洁。也正是这种高尚的爱为日后三巧与兴哥的重圆奠定了逻辑上的可能。

人是复杂的，人的感情往往充满矛盾，通奸不一定导致夫妻间的不忠。《珍珠衫》的这种见识在当时乃至以后的二百年中几乎绝无仅有。

二、象征与隐喻手法的运用

"三言"中有些篇章情节曲折，波谲云诡，这与小说有效地使用了象征与隐喻的叙事手法攸关。这种叙事手法的使用，显然使小说的寓意更为丰富，并极大地拓展了小说的阅读空间。这类作品可以《蒋兴哥重会珍珠衫》《杜十娘怒沉百宝箱》《沈小霞相会出师表》《卖油郎独占花魁》《滕大尹鬼断家私》等为代表。

以上五篇作品皆可断定出于明代，且所描述的都是明季社会生活，对于改编整理者而言，较之宋元旧篇，这类发生于当代的事件应更易于激活作家的现实感和创造力，事实上，这类作品的艺术成就也确实达到了"三言"的顶峰。

以《蒋兴哥重会珍珠衫》为例，小说中的珍珠衫一方面作为蒋家祖传的珍宝而存在，另一方面又具有兴哥与三巧婚姻爱情象征物的意义。珍珠衫在小说的前半部分并未出现，它的登场亮相，是在王三巧与情人陈大郎依依惜别之际，充当爱情的表征，馈赠给陈大郎的。三巧赠衫时，还曾表白："这件衫儿，是蒋门祖传之物，暑天若穿了它，清凉透骨。此去天道渐热，正用得着。奴家把与你做个纪念，穿了此衫，就如奴家贴体一般。"①由此可见，珍珠衫的转移，正隐喻着王三巧的移情别恋，以及用情之深。当然，随着珍珠衫归属的改变，王三巧与蒋兴哥的爱情婚姻也即宣告破产。

珍珠衫的再次出现可以视为话本小说结构情节时惯用的巧合手法的一例，叙述人让蒋兴哥与陈大郎在姑苏邂逅，让丈夫目睹身着珍珠衫的妻子的情人，聆听妻子移情别恋的细节。此时的珍珠衫已转为陈大郎与王三巧的爱情信物，同时也成了蒋兴哥婚姻破灭的见证。然则，珍珠衫作为爱情的象征，还不止体现于蒋、王之间，它的隐喻作用似乎更多地辐射到陈、王这对情侣身上。要而言之，珍珠衫这件珍宝和信物，具有相当的私密性，它只应属于一对情侣私有，一旦为第三者窥见，该情侣即会步入一种不可逆的宿命。以下的情节发展完全印证了这种宿命。陈大郎还乡，与妻子平氏晤面，此时的平氏实际已沦为陈、王爱情的第三者。如同珍珠衫首次被第三者（蒋兴哥）发现即迅速毁灭了一桩婚姻的结果一样，从平氏发现珍珠衫开始，陈大郎的婚姻以及他个人的命运便亦步亦趋地走向终结，冥冥之中，似有主宰，非人力所能左右。

《珍珠衫》的本事出于宋懋澄的《九籥集》，载"别集"

---

① 《喻世明言》卷一《蒋兴哥重会珍珠衫》，第23页。

卷二，名《珠衫》，篇中人物皆无姓字，仅以"楚人""新安人""楚人妻""新安人妻""媪"等名之。结尾亦甚简略，仅云"楚人已继娶，前妇归，反为侧室。或曰：新安人以念妇故，再往楚中，道遭盗劫。及至，不见妇，愁忿病剧不能归。乃召其妻至，会夫已物故。楚人所置后室既新安人妻也"①。而在白话小说中，作者则增入陈大郎妻平氏丧夫失财，流落襄阳，不得已改嫁蒋兴哥的一段关目。尤可注意者，乃在珍珠衫的辗转复归于蒋氏：

> 一日，从外而来，平氏正在打叠衣箱，内有珍珠衫一件，兴哥认得了，大惊问道："此衫从何而来？"平氏道："这衫儿来得跷蹊。"便把前夫如此张致，夫妻如此争嚷，如此赌气分别，述了一便。又道："前日艰难时，几番欲把他典卖。只愁来历不明，怕惹出是非，不敢露人眼目。连奴家至今，不知这物事那里来的。"兴哥道："你前夫陈郎名字，可叫做陈商？可是白净面皮，没有须，左手长指甲的么？"平氏道："正是。"蒋兴哥把舌头一伸，合掌对天道："如此说来，天道昭彰，好怕人也！"②

这一段细节的增入，不仅强化了小说"淫人妻子，妻亦遭淫。天道昭彰，报应不爽"的主题意义，并且使珍珠衫的

---

① 《九籥集》别集卷二《珠衫》，第273页。
② 《喻世明言》，第32页。

象喻更为突出。作为小说叙述人所使用的关键的道具，它此时已被赋予了一种神力，成为主宰婚姻的赤绳，将蒋兴哥与平氏这对孤男寡女牢牢拴在一起。而作为兴哥与三巧的爱情象征，它的作用也并未完结。两人的婚姻虽已破裂，情意却在延续。因此，"重会珍珠衫"便绝不仅仅是蒋兴哥重新获得了祖传的宝物，也不止意味着他与平氏的新婚，它显然还隐喻了王三巧的回归。

《警世通言》卷三二《杜十娘怒沉百宝箱》公认是"三言"中最出色的篇章之一。

其所以出色，端在杜十娘这一形象的感人至深。作为一名通常被视为"以送往迎来为业，弃旧迎新为本"的风尘妓女，竟然能够奋起用生命捍卫自己的人格尊严，故事本身即氤氲着一种壮美。而这种壮美的实现，又与小说作者巧妙运用的象征、隐喻的叙事结构密不可分。百宝箱在小说中的象喻耐人寻味，它在整个故事中一步步由隐而显，而始终与主人公从良的理想相伴。

以普遍的社会道德标准衡之，妓女从良无疑是最好的下场，是最接近于美德的行为。一个妓女，一旦萌发了从良的愿望，并且付诸实施，即表明她已在思想上皈依了人伦秩序，从而可以为社会重新接纳。百宝箱正是在杜十娘脱离风尘，实践从良愿望的开始阶段朦胧显现，尽管它的内容还未展露，但从十娘与李甲离京，买舟南下，一路使费皆出自箱中的细节来看，已颇能令读者对此箱的神秘抱有一种期冀。以下，随着情节的进一步发展，百宝箱的一层层被揭示，小说叙事结构中的象征意蕴便袒露无遗。这里，内藏无数翠羽明珰、瑶簪宝珥、玉箫金管、夜明之珠的百宝箱的物质价值与杜十娘矢志从良、义无反顾的人格价值形成了一种结构上的对应，两者互为映衬，互为象喻，有力地深化了小说的悲剧主题。

当杜十娘初堕爱河，萌发从良念头时，读者并不清楚她的意念有几许真诚，也不清楚她的人品性情究竟如何。叙述人所披露的只是她曾凭借自己的才色，令"多少公子王孙，一个个情迷意荡，破家荡产而不惜"的名妓生涯。所以，当李甲辗转戚友间，为她告贷赎身时，无人肯毫厘相赠。并非人皆吝啬，乃出于全社会的一种心理定式。正如李甲的同窗柳遇春所云："此乃烟花逐客之计。足下三思，休被其惑。据弟愚意，不如早早开交为上。"①

监生柳遇春非小说本事《负情侬传》（载《九籥集》卷五）所有，盖出话本改编者所增。这个增加的人物或为改编者的得意之笔，因为他使小说的悬念得到了加强。杜十娘的人格之美正因一系列的悬念而凸显。

百宝箱在故事的开头并未出现，这似乎象征着杜十娘暗无天日的生活。自从她看中了"忠厚至诚"的李公子，立意委身之后，百宝箱才开始隐约现身。她先是在李公子告贷不遂，一文莫名时，自承半数身价——一百五十金，以考验李之诚意；旋于离院之际，又假托借得二十两以充舟车之费；

---

① 《警世通言》卷三二，第405页。

既而，又在潞河启箱取出内藏五十两银之红绢袋，以供路途浮寓之需。然则，杜十娘为了实现自己的夙愿，真可谓煞费苦心。百宝箱在这一路上的藏头露尾，含有两层隐喻：一则，它的内蕴之丰富、价值之潜力与杜十娘的品德之高尚、人格之魅力形成了一种对应，它的每一次显露，都使杜十娘的性格更趋丰满。再则，它的若隐若现、藏头露尾，也喻示了女主人公从良之路的前途未卜。叙述人在这里巧妙地设置了另一组对应关系，他在一步步展示杜十娘人格魅力的同时，也渐次在揭示李甲性格中的懦弱无能，这当然使读者增加了对杜十娘前途的关切。①

百宝箱的最终揭示也使戏剧性的高潮达到顶点。李甲未能抵御新安盐商孙富的一番花言巧语，终以一千两银子的身价将杜十娘转卖与孙富，从而令十娘择人而事的苦心化为泡影。叙述人没有选择让杜十娘摆脱孙、李，携宝远游的浪漫结局，因为那样会削弱主题的悲剧意义和批判力度。他让杜十娘在当众袒露心迹的同时，一层一层揭开百宝箱的奥秘，展示其中那价值无数倍于千金的奇珍异宝，从而深刻地揭示出李甲的有眼无珠与杜十娘明珠暗投的主题。这里，百宝箱内涵的无价，与杜十娘人格精神的无价，再次构成一种互为

---

① 本文在探讨《杜十娘怒沉百宝箱》与《卖油郎独占花魁》中的象征意蕴时，受到新加坡国立大学中文系周建渝先生与中国台湾张淑香先生文章的启示。周文发表于2000年5月南京"明清文学与性别"国际学术研讨会；张文见南开大学出版社1984年11月版《论中国古典小说的艺术》177—187页。不敢掠美，特志于此。

象征的关系。杜十娘通过李甲与孙富的交易，终于认清了李甲孱弱无能的本质，识破了李甲与孙富人品道德的卑劣。为了捍卫自己的人格尊严，揭露李甲的薄德寡仁，孙富的好色虚伪，她毅然怀抱宝箱，与那些价值不赀的奇珍异宝一同沉入江心，来宣告同这个社会的决裂。

杜十娘的怀宝沉江，完成了自己道德人格的升华。此前，她曾处心积虑，笃志从良，"涩眼几枯，翁魂屡散"。她的一番苦心，她的坚贞品质，聪明历练，都使她的人格趋向于无价的美善，而作为这种人格精神的载体，杜十娘投江以后，象征她无价人品的百宝箱，当然也便无所附丽，只能伴随它的主体一起消逝。这种巧妙的叙事结构十分有效地拓展了小说的悲剧张力。然而，这种结局的安排，实际上却取决于叙述人的一种道德观念。在叙述人看来，妓女唯有从良一途是符合道德伦常的选择，小说中一切对杜十娘的揄扬皆源于此。既然从良不成（尽管其咎不在十娘），继续让她浪迹风尘，便有悖于叙述人的道德指向，因此，让她秉持着皈依人伦的坚贞意念，全玉而毁，就显得顺理成章，而这种道德指向，正反映了当时社会普遍的道德判断。

《负情侬传》结尾有一段宋幼清的补白：

> 余自庚子秋闻其事于友人，岁暮多暇，援笔叙事，至"妆毕而已就曙矣"，时夜将分，困惫就寝，梦被发而其音妇人者谓余曰："妾自恨不识人，羞令人间知有此事。近幸冥司见怜，令妾稍司风波，间豫人间祸福，若郎君为妾传

奇，妾将使君病作。"明日果然，几十日而间，因弃置箧
中。丁未携家南归，舟中检笥稿，见此事尚存，不忍湮没，
急捉笔足之，惟恐其复祟，使我更捧腹也，既书之纸笔，
以纪其异，复寄语女郎，传已成矣，它日过瓜洲，幸勿作
恶风波相虐，倘不见谅，渡江后必当复作，宁肯折笔同盲
人乎！时丁未秋七月二日，去庚子盖八年矣。舟行卫河道
中，距沧州约百余里，不数日而女奴露桃忽堕河死。①

据此，则记录这件传闻的宋懋澄是把它当作实有之事的。
白话小说的作者删去此段，易以柳遇春还乡途中，泊船瓜洲，
无意间捞起百宝箱，夜梦杜十娘倾诉衷曲的结局，颇有有余
不尽之效。百宝箱历尽劫波，在它的主人死后，复归于监生
柳遇春。柳在小说中虽然仅是陪衬，但却不失为至诚君子。
百宝箱终归于柳，似乎也隐含了作者对杜十娘明珠暗投的遗
憾和择人不当的微讽。故篇末假托后人评论曰："独谓十娘千
古女侠，岂不能觅一佳侣，共跨秦楼之凤，乃错认李公子，
明珠美玉，投于盲人，以致恩变为仇，万种恩情，化为流水，
深可惜也！"②作者在这里暗示出，柳遇春才是杜十娘足以寄
托终身的男子，才是百宝箱当之无愧的承受者。

《醒世恒言》卷三《卖油郎独占花魁》中所使用的隐喻象
征更为新巧，显示了白话小说叙事艺术的炉火纯青。《卖油

---

① 《九籥集》卷五，第117—118页。
② 《警世通言》卷三二《杜十娘怒沉百宝箱》，第415页。

郎》的结构采取短篇白话小说通常喜用的对应式，它首先以男女主人公秦重、莘瑶琴两者地位的高下悬殊营造出一种对比反差极大的阅读效果。一个是至卑至贱，"本钱只有三两"，终日走街串巷，挑担卖油的小贩；一个是才貌兼美，"吹弹歌舞，琴棋书画，件件皆精"，"往来的都是王孙公子，富室豪家"，"要十两放光，才宿一夜"的青楼花魁娘子。不过，如果换一种道德的视点来衡量两者的地位，则高下优劣之势就可能转化。秦重虽然只是个卑微的市井小经纪人，但却清清白白，从事正当职业，凭借自己的劳动，每日赚取几分银子谋生。而王美娘（莘瑶琴）表面上尽管朝欢暮乐，鲜衣美食，极尽奢华，但她的生活方式却难以同淫荡、无耻、龌龊等人们通常对妓女所持的概念完全脱卸干系。即使卑微如秦重，也不免有"世间有这样美貌的女子，落于娼家，岂不可惜！"的叹惋。因此，在道德的天平上，秦重显然处于强势，而莘瑶琴则处于劣势。这就是叙述人在小说情节逐步展开时预先设计的反差强烈的双重对应结构，两重对应又有隐显之别，前一重明显，后一重则较为隐晦。

有趣的是故事情节在秦重对花魁娘子一往情深的追求中展开。为实现"若得这等美人搂抱了睡一夜，死也甘心"的梦想，他不惜日复一日，铢积寸累，耗时年余，终于攒得十两嫖资，又费尽周折，始偿夙愿。然而，他却并未像一般的嫖客那样以钱易色，纵欲恣淫，而是小心翼翼，怜惜备至。叙述人在这里特别强调了美娘的醉酒倨傲、轻慢失礼与秦重的谦恭容让、怜香惜玉之间巨大的反差。美娘半醉夜归，初见秦重，便道："娘，这个人我认得他的，不是有名称的子弟，接了他，被人笑话。"既而，"唤丫鬟将热酒来，斟着大钟。鸨儿只道他敬客，却自家一饮而尽"。随后，一连吃了十来杯，"也不卸头，也不解带，躐脱了绣鞋，和衣上床"。如此态度，即便是名妓做派，也甚乖青楼待客之道。故连鸨儿王九妈亦"甚不过意"。与此相对应的，则是秦重处处体贴，处处陪着小心的自居卑陋的心态行为。叙述人在这里的描写似乎已将两人高下贵贱的距离拉到极致，但好像仍有未尽。下面的一幕，竟写道美娘夜半沉醉之中，起身干哕，"秦重慌忙也坐起来，知他要吐，放下茶壶，用手抚摩其背"，又用自己的道袍袖子，罩在美娘口边，让她把秽物尽吐于袖内。然后斟茶服侍，俟其睡下，"将吐下一袖的腌臜，重新裹着，放于床侧，依然上床，拥抱似初"。①

这一细节，表面上仍似在敷演"入话"中"帮衬"的题旨，极写秦重的老成敦厚、体贴入微。但若联系上面所提到的小说的双重对应结构，则不难领悟其中寄意深远的象征隐喻。秦重以袍袖承接美娘吐出的秽物，固然是超乎常情的自甘卑贱的举动，然而，如若从道德的立场观察此举，则亦不妨看作正派清白、一尘不染的卖油郎，以自己宽容悲悯的胸怀容纳了陷溺风尘、飘茵堕溷的花魁娘子的所有道德瑕疵与身体龌龊。然则，一吐一纳之间，实包藏着丰富的象征意蕴。

---

① 《醒世恒言》卷三《卖油郎独占花魁》，第46页。

胸腹中秽物的吐出，意味着美娘体内的由浊转清，也隐喻着她灵魂的觉醒。而秽物之被秦重接纳，则喻示了美娘物色得人，象征着从良的新生。紧接着，便有美娘遣开丫鬟，以私蓄二十两银相赠的关目。这又是颇具象征意义的一幕，二十两银的私相授受，实际象征着二人之间由嫖客与妓女的关系向情人关系的飞跃。此前，秦重虽然并未与美娘进行性的交易，甚至未存一毫邪念，但为求入门，毕竟是付过十两嫖资的。因此，在形式上他不能洗脱嫖客的身份，只有当他接受了美娘所赠的两倍于自己所付的银两时，才在事实上颠覆了青楼既定的买卖关系。美娘所云："我的银子，来路容易。这些须酬你一宵之情，休得固逊。若本钱缺少，异日还有助你之处。"也可印证此点。

也正因为男女双方经历了这一段刻骨铭心的情感交流，才彻底改变了两人关系中原本具有的钱色交易的性质，也才会有后来的相知相契，终成眷属。烟粉世界中的花魁娘子与至俗至贱的卖油小贩喜结良缘，这当然最能满足市井驵侩的猎奇心理；诚实向善，必有好报的因果寓意也与世俗社会的道德信仰符契若合。但撇开这些传奇的因素，小说的情节结构，包括叙述人所使用的种种隐喻象征，毕竟透露出一种崭新的信息，那就是市井中的小人物开始占据小说的堂奥，成为作家施展才情的主要描写对象。

见《文学与文化（第四辑）》，南开大学出版社2003年

《霞笺记》与《西楼记》考论*

　　《霞笺记》不署撰人，今所见最早刊本出于万历间金陵广庆堂。吕天成《曲品》、焦循《曲考》、黄文旸《曲海目》、姚燮《今乐考证》、王国维《曲录》并见著录，其本事取自明人陶辅《花影集》卷三之《心坚金石传》①，叙元朝后期松江府学生员李彦直与乐籍女张丽容才色相慕，以霞笺投诗定情，将成六礼。会当路参政阿鲁台任满赴京，须行贿于右丞相伯颜，而以赀财不足，乃欲拘刷当地官妓色艺俱佳者二人盛饰献之。丽容恰在其选，因笺寄彦直，以死许之。彦直闻讯，一路餐风饮露，徒步追随，跋涉三千余里，于临清泊舟处得见丽容，一恸而绝。丽容是夕自缢殉之。阿鲁台愤而焚尸，然尸尽而心不灭，成一人形小物，色如金，坚如玉，衣冠眉发，纤悉毕具，宛然一李彦直。既发彦直尸焚之，心中之物亦与前物相等，其像则张丽容也。阿鲁台以为至宝，题曰

---

* 本文所引《霞笺记》文字皆据中华书局 1958 年用开明书店《六十种曲》原版重印本第七册，所论《西楼记》及相关引文，皆据《六十种曲》本。
① 《花影集》，中土不传，写本曾为高丽使臣购回刊刻，现藏日本早稻田大学，吉林大学出版社 1995 年《明清稀见珍本小说名著文库》据此排印。

“心坚金石之宝”，函之至京献于伯颜。顾启视之际，已化为败血。阿鲁台竟坐死。

《花影集》书前有正德十一年（公元1516年）浙江安吉州学正事三山张孟敬序，并嘉靖二年（公元1523年）作者八十三岁时所撰《花影集引》，盖其儿辈将欲以之付梓时所作也。以是知书之刊行约在嘉靖初。《心坚金石传》因其事甚奇，富于浪漫色彩，较之《古诗为焦仲卿妻作》及梁祝故事毫不逊色，故流传颇广。嘉靖、隆庆以降，《百家公案》《燕居笔记》《绣谷春容》《情史》纷纷迻录，但文字或繁或简，不尽相同。《花影集·心坚金石传》开篇即云事出“元至元间”。《情史》卷一一“情化类”载其事，云出“至元年间”。《绣谷春容》则云“元朝至正年间”。考《元史》卷一三八，伯颜蔑儿吉解氏卒于至元六年（公元1269年），以是知《绣谷春容》误。据《元史·伯颜传》，其元统二年（公元1334年）进太师、奎章阁大学士。十一月晋封秦王，独秉国钧，专权自恣，势焰熏灼，虐害天下。又据叶子奇《草木子》卷四上《谈薮篇》载：“太师秦王伯颜专权变法，谋为不轨……出令北人殴打南人，不许还报。刷马欲又刷子女，天下骚动。”观此，则《心坚金石》之故事梗概或有所本，并非凭空杜撰。

《霞笺记》始以传奇剧体制敷演其事。其最大改动在于结局——易悲剧为喜剧大团圆。吕天成《曲品》云：“《霞笺》此即《心坚金石传》。死者生之，分者合之，是传奇体。搬出甚激切，想见钟情之苦。但觉草草，以才不长故。"① "才不长"，确是此剧的弱点。本事中最具震撼力也最富于象征寓意的情节在于张、李二人死后的"心坚金石"。至《霞笺》，改为李彦直状元及第，兀都驸马、花花公主成人之美，生旦重圆，夫荣妻贵，已落传奇故套。关目虽整，伤平淡而少戏；律吕虽谐，有波澜而不惊。大凡传奇体，以灾祸兵燹、乱离之世设为背景，使生旦颠簸竭蹶，备尝忧戚，每能调剂冷热，感动人心。此《荆钗记》《白兔记》《拜月亭》《琵琶记》之所以感人者也。而《霞笺》之生旦，虽历分离之痛，相思之苦，然离不甚久，哀不至伤，又无汤玉茗《还魂记》出生入死之奇，故吕天成《曲品》列其入"中中"，颇觉惬当。

但《霞笺记》亦自有佳处，首先，全剧三十出，主脑突出，关目紧凑，避免了传奇常有的冗长枝蔓之病。其次，繁简得宜，曲律谐畅。各出有话则长，无话则短，长可达十数支曲，过场则仅二三支。第十七出"追逐飞航"，连用十二支曲，而以旦歌南曲，生唱【北新水令】一套。疾徐有致、声情并显，十分准确地传达出张丽容柔肠寸断，李彦直急切激越的感情基调。也即吕天成所云"搬出甚激切，想见钟情之苦"之处。又如第二十二出"驿亭奇遇"，全出生旦以【香柳娘】一曲回环迭唱达十遍，恰到好处地烘托出两人情深意长，万言难尽的心理氛围。最后，《霞笺记》命笔之时，古典诗词、小说戏曲诸种文体已十分成熟，才子佳人离合悲欢之事

---

① ［明］吕天成：《曲品》，见《中国古典戏曲论著集成》六，第249页。

典亦铢积寸累，指不胜屈，作者可以信手拈来，为我所用，融入曲词，以炫博雅。《霞笺记》之曲白用事甚多，几可视为古人男女遇合事典之类书，楚襄高唐、巫山洛浦、乐昌分镜、韩寿偷香、双渐苏卿、申纯娇娘、御水流红、天台遇仙、西施范蠡、元和亚仙，应有尽有，不厌其繁。在当日虽不免"失本色"之毁、"掉书袋"之讥，而于今日之读者（观众），则不啻传统文化之形象课堂，有裨于古典文学修养之提升。

自青木正儿《中国近世戏曲史》以来，诸种戏曲史罕有论及《霞笺记》者。殆因作者姓字不详，声名不彰，或为沉抑下僚、志不获展之下层文人。作品本身亦未臻上乘，故问世以后，反响平平，难成轰动。但在当日失意文人、穷途士子眼中，《霞笺》一类离而后合，始困终亨之传奇，实不失为一种心灵安慰剂。此种剧目不断敷演，对读书人而言，有强化记忆之功能。才子佳人，投诗赠扇，金榜题名，如花美眷，本是读书士子共有之梦。梦借传奇以具象，志缘生旦以重申，这应是此类传奇剧的重要接受美学价值。除此以外，值得一提的是，《霞笺记》在清代又被改编为四卷十二回的白话同名小说，又名《情楼迷史》①。以戏曲改编小说之例甚少，似此由文言小说改编为传奇剧再因传奇改为白话小说者更为罕见，足见其事影响不凡。

祁彪佳《远山堂曲品》论《霞笺》："传青楼者，唯此委

---

① 《情楼迷史》，又名《霞笺记》，四卷十二回，不署撰人，清醉月楼刊本，藏北京大学图书馆，上海古籍出版社《古本小说集成》据此影印。

婉得趣。至《西楼》更大畅，此外无余地容人站脚矣。"①当
日以《霞笺》与《西楼》并称者，似仅此而已。然两者虽皆
取境于青楼，作者身世却大相径庭。《霞笺》作者之不显已如
前述，《西楼》作者袁于令则系吴中名士，在明清之际曲坛享
有盛誉，其曲学师出槲园居士叶宪祖，所交游若方以智、钱
谦益、祁彪佳、龚鼎孳、冯梦龙、张岱、王士禛等，或为一
时显宦，或为一代名流。袁氏人品之佻薄少气节，见诸载记，
固不足深论。其《西楼》一剧，或有所本，或出自叙。剧中
"于鹃"二字反切为袁，即箬庵化身。穆素徽或为苏松名妓周
文字绮生，其事载于钱谦益《列朝诗集小传》、朱彝尊《静志
居诗话》、施少莘《花影集》等书，又焦循《剧说》卷三载：
"穆素徽相传姓木，本名白美，有故址在吴门秀野园旁。貌不
甚美，特工于韵语。"②剧中之池公子、赵伯将、胥长公或皆
有所指。近百年前，孟森先生《心史丛刊》二集《西楼记传
奇考》一文于袁于令生平考证甚详，可为参证。

　　但无论如何影射，如何比附，即成传奇戏曲，便自有其
独立的艺术价值。以剧艺而论，《西楼》正是使作者享誉剧坛
的名著。盖袁氏虽隶属看重声律本色的吴江一派曲家，却并
不拘泥于吴江三尺，转能借镜玉茗一类文采斐然的风格，结
合排场演出，注重曲意的表情畅达，又能根据不同人物性格，
使曲白各具特点，雅俗互见，贴合身份。若其"拆书""玩

---

① ［明］祁彪佳：《远山堂曲品》，见《中国古典戏曲论著集成》六，第10页。
② ［清］焦循：《剧说》，见《中国古典戏曲论著集成》八，第131页。

笺""错梦"等出，均甚当行，且有举重若轻，趣味盎然之感。诚如明人张琦《衡曲麈谭》所云："袁凫公奉谱严整，辞韵恬和。《西楼》一帙，即能引用谱书以畅己所言，笔端之有慧识者。《九宫词谱》为声音滞义，藉作者流通之，凫公与有力焉。"①

亦有截然相反的诋诃之评，徐复祚《三家村老委谈》即云："近日袁晋公作为《西楼记》，调唇弄舌，骤听之亦堪解颐，一过而嚼然矣。音韵宫商，当行本色，了不知为何物矣。"②徐氏亦当行曲家，细味此论，疑徐氏自矜于所著《红梨记》关目紧凑，沧桑沉郁，不屑于《西楼》之调谑轻浮，故并其音律，一概贬斥。按之《西楼》，不免失之偏激。又，李调元《雨村曲话》曰："作曲最忌出情理之外。王舜耕所撰《西楼记》，于撮合不来时，拖出一胥长公，杀无罪之妾以劫人之妾为友妻，结构至此，可谓自堕苦海。"③李调元以《西楼记》为王舜耕作，虽误；所指《西楼》之情理不合，则颇具只眼。实则，《西楼》针线粗疏，不能自圆之处尚多，揆之以理，每有缺憾。第十二出"缄误"、第十三出"疑谜"、第十四出"空泊"，叙赵伯将挑唆于父逼迫穆素徽移家钱塘，素徽修书相约于鹃舟次话别，慌乱之际，交付空函，致使于鹃

---

① ［明］张琦：《衡曲麈谭》，见《中国古典戏曲论著集成》四，第270页。
② ［明］徐复祚：《三家村老委谈》，见《中国古典戏曲论著集成》四，第240页。
③ ［清］李调元：《雨村曲话》，见《中国古典戏曲论著集成》八，第20页。李调元谓《西楼记》作者为王舜耕，误。近人严敦易辨之甚明，文见严氏：《元明清戏曲论集》，中州书画社1982年，第169页。

错会其意。素徽空泊一宵。原信落入池同之手，乃有杭州买宅计赚素徽入门之举。依传奇体制，"空函"之事，剧末应有交代，使真相大白。不然，生旦团圆之际，情有不通，理有滞障，观者有不明，岂无尴尬。而令池同与赵伯将骈死于胥表之手，遂使"空函"之谜石沉大海，永无揭橥之望。又，剧中池同，虽属纨绔粗俗之辈，其待素徽，实未越礼，纵有不情，罪不至死。即令剧中之赵伯将，亦不过拨弄是非、心怀妒忌之小人，绝无必死之恶，而使胥表一并诛之，且置无辜之轻鸿于死地，于情于理，皆有未合。以李笠翁"结构第一"衡之，《西楼》不能无憾。

《霞笺》《西楼》皆写宦门士子与青楼女子之离合悲欢，其故事虽不免许多传奇套路，如男才女貌、投诗赠笺、小人拨弄、两地相思、状元及第、奉旨完婚之类，但从中亦可窥见明代后期江南士人两性观念的一些微妙变化。要而言之，约有三点。其一，士人择配门第观念弱化，剧中李彦直与于叔夜最终均娶妓女为嫡妻，且感情皆甚专一。此种结局在现实中当然难以想象，但戏剧的感染教化之力亦不容低估，这种鲜明的导向对于江南士人的婚恋观念当有潜移默化的影响。联系晚明大量江南名士纷纷纳秦淮名妓为妾的事实，似可领略一二。其二，士人的主体意识有所强化，对所中意之女子不仅重色，亦兼重才，看重两情的投合浃恰。剧中张丽容与穆素徽皆擅诗文，能与士人唱和酬答，具备文化审美上的共同取向，故能赢得士人的尊重爱慕。《西楼记》第二十六出，于鹃甚至有如此表白："若得穆素徽为妻，即终身乞丐，亦所甘心；不得穆素徽为妻，虽指日公卿，非吾愿也。"其后来得知穆素徽死讯，确也无意科场，哀毁逾度。这种表现实与明代后期左派王学所倡扬的个性解放思潮和文坛上的主情思潮有一脉相通之处。其三，对贞洁的强调。两剧中张丽容与穆素徽皆风尘妓女，本来无从计较贞洁，但剧中刻意强化两人的贞烈，一旦心有所属，与士人定盟，便能守身如玉，威武不屈，富贵不淫，其意志之坚、品质之纯、行止之端、守贞之烈，有良家女子所不能及者。此种贞洁观念，又不仅施之于剧中之旦，且曼衍及于剧中之生。李彦直与于叔夜亦能坚守盟约，百折不挠，痴情不改，始终如一。此种观念似亦可视为晚明社会的一点新气象。

原载《辽东学院学报（社会科学版）》2009年第11期

从《金瓶梅》中的妓女看晚明社会伦理

一、书中的妓女形象

《金瓶梅》言及妓女凡三十八人，若将名妓出身后嫁与西门庆为妾的李娇儿及本为西门婢妾后沦落为娼的孙雪娥纳入其中，则尚不止此数。"词话"之叙事重点固然在清河西门宅内，所涉及之妓女亦多为陪衬或过渡性人物，但如李桂姐、吴银儿、郑爱月、韩金钏、董娇儿等，皆情节发展之关键人物，其与西门庆之过从关碍，纠结牵系，万缕千丝，足可连带当日官场商界、社会家庭，亦足以觇见当日社会伦理之迁变。

据《明史·刘观传》："时未有官妓之禁。宣德初，臣僚宴乐，以奢相尚，歌妓满前。"以至"诸司每朝退，相率饮于妓楼……解带盘薄，牙牌累累悬于窗棂。竟日喧呶，政多废弛"（见侯甸《西樵野记》）。宣德三年（公元1428年），大学士杨士奇、杨荣荐通政使顾佐"公廉有威，历官并著风采"。宣宗乃擢佐为右都御史，主持风宪（见《明史·顾佐传》）。明代开始禁止职官狎妓宿娼即在此时。

　　《金瓶梅》所叙故事虽去宣德已逾百年之久，然此禁令余威尚在，并未全失效力，此由小说人物之活动可知。第三十回前，西门庆虽交接官府，包揽词讼，终究有势无权，仅只一市井恶霸而已，故狂嫖滥淫，肆无忌惮，梳拢李桂姐，大闹丽春院，十足流氓嘴脸。后来他夤缘请托，贿买到山东提刑按察司清河左卫理刑副千户的职位，碍于官箴，乃重新调整自己的社会关系，交结权贵，疏远旧朋，戢迹敛踪于青楼，陈仓暗渡于宅内。正如李桂姐所云："爹如今做了官，比不得那咱常往里边走。我情愿只做干女儿罢，图亲戚来往，宅内好走动"（见"词话"第三十二回）。自此至其暴卒，数年间，西门庆确只涉足郑家妓院三次，且均行踪隐秘。第六十八回，郑爱月欲其留宿，西门庆道："我还去。今日一者银儿在这里，不好意思；二者我居着官，今年考察在迩，恐惹是非，只是白日来和你坐坐罢了。"

　　综上所述，可知西门庆除官以后，于官声禁制亦颇留意，不敢怠忽。但对此构成深刻反讽意味的却是李桂姐、吴银儿后来"拜娘认女"，先后做了吴月娘与李瓶儿的干女儿，且在这种亲情的掩盖之下，仍与西门庆保持着性关系，只是将淫媾的地点由丽春院移至藏春坞而已。

二、妓女进入家庭与家庭妾婢的妓女化

　　明初对倡优妓女的行为服饰亦约束綦严，顾起元《客座赘语》卷六"立院"条载：

太祖立富乐院于乾道桥。男子令带绿巾，腰系红搭膊，足穿带毛猪皮靴，不许街道中走，止于道边左右行。或令作匠穿甲，妓妇带皂冠，身穿皂褙子，出入不许穿华丽衣服。①

沈德符《万历野获编》卷一四亦载："按祖制，乐工俱带青卍字巾，系红绿搭膊。常服则绿头巾，以别于士庶。此会典所载也。"②

但到了《金瓶梅》所描写的时代，官绅士庶的服饰早已普遍僭越祖制。妓女的服饰更是巧样新裁，极尽靡丽。"词话本"第十五回述李桂姐"家常挽着一窝丝杭州攒，金缲丝钗，翠梅花钿，珠子箍儿，金龙坠子；上穿白绫对襟袄儿，妆花眉子，绿遍地金掏袖；下着红罗裙子，打扮的粉妆玉琢"。第六十八回写吴银儿应邀来郑家妓院，"头上戴着白绉纱髻髻，珠子箍儿，翠云钿儿，周围撇一溜小簪儿，耳边戴着金丁香儿；上穿白绫对襟袄儿，妆花眉子；下着纱绿潞绸裙，羊皮金滚边；脚上墨青素缎云头鞋儿"。这样的装束在成化、弘治以前是难以想象的。更有甚者，乃在此时的倡优妓女已经可以不时地出入缙绅市民内宅，与士庶毫无间别了。第三十一回，西门庆得官生子，"院中李桂姐、吴银儿见西门庆做了提

---

① 《客座赘语》卷六，第188页。
② 《万历野获编》卷一四，第367页。

刑所千户，家中又生了子，亦送大礼，坐轿子来庆贺"，吴月娘宴请众堂客，也"叫了四个妓女弹唱"。"到后边，有李桂姐、吴银儿两个拜辞要家去，西门庆道：'你每两个再住一日儿，到二十八日，我请你帅府周老爹，和提刑夏老爹……教你二位只专递酒。'"则是李、吴二妓不仅得以出入其家，且能连续数日停眠整宿于其内宅。除西门庆宅外，王皇亲亦常唤妓女优人到其宅内弹唱。

而尤其值得注意者，是不仅男客可以召妓入宅，女眷亦得叫妓女入家门供唱。第九十六回，吴月娘邀春梅重游旧家池馆，即叫了韩玉钏、郑娇儿二妓弹筝拨阮，供唱侑觞。第九十七回，月娘来守备府内宅为春梅庆贺生日，春梅亦叫了两名妓女弹唱。

与此相应的是西门庆自娶李瓶儿入门，财势大增，于是"把金莲房中春梅、上房玉箫、李瓶儿房中迎春、玉楼房中兰香，一般儿四个丫鬟，衣服首饰妆束出来，在前厅西厢房，叫李娇儿兄弟乐工李铭来家，教演习学弹唱"，成为家乐，以自娱娱人。由此可知，明后期之市井大户，其声色犬马之享用，已不输钟鸣鼎食阀阅之家。又第二十七回，叙西门庆与孟玉楼、潘金莲、李瓶儿于翡翠轩饮酒纳凉：

> 须臾，酒过三巡，西门庆叫春梅取月琴来，教玉楼取琵琶教金莲弹，"你两个唱一套'赤帝当权耀太虚'我听"。金莲不肯，说道："我儿，谁养的你恁乖！俺每唱，你两个

是会受用快活，我不也！教李大姐也拿了庄乐器儿。"西门庆道："他不会弹甚么。"金莲道："他不会，教他在傍边代板。"西门庆笑道："这小淫妇，单管咬蛆儿。"一面令春梅旋取了一副红牙象板来，教李瓶儿拿着。他两个方才轻舒玉指，款跨鲛绡，合着声唱《雁过声》。[①]

按：此段《雁过声》见于正德十二年刊本《盛世新声·南曲》，描述富贵家夫妻盛夏消暑纳凉情趣。本应由妓女倡优弹唱以娱宾遣兴，这里西门庆却指定金莲与玉楼弹唱，并称金莲"小淫妇"，虽系游戏，却显然寓有以娼妓目爱妾的幽隐心理指向，而诸妾的欣然响应，也说明她们本身对这种身份的偶尔转移并无抵触。然则，西门之内眷——妾婢、家人媳妇、养娘，乃至宅外之伙计妻子率皆以娼妓之道事西门庆，可无疑义矣。此由书中之称谓亦可印证：清河县城内之官妓，如李桂卿、桂姐姊妹，吴银儿、郑爱月、韩金钏、董娇儿等，皆称西门庆为爹，称其妻妾为娘；西门宅内之妾妇婢仆，亦以爹娘称西门夫妇。在层层亲情的包裹之下，内外良贱的差别已消弥殆尽。唯一的不同是宅内的女性（除西门大姐）在法律上只能侍奉西门庆一人，而妓女一旦离宅，可不受此限制。

三、妓女介入家庭中的妻妾之争

《金瓶梅》中的妓妾之争与妻妾交恶是从西门庆梳栊李桂

---

① 《金瓶梅词话》第二十七回，第345页。

姐开其衅端，自第十一回"西门庆在院中贪恋住李桂姐姿色，
约半月不曾来家"。这就意味着李桂姐姑母——西门庆妾李娇
儿地位的提升和新过门的妾潘金莲专房之宠的失去，因此它
首先引发了金莲对李桂姐的仇视并迁怒于李娇儿。不过，这
场较量线索单一，且因稍后李桂姐的利令智昏，暗接杭州贩
绸绢的富商丁双桥，致西门庆大闹一场，发誓"再不踏院门
了"而告一段落。

妓女真正的介入妻妾之争是在西门庆除授提刑官以后。
李桂姐为改善与西门庆的关系，赢得权势的庇护，想出了
"拜娘认女"的妙策，用儿女之情、孝顺之礼去拨动吴月娘的
心弦，从而与西门庆建立起一种微妙的新型关系，并借此凌
驾于诸妓之上。吴银儿则采取了旁进侧击的方略，拜李瓶儿
为干娘，得以跻身西门内宅，与桂姐分庭抗礼。结果是西门
庆的妻妾间俨然形成营垒，由暗斗逐渐演变为明争。而这种
趋势的造成吴月娘是难辞其咎的。

在西门庆的妻妾中，仅吴月娘出身官宦，亦仅吴月娘从
一而终，恪守贞洁。《闺艳秦声》说：

> 《金瓶梅》一书，凡男女之私，类皆极力描写，独至月
> 娘者，胡僧药、淫器包，曾未沾身。非为冷落月娘，实要
> 抬高月娘。彼众妇者，皆淫娼贱婢，而月娘则良家淑女也；
> 彼众妇者，皆鹑奔相就，而月娘则结发齐眉也，作者特用
> 淤泥莲花之法，写得月娘竟是一部书中第一人物，盖作者

胸中装着"正经夫妻"四字，故下笔遂尔大雅绝伦。①

这种看法自然不无偏颇，如，孟玉楼之嫁西门庆，即不能说是"鹑奔相就"；胡僧药与淫器包，亦不曾用于李娇儿与孙雪娥。但"正经夫妻"四字是有见地的，吴月娘在西门庆的妻妾中确是自觉遵守妇道的唯一一人，在主持中馈、从一而终、守护家财、维护夫权方面她恪尽妻职，只是在孟玉楼、潘金莲、李瓶儿相继入门之后，她在性方面的不足与潘金莲的"屈身忍辱""无所不至"和李瓶儿的温润柔媚形成了太大的反差，遂由枕席上的失意导致心理上的失衡。她所恪守的妇德以及西门庆的脾性又使她难于像一般的市井泼妇那样大逞其妒，因此她转而借助于娼妓，谋求以妓女的蛊惑来分散丈夫对爱妾的专注之情。当西门庆赌咒发誓与李桂姐断绝来往，"再不踏院门了"时，吴月娘的态度实甚暧昧，她答道，"你蹓不蹓不在于我。我是不管你。傻才料，你拿响金白银包着他，你不去，可知他另接了别的汉子。养汉老婆的营生，你拴住他身，拴不住他心，你长拿封皮封着他也怎的？"②单纯地解读这段话，很明显带有纵容之意。无论怎样宽泛地界定为妻不妒的美德，都难以包含纵夫嫖妓的内容。因此，吴月娘的用心可谓深矣。明乎此，也就不难理解李桂姐拜娘认女之际，吴月娘为什么竟会"满心欢喜"（第三十二回），极

---

① 《闺艳秦声·评》，见《中国古艳稀品丛书》第一辑，第8页。
② 《金瓶梅词话》第二十一回，第261页。

尽礼遇。

　　李桂姐、吴银儿都是仗恃月娘的纵容进入西门宅内，参与其中的明争暗斗的。然而利欲熏心、精明过人的李桂姐却另有自己的打算，起初的献媚是为赚取西门庆的缠头，如今的巴结则主要是为博得西门庆权势的庇护。在她的心中，西门庆始终是个嫖客。这种立场使她只会把吴银儿、郑爱月、董娇儿等视为竞争对手而无意过多介入宅内的妻妾之争。这也就是吴月娘后来对她颇为失望转而抬举吴银儿的内在原因。但干女儿的名分既已得到确认，就不可能全然置身事外。"拜娘认女"的本身已经意味着李娇儿地位的改善，同时又预伏下日后潘金莲与吴月娘反目的隐线。后来的"李桂姐央留夏花儿""西门庆私通林太太"直至"李娇儿盗财归院"，都是妓女的势力介入西门家庭的实证。自"拜娘认女"始，发生在西门庆家中的妻妾角逐也就开始表现为多头绪、更隐晦的复杂趋势。其间有妻与妾的暗中较量，有妾与妾的萁豆相煎，有妓与妾的朋党比周，还有妓与妓的彼此倾轧。正如第七十四回李桂姐同潘金莲、吴月娘的一段对话所云："俺每这里边，一个气不愤一个，好不生分。"吴月娘接过来道："你每里边与外边怎的打偏别，也是一般，一个不愤一个。那一个有些时道儿，就要躘下去。"①带有女性特点的智计、狡黠、刻毒、乖戾，在这场争斗中得到了淋漓尽致的发挥。但暗地里的无情倾轧却被一层东方式的伦理外衣所遮盖，在表面上

_____

① 《金瓶梅词话》第七十四回，第1091页。

雍熙和睦的家庭氛围中，明代初期由上层统治者筑起的区别士庶良贱的高墙已悄然化解。

联系到晚明文人，如钱谦益、冒襄、龚鼎孳、许誉卿、茅元仪、申绍芳、杨文骢等，皆乐于自江南青楼中物色姝丽以充中馈，且逾礼越制之举不一而足，亦可觇见晚明社会家庭伦理至此时已发生本质的变异。

四、妓女成为西门庆政治与商业的间接投资

西门庆惯于以金钱声色结纳各地职官，对于朝廷钦差大员尤不吝使费。新科状元蔡蕴路经清河，西门庆始以金缎一端、领绢二端、合香三百、白金一百两结识了这位高贵却清寒的士子。旋于第四十九回，大张筵席，迎请山东巡按监察御史宋乔年与新任两淮巡盐御史蔡蕴，阖府轰动。光是跟从的下人，就"每位五十瓶酒，五百点心，一百斤熟肉"。当日这席酒，"也费够千两金银"。席间，西门庆叫来玳安附耳低言，吩咐："即去院中，坐名叫了董娇儿、韩金钏儿两个，打后门里用轿子抬了来，休交一人知道。"至晚，西门庆厚馈送出宋乔年，独留蔡御史至花园卷棚内饮酒，使二妓出见：

> 蔡御史看见，欲进不能，欲退不可，便说道："四泉，你如何这等爱厚？恐使不得。"西门庆笑道："与昔日东山之游，又何别乎？"蔡御史道："恐我不如安石之才，而君有王右军之高致矣。"于是月下与二妓携手，不啻刘、阮之入天台。

"欲进不能，欲退不可"，正是蔡御史的尴尬之处。明代的监察御史，秩不过正七品，但职司风宪，权重而俸低，故其送与西门庆的见面礼仅有"两匹湖绸、一部文集、四袋芽茶、一方砚台"，送与董娇儿的侍寝的报酬亦仅银一两，寒酸而菲薄，与西门庆的一掷千金适成鲜明对照。他又深知风宪官狎妓宿娼属执法犯法，故"欲进不能"。但西门庆此前的美食美酿、美视美听早已打开了他的欲望之闸，多种欲望的撩拨已使他难于抗拒，再见到娉娉袅袅、仪态万方的美色，自然"欲退不可"。

然而，西门庆由此得到的是较其他商户提前掣取淮盐三万引的报偿。事后，他的家人、伙计通过贩卖这批淮盐，从湖州、南京带回了价值三万两银的缎绢货物。妓女的色艺充当了西门庆的政治投资和商业投资。

要而言之，所谓资本主义萌芽大概更应由人性与人际关系的微细变化中寻求渊源，也许市井家庭中尊卑秩序的微细变化更能有力地证明资本势力的无往弗届。

见《中国古代小说研究》第二辑，人民文学出版社2006年

大木康《风月秦淮——中国游里空间》
大陆中文版弁言

　　六朝金粉，秦淮艳迹，世所艳称。然若乌衣桃叶、玉树后庭，终因年代湮远，古韵难寻。唯明末清初数十年间，南都之胜流高会、妓女风华，去今未远，尚存蛛丝马迹，且有诸多文献表表在人耳目。而诸种文献中，又以《板桥杂记》最为脍炙人口，盖曼翁余怀于明之季世，久客金陵，文章气节，耸动朝野，又尝为秦淮佳丽绮艳丛中上客，排纂风骚，名满妓席。乃于明社既屋、江山易色之后，录其亲历亲闻之事，聊寄黍离麦秀之悲，成此哀感顽艳之什。书虽记艳，感慨实深，且文情跌宕，蕴藉风流，诚此类著述之翘楚。二十年前，余不侫，撰《青楼文学与中国文化》一书，曾盛赞《板桥杂记》文笔。二十一世纪初，又撰《从〈影梅庵忆语〉看晚明江南文人的婚姻性爱观》一文，详为擘析冒襄与董小宛自相识相知至结缡九载之关系委曲，冀以揭橥晚明江南士人与秦淮佳丽因缘聚合之真相。所论惬当与否，弗敢自专。

　　一月前，获睹日本东京大学东洋文化研究所大木康教授所著《风月秦淮——中国游里空间》一书，台北联经出版事业有限公司2007年6月版，辛如意译。该书所探讨，正是我所感兴趣的明末清初南京秦淮一带之风月场所（日人称此类场所为"游廓""游里"），并以《板桥杂记》《桃花扇》《影梅庵忆语》为主要材料。日本文学自有其审美传统，"物哀美"与中国之"言志""缘情""风世""教化"颇有差异；日本之两性文化、游里风光与中国的男女文化、青楼冶游亦不尽相同。这一点只要看看《游仙窟》与《板桥杂记》在中国和日本的不同遭际，即思过半矣。《游仙窟》，唐开元中已传入日本，极受推重，而中土则久佚，且绝不见于著录，清末始见于杨守敬《日本访书志》卷八。《板桥杂记》距今时代未远，虽屡入于丛书，而三百年来，国人不过以狭邪笔记目之，相比其在日本，几乎影响江户一代文风，显晦喧寂，真不啻云泥。

大木教授的《风月秦淮》，快读一过，有如下三点心得：首先，该书记录了《板桥杂记》于十八世纪后期传入日本后所产生的影响。在文学创作上它起到了范本的作用，引起江户洒落本及明治间日本同类文学的创作兴盛。由此，大木教授进而探究《板桥杂记》在日本文人心理上引起的歆慕向往之情，通过二十世纪初芥川龙之介、谷崎润一郎、佐藤春夫、永井禾原等著名作家的秦淮游记，披露了日本文人对南京十里秦淮的探胜猎奇、失望惊喜的复杂心态。但日本人显然忽略了《板桥杂记》中时时流露的政治人文批判精神以及锥心刺骨的对前朝的思恋之情和强烈的幻灭之感，只是将《板桥杂记》视为单纯的冶游指南。他们书中所表达的情绪倒是与同时期朱自清、俞平伯的同题材散文所寄托的那种淡淡的哀愁有相似之处。这无疑是很好的比较文学的出发点和第一手材料。

其次，《风月秦淮》对南京城的历史沿革与明末清初的风月区做了翔实的踏勘与考证。笔者于二十世纪末、二十一世纪初亦曾两度赴南京，寄望于重拾旧院遗迹，为研究增添些感性材料。唯见商肆栉比，腻绿酣红，青溪笛步，面目全非，乃徜徉武定桥畔，徙倚媚香楼前，嗟人琴之易散，叹绮梦之难寻，只好失望而去。大木教授则比照《洪武京城图志》《明太祖实录》《国初事迹》《金陵图咏》《江宁省城图》等文献资料，三度亲临踏勘，一一拍照、标识明末清初南都风月区之位置与夫今日之状貌，俾读者一目了然，并可资研究者作今夕之比对，诚有裨于历史文化之深入探讨，亦可见日本学者重文献、重调查、重实证的严谨学风。

最后，大木教授从秦淮一带的地理环境到青楼人物、四季风俗、文人花榜几个方面，用文字与图片，几乎再现了三百数十年前南京风流薮泽的荼淫橘虐、鬓影衣香。研究明末清初文人的雅集趣尚、性情习俗、性爱取向，冶游狎妓实在是一个很好的切入点，同样是与妓女的交往，实际却因个人出身、禀赋、识见的差异而呈现出很大的不同。比如冒襄与陈圆圆、董小宛的遭际遇合，龚鼎孳与顾媚的因缘嫁娶，钱谦益与柳如是的相知相契，侯方域与李香君的始乱终弃，都有丰富的文化心理蕴涵，从兹还能觇知那一时代一批飘茵堕溷却引领时尚的江南女子的所思所想所行，这都是不能简单用诸如"颓废""堕落""不健康"一语抹煞的。

《风月秦淮》还披露了一些大陆罕见的相关资料，如现藏台北故宫博物院的《嫖赌机关》刊本，以及源出此刊本，现藏日本东洋文化研究所的《嫖赌机关》抄本，目录书即罕见著录。书中内容，据大木教授介绍，虽不过是嫖赌指南一类市井流行读物，然颇可见当时社会风习之一斑。大木教授云东洋文化研究所藏沈宏宇《嫖赌机关》抄本，"书出年代未详"①。此沈宏宇是该书作者抑或抄者不明，沈宏宇其人无考，但书中"观姊妹十全"，列妓女应有之仪态技艺十项，即"文雅、脱俗、翰墨、技艺、歌唱、丝竹、泾渭、风情、停当、苏样"，窃以为其最后一项"苏样"，多多少少透露了一丝时代气息。盖苏样，即苏州女子打扮。乾隆时，海宇承平，声妓复苏，尤以江南为甚。珠泉居士《续板桥杂记》云："院中衣裳装束，以苏为式""向来秦淮，以苏帮为文，扬帮为武"②。所述正是乾隆时南京景况。至晚清上海青楼，装束虽亦以苏样为时尚，顾此时国家社稷已千疮百孔，无复当日繁华景象矣。参以大木教授所披露的相关内容，我以为《嫖赌

---

① ［日］大木康：《风月秦淮——中国游里空间》，台湾联经出版事业股份有限公司2007年，第184页。
② 《续板桥杂记》，见《香艳丛书》五，第4922、4928页。

机关》应是乾嘉时期作品。

《风月秦淮》尚有一些文献、标点方面的错误，似有厘正之必要。第三十四页谈陈后主《玉树后庭花》一段，云："在众嫔妃里，陈后主最宠爱的就属张贵妃（张丽华）。唐代冯贽的《南部烟花记》一书中，记载有关陈后主在宫中如何铺张奢华的情形。"慕宁按：首先冯贽当系冯贽之误。其次，《南部烟花记》亦非冯贽所撰。程毅中《古小说简目》指此书"托名冯贽，更为伪中之伪矣"①。李剑国《唐五代志怪传奇叙录》云："《五朝小说》等收冯贽《南部烟花记》一卷，乃明人割裂剿取诸书而成，乃纯伪之书。"②故《南部烟花记》撰人实不详。

第六章述及《影梅庵忆语》冒襄初识陈圆圆一段，大木教授云："虽然地点是苏州，上演的却是公认为俗剧的弋阳腔。说起原本源于江西弋阳的弋阳腔被称作北方京剧的缘由，是因为此剧从江西传至北京，在当地风行后再流传至江南地方。"③这里也有知识性的错误，一是弋阳腔从没有被称作北方京剧。二是弋阳腔的传播轨迹也并非如大木教授所说的在北京风行后又流传至江南地方。这可以由马少波等主编的《中国京剧史》得到印证。

第六章题目是"妓院的游乐"，作者举《金瓶梅》第十一

---

① 程毅中：《古小说简目》，中华书局1981年，第55页。
② 李剑国：《唐五代志怪传奇叙录》，南开大学出版社1993年，第562页。
③ ［日］大木康：《风月秦淮——中国游里空间》，第172页。

回十兄弟在花子虚家宴客事，类比井上红梅《"支那"风俗》上卷之"花柳语汇"与"嫖界指南"二章以及中野江汉《"支那"的卖笑》一书，而后概括云："从这些资料可知，虽然寻欢作乐的步骤也因时代或场所相异而略有不同，但基本上并没有太大的改变。"①按：井上红梅、中野江汉二书分别记述民国初期上海与北京妓院情形，其与《金瓶梅》最大的不可比性恰恰在于场所的变更。在明代后期，妓女可以出入仕宦富豪之家，甚至富家女子亦可招致妓女入室弹唱。《金瓶梅》第九十六回即写到吴月娘叫韩玉钏、郑娇儿二妓来家弹唱招待春梅。第九十七回写月娘至守备府为春梅庆贺生日，春梅亦叫了两名妓女诣府弹唱。这种情景在民国则不能想象，该因良贱之判清初已綦严，降至民国，士庶仍不敢冒大不韪也。

讹字之误则有五十七页《金陵图咏》之文字说明，第二幅图说明为"长桥艳富"，而观图上题字实作"长桥艳赏"。

第二百二十页引《金陵百媚》七言律咏董年，颈联"清贵自堪羞紫树，芳姿真足压红墙"。墙字出韵。

二二八页，举马湘兰致王稚登函，有"又秋水盈窗，寒蜇破梦"之句，"蜇"当系"蜇"之误。

二四〇页，《鱼计亭诗话》，应作《鱼计轩诗话》。

标点之误：二二六页引钱谦益《列朝诗集小传》"马湘兰"传，"以善画兰，故湘兰之名。独著姿首如常人，而神情开涤，濯濯如春柳早莺"。当作"以善画兰，故湘兰之名独

---

① 〔日〕大木康：《风月秦淮——中国游里空间》，第159页。

著。姿首如常人，而神情开涤，濯濯如春柳早莺"。

《风月秦淮》一书有裨于大陆读者了解明清两代江南地域的男女文化生活，有利于中日之间性别文化研究的互通有无，余乐见其梓行。是为序。

原载《文学与文化》2010年第3期

参考文献

古代典籍

[汉] 刘向编：《战国策》，缪文远、缪伟、罗永莲译注，中华书局2012年。

[汉] 班固撰，[唐] 颜师古注：《汉书》，中华书局1962年。

[晋] 葛洪：《抱朴子》，见《诸子集成》，上海书店1986年。

[唐] 刘肃：《大唐新语》，许德楠、李鼎霞点校，中华书局1984年。

[唐] 刘餗：《隋唐嘉话》，程毅中点校，中华书局1979年。

[唐] 孙棨：《北里志》，见《中华野史·唐朝卷》，泰山出版社2000年。

[唐] 李肇：《唐国史补》，见《中华野史·唐朝卷》，泰山出版社2000年。

[唐] 张文成：《游仙窟》，方诗铭校注，中国古典文学出版社1955年。

［唐］张鹭：《朝野佥载》，赵守俨点校，中华书局1979年。

［唐］范摅：《云溪友议》，《稗海》本。

［唐］郑处晦：《明皇杂录》，见《中华野史·唐朝卷》，泰山出版社2000年。

［唐］房玄龄等撰：《晋书》，中华书局1974年。

［唐］孟棨等撰：《本事诗、续本事诗、本事词》，李学颖标点，上海古籍出版社1991年。

［唐］段安节：《乐府杂录》，见《中国古典戏曲论著集成》，中国戏剧出版社1960年。

［唐］崔令钦：《教坊记》，见《中国古典戏曲论著集成》，中国戏剧出版社1960年。

［五代］王仁裕：《开元天宝遗事》，中华书局2006年。

［五代］刘昫等撰：《旧唐书》，中华书局1975年。

［宋］王灼：《碧鸡漫志》，《知不足斋丛书》本。

［宋］王栐：《燕翼诒谋录》，《百川学海》本。

［宋］王谠：《唐语林》，见《中华野史·宋朝卷》，泰山出版社2000年。

［宋］方勺：《泊宅编》，许沛藻、杨立扬点校，中华书局1983年。

［宋］叶梦得：《避暑录话》，见《中华野史·宋朝卷》，泰山出版社2000年。

［宋］四水潜夫辑：《武林旧事》，西湖书社1981年。

［宋］朱熹集注：《四书集注》，巴蜀书社1986年。

［宋］庄绰：《鸡肋编》，《丛书集成初编》本。

［宋］刘斧辑：《青琐高议》，上海古籍出版社1983年。

［宋］李昉等编：《太平广记》，中华书局1961年。

［宋］杨时编：《二程粹言》，《四库全书》本。

［宋］吴自牧：《梦粱录》，浙江人民出版社1980年。

［宋］吴曾：《能改斋漫录》，上海古籍出版社1960年。

［宋］张邦基撰：《墨庄漫录》，孔凡礼点校，中华书局2002年。

［宋］张师正：《括异志》，见《中华野史·宋朝卷》，泰山出版社2000年。

［宋］张君房：《缙绅脞说》，见《说郛》卷五十，中国书店1986年。

［宋］张炎：《词源》，《守山阁丛书》本。

［宋］张舜民：《画墁录》，见《中华野史·宋朝卷》，泰山出版社2000年。

［宋］张端义：《贵耳集》，《丛书集成初编》本。

［宋］陆游撰：《老学庵笔记》，李剑雄、刘德权点校，中华书局1979年。

［宋］陈郁撰：《藏一话腴》，见《中华野史·宋朝卷》，泰山出版社2000年。

［宋］林逋撰：《省心诠要》，见《说郛》卷三五，中国书店1986年。

［宋］欧阳修、［宋］宋祁撰：《新唐书》，中华书局1975年。

［宋］罗大经撰：《鹤林玉露》，王瑞来点校，中华书局1983年。

［宋］金盈之撰，［宋］罗烨编：《新编醉翁谈录》，周晓薇校点，辽宁教育出版社1998年。

［宋］周密撰：《齐东野语》，中华书局1983年。

［宋］周敦颐：《濂溪集》，明万历四十二年刻本。

［宋］周煇：《清波杂志》，见《中华野史·宋朝卷》，泰山出版社2000年。

［宋］郑所南：《心史》，明崇祯十三年刻本。

［宋］孟元老撰：《东京梦华录注》，邓之诚校注，中华书局1982年。

［宋］赵令畤撰：《侯鲭录》，中华书局2002年。

［宋］赵彦卫：《云麓漫钞》，《丛书集成初编》本。

［宋］胡仔辑：《苕溪渔隐丛话》，《海山仙馆丛书》本。

［宋］耐得翁：《都城纪胜》，见孟元老等：《东京梦华录·都城纪胜·西湖老人繁胜录·梦粱录·武林旧事》，中国商业出版社1982年。

［宋］洪迈撰：《夷坚志》，何卓点校，中华书局1981年。

［宋］洪巽撰：《旸谷漫录》，见《说郛》卷七三，中国书店1986年。

［宋］郭茂倩编撰：《乐府诗集》，中华书局1979年。

［宋］陶穀：《清异录》，见《说郛》卷六一，中国书店1986年。

〔宋〕黄光大撰：《积善录》，见《说郛》卷六四，中国书店1986年。

〔宋〕程大昌：《演繁录》，见《说郛》卷五七，中国书店1986年。

〔宋〕程颐：《伊川易传》，《四库全书》本。

〔宋〕程颢、〔宋〕程颐撰，〔宋〕朱熹辑：《程氏遗书》，《西京清麓丛书》本。

〔宋〕曾慥辑：《类说》，《北京图书馆古籍珍本丛刊》本。

〔宋〕谢枋得：《叠山集》，《四库全书》本。

〔元〕不著撰稿人：《大元圣政国朝典章》，《诵芬室丛刊》本。

〔元〕不著撰稿人：《通制条格校注》，方龄贵校注，中华书局2001年。

〔元〕余阙：《青阳集》，《四库全书》本。

〔元〕陆文圭：《墙东类稿》，《四库全书》本。

〔元〕袁桷：《清容居士集》，《四库全书》本。

〔元〕夏庭芝著，孙崇涛、徐宏图笺注：《青楼集笺注》，中国戏剧出版社1990年。

〔元〕脱脱等撰：《宋史》，中华书局1977年。

〔元〕程钜夫：《雪楼集》，《湖北先正遗书》本。

〔明〕于慎行：《谷山笔麈》，中华书局1984年。

〔明〕王守仁撰：《王阳明全集》，吴光、钱明、董平等编校，上海古籍出版社2011年。

〔明〕王艮著，陈祝生主编：《王心斋全集》，江苏教育出版社2001年。

　　［明］王琦：《寓圃杂记》，中华书局1984年。

　　［明］毛晋编：《六十种曲》，中华书局1982年。

　　［明］方悟编，张几绘图：《青楼韵语广集》，明崇祯四年刊本。

　　［明］叶子奇：《草木子》，中华书局1959年。

　　［明］叶权：《贤博编》，中华书局1987年。

　　［明］史玄：《旧京遗事》，北京古籍出版社1986年。

　　［明］冯梦龙评辑：《情史》，岳麓书社1986年。

　　［明］冯梦龙编：《古今小说》，许政扬校注，人民文学出版社1958年。

　　［明］冯梦龙编：《警世通言》，严敦易校注，人民文学出版社1956年。

　　［明］冯梦龙编：《醒世恒言》，顾学颉校注，人民文学出版社1956年。

　　［明］刘辰：《国初事迹》，明泰氏绣石书堂刻本。

　　［明］汤显祖：《汤显祖诗文集》，徐朔方笺校，上海古籍出版社1982年。

　　［明］李中馥：《原李耳载》，中华书局1987年。

　　［明］李诩：《戒庵老人漫笔》，中华书局1982年。

　　［明］李贽：《焚书、续焚书》，中华书局1975年。

　　［明］李清：《三垣笔记》，顾思点校，中华书局1982年。

　　［明］何良俊：《四友斋丛说》，中华书局1985年。

〔明〕佚名：《如梦录》，中州古籍出版社1984年。

〔明〕佚名：《欢喜冤家》，春风文艺出版社1989年。

〔明〕沈德符：《万历野获编》，中华书局1959年。

〔明〕宋濂等撰：《元史》，中华书局1976年。

〔明〕宋懋澄：《九籥集》，中国社会科学出版社1984年。

〔明〕张岱：《陶庵梦忆》，马兴荣点校，上海古籍出版社1982年。

〔明〕张爵：《京师五城坊巷衚衕集》，北京古籍出版社1982年。

〔明〕张瀚：《松窗梦语》，中华书局1985年。

〔明〕陆容：《菽园杂记》，中华书局1985年。

〔明〕陈洪谟：《治世馀闻》，中华书局1985年。

〔明〕胡应麟：《甲乙剩言》，见《明人百家》，上海文艺出版社1990年。

〔明〕侯甸：《西樵野记》，见《明人百家》，上海文艺出版社1990年。

〔明〕洪楩编：《清平山堂话本》，文学古籍刊行社1955年。

〔明〕袁宏道：《袁宏道集笺校》，钱伯城笺校，上海古籍出版社1981年。

〔明〕袁宏道参评，屠隆点阅：《虞初志》，中国书店1986年。

〔明〕袁中道：《珂雪斋集》，钱伯城笺校，上海古籍出版社1989年。

〔明〕顾起元：《客座赘语》，中华书局1987年。

〔明〕笑笑生：《金瓶梅词话》，人民文学出版社1991年。

〔明〕笑笑生著，陶慕宁校注：《金瓶梅词话》，人民出版社2000年。

〔明〕徐树丕：《识小录》，涵芬楼秘笈景稿本。

〔明〕凌濛初著，王古鲁注释：《拍案惊奇》，上海古籍出版社1982年。

〔明〕凌濛初著，王古鲁注释：《二刻拍案惊奇》，上海古籍出版社1983年。

〔明〕唐寅：《唐伯虎全集》，中国书店1985年。

〔明〕陶宗仪：《说郛》，中国书店1986年。

〔明〕陶宗仪：《辍耕录》，《丛书集成初编》本。

〔明〕陶辅：《花影集》，吉林大学出版社1995年。

〔明〕梅鼎祚纂辑：《青泥莲花记》，陆林点校，黄山书社1998年。

〔明〕屠隆著，汪超宏主编：《屠隆集》，浙江古籍出版社2012年。

〔明〕谢蕡：《后鉴录》，明代抄本残卷。

〔明〕谢肇淛：《五杂组》，上海书店出版社2001年。

〔明〕臧晋叔编：《元曲选》，中华书局1958年。

〔清〕不著撰稿人：《清史列传》，王钟翰点校，中华书局1987年。

〔清〕王士禛：《香祖笔记》，上海古籍出版社1982年。

〔清〕王应奎：《柳南随笔》，中华书局1983年。

［清］王初桐纂述：《奁史》，文物出版社2017年。

［清］王端履：《重论文斋笔录》，清道光二十六年授宜堂刻本。

［清］毛奇龄：《明武宗外纪》，上海书店1982年。

［清］孔尚任：《桃花扇》，王季思、苏寰中合注，人民文学出版社1959年。

［清］邗上蒙人：《风月梦》，齐鲁书社1991年。

［清］厉鹗：《樊榭山房集》，《四库全书》本。

［清］虫天子辑：《香艳丛书》，人民文学出版社1992年。

［清］江熙：《扫轨闲谈》，见《柳如是诗文集》，上海古籍出版社2000年。

［清］许兆椿：《秋水阁诗文集》，清道光二十五年刻本。

［清］阮元校刻：《十三经注疏　附校勘记》，中华书局1980年。

［清］孙希旦撰：《礼记集解》，沈啸寰、王星贤点校，中华书局1989年。

［清］孙家振：《海上繁华梦》，百花洲文艺出版社1988年。

［清］严可均编：《全上古三代秦汉三国六朝文》，河北教育出版社1997年。

［清］李斗：《扬州画舫录》，江苏广陵古籍刊行社1984年。

［清］李渔：《十二楼》，人民文学出版社1986年。

［清］李渔：《连城璧》，浙江古籍出版社1988年。

［清］李渔：《闲情偶寄》，江苏广陵古籍刻印社1991年。

〔清〕吴长元：《宸垣识略》，清乾隆五十三年刻本。

〔清〕佚名：《燕京杂记》，北京古籍出版社1986年。

〔清〕余怀：《板桥杂记》，上海古籍出版社2000年。

〔清〕评花主人：《九尾狐》，百花文艺出版社2002年。

〔清〕张潮：《虞初新志》，河北人民出版社1985年。

〔清〕陈维崧：《妇人集》，见《清代闺秀诗话丛编》，凤凰出版社2010年。

〔清〕陈森：《品花宝鉴》，上海古籍出版社1990年。

〔清〕陈鼎：《东林列传》，《四库全书》本。

〔清〕青心才人：《金云翘》，春风文艺出版社1983年。

〔清〕单阿蒙：《闺艳秦声》，见《中国古艳稀品丛书》第一辑。

〔清〕草亭老人：《娱目醒心编》，上海古籍出版社1988年。

〔清〕冒襄：《影梅庵忆语》，台湾广文书局1982年。

〔清〕俞正燮：《癸巳类稿》，辽宁教育出版社2001年。

〔清〕俞达：《青楼梦》，三秦出版社1988年。

〔清〕俞蛟：《梦厂杂著》，上海古籍出版社1988年。

〔清〕袁枚著，王英志编：《袁枚全集》，江苏古籍出版社1993年。

〔清〕顾苓：《河东君传》，见《柳如是诗文集》，上海古籍出版社2000年。

〔清〕钱泳：《履园丛话》，清道光十八年刻本。

〔清〕钱谦益：《列朝诗集小传》，上海古籍出版社1959年。

〔清〕钱谦益著，钱仲联标校：《牧斋有学集》，上海古籍出版社1996年。

〔清〕谈迁：《枣林杂俎》，中华书局2006年。

〔清〕黄宗羲：《明儒学案》，沈芝盈点校，中华书局1985年。

〔清〕乾隆钦定：《日下旧闻考》，《四库全书》本。

〔清〕龚自珍：《定盦集》，《四部丛刊》本。

〔清〕梁绍壬：《两般秋雨庵随笔》，上海古籍出版社1982年。

〔清〕彭定求等编校：《全唐诗》，中华书局1960年。

〔清〕韩邦庆：《海上花列传》，人民文学出版社1982年。

〔清〕谢章铤：《赌棋山庄集》，清光绪刻本。

〔清〕褚人获：《坚瓠集》，浙江人民出版社1986年。

〔清〕缪荃孙编纂：《秦淮广纪》，南京出版社2017年。

〔清〕魏秀仁：《花月痕》，人民文学出版社1982年。

近人著述

王书奴：《中国娼妓史》，生活·读书·新知三联书店上海分店1988年。

王英志主编：《清代闺秀诗话丛刊》，凤凰出版社2010年。

王国维：《宋元戏曲考》，见《王国维戏曲论文集》中国戏剧出版社1984年。

王季思主编：《全元戏曲》，人民文学出版社1990年。

王强、张元明主编：《民国旅游指南汇刊》，凤凰出版社2013年。

中国戏曲研究院编：《中国古典戏曲论著集成》，中国戏剧出版社1960年。

邓长风：《明清戏曲家考略》，上海古籍出版社1994年。

东郭先生：《妓家风月》，北岳文艺出版社1990年。

庄一拂：《古典戏曲存目汇考》，上海古籍出版社1982年。

刘宝楠等编：《诸子集成》，上海书店出版社1986年。

江晓原：《性张力下的中国人》，上海人民出版社1995年。

孙国群：《旧上海娼妓秘史》，河南人民出版社1988年。

孙楷第：《沧州集》，中华书局1965年。

李剑国：《唐五代传奇集》，中华书局2015年。

李剑国：《唐五代志怪传奇叙录》，中华书局2017年。

李剑国：《宋代传奇集》，中华书局2018年。

李剑国：《宋代志怪传奇叙录》，中华书局2018年。

肖枫主编：《中华孤本小说》，中国戏剧出版社2002年。

汪辟疆校录：《唐人小说》，上海古籍出版社1978年。

张在舟：《暧昧的历程——中国古代同性恋史》，中州古籍出版社2001年。

张次溪编撰：《清代燕都梨园史料》，中国戏剧出版社1988年。

陈寅恪：《柳如是别传》，上海古籍出版社1980年。

陈寅恪：《元白诗笺证稿》，生活·读书·新知三联书店2001年。

邵雍：《中国近代妓女史》，上海人民出版社2005年。

武舟：《中国妓女生活史》，湖南文艺出版社1990年。

岳立松：《晚清狭邪文学与京沪文化研究》，上海古籍出版社2013年。

孟森：《心史丛刊》，中华书局2006年。

胡士莹：《话本小说概论》，中华书局1980年。

胡文楷、张宏生：《历代妇女著作考》（增订本），上海古籍出版社2008年。

段继红：《清代闺阁文学研究》，南开大学出版社2007年。

钱仲联主编：《广清碑传集》，苏州大学出版社1999年。

徐珂编撰：《清稗类钞》，中华书局1984—1986年。

徐朔方：《晚明曲家年谱》，浙江古籍出版社1993年。

唐圭璋编：《全宋词》，中华书局1965年。

隋树森：《元曲选外编》，中华书局1959年。

隋树森：《全元散曲》，中华书局1964年。

蒋建国：《青楼旧影——旧广州的妓院与妓女》，南方日报出版社2006年。

程毅中：《古小说简目》，中华书局1981年。

程毅中：《宋元小说研究》，江苏古籍出版社1999年。

程毅中：《唐代小说史》，人民文学出版社2003年。

鲁迅：《中国小说史略》，上海古籍出版社1998年。

鲁迅：《中国小说的历史的变迁》，见《鲁迅全集》第九卷，人民文学出版社2005年。

蔡登山、柯基生：《声色晚清》，北京出版社2016年。

谭正璧:《话本与古剧》,上海古籍出版社1985年。

中共中央马克思恩格斯列宁斯大林著作编译局编译:《马克思恩格斯选集》,人民出版社2012年。

[日]大木康:《风月秦淮——中国游里空间》,台湾联经出版事业股份有限公司2007年。

[日]青木正儿:《中国近世戏曲史》,台湾商务印书馆1965年。

[英]罗素:《婚姻革命》,靳建国译,东方出版社1988年。

[英]约翰·阿却尔、[英]芭芭拉·洛依德:《性与性别》,简皓瑜译,台湾巨流图书公司2007年。

[英]霭理士:《性心理学》,潘光旦译注,生活·读书·新知三联书店1987年。

[法]丹纳:《艺术哲学》,傅雷译,人民文学出版社1963年。

[法]乔治·巴塔耶:《色情史》,刘晖译,商务印书馆2003年。

[法]米歇尔·福柯:《性经验史》,佘碧平译,上海人民出版社2000年。

[美]夏志清:《中国古典小说史论》,江西人民出版社2001年。

[美]凯特·米利特:《性政治》,宋文伟译,江苏人民出版社2000年。

[美]高彦颐:《闺塾师——明末清初江南的才女文化》,李志生译,江苏人民出版社2005年。

〔美〕 韩南:《中国近代小说的兴起》,徐侠译,上海教育出版社2004年。

〔德〕 H.R.姚斯、〔美〕R.C.霍拉勃:《接受美学与接受理论》,周宁、金元浦译,辽宁人民出版社1987年。

后　记

　　此书初版于1993年7月，系由东方出版社纳入"清平乐书系"，彼时，我还只是南开中文系的一名讲师，算是刚刚步入了学术的门槛，仰业师宗一先生赐弁言、东方出版社文化室主任刘丽华女史鼎力支持，这册小书得以刮垢磨光，见于世人。书问世后，竟蒙好评。《人民日报》《光明日报》《中华读书报》《文汇读书周报》《书摘》等报刊都有揄扬之词，系主任罗宗强教授特用毛笔书写了鉴定意见，不惮揄扬。刘跃进先生（现中国社科院学部委员）亦特地撰写书评奖借之，美国哈佛大学的韩南教授在他的英文著作《中国近代文学的兴起》中，对本书关于近代小说《风月梦》的论证亦表示赞许。我便也借此在当年晋升为副教授。

　　至20世纪末，此书已加印三次，达一万七千册，且已售罄。东方出版社乃在2006年又出版了修订本，然则今日距此书初版已整整三十年，距修订本问世亦已十七年。我也从一个壮年的教员变作了鬓发皤然、年近耄耋的退休老教授，不禁感叹时光之流逝真如白驹之过隙。所幸虽已年过七旬，读书写作的兴趣并未稍减，又没有项目、论文发表的压力，反而得以从心所欲。院里保留了我的研究室，从蜗居到此不过十几分钟的路程，每天坐拥书城，风雨无阻，清茶一杯，自得其乐。

感谢天津人民出版社沈海涛副社长、金晓芸女史、郭聪颖女史，策划将《青楼文学与中国文化》重新付梓，两番约谈，提出了恰切笃实的修改意见。两月来，我尽可能吸纳这些提议，对原书作出修订。主要是三个方面，首先是注释。当年出版社对注释的要求很粗疏，没有统一的规范，很多应加注的未加，有注的往往也仅是标明出自某书。本次修订，按照统一体例，凡注释，依朝代（国别）、作者、书名、出版部门、年份、页数一一列次，以便检核。其次，原书第六章"顺治迄道光间的青楼文学"与第七章"晚清狭邪小说谈片"，由于文献浩繁，不暇统驭，内容流于粗疏简陋。此次于第六章增补了"清代闺秀诗话所记述的女性心曲"一节，从现存的清代各阶层女性诗词著述、婚姻生活、社会交往、心态诉求诸领域爬罗剔抉，冀能对这一时代女性的实际地位有所发覆。第七章对于晚清狭邪小说的论述有所补充。复次，改正了原书一些不够严谨的用语，如"封建"一词，如今学界已普遍认同战国以后无封建王朝。又，书末增补了参考文献，或有裨于查阅。

最后，以一首小诗收束，此诗始见于 2006 年该书修订本
之跋语，大抵可反映笔者撰写此书的初衷：

平生耽绿蚁，半道入青楼。

不逐狭邪趣，偏怜纸上俦。

凄凉苏小墓，肠断畹芬喉。

最是秦淮柳，丝丝系旧游。

陶慕宁

2023 年 9 月 8 日（白露）

编辑团队	沈海涛	装帧设计	图文游击工作室	发行统筹	乔　悦
	金晓芸		汤　磊	营销专员	秦　臻
	燕文青			新媒体营销	高　颖
	郭聪颖